Tanja Bern lebt mit ihrer Familie in Gelsenkirchen und ist dem Ruhrgebiet immer treu geblieben. Durch eine starke Verbundenheit zur Natur und die Liebe für mystische Geschichten entstand bei ihr schon früh das Bedürfnis zu schreiben. Sie liebt die nördlich gelegenen Länder und verweilt gerne am Meer oder im Wald, was sich in ihren Romanen widerspiegelt.

TANJA BERN

Die Farben des Windes

Erstausgabe April 2021

© 2021 dp Verlag, ein Imprint der dp DIGITAL PUBLISHERS GmbH

Made in Stuttgart with ♥
Alle Rechte vorbehalten

Die Farben des Windes

ISBN 978-3-96817-593-5
E-Book-ISBN 978-3-96087-910-7

Covergestaltung: Anne Gebhardt
Umschlaggestaltung: ARTC.ore Design
Unter Verwendung von Abbildungen von
shutterstock.com: © byswat, © Marcin Perkowski, © technomolly, © icemanphotos, © Ton Anurak, © Derek W, © Yevhenii Chulovskyi, © LiAndStudio
Lektorat: Claudia Steinke
Satz: dp DIGITAL PUBLISHERS GmbH
Druck und Bindung: Books on Demand GmbH, Norderstedt

Glossar

Bearspaw-Stamm – Stoney Nakoda, die heute im Eden Valley Reservat, nahe Calgary, leben

Bella Bella – der Heiltsuk-Stamm wurde von den Weißen so genannt, sie selbst empfinden das Wort als beleidigend

Berdache – diskriminierende Bezeichnung für einen Two-Spirit-Menschen

Canotila – feenähnliche Waldgeister der Sioux-Folklore, wörtlich übersetzt bedeutet es "kleiner Baumbewohner". Sie galten als Boten der Geisterwelt und erschienen den Sioux oft in Träumen

Cree – indigenes Volk Nordamerikas

First Nation – offizieller Name für die indigenen Völker Kanadas

Heilige Erde/Heilerde der Heiltsuk, auch Kisameet Clay genannt – der besondere Ton entsteht nur auf der Insel dieses Volkes in der Kisameet Bucht. Die Heiltsuk wussten ihn zu nutzen, heute wird die Heilerde näher erforscht, weil sie starke antibiotische Eigenschaften hat

Heiltsuk – indigener Stamm, der auch heute noch an der Ostküste Kanadas auf der Bella Bella Insel (bekannt als Waglisla) lebt und früher hauptsächlich durch Fischfang (auch Robbenjagd) und Tauschhandel bekannt war

Iyethkabi – (veralteter) Name der Stoney Nakoda

Lakota – Stammesgruppe der Sioux

Métis – Nachfahren europäischer Pelzhändler und Frauen mit indigener Abstammung

Mohawks – indigenes Volk Nordamerikas

Mountain Stoney – alter Name der Stoney Nakoda - Stämme, die in den Bergausläufern entlang der Rocky Mountains gelebt haben

Native American – offizieller Name für die indigenen Völker der USA

Ojibwe (in den USA Anishinabe genannt) – Stamm, der sowohl in den USA als auch in Kanada beheimatet ist; in diesem Volk findet sich der Ursprung der Traumfänger

Shawnee – indigenes Volk Nordamerikas

Siyotanka – Lakota-Name für eine traditionelle Flöte der indigenen Völker, die auch heute noch genutzt

wird, zum Beispiel in der Klangtherapie oder auch bei
Meditationen

Stoney Nakoda – indigenes Volk Kanadas, das hauptsächlich in der Region Alberta ansässig ist; wird oft nur Stoney genannt, das Volk selbst bezeichnet sich selbst gern als Nakoda, was übersetzt „Freund" oder „Verbündeter" bedeutet

Travois – auch „Stangenschleife" genannt, ein Transportmittel der indigenen Völker, das sowohl von Menschen als auch von Tieren gezogen werden konnte

Two-Spirit – Bezeichnung, die sich auf das Dasein zweier Seelen unterschiedlichen Geschlechtes bei einer indigenen Person bezieht. Es ist eine ins Englische übersetzte Neubedeutung zur Bezeichnung eines dritten Geschlechtes, das zeremonielle und soziale Rollen eingenommen hat. Diese Auffassung ist allerdings nicht in allen indigenen Kulturen verbreitet

1. Fire in her hair

1

Entfernter Donner grollt über die Ebene. Der Himmel über dem Waldrand hat sich in ein dunkelgraues Ungetüm verwandelt. Regen prasselt an mein Fenster, und durch die nasse Scheibe wirkt die Umgebung von Wolfberry leicht verschwommen.

Ich beobachte, wie meine Mutter ins Haus eilt, den Schirm schützend vor sich haltend, weil der Wind ihr die Nässe regelrecht ins Gesicht bläst. Als sie unter das Vordach läuft, verliere ich sie aus den Augen.

Ich werfe einen Blick auf meinen Schreibtisch, wo die Unterlagen der Universität von Calgary liegen. Wüsste mein Vater, dass ich sie noch nicht einmal ausgefüllt habe …

Mit einem Seufzen wende ich mich ab, gehe zu meiner Schminkkommode, die einst meiner Tante gehört hat. Ich setze mich auf den Stuhl davor, zeichne mit dem Zeigefinger die Verschnörkelungen im Holz nach. Um mich abzulenken, sortiere ich meine Pastellnagellacke, puste den Staub von der Ablage, schiebe mein Schminktäschchen von einer Seite zur anderen, weil ich dafür einfach nie einen Platz finde, an dem es mich nicht stört. Denn ich nutze die Kommode nur selten, um mich aufzuhübschen. Eigentlich fertige ich hier Traumfänger und Schmuck an.

Ich schrecke auf, als ich höre, wie jemand die Treppe hochkommt. Rasch klaube ich die Dokumente der Universität zusammen, verberge sie in einer Schublade meines Schreibtisches, der vor Lernbüchern überquillt.

Ich lausche in Richtung Korridor, doch meine Mutter geht an meinem Zimmer vorbei. Ich erkenne sie an ihren klackernden High Heels. Mir entschlüpft ein erleichtertes Aufatmen, und ich gehe zurück an die Kommode.

Meine Eltern wollen, dass ich Ärztin werde, am besten eine preisgekrönte Chirurgin. Unwillig schnaufe ich auf. Niemand hat gefragt, was *ich* eigentlich möchte.

Ich werfe einen Blick in den Spiegel vor mir. Mein unglücklicher Gesichtsausdruck betrübt mich noch mehr.

Obwohl es immer noch regnet, bahnt sich die Sonne einen Weg bis in mein Zimmer. Mein glattes Haar leuchtet in Kupfergold auf, für einen Moment scheint sogar das Grün meiner Augen intensiviert zu sein.

Ich schaue hinaus, erkenne schemenhaft einen Regenbogen, der sich über das Feld zieht. Als ich nun erneut in den Spiegel sehe, zeichnet sich ein feines Lächeln auf meinen Lippen ab.

Ich stehe auf und öffne das Fenster. Der Duft des nahen Waldes umweht mich. Tief schöpfe ich Atem, um die frische Luft aufzunehmen. Mit geschlossenen Lidern genieße ich die Gerüche, träume davon, zwischen den hohen Bäumen zu stehen.

Ich höre, wie jemand ohne anzuklopfen die Tür aufreißt und wirble herum.

„Hey, Rebecca, kommst du nachher mit in die Bibliothek? Ich soll dich von Mom fragen. Sie sagt, du musst dort noch Bücher abgeben." Mein Bruder George sieht mich abwartend an, er ist zwei Jahre jünger als ich.

Ich beäuge den Bücherstapel auf meinem Schreibtisch. „Ja, das muss ich wohl."

„Ich geh so in einer Stunde. Komm mit oder nicht."

„Ich komm dann runter."

Er zieht die Tür mit einem lauten Geräusch zu und poltert die Stufen zu Küche und Wohnzimmer hinunter.

Für Wolfberry haben wir ein recht großes Anwesen. Meine Familie bewohnt ein zweistöckiges Haus mit großem Gartengrundstück, das mein Vater zu einem japanischen Ziergarten gestaltet hat. Etwas, das in einer kanadischen Kleinstadt schon außergewöhnlich ist. Meine Eltern lieben es aufzufallen.

Hier im oberen Bereich haben mein Bruder und ich unsere Zimmer. Das Schlafzimmer meiner Eltern ist am Ende des Flurs.

Missmutig sehe ich auf die Schublade, in der ich die Aufnahmepapiere der Uni verborgen habe. Ich könnte sie endlich ausfüllen, würde sich nicht alles in mir dagegen sträuben. Stattdessen schließe ich das Fenster, gehe erneut zu meiner Schminkkommode und hole die unvollständige Kette hervor, die ich gestern Abend noch nicht fertigstellen konnte.

Geduldig ziehe ich türkisfarbene Perlen auf, den Abschluss bildet ein einfacher Verschluss, den ich geschickt mit Ösen an dem Lederband befestige. Ich lege mir den Anhänger auf die Handfläche. Eine kleine Eule schaut mich an. Ihre Augen bestehen aus dunklen Kristallen. Links und rechts wird der Vogel von zwei länglichen Silberfedern eingerahmt, an die sich die Perlen reihen.

Oft verschenke ich meinen Schmuck, ich verkaufe ihn allerdings auch an Freunde und Bekannte, um mir etwas dazuzuverdienen. Die Traumfänger hingegen mache ich auf Bestellung. Die Leute hier in der Gegend mögen die hübsche Dekoration, die ich für sie nach ihren Wünschen herstelle.

Diese Eulenkette fühlt sich besonders an. Kurzerhand lege ich mir den Schmuck selbst um den Hals und betrachte mich im Spiegel. Zart streiche ich über den kleinen Vogel.

„Ja, da gehörst du hin", flüstere ich.

Ich überlege, ob ich meine Sommersprossen mit Make-up abdecken soll, damit mich mein Bruder deswegen nicht wieder aufzieht, aber ich lasse es sein. Soll er doch darüber witzeln. Ich habe zumindest nicht die Knollennase unseres Vaters geerbt wie er.

Die eine Stunde vergeht rasch, und ich schaffe es gerade noch, mich umzuziehen, denn ich würde ungern mit Jogginghose in die City gehen.

Als ich die Treppe in den unteren Wohnbereich herunterkomme, wartet George schon auf mich. Ich werfe einen Blick in unser elegantes Wohnzimmer, das mit der offenen Küche aus weißem Holz verbunden ist. Mein Vater ist noch nicht zu Hause. Wäre es anders, hätte ich ihn zuerst begrüßen müssen. Niemand begeht den Frevel, ihn zu übergehen.

„Ist Mom noch oben im Schlafzimmer?", fragt mich mein Bruder und zieht sich eine leichte Jacke über.

„Ich glaube schon. Zumindest habe ich nicht gehört, dass sie runtergegangen ist."

„Nimmt wahrscheinlich ein Bad. Ihr Arbeitstag war wohl ziemlich übel."

Das verheißt nichts Gutes.

Meine Eltern haben hinter ihrem Schlafzimmer ein eigenes Bad, das George und ich nicht benutzen dürfen.

Es ist sozusagen der heilige Bereich meiner Mutter, in dem man sie auf keinen Fall stören darf.

„Kommst du jetzt endlich?", murrt mein Bruder und hat schon die Hand an der Türklinke.

„Jaah."

Ich schlüpfe in meine Sneakers, da geht die Tür auf. George kann gerade noch zurücktreten.

„Was steht ihr denn hier im Eingang rum?", fragt unser Vater in genervtem Ton. Er drängelt sich an meinem Bruder vorbei, um seine Aktentasche abzustellen.

„Hallo Dad." Ich stelle mich auf die Zehenspitzen, um ihm einen Kuss auf die Wange zu hauchen. „Entschuldige, wir wollen zur Bücherei."

Er nickt und wendet sich George zu, der ihn ähnlich wie ich begrüßt. Auf Vaters Gesicht stiehlt sich ein Lächeln. Er wuschelt ihm durch das braune Haar. „Dann viel Spaß euch beiden. Ist eure Mutter schon da?"

„Ist oben im Bad", antwortet mein Bruder.

„Oha. Dann gibt es wohl später Abendessen."

„Soll ich dir was vom Imbiss mitbringen?", frage ich, obwohl ich die Antwort bereits kenne.

„Du könntest vielleicht mal lernen, vernünftig zu kochen. Aber wenn ich mir den Stapel Bücher ansehe, der wahrscheinlich schon überfällig ist, geh besser in die Bibliothek."

Ich möchte ihm sagen, dass ich bereits kochen kann, doch ich halte mich zurück. Gegen die Kochkünste meiner Mutter komme ich nicht an. Sie zaubert die ausgefallensten Gerichte, immer perfekt dekoriert, und verbringt manchmal Stunden in der Küche.

„Komm jetzt!" George packt mich am Arm und zieht mich nach draußen.

„Bist du verabredet, oder warum hast du es so eilig?"
Sonst ist immer er derjenige, der alle Zeit der Welt zu
haben scheint.

„Kann sein."

Also wird er mir nichts Näheres verraten.

Ich schließe die Haustür, denn mein Vater ist schon
längst nicht mehr im Korridor. Im Schnellschritt gehen
wir die Straße rauf, bis wir zu einer Kreuzung kommen, an der wir uns nach rechts wenden.

Das Wetter hat sich zum Glück gebessert. Der Himmel ist zwar noch bedeckt, aber zwischenzeitlich lässt
sich sogar die Sonne blicken. Die Pfützen schimmern
silbern auf dem teils rissigen Asphalt. Die Straßen in
Wolfberry sind nur mäßig befahren, und das Überqueren ist recht problemlos. Wir gehen an niedrigen Einfa-
milienhäusern vorbei, die ausschließlich mit Holz verkleidet wurden. Manche sind in Pastelltönen gestrichen, andere sind weiß wie unseres.

Wir lassen den Supermarkt hinter uns und biegen an
der eher unscheinbaren Kirche in die City ein. Es gibt
eine Einkaufspassage mit kleinen Shops, Cafés und einer Bar, die erst um zwanzig Uhr öffnet. Den Mittel-
punkt bildet die große Bibliothek. Das alleinstehende
Bauwerk überragt alle anderen Häuser. Durch den Vor-
bau, der mit Säulen gestützt ist, und die verzierten Gie-
bel wirkt die Bücherei wie das Sommerhaus einer Kö-
nigin.

George hastet regelrecht hinein und lässt mich zurück. Er scheint wirklich verabredet zu sein.

Ich betrete langsam das Gebäude. Kühle umfängt
mich, und ich fröstle leicht. Der Duft der Bücher strömt
mir entgegen, erinnert mich für einen Moment an all

die Stunden, die ich hier lernend verbracht habe, um meinen Abschluss zu schaffen. Das unangenehme Gefühl schiebe ich beiseite, denn ich freue mich darauf, in den Büchern stöbern zu dürfen.

An der Abgabe wartet Ms Douglas schon auf mich. Sie ist eine liebenswürdige Dame, die geduldig alle Bücher kontrolliert, sie abscannt und in ihrem PC nachprüft, ob noch Gebühren fällig sind.

„Oh, Liebes …“, sagt sie bedauernd.

Ich senke den Blick, kaue nervös auf meiner Unterlippe herum. „Ja, ich weiß“, erwidere ich leise.

In diesem Augenblick bin ich froh, dass hinter mir nicht so viele Leute stehen, denn ich muss Mahngebühren bezahlen.

„Es tut mir leid, Ms Douglas, ich habe vergessen, sie rechtzeitig abzugeben.“

„Und dabei haben wir doch jetzt diese tolle Webseite, auf der ihr die Bücher selbst verlängern könnt.“

„Das wusste ich nicht!“

Sie kramt auf ihrem Schreibtisch herum und hält triumphierend einen Info-Flyer in der Hand. Ich nehme ihn und verkneife mir ein Schmunzeln. Er sieht aus, als hätte Mr. Bridges, der Verwalter der Bücherei, selbst mit seinem Fotoprogramm herumgebastelt.

„Das nächste Mal verlängerst du einfach, Liebes. Dann wird es nicht so teuer für dich.“

Ms Douglas nennt mir mit einem entschuldigenden Lächeln den Preis, und ich schlucke. Von meinem Geld wird nicht mehr viel übrig bleiben, aber ich sage nichts, sondern bezahle meine Gebühren. Ich bin ja selbst schuld.

Jemand zieht mir von hinten überraschend an den Haaren, und ich zucke leicht zusammen.

„Na, Schwesterchen, da hast du richtig zahlen müssen, was?"

Ich verdrehe die Augen und sehe mich zu George um. Neben ihm steht die Tochter von Constable Murphy. Heather schaut mich mit einem falschen Lächeln an.

„Hallo Rebecca", sagt sie und betont dabei meinen Namen eigentümlich. Sie streicht sich die hellblonden Locken zurück und hakt sich bei George unter.

Ist sie seine neue Freundin?

„Hi Heather."

Sie ist nach mir dran, und ich mache ihr Platz.

Auch Harry Patel ist mit seiner Clique in der Nähe, Heather gehört zu seinem Freundeskreis und geht nun mit George zu der kleinen Gruppe. Ich stehle mich davon.

Ein hoher Torbogen trennt das Foyer von den Büchern, die in dunklen Regalen stehen. Die Wände sind mit Holz getäfelt, was dem Raum Behaglichkeit schenkt. Es gibt unterschiedliche Abteilungen, und jede ist gut gekennzeichnet.

Ich schlendere durch die Gänge, überfliege die Themen. Was möchte ich mir nach all dem Lernen ausleihen?

Schritte lassen mich aufmerksam werden, und ich drehe mich um. Es ist Dylan Franklin, der mich scheu anlächelt. Trotzdem gehe ich ihm lieber aus dem Weg. Auch er gehört zu Harrys Freunden, und diese Clique ist mir nicht geheuer, schon mal gar nicht, wenn George nun dazugehört.

Eher unbewusst streiche ich über meine Eulenkette und steuere den mystischen Bereich an. Hier lagern viele alte Werke. Mein Herz beginnt schneller zu pochen, während ich sachte über die antiquierten Buchrücken streiche. Einige Titel fallen mir ins Auge, doch nur einer spricht mich an.

„Krafttiere", murmle ich.

Ich ziehe die Lektüre hervor und will sie an mich nehmen, dabei rutscht sie mir aus der Hand. Leise zische ich einen Fluch und beuge mich vor, um sie aufzuheben. Mein langes Haar fällt mir ins Gesicht und versperrt mir jede Sicht. Ich streiche es nach hinten, richte mich auf. Rasch kontrolliere ich den empfindlichen Einband.

„Ist sicher nichts passiert", höre ich eine Stimme und sehe mich um.

Ich entdecke Noah Mikaels auf einem der Lesesessel. Ich presse das Buch an meine Brust. Es hat mir die Sprache verschlagen. Unschlüssig bleibe ich stehen, denn er beobachtet mich.

Noah ist auf dieselbe Highschool gegangen und war eine Klasse über mir. Ich weiß nicht viel über ihn, die meisten nennen ihn den *Indianerjungen*.

Sein schwarzes Haar liegt ihm über den Schultern, er hat es hinter die Ohren gestrichen. Die schlanke Figur harmoniert gut mit der gebräunten Haut.

Zögerlich trete ich näher.

„Der andere Sessel ist noch frei", sagt er freundlich.

Es klingt wie eine Einladung, die ich erwäge, anzunehmen. Ich gehe um das hohe Regal, das mir den Blick versperrt, und nun sehe ich den freien Platz. Ich überlege kurz und setze mich ihm gegenüber. In der Schule ist mir Noah wie ein geheimnisvoller Einzelgänger vorgekommen. Schon damals wirkte er sehr anziehend auf mich. Ihn jetzt so nah vor mir zu wissen, entfacht eine seltsame Empfindung in mir. Unsicherheit mischt sich dazwischen. Erneut hebe ich die Hand zu meinem Dekolleté und umfasse meinen Eulenanhänger.

Auf dem Tischchen, das uns voneinander trennt, liegt der Schutzumschlag seines Buches. Ich linse auf den Titel. Es geht um die Kultur der *Shawnee*.

Er muss meinen interessierten Blick bemerkt haben, reagiert aber zunächst nicht darauf, und ich wage nicht, ihn darauf anzusprechen.

„Du heißt Rebecca, oder?"

„Ja, und du bist Noah."

Er scheint überrascht, dass auch ich weiß, wie er heißt. Er nickt und legt sein Buch beiseite. „Du hast da wirklich eine sehr schöne Kette. Wo bekommt man so was hier?"

Sein Lob lässt mich tatsächlich erröten, und ich wünschte, dass ich doch Make-up aufgetragen hätte.

„Ich habe sie selbst gemacht", antworte ich verlegen.

„Ist wirklich etwas Besonderes."

„Vielen Dank."

„Deshalb das Buch über Krafttiere?"

Verdutzt schaue ich auf meine Leselektüre. Habe ich sie wegen der Eule ausgesucht? „Wenn, dann war es wohl eher unbewusst."

Noah beugt sich etwas vor. „Die Eule ist sehr weise und begleitet gerne Menschen, die wissbegierig sind."

„Und das sagt wer?"

Seine Lippen verziehen sich zu einem Lächeln. „Das sagt mein Dad immer, wahrscheinlich wegen Holly." Er lehnt sich wieder zurück in das Polster.

„Holly?"

„Mein Steinkauz."

Für einen Augenblick fürchte ich, dass er sich einen Scherz mit mir erlaubt, aber er scheint es völlig ernst zu meinen.

„Du hast einen Steinkauz?"

„Ja, hab ich wirklich. Sie ist als Jungvogel aus dem Nest gefallen und hat sich den Flügel gebrochen. Ich habe sie gefunden und gesund gepflegt. Sie kann fliegen, allerdings nur kurze Strecken, dann versagen ihre Kräfte."

Nun beuge *ich* mich interessiert vor. „Machst du das öfter? Wildtieren helfen?"

„Ja, schon."

„Wow, das finde ich toll."

Noah lacht leise auf. „Ich weiß nicht, ob dir das kleine Stinktier letztens auch gefallen hätte."

„Ist passiert, was ich befürchte?"

„Oh ja, es war zuerst nicht begeistert von seiner Rettung. Hinterher war es aber recht kooperativ."

„Was ist mit ihm passiert?"

„Es ist von einem Auto angefahren worden und hat sehr viel Glück gehabt. Weil es noch jung war, konnte ich es recht gut händeln."

„Hast du es noch?"

„Nein, mittlerweile streift der Kleine wieder durch die Wälder."

Fast unauffällig spähe ich auf das Buch, das er vorhin durchgeschaut hat. „Darf ich dich was fragen?"

„Ja, sicher."

„Aber sei mir bitte nicht böse."

„Ach Unsinn, wieso denn?"

Ich lecke mir nervös über die Lippen. „Stimmen die …"

„Hey, Rebecca, wo bist du?", ruft mein Bruder laut durch die Bücherei.

Es folgen Psst-Laute und ärgerliches Gemurmel der Bibliotheksleser.

„Entschuldige", sage ich zu Noah und richte mich auf.

George hat mich schon entdeckt und mustert meinen Gesprächspartner skeptisch. „Mom hat angerufen. Sie sagt, wir sollen nach Hause kommen, wenn wir etwas zu essen haben wollen."

Ich zögere, würde viel lieber noch mit Noah weiterreden, möchte mehr über die Arbeit mit den Wildtieren wissen. Auf einmal habe ich tausend Fragen an ihn!

„Jetzt schon?"

Auch George wirkt nicht glücklich darüber. Heather scheint bereits fort zu sein. Er zuckt mit den Schultern. „Kommst du jetzt?", drängelt er.

Meine Mutter tut immer so, als hätten wir eine Wahl, wenn es um das Abendessen geht. In Wirklichkeit würde sie uns tagelang wie Luft behandeln und nicht mit uns reden, kämen wir nicht.

„Bist du öfter hier?", fragt mich Noah plötzlich.

Fast erschrecke ich, denn Georges Kopf ruckt in seine Richtung, und ich weiß, wie er manchmal mit seinen Freunden über Noah redet. Der ignoriert meinen Bruder schlichtweg.

„Morgen?", frage ich trotzdem.

„Ich bin zur gleichen Zeit hier."

Da George ihn wie ein Pitbull anfunkelt, öffnet Noah sein Buch und blättert in den Seiten herum. Mein Bruder zieht mich förmlich fort von ihm. Als wir draußen auf der Straße stehen, hält er mich auf.

„Bist du bescheuert? Warum quatschst du mit dem?"

„Mit Noah?", tue ich unschuldig.

„Mit der Indianerfresse!"

„George!"

„Ist doch so!"

„Der Einzige, der hier bescheuert ist, das bist du!"

„Das werden wir sehen, wenn ich es Dad erzähle."

Ich packe ihn unsanft am Ärmel. „Das tust du nicht!"

„Und ob."

„George, bitte."

„Was denn? Soll er dein neuer Freund werden?"

„Ich hab mich bloß unterhalten. Und Dad wird sich wieder aufregen."

George löst meine Hand von seiner Jacke und stiefelt vorneweg. Mich überkommt leichte Übelkeit. Anscheinend darf ich mir noch nicht einmal meine Freunde selbst aussuchen. Ich habe sogar das Buch über Krafttiere auf dem Tisch liegen gelassen.

Nach einer Weile bemerkt mein Bruder, dass ich ihm nicht wie sonst folge.

„Was ist denn jetzt?", fragt er unwirsch.

In mir flammt Wut auf, und ich kämpfe mit mir. Ich bin neunzehn Jahre alt und lasse mich von meiner Familie rumkommandieren, als wäre ich zehn!

George stemmt die Hände in die Hüften und seufzt ungeduldig auf.

Etwas in mir begehrt auf. Soll er doch zu unserem Vater rennen und mich verpetzen. Was soll's! Dann redet meine Mutter eben ein paar Tage nicht mit mir. Ich wende abrupt und gehe zurück zur Bibliothek.

„Was soll das denn jetzt, Rebecca?"

Ich drehe mich noch einmal halb zu ihm um. „Mach was du willst, George. Ich bleibe noch in der Bibliothek."

„Aber Mom …"

„Dann ist das so!"

Ich nehme einen tiefen Atemzug und gehe zurück in die mystische Abteilung. Noah blickt auf, sieht mich überrascht an.

„Das war ein schnelles Abendessen", scherzt er.

Ich setze mich wieder auf den Sessel ihm gegenüber. „Ach, das lasse ich heute ausfallen."

Mit einem schelmischen Grinsen schlägt er die Beine übereinander. Mir fällt auf, dass er zur Jeans graue Mokassins trägt. Das lässt wieder meine Frage aufkeimen. Da mir seine Herkunft irgendwie unwichtig geworden ist, werde ich ihn später mal danach fragen.

„Vielleicht gehen wir ins *Forest Creek*?", schlägt er vor.

Ich liebe das außergewöhnliche Café in der Einkaufspassage. „Das klingt perfekt."

Wir stehen auf, greifen zeitgleich nach unseren Büchern, als mein Handy klingelt. Ich hole es aus meinem kleinen Rucksack, den ich als Handtasche nutze und schaue auf das Display. Es ist meine Mutter. Also hat George sie sofort angerufen. Mich erfasst ein nervöses Gefühl in der Magengegend. Trotzdem lehne ich den Anruf ab, schreibe ihr eine Nachricht, um ihr zu sagen, dass ich heute nicht zum Essen kommen werde. Über die Konsequenzen denke ich besser noch nicht nach.

Entschieden schalte ich das Smartphone auf lautlos und verstaue es wieder.

„Alles in Ordnung?"

Mein erster Impuls ist, einfach Ja zu sagen, aber Noahs Frage ist ehrlich gemeint, ich erkenne es an seinem Blick. „Meine Mutter wird ausrasten und mich wahrscheinlich tagelang anschweigen, weil ich ihr Festmahl verpasse."

„Meine Mom füttert wahrscheinlich gerade das Grauhörnchen, und mein Dad bekommt nachher nur ein Sandwich", erwidert er lächelnd.

„Ein Grauhörnchen hast du also auch?"

„Ein sehr kleines."

„Irgendwann musst du mir deine Tierwelt mal zeigen."

Er scheint überrascht, dass ich wirkliches Interesse zeige. „Gerne, komm vorbei, wann du möchtest. Ich wohne drüben im Pond-Viertel, es ist das letzte Haus mit dem chaotischen Garten."

Seine Einladung löst ein angenehmes Kribbeln in mir aus.

Wir leihen unsere Bücher aus und schlendern in die Passage mit den Boutiquen. Für den Augenblick ist mein Familienproblem vergessen.

Das *Forest Creek* befindet sich am Rand von Wolfberry. Die Häuser werden in diesem Viertel teils von hohen Tannen verdeckt. Das Café verbirgt sich zwischen *Mary's Market*, einem kleinen Laden, der selbst angebautes Gemüse und allerlei anderes Zeug verkauft, und dem Geschäft vom alten Nelson, der Angelzubehör und Ruderboote vermietet.

Allein die Fassade vom *Forest Creek* ist einen Besuch wert. In das dunkle Holz ist eine Landschaft geschnitzt, ein von Bäumen umrahmter Bach, an dem mehrere Tiere trinken.

Wir bleiben stehen. Mir fällt auf, dass auch Noah das lebensgroße Bild betrachtet.

„Gehen wir rein?"

Er nickt und wir betreten das außergewöhnliche Café. Leises Plätschern empfängt uns, und automatisch huscht mir ein Lächeln über die Lippen, wie jedes Mal, wenn ich hier eintrete. Schon die unzähligen Pflanzen geben mir immer das Gefühl, ich sei mitten im Wald. Der kleine, künstliche Bachlauf, den sie letztes Jahr integriert haben, rundet das Bild perfekt ab.

„Wenn sie jetzt noch Fische reinsetzen, könnte sogar der alte Nelson noch was dran verdienen", sage ich verschmitzt.

Noah braucht einen Augenblick, um meine Anspielung zu verstehen und lacht dann leise auf.

Das Café ist recht voll, im unteren Bereich sind fast alle Plätze besetzt, nur in der Nähe der Toiletten ist noch ein kleiner Tisch frei. Ich bemerke, dass sich einige zu uns umschauen. Unauffällig werfe ich Noah einen Blick zu, auch er bemerkt es.

„Sollen wir nach oben gehen?"

Ich stimme ihm zu, und wir gehen die Wendeltreppe rauf in den ersten Stock. Mir fällt es immer schwer, mich zu entscheiden, wo ich lieber sitze. Bin ich jedoch erst einmal oben und schaue aus den Panoramafenstern, weiß ich, wo mein Platz ist, denn in Richtung Nationalpark ist alles komplett verglast. Auf der anderen Seite sind großflächige Wandgemälde, die eine

Berglandschaft zeigen. Wir setzen uns an einen freien Tisch, und ich schaue zu der weiten Grasfläche, auf der Rinder weiden, zu den hohen Tannen und den Hügeln, die sich in der Ferne zu Bergen erheben.

„Macht es dir gar nichts aus, mit mir gesehen zu werden?"

Ich schaue ihn verwundert an. „Wie meinst du das?"

Seine Lippen verziehen sich zu einem schiefen Lächeln, er zuckt mit den Schultern. „Ich weiß, wie sie mich nennen. Bei den meisten bin ich nur der *Indianerjunge.*"

„Ja, ich weiß", antworte ich betreten. „Ist mir aber egal."

Die Bedienung kommt die Wendeltreppe hoch, es ist Diane, wie ich erleichtert feststelle. Sie ist etwa in meinem Alter, und ich fand sie schon immer sympathisch. Sie kommt an unseren Tisch. Von ihr kommen keine schiefen Blicke in Richtung Noah.

„Hallo, ihr beiden. Was möchtet ihr denn?"

„Nur Kaffee", sagt Noah.

„Wie immer, hm? Soll ich dir wieder Erdnussbuttercookies beilegen?"

Noah grinst schelmisch. „Du kennst mich zu gut."

„Und du, Rebecca?" Diane schaut mich abwartend an. Ich muss meine Überraschung ein wenig verbergen. Ich bin oft im *Forest Creek.* Warum habe ich Noah noch nie hier gesehen? Er scheint ja öfter hierherzukommen.

Ich verschiebe die Überlegung auf später und bestelle Kaffee und einen Beaver Tail, eine leckere Mischung aus Waffel und Donut.

Noah scheint mich zu durchschauen. „Hast du dich gerade gefragt, warum du mich hier noch nie gesehen hast?"

„Du kannst also Gedanken lesen, sehr interessant", witzele ich.

„Eigentlich findest du mich hinten in der Küche. Ich helfe hier manchmal aus, und nach Feierabend trinken wir gerne noch einen Kaffee zusammen."

Er hat also einen Job und kümmert sich zusätzlich um Wildtiere. Ich hingegen schiebe seit meinem Abschluss alles nur vor mir her. Das stimmt mich nachdenklich. Und wieder sieht er mir irgendwie an, was ich gerade denke. Das ist schon fast unheimlich.

„Ich arbeite gern hier, und meiner Familie hilft es. Du willst Medizin studieren, oder?"

„Sagt man das über mich?"

„Ja, schon."

Ich seufze leise. „Es ist wohl eher so, dass meine Eltern wollen, dass ich studiere."

Nun habe ich ihn anscheinend überrascht, wenn ich seinen Ausdruck richtig deute.

Ich streiche mir das lange Haar hinter die Ohren.

„Du wolltest mich in der Bibliothek was fragen." Noah sieht mich neugierig an.

„Ach, ist schon gut." Auf einmal kommt es mir blöd vor, ihn wegen seiner Abstammung auszuhorchen. Er fragt ja auch nicht, woher meine Vorfahren stammen.

„Nein, frag ruhig."

Wahrscheinlich ahnt er bereits, worüber ich nachdenke. Verlegen schüttle ich den Kopf.

Noah lehnt sich mit einem Schmunzeln zurück. „Denkst du, ich bin sauer, wenn du mich nach meiner Herkunft fragst?"

„Warum weißt du ständig, was ich denke?"

„Irgendwie kann man alles ziemlich gut in deinem Gesicht ablesen."

Ich verschränke die Arme vor der Brust. „Okay, wenn du eh alles weißt", erwidere ich etwas pikiert. „Von welchem Native-Stamm bist du?"

„Meine leiblichen Eltern gehörten den Shawnee an. Sie wuchsen in einem Reservat nahe der Grenze auf, aber ich weiß, dass sie versucht haben, aus diesem Leben auszubrechen und deshalb nach Kanada gingen. Leider kamen sie bei einem Autounfall ums Leben."

„Noah, das ..." Ich stocke, weiß gar nicht, was ich sagen soll. „Das tut mir leid", bringe ich nur hervor.

„Schon gut. Ich erinnere mich nicht an sie. Als sie starben, war ich elf Monate alt."

„Und du hast den Unfall unverletzt überlebt?"

„Ich war nicht mit im Auto, sie hatten mich bei Freunden untergebracht."

Diane unterbricht unser Gespräch. Sie bringt unseren Kaffee und mein Beaver Tail, der lecker nach Zimt duftet. Ich nippe an meinem Heißgetränk und beobachte Noah verstohlen. Er umfasst die Tasse mit einer Hand. Sein Blick schweift zum Nationalpark.

„Ich habe es lieber, wenn man offen über alles spricht", sagt er plötzlich.

„Ich wollte dich nicht in Verlegenheit bringen, ... weil ich ja weiß, wie sie dich nennen."

Aufmerksam schaut er mich an. „Aber bin ich nicht genau das?"

„Ich mag das Wort *Indianer* nicht besonders.“

Meine Worte lassen ihn lächeln. „Ich auch nicht.“

Ich probiere mein Gebäck, das wirklich verdammt lecker ist. „Wie bist du zu den Mikaels gekommen?“

Er zieht den Zuckertopf zu sich heran und wirft zwei Stücke in seinen Kaffee. „Das ist eine längere Geschichte.“

„Nun, ich bin eine gute Zuhörerin.“

„Ich glaube, das sollte dir meine Mom erzählen.“

Will er die Umstände seiner Adoption nicht preisgeben, oder möchte er seiner Mutter den Vortritt lassen? Sein Gesichtsausdruck sagt mir nur wenig, er wirkt eher verschlossen.

„Okay“, antworte ich und esse schweigend meinen Beaver Tail, dessen Form tatsächlich irgendwie an einen Biberschwanz erinnert.

Etwas später kommt jemand die Wendeltreppe rauf, und ich schaue unwillkürlich zu dem Aufgang. Mir rutscht förmlich das Herz in die Hose, als ich Heather erkenne. Sie setzt sich mit ihrer Freundin Lindsay Franklin und deren Bruder Dylan an einen Nebentisch. Heather ist vorhin mit meinem Bruder zusammen in der Bibliothek gewesen, und noch kann ich nicht sagen, was sie miteinander verbindet. Ich fürchte, dass sie George sofort erzählen wird, dass sie mich mit Noah im *Forest Creek* gesehen hat. Außerdem ist Heather eine falsche Schlange. Alle drei sehen nun zu uns rüber und starren uns an, dann beginnt das Getuschel. Noah folgt kurz meinem Blick und beobachtet mich.

„Du magst sie nicht besonders“, stellt er fest und trinkt einen Schluck Kaffee.

„Wir haben nicht so ein tolles Verhältnis.“

Fast meine ich Erleichterung über Noahs Züge huschen zu sehen.

„Sollen wir gehen?"

Ich presse die Lippen zusammen, überlege. Eigentlich würde ich viel lieber noch hierbleiben. Doch durch Heathers Auftauchen fühle ich mich unsicher, also nicke ich. Wir legen beide für Diane etwas Trinkgeld auf den Tisch und gehen runter zur Kasse, die sich am Ausgang befindet.

Draußen dämmert es bereits.

Wind kommt auf, weht uns beiden das Haar vors Gesicht. Wir lachen auf, weil wir beide darum kämpfen, die widerspenstigen Strähnen zu bändigen. Ich halte meine etwas unbeholfen fest, die Böen machen es mir nicht leicht. Schließlich stopfe ich meine Mähne in den Kragen. Noah holt rasch ein Zopfband aus seiner Jeans und bindet seine dunkle Flut zusammen.

„Ich muss jetzt nach Hause", sagt Noah. „Ich habe Mom versprochen, nicht zu lange fort zu sein. Sie muss gleich zur Arbeit und das Grauhörnchen muss zurzeit alle zwei Stunden gefüttert werden."

„Das würde ich wirklich gerne mal sehen."

„Dann komm morgen vorbei, wenn du möchtest."

„Vielleicht mache ich das wirklich."

„Ich würde mich freuen." Sein Lächeln wirkt absolut echt.

„Dann bis morgen."

Er wendet sich ab und nimmt die Querstraße in Richtung Pond-Viertel. Ich reiße mich los und schlendere in die entgegengesetzte Richtung. Aus einer Ahnung heraus schaue ich auf mein Smartphone. Drei verpasste

Anrufe und eine Nachricht meines Bruders, die ich öffne.

Du bist so was von am Arsch, hat er geschrieben.

„Der Abend dürfte interessant werden", murmele ich.

2

Bevor ich ins Haus gehe, flüchte ich mich in Dads japanischen Garten. Ich denke an den Aufruhr, als mein Vater nach seiner Japan-Reise das ganze Gelände hinter unserem Haus hat umgestalten lassen. Wir sind ein halbes Jahr lang das Gespräch von Wolfberry gewesen, was mich nun zum Schmunzeln bringt.

Was Noah wohl zu diesem besonderen Ort sagen würde? Dürfte ich ihn überhaupt mal mit hierherbringen, oder würde Vater das untersagen? Meist hat er kein gutes Wort für die kanadischen *First Nation* übrig. Sicher macht es keinen Unterschied, dass Noah von den Shawnees abstammt, die eher zu den *Native American* zählen.

Mit einem Seufzen gehe ich über die kleine Holzbrücke, nehme den schmalen Pfad zum hochgewachsenen Fächerahorn, meinem Lieblingsplatz, an dem mich eigentlich keiner stört.

Ich setze mich auf den flachen Stein, beobachte die Kois in dem Teich, der wirklich hübsch gestaltet ist. Mittlerweile ist alles so gewachsen, wie Dad es sich vorgestellt hat, und er gibt furchtbar gerne damit an. Wahrscheinlich würde er am liebsten Eintritt verlangen. Ich schnaufe belustigt auf.

Trotzdem mag ich diesen Ort. Vögel hüpfen über mir in den Zweigen, zwitschern immer wieder leise. Der Wind flaut ab, rauscht noch sacht in den Blättern. Einzelne Lichtstrahlen dringen bis zu mir durch, zeichnen Sonnenflecken auf den steinigen Boden. Feiner Regen setzt ein. Ich bleibe dennoch sitzen, das Laub des

Ahorns schützt mich. Ich schaue in das Blätterdach über mir, das sich im Sommer von Rot nach Grün umfärbt, und der Wechsel beginnt bereits. Im Herbst werden sie wieder dunkelrot, bevor sie schließlich abfallen.

Ich lehne mich gegen den Stamm, sehe den Wolken zu, wie sie über Wolfberry ziehen und jede freie Lücke am Himmel vereinnahmen, sodass sich die Umgebung merklich verdunkelt. Sogar die ersten Solarlichter glimmen auf.

Mit einem tiefen Atemzug erhebe ich mich und gehe ins Haus. Ich höre bis in den Flur, dass George irgendein PC-Game zockt. Mom finde ich in der Küche. Sie spült immer noch Geschirr ab. Ich grüße sie leise und nehme mir wie selbstverständlich ein Trockentuch, um ihr zu helfen.

Sie hält inne, sieht mich eisig an.

„Entschuldige, dass ich nicht zum Essen kommen konnte."

Sie schmeißt nur den Spülschwamm ins Wasser und verlässt wortlos die Küche.

Nun, das bedeutet wohl, dass ich die restliche Arbeit erledigen darf. Ich zucke mit den Schultern. Mich stört es nicht, im Haushalt zu helfen, im Gegenteil. Ich möchte mich nicht nutzlos fühlen.

Mom knallt hinter mir die Tür zu, was mich zusammenzucken lässt. Ihre Wut lässt mich nicht kalt. Ich wünschte, sie würde wie Dad herummotzen. Ihre Art, mich zu ignorieren, nicht mit mir zu sprechen, rührt etwas Unangenehmes in mir auf. Ein kleiner Stich fährt mir regelrecht ins Herz. Eigentlich sollte es mir nichts mehr ausmachen, aber dieser Liebesentzug hat mich als Kind immer tief getroffen, und wenn meine Mutter wieder damit anfängt, keimen unwillkürlich Erinnerungen auf.

Ich versuche, die Gefühle abzuschütteln und beende, was Mom angefangen hat, stelle mich gedanklich auf eine Strafpredigt ein. Ich mag zwar neunzehn sein, aber meine Eltern scheinen das noch nicht wirklich realisiert zu haben. Für sie bin ich immer noch ihr kleines Mädchen, das gefälligst parieren soll. Und wenn ich weiter hier wohnen bleiben möchte, bleibt mir eigentlich keine andere Wahl, als genau das zu tun.

Ich denke an Noah. Ob ich mir einen Job suchen sollte?

Für den Moment klingt es verlockend. Leider gibt es in Wolfberry nicht sonderlich viel, was infrage käme.

Ich räume noch das Geschirr ein und stelle mich meinem Vater, der im Wohnzimmer sitzt. Sein Kopf ruckt herum. Langsam beugt er sich vor, um den Fernseher auszuschalten.

„Das nächste Mal sag bitte eher Bescheid, wenn du nicht zum Essen kommst", sagt Dad mit eisiger Stimme.

„Mach ich, tut mir leid. Das war recht spontan."

„Ja, George erzählte uns schon, was sich da ergeben hat." Er dreht sich auf der Couch etwas herum, um sich mir komplett zuzuwenden. „Ist das wahr?"

„Was denn genau?", erwidere ich schnippisch.

„Du gibst dich nicht ernsthaft mit diesem Noah ab, oder?"

Ich verschränke die Arme vor der Brust. „Und wenn es so wäre?"

„Mädchen, die Familie wohnt im Pond-Viertel, und er ist ja nicht mal ein … ein Kanadier."

„Aha? Ist er nicht? Ich würde sagen, als seine Eltern ihn adoptiert haben, hat er sicher einen kanadischen Pass bekommen.“

„Das meine ich nicht, und das weißt du auch.“

Ich verenge die Augen zu Schlitzen. Und wie ich weiß, was er meint!

Dad steht auf, geht auf mich zu.

„Schatz, du weißt, dass ich bestimmt nicht rassistisch bin ...“

„Du sieht also Menschen mit einer anderen Herkunft oder einer anderen Hautfarbe als absolut gleichwertig an?“

„Das kann man so doch nicht sagen.“

„Und warum nicht? Ich sehe es so.“

Er presst die Lippen aufeinander, etwas, das ich auch gern tue.

„Rebecca ...“

Ich horche auf, er nennt mich selten bei meinem vollen Namen, am liebsten sagt er Becca zu mir. Also wird es jetzt ernster.

„Ich habe nichts gegen Indianer oder Schwarze, sie sind halt anders, und ich möchte nicht, dass du dich mit ihnen abgibst. Seit ich als Bürgermeister kandidiere, müssen wir noch mehr darauf achten, wie wir uns verhalten und mit wem wir gesehen werden.“

„Ach, ist das so? Du weißt aber, dass ich keine fünfzehn mehr bin?“

„Und deshalb darf ich dir keinen Rat geben?“

„Wenn das nur ein Rat sein soll, ist es ja okay.“

„Ich meine ... Verdammt, Rebecca!“

Ich versuche, absolut ruhig zu bleiben. „Ja?“

„Hmpf“, gibt er von sich und geht wieder zur Couch.

Ich linse zu ihm rüber. Das war es schon? Ich habe mit mehr Theater gerechnet.

„Hast du schon die Unterlagen für die Uni eingereicht?"

Seine Frage wirft mich aus der Bahn. „Noch nicht", antworte ich kleinlaut.

„Und warum nicht?"

Mit einem Seufzen setze ich mich neben ihn. „Dad, wir müssen noch mal darüber reden."

„Das haben wir schon zur Genüge."

„Ich glaube einfach, dass Human-Medizin nichts für mich ist."

„Hast du dich denn jetzt mal damit beschäftigt?"

„Nun ja, ich weiß, was eine Ärztin ungefähr zu tun hat, Dad", antworte ich bissig.

„Und was willst du stattdessen machen? Im *Forest Creek* kellnern?"

Überrascht sehe ich ihn an. Weiß er, wo ich mit Noah gewesen bin, oder weiß er, dass er dort arbeitet? Ich bin etwas sprachlos.

„Rebecca, wir haben fast zwei Jahrzehnte für dich gespart, damit du dir ein Medizinstudium leisten kannst. Ich akzeptiere es nicht, dass du das aus einer Laune heraus wegwirfst. Glaube ja nicht, dass wir dir das Geld für irgendeine unsinnige Job-Idee oder womöglich für Urlaubsreisen oder fürs Shopping geben werden."

„Wer sagt denn, dass ich verreisen will? Und du weißt sehr genau, dass ich keine Shoppingqueen wie Mom bin!"

Es ist mir einfach herausgerutscht, und ich kann es nicht zurücknehmen. Dad erbleicht sichtlich, dann ändert sich schlagartig sein Gesichtsausdruck.

„Deine Mutter arbeitet jeden Tag für jedes Teil, das sie sich kauft. Maße dir nicht an, über sie zu urteilen!"

„Das tue ich nicht! Du wirfst mir aber vor, ich wolle von dem Geld irgendeinen Unfug kaufen." Ich lege in einer entschuldigenden Geste meine Hand auf seinen Arm. „Dad, ich wollte nicht ..."

Er schüttelt mich barsch ab. „Geh mir aus den Augen! Ich will jetzt in Ruhe meinen Krimi gucken. Mach, was du willst. Aber ich werde dir keinen Cent von dem Sparbuch geben, es sei denn, du besinnst dich und studierst etwas Ordentliches."

„Dad, mir geht es nicht um das Geld."

Er schaltet den Fernseher ein und schraubt die Lautstärke höher. An seiner Körperhaltung erkenne ich, dass er kein Wort mehr mit mir reden wird. Ich wende mich abrupt ab und eile hoch in mein Zimmer. Tränen verschleiern mir die Sicht. Ich versuche vehement, sie wegzublinzeln.

Ich liebe meine Eltern, und es tut einfach weh, dass sie mich so falsch einschätzen. Ich wünsche mir doch nur, dass sie stolz auf mich sind, egal, was ich für einen Beruf ergreife.

In dieser Nacht mache ich kaum ein Auge zu. Meine Gedanken rotieren, und sie driften ständig zu Noah. Erst am frühen Morgen schlummere ich ein und schrecke nach knapp einer Stunde wieder auf, weil Mom mit High Heels an meinem Zimmer vorbeiläuft.

Oh, ich hasse diese Schuhe. Ihr Klackern hallt immer durch das ganze Haus. Missmutig drehe ich mich auf die andere Seite, an Schlaf ist trotzdem nicht mehr zu denken. Als ich zudem höre, dass meine Mutter unten mit dem Geschirr klappert, raffe ich mich auf. Besser, ich bleibe heute nicht zu lange im Bett, sonst werfen sie mir noch Faulheit vor. In Schlafanzug und Pantoffeln tappe ich ins Erdgeschoss. Ich grüße Mom. Wie erwartet, behandelt sie mich wie Luft. Nichtsdestotrotz helfe ich bei den Frühstücksvorbereitungen. Ich weiß, dass Dad schon auf der Arbeit ist und dort in der Pause frühstückt, deshalb decke ich für drei Personen.

George kommt frisch geduscht und fertig angezogen herunter. Meine Mutter schenkt ihm ein Lächeln und einen Gutenmorgengruß, küsst ihn sogar auf die Wange. Er nickt mir zu und setzt sich auf seinen Platz.

Ich fühle mich furchtbar, sage aber kein Wort. Einmal habe ich versucht, ein Gespräch zu beginnen, allerdings ohne Erfolg. George grinst frech und lobt die Hash Browns, ein Kartoffelgericht, das Mom morgens gerne mit Ei und Schinken zubereitet. Die beiden reden leise über die Schule, ich bin völlig außen vor. Mir ist der Appetit vergangen. Ich nehme mir trotzdem von dem Gericht, bringe aber kaum etwas davon hinunter, was meiner Mutter auffällt, wie ich anhand ihres Blickes registriere.

Rebecca, du kennst das doch, stell dich nicht so an, versuche ich mich selber zu beruhigen. Doch ihr Verhalten dringt wie ein Dorn tief in mein Herz. Ich stochere in den Kartoffeln herum. Dann geht George zur Schule, und Mom zieht kommentarlos ihre Jacke an, verlässt das Haus, um ins Büro zu gehen. Sie ist Architektin. Ich lausche den Geräuschen ihrer Absätze, höre, wie sie mit dem Zweitwagen davonfährt.

Ich stelle den Rest der Hash Browns in den Kühlschrank und beginne, die Küche aufzuräumen. Wieder stehlen sich verflixte Tränen in meine Augen. Unwirsch wische ich sie fort, atme tief durch.

Am liebsten würde ich mit Noah sprechen, leider haben wir noch keine Handynummern ausgetauscht. Ob ich zu ihm gehen soll? Alles in mir ruft ein lautes Ja! Ich finde es allerdings unhöflich, jemanden um kurz nach acht zu besuchen. Darum beschäftige ich mich, nach einer ausgiebigen Dusche und nachdem ich in bequeme Kleidung geschlüpft bin, endlich mit den Universitätsunterlagen der *University of Calgary*. Lustlos blättere ich die Dokumente durch und bleibe bei dem Infozettel mit den Studiengängen hängen. Nun doch interessiert durchforste ich die Fächer und bleibe abrupt bei einem stehen. Ich starre auf die Worte *Veterinary Medicine*.

Wäre Tiermedizin eine Lösung? Zumindest sträubt sich da nichts in meinem Inneren, wenn ich es mir vorstelle. Ich frage mich, was meine Eltern wohl davon halten würden und kenne die Antwort. Mom hasst Tiere aller Art, und Dad interessiert sich schlicht nicht dafür. Sie würden mich auslachen, mir wahrscheinlich sagen, es wäre nicht vergleichbar mit der Humanmedizin. Ich höre innerlich schon Dads pikierte Stimme, wie er sagt: *Das ist nur ein Pseudo-Studium, da kannst du auch auf einer verdammten Farm arbeiten.*

Vielleicht sind meine Gedanken gerade übertrieben, aber Ähnliches habe ich schon von ihm gehört, als ich mit meinen Eltern über Berufswünsche gesprochen habe.

Ich lege die Dokumente zur Seite, wieder einmal.

Es ist mein Leben, ich sollte darüber entscheiden dürfen!

Ich schlucke schwer, wenn ich an die Reaktion meiner Mutter denke, nur weil ich nicht zum Abendessen erschienen bin. Was würde sie tun, wenn ich etwas so Wichtiges in dem Wissen entscheiden würde, sie wäre strikt dagegen? Mich schaudert es.

Ich schüttle vorerst meine Überlegungen ab und werfe einen Blick auf die Uhr. Wenn ich sehr langsam zum Pond-Viertel ginge, wäre es sicher schon nach halb zehn. Entschlossen schlüpfe ich in eine leichte Jacke und meine Sneakers und verlasse das Haus.

Herrlicher Sonnenschein empfängt mich. Die Luft riecht nach Sommer, und mir huscht ein Lächeln übers Gesicht. Ich liebe den Juni. Alles ist erblüht, die Bäume erstrahlen in sattem Grün, und ich fühle mich lebendiger.

Während ich durch Wolfberry laufe, frage ich mich, was mein Vater gegen das Pond-Viertel hat. Bisher bin ich nie direkt dort gewesen, nur vorbeigegangen. Ich biege in die Pond Street ein und sehe mich um. Es ist ärmlicher als bei uns, die Fassaden der Häuser sind etwas abgeblättert und vor einem Haus liegt eine Menge Gerümpel. Die Gärten sind teilweise gepflegt, andere wirken verwildert. Ein Geräusch lässt mich aufmerksam werden. Etwas tappt im Schatten um die Müllbehälter herum. Ich gehe ein Stück näher heran. Ein Waschbär?

Schmunzelnd beobachte ich, wie das Tier an einem Plastiksack zupft, wahrscheinlich, um Essensreste zu stehlen.

Ich höre leise Schritte hinter mir.

„Er wird es nie lernen, seinen Müll ordentlich wegzupacken“, höre ich auf einmal Noahs Stimme.

Ich wirbele herum. Sein plötzliches Auftauchen macht mich kurz sprachlos, und mir ist es ein bisschen peinlich, dass ich schon so früh hier auftauche. Da registriere ich den Hund. Der Husky sitzt an Noahs Seite und beobachtet mich hechelnd.

„Das ist meine Hündin Rani", sagt Noah lächelnd.

Mit einer Geste zeigt er dem Hund etwas an. Ich weiß nicht, was es bedeutet, aber Rani läuft auf den Waschbären zu. Sie vertreibt das Wildtier nicht, sondern stupst es so lange an, bis es davon trottet.

„Moment", bittet Noah und geht auf das Haus zu, in die Richtung, in die das Wildtier flüchtet. „Pepples!" Bei Noahs Ruf bleibt der Waschbär stehen und schaut ihn abwartend an. Noah wirft ihm etwas zu, was er gierig aufnimmt und davoneilt. Rani kommt an seine Seite, beide nähern sich mir. Noah trägt nur eine Jeans und eine Wildlederweste.

„Hast du deine Schuhe verloren?", frage ich scherzhaft.

„Ich lauf gerne barfuß." Er lächelt. „Schön, dass du schon hier bist."

„Ich bin ein bisschen spazieren gegangen, und da dachte ich ... na ja ..."

Noah lacht leise auf. „Dass du dir das kleine Grauhörnchen ansehen könntest."

„Ist das so ein Shawnee-Talent? Immer alle zu durchschauen?"

„Kann schon sein", erwidert er mit einem amüsierten Ausdruck. Er widmet sich Rani, streichelt der Hündin über den Kopf.

„Der Waschbär heißt also Pepples?"

„Ja. Ausnahmsweise hab ich ihn nicht unter meinen Fittichen gehabt. Er ist hier im Viertel bekannt, und die meisten mögen ihn, aber Mr. Hatfield hasst den kleinen Kerl." Noah zeigt auf das Haus, vor dem wir stehen. „Mein Nachbar holt auch schon mal seine alte Schrotflinte heraus, wenn er das Tier sieht. Trotzdem lässt er ständig seinen Hausmüll draußen liegen." Resigniert zuckt er mit den Schultern. „Magst du mitkommen? Die Kleine hier braucht dringend Auslauf." Er neigt den Kopf zu dem Hund.

„Darf ich sie streicheln?"

„Ja, sicher."

Ich halte ihr die Hand hin, damit sie an mir schnuppern kann. Rani nimmt das als Aufforderung, um mich anzustupsen, lässt sich daraufhin auf meine Füße fallen und dreht sich auf den Rücken. Schmunzelnd hocke ich mich hin, um sie zu kraulen.

„Sie ist ein furchtbarer Wachhund", sagt Noah belustigt.

„Rani ist ein schöner Name."

„Meine Mom hat ihn aus irgendeinem Roman."

Ihr Fell ist so weich und dicht, ich genieße es, meine Finger darin zu versenken. „Ich komme gerne mit auf einen Spaziergang."

„Den du ja sowieso machen wolltest."

Ich schaue zu ihm auf, und er zwinkert mir verschmitzt zu.

„Meine Mom hat mich heute wie Luft behandelt", gebe ich zu und richte mich wieder auf, „und nachdem ich die Unterlagen für die Uni vor mir hatte, wollte ich eigentlich nur noch raus."

„Dann komm, das wird dich ablenken."

Wir gehen ein Stück zurück, und Noah führt mich zwischen zwei Häusern hindurch. Weites Brachland, von einigen Sträuchern durchbrochen, liegt vor uns. Er gibt Rani mit einer Geste frei, und der Hund rennt über die Grasfläche, die mich ein bisschen an die Prärie erinnert.

„Warum hat dich deine Mom wie Luft behandelt? Weil du mit mir im Café warst?"

„Das ist nicht wegen dir. Sie hasst es, wenn wir nicht zum Essen erscheinen. Kochen ist ihre Leidenschaft."

Wir laufen über die Ebene.

Noah blickt nachdenklich zum Waldrand. „Sie will euch etwas Gutes tun", sinniert er. „Aber du bist keine zwölf mehr."

„Das hat Mom noch nicht mitbekommen."

Mit einem Schmunzeln sieht er mich an. „Das kenne ich auch."

Er führt mich in westliche Richtung zum Wald, der an den Banff Nationalpark grenzt. Rani folgt uns in einem weiten Bogen, sie bellt aufgeregt. Nach einer Weile nähern wir uns den ersten Laubbäumen.

„Erschreck dich jetzt nicht", sagt Noah.

Verwundert sehe ich ihn an. Er legt die Hände wie zum Ruf an den Mund und stößt einen seltsamen Schrei aus. Recht schnell kommt aus dem Wald eine Antwort, die sich fast wie eine Katze anhört. Ich versuche, den Vogelruf einzuordnen, brauche jedoch nicht lange überlegen, denn etwas kommt auf uns zugeflogen. Zuerst ist der Flug sicher und elegant, dann wird er unsicher, und das Tier muss zwischenlanden.

„Das ist dein Steinkauz!"

„Ja, das ist Holly", stellt Noah vor.

Wir gehen ein Stück auf sie zu, Noah gibt mir mit einer Geste zu verstehen, dass wir stehenbleiben sollen. Gespannt beobachte ich die kleine Eule, die nun mit langbeinigen Schritten auf Noah zuläuft. Ich trete einen Schritt zurück, um sie nicht zu verschrecken, da stößt sie sich mit einem Sprung vom Boden ab, breitet die Flügel aus, um auf Noahs ausgestrecktem Arm zu landen.

„Guten Morgen, Holly", säuselt er.

Er dreht sich mit einem Lächeln zu mir um, während der Kauz auf seine Schulter klettert. „Sie hat bei uns ein offenes Gehege, da verbringt sie am liebsten den Tag. Nachts ist sie unterwegs."

„Du hast erzählt, dass sie nicht richtig fliegen kann, oder?"

„Ja, ein alter Bruch am Flügel. Sie schafft nur kurze Strecken." Während er spricht, krault er sie am Hals, was ihr offensichtlich sehr gefällt. „Sie jagt trotzdem selbst. Steinkäuze machen das gern zu Fuß. Sie ist dabei so schnell wie eine Maus."

„Wow."

Rani bellt auffordernd, sie will weiter, also erfüllen wir ihr den Wunsch und gehen am Waldsaum entlang. Holly bleibt dabei auf Noahs Schulter. Sie krallt sich an seiner Wildlederweste fest, und nun verstehe ich, warum er nicht einfach ein T-Shirt angezogen hat.

„Eigentlich ist es nicht richtig, dass sie so zahm ist. Zum Glück bezieht sich das ausschließlich auf mich. Eulen sind schwierig aufzuziehen, wenn sie richtig ausgewildert werden sollen. Das hat bei Holly nicht geklappt, weil ich sie lange gesundpflegen musste."

„Ist es denn ein Problem für sie?"

„Bisher nicht. Wir wohnen ja auch recht abgelegen.“

Holly zupft an Noahs Weste herum. Ich finde sie wunderschön mit ihrem gesprenkelten Gefieder und den Knopfaugen, mit denen sie jede meiner Bewegungen beobachtet.

„Wo hast du sie gefunden?“

„Weiter hinten im Wald. Es ist nach einem Sturm gewesen. Sie muss aus dem Nest gefallen sein. Daher auch die Verletzung. Der Tierarzt wollte sie deshalb einschläfern, und ich hab um sie gekämpft.“

Rani kommt auf uns zugestürmt, ich locke sie ein wenig, und der Hund lässt sich nicht lange bitten. Ich streichle sie ausgiebig. „Ist das ein reinrassiger Husky?“

„Nein, sie ist ein Mischling. Sie kommt aber aus einer Zucht. Ihre Mutter hat sich mit dem Retriever vom Nachbarn vergnügt.“

„Darüber war der Züchter bestimmt nicht erfreut.“

„Er wollte die Welpen unbedingt loswerden und hat sie verschenkt. Da mein Dad mit ihm arbeitet, kam er irgendwann mit Rani nach Hause.“

„Den Retriever sieht man gar nicht“, sage ich zu Rani, die sich an mein Bein drückt. „Du siehst aus wie ein kleiner Wolf.“

Überrascht sieht mich Noah an. „Das sage ich auch immer, deshalb nenne ich sie auch gerne mal *Little Wolf*.“

„Das klingt sogar indianisch.“ Im gleichen Moment merke ich, wie unpassend der Ausdruck ist. Ich weiß, dass die Native American und auch die First Nation es nicht mögen, so genannt zu werden. „Tut mir leid!“

„Was tut dir leid?“

„Na ja, das ... indianisch.“

Er braucht einen Moment, um zu verstehen, was ich meine. Noah winkt ab. „Ich finde, es kommt darauf an, wer es sagt und wie man es sagt. Wenn du mich so nennst, ist es okay für mich."

Ich fühle mich trotzdem nicht wohl dabei, äußere mich aber nicht mehr dazu.

„Hast du auch einen … also … so einen Namen?"

„Einen indianischen?", hakt er schelmisch nach.

„Mmh."

„Den hab ich tatsächlich. Mom hat ihn mir gegeben."

Ich platze vor Neugier, möchte trotzdem nicht weiter nachhaken.

Mir fällt auf, dass wir uns nun wieder dem Pond-Viertel nähern. Ich erinnere mich an seine Worte von gestern, als er gesagt hat, dass er im letzten Haus wohnt. Das ist allerdings aufgrund des Pflanzenbewuchses kaum auszumachen. Obstbäume und Sträucher verbergen den Garteneingang, das Brachland geht quasi fließend in den Bereich der Mikaels über. Ein großes Gehege dominiert den hinteren Bereich. Holly flattert zu Boden und geht mit langbeinigen Schritten auf ihr Zuhause zu. Geschickt klettert sie ins Innere und verschwindet in einer kleinen Höhle. Ich habe selten so etwas Süßes wie sie gesehen. Es entlockt mir ein versonnenes Lächeln, das Noah erwidert, als sich unsere Blicke begegnen.

Rani rennt ins Haus, das ich nun endlich erkennen kann. Die Fassade ist im hinteren Teil von Ranken zugewuchert, die bis aufs Dach wachsen. Im Garten sehe ich hohe Wildblumen, ich erkenne auch einen Gemüse- und einen Kräutergarten.

„Bist du bereit für ein Grauhörnchen-Baby?"

„Oh Gott, ja!"

Noah lacht leise auf und zeigt mir mit einer Geste an, ihm zu folgen. Ein Steinweg führt uns durch den verwilderten Garten. Wir gehen zur Hintertür, um ins Haus zu gelangen. Drinnen ist alles aus hellem Holz gefertigt, es riecht nach Pancakes. Ich atme den leckeren Duft genießerisch ein. Bei uns zu Hause ist alles mit sehr viel Weiß eingerichtet, ich mag das gemütliche Flair der Mikaels.

„Ist es in Ordnung, wenn wir erst zu meiner Mutter gehen? Sie weiß gern, wen ich mitbringe."

„Ja, natürlich."

Ich höre Küchengeklapper. Ms Mikaels dreht sich zu uns um. „Oh, hallo."

Sie scheint überrascht zu sein. Ob sie mich kennt? Sie wirft Noah einen Blick zu, den ich nicht deuten kann.

„Guten Morgen, ich bin Rebecca Maywood", stelle ich mich vor.

„Ja, das weiß ich, schön, dass du hier bist."

Sie kennt mich also wirklich.

„Rebecca, magst du vielleicht mit uns frühstücken?"

Da ich von Moms Hash Browns kaum was gegessen habe, sage ich zu. Wie selbstverständlich helfe ich, das Geschirr zum Esstisch zu tragen, und wundere mich, als ich Noah bis auf die Terrasse folge. Wir essen grundsätzlich im Essbereich von Moms luxuriöser Küche, Ausnahmen gibt es nicht. Aber der Raum ist auch so groß, dass man darin tanzen könnte.

„Es ist so schön heute", schwärmt Ms Mikaels und stellt einen großen Teller mit Pancakes in die Mitte des Tisches. Sie setzt sich, lächelt fast ein wenig scheu. „Du bist bestimmt Besseres gewohnt. Ich weiß, was für eine fabelhafte Köchin deine Mom ist. Vielleicht schmeckt es dir trotzdem."

„Mir schmeckt es bestimmt, die Pancakes riechen unglaublich lecker."

Noch nie habe ich an so einem ungezwungenen Essen teilgenommen. Bei uns geht es immer sehr vornehm zu, nicht einmal leise Gespräche sind erlaubt. Bei den Mikaels wird gelacht, erzählt und zwanglos gegessen. Auch Rani wird nicht fortgejagt, sondern bekommt ihr Leckerchen. Die Atmosphäre bringt mich zum Lächeln. Wenn ich an mein Frühstück zu Hause denke, ist das hier eine andere Welt. Nach einer Weile taue ich etwas auf.

„Ms Mikaels, ich wusste gar nicht, dass Sie meine Mom kennen?"

„Ach, nenn mich einfach Donna, du brauchst mich nicht zu siezen."

„Vielen Dank."

„Ich kenne deine Mom von dem Kochwettbewerb letztes Jahr. Sie ist wirklich eine außergewöhnliche Köchin."

Ich erinnere mich noch gut an diesen Tag. Mom war angespannt und aufgeregt gewesen, sie wollte unbedingt gewinnen, was ihr auch gelungen ist.

„Dafür machst du die besten Pancakes", mischt sich Noah ein.

Ich nehme mir noch etwas Ahornsirup. „Da kann ich nur zustimmen."

„Lass das nicht deine Mom hören", sagte Donna verschwörerisch.

„Ha, ha, nein, besser nicht."

Ich schaue in den Garten. Mir gefallen die hoch gewachsenen Wildblumen, die Kräuter und der junge Zucker-Ahorn, der seine Zweige schützend über Hollys Gehege ausbreitet.

„Bist du fertig?", unterbricht Noah meine Beobachtung.

„Ja, es war wirklich sehr lecker, Donna."

„Dann komm, ich muss die Milch für Hörnchen fertig machen."

Wir nehmen auf dem Weg zur Küche einiges an Geschirr mit, das wir an die Spüle legen. Interessiert sehe ich zu, wie er die spezielle Aufzuchtmilch zubereitet.

Noahs Zimmer habe ich mir genau so vorgestellt. Er hat einfache Holzmöbel, an den Wänden hängen unterschiedliche Dinge der Native American als Dekoration, die Sonne taucht alles in ein goldenes Licht. Staubfunken tanzen darin umher. Ich verharre vor einem großen, eingerahmten Foto, auf dem Noah zu Pferde zu sehen ist. Er reitet mit freiem Oberkörper und ohne Sattel. Das lange Haar weht offen im Wind, eine Feder ist in der Frisur befestigt.

„Wow", bringe ich nur hervor.

„Darf ich vorstellen?", sagt er theatralisch. „Black Fox."

„Aber ... das bist du, ... oder?"

„Ja, das bin ich", antwortet er lachend. „Mom nennt mich manchmal so, weil ich früher wie ein dunkler Fuchs durch das hohe Gras gestreift bin."

„Mann, das sieht aus wie aus einem Film."

„Meine Eltern haben mir zum Geburtstag so ein besonderes Fotoshooting geschenkt. Eigentlich reite ich nicht besonders gut. Zum Glück war der Schecke unglaublich lieb und geduldig, also sind die Fotos wirklich nett geworden."

Ich bin überrascht, als ich einen meiner Traumfänger erkenne. Noah folgt meinem Blick.

„Wann hast du den denn gekauft?"

„Der ist von dir, oder?"

Ich nicke und sehe den tanzenden Federn zu. Ich weiß noch, wie ich sie bei einer Wanderung mühsam zusammengesucht habe.

„Ich hab ihn letztes Jahr auf dem Schulflohmarkt gekauft. Du warst gerade nicht am Stand."

Es gefällt mir, dass etwas, das ich selbst gefertigt habe, hier über ihn wacht. Es mag verrückt klingen, aber insgeheim glaube ich wirklich daran, dass die guten Träume durch das Netz gehen, die schlechten darin hängen bleiben und sich später in der Morgensonne auflösen.

Noah hebt die Hand und berührt die Federn. „Seitdem hatte ich keinen schlechten Traum mehr." Er lächelt geheimnisvoll.

Mir hingegen fehlen erneut die Worte.

Er winkt mich zu sich, zu einer Kleintierbox, in der ich etwas Kuscheliges sehe, das wohl als Nest dient. Noah greift vorsichtig hinein und holt ein winziges Grauhörnchen hervor, das gerade das erste Fell bekommen hat.

Es ist so klein!

Noah setzt sich auf den abgewetzten Sessel daneben und bietet dem Jungtier eine Flasche mit einem Aufzuchtsauger an. Er ist geübt darin, weiß genau, was er tut. Das erkenne ich an den sicheren Handgriffen.

„Wie kann so etwas so niedlich sein", sage ich und beobachte völlig fasziniert die Fütterung.

„Willst du es gleich mal halten?"

„Oh ja, bitte!"

„Du müsstest dir nur vorher die Hände waschen, die
Babys sind etwas empfindlich."

„Alles klar."

Nachdem Noah das Jungtier versorgt hat, gehe ich in
das Badezimmer nebenan. Als Noah mir dann das süße
Wesen in die Hände legt, versinke ich in dem Anblick.
Es schmiegt sich vertrauensvoll in meine Hand, sein
Fell fühlt sich ganz seidig an.

„Wo hast du es gefunden?", frage ich leise und kann
meinen Blick nicht abwenden.

„Es wurde von Wanderern im Nationalpark gefunden. Das Nest lag am Boden, seine beiden Geschwister
waren leider schon tot, aber Hörnchen lebte. Sie brachten es zu einer Wildtierstation. Die Leute dort kennen
mich und baten um meine Hilfe."

„Konnten sie es nicht selbst aufziehen?", hake ich
neugierig nach.

„Wenn sie so klein sind, ist die Aufzucht ziemlich
schwierig, und ich habe schon mal ein so junges Grauhörnchen durchgekriegt."

„Wie wilderst du es aus?"

„Wenn es älter ist, geht es zurück zur Wildtierstation,
die haben da große Auswilderungsgehege, und es wird
auch noch ein weiteres Jungtier aus Canmore gebracht,
damit es nicht allein ist. Artgenossen sind wichtig."

„Tut mir leid, dass ich so neugierig bin."

„Nein, ich finde es schön, dass sich mal jemand dafür
interessiert."

Das Kleine bewegt sich sachte in meiner Hand, es gähnt, was wirklich zuckersüß aussieht. Ich möchte es am liebsten gar nicht mehr hergeben.

Gedämpft höre ich, wie das Telefon in einem anderen Raum klingelt. Noah horcht auf.

„Erwartest du einen Anruf?"

„Eigentlich nicht. Aber wenn jemand anruft, ist es oft die Wildtierstation."

Nur wenig später klopft es an Noahs Zimmertür.

„Komm rein, Mom."

Donna öffnet die Tür und späht zu uns herein. „Ich störe euch nur ungern, aber Will braucht deine Hilfe, es geht um einen Schwarzbären."

„Oh nein, sag mir nicht, dass schon wieder jemand den Müllcontainer offen gelassen hat."

„Ich fürchte doch."

„Holt er mich ab?"

„Ja, das würde er machen. Ich wollte dich zuerst fragen, ob du Zeit hast. Er ist noch am Telefon."

Noah sieht mich entschuldigend an.

„Es ist okay, geh ruhig. Was ist denn passiert?"

Noah nickt seiner Mutter zu. „An manchen Parkplätzen des Nationalparks steht ein großer Müllcontainer für die Touristen. Es stehen überall Schilder, dass man ihn ordentlich verschließen muss. Das machen einige aber nicht. Es kommt dann immer wieder vor ..." Er hält inne, sieht mich prüfend an, wie ich da mit dem winzigen Grauhörnchen sitze. „Hast du schon mal einen Bären gesehen?"

„Von Weitem bei einer Wanderung."

„Möchtest du mit? Dann siehst du selbst, was passiert ist."

„Ja! Das wäre toll!"

Noah lächelt und nimmt mir das Grauhörnchen ab, legt es vorsichtig in sein kuscheliges Nest zurück. Die kurze Berührung unserer Hände lässt ein Gefühl in mir aufkeimen, das ich noch nicht einordnen kann.

„Du musst mir allerdings versprechen, unbedingt darauf zu hören, was Will und ich sagen. Schwarzbären können gefährlich sein. Zwar nicht so wie Grizzlys, aber wenn sie Junge haben, sind sie schwer einzuschätzen."

„Versprochen!"

Noah sucht sich einige Sachen zusammen, schlüpft nun doch in Schuhe, dann gehen wir aus dem Haus, laufen rauf zur Hauptstraße und warten auf diesen Will.

„Ist Will einer der Wildhüter?"

„Nein, er ist für den Bereich der Parkplätze zuständig, und wenn er mich anruft, sind die Wildhüter im Nationalpark mit anderen Dingen beschäftigt und bräuchten zu lange, um vor Ort zu sein."

„Machst du das öfter? Im Nationalpark aushelfen?"

„Ab und zu mal. Es hat sich herumgesprochen, dass ich gut mit Tieren umgehen kann."

„Möchtest du dann nicht beruflich etwas mit Tieren machen?"

„Würde ich gerne. Nur das Studium, das ich mir wünschen würde, können wir uns nicht leisten. Deshalb habe ich mich erst mal im Park als Saisonarbeiter beworben. Leider kam bisher noch keine Antwort. Das läuft wohl alles über die *Parks Canada Agency*. Dann müsste ich zwar den Job im *Forest Creek* auf Eis legen, doch da habe ich das Okay vom Chef bekommen."

Bei mir meldet sich das schlechte Gewissen. Ich wiederum würde genug Geld für ein Studium bekommen und kann mich nicht dazu aufraffen. Zwischen uns entsteht das erste Mal ein eher unangenehmes Schweigen, das ich unbedingt durchbrechen will.

„Magst du mir nicht erzählen, was mit dem Bären passiert ist? Ist er verletzt?"

„Das will ich nicht hoffen. Ich glaube viel eher, dass seine Jungen im Container gelandet sind."

„Im Müllcontainer?!"

„Da gibt es für Bären ziemlich leckere Sachen, bei all dem, was die Besucher so wegwerfen."

Jetzt beginne ich zu verstehen, die Essensreste müssen für manche Wildtiere sehr verführerisch sein.

Kurze Zeit später kommt Will mit einem Pick-up vorgefahren, der Wagen ist voller Schlammspritzer.

„Geh ruhig auf den Beifahrersitz", sagt Noah zu mir. Er wendet sich an Will, einen älteren Mann mit Rauschebart und Arbeitshose. „Das ist Rebecca, sie kann doch mitkommen?"

„Wenn sie im Auto bleibt, ja."

Ich nicke zustimmend. Noah setzt sich auf den Rücksitz. Als Will rasant anfährt und ich mich spontan am Haltegriff festhalte, lacht er mit tiefer Stimme.

Ich kenne die offizielle Strecke zum Parkplatz des Nationalparks. Will hingegen fährt völlig anders, nimmt Feld- und Waldwege. Binnen kurzer Zeit sind wir vor Ort. Und ich sehe das erste Mal einen Schwarzbären aus der Nähe. Das Tier stellt sich auf die Hinterbeine, wahrscheinlich, um uns besser wittern zu können.

„Normalerweise hätte ich es allein hingekriegt, aber sie ist ziemlich sauer." Will zuckt mit den Schultern.

Sogar durch das geschlossene Fenster höre ich den verzweifelten Ruf des Bärenjungen. Mir ist es vorher nie aufgefallen, tatsächlich kann der offene Container zur Todesfalle werden, denn die Rückwand schließt direkt an eine kleine Anhöhe an, wo Wildtiere problemlos hochklettern können. In den hohen Container hineinzukommen ist also recht problemlos.

„Was werdet ihr jetzt tun?"

„Ich werde die Bärin ein bisschen ablenken, und Will versucht, ein Brett in den Container zu stellen, damit das Kleine rausklettern kann." Er schaut Will an. „Oder sind es mehrere?"

„Das Biest lässt mich nicht mal in die Nähe, ich weiß es nicht. Hast du dein Bärenspray dabei?"

„Hab ich."

„Geh keine unnötigen Risiken ein, ja?"

Noah lächelt schief. „Ich geb mir Mühe."

„Und du, Mädchen, bleib bitte im Wagen, ja?" Der ältere Mann sieht mich beschwörend an.

„Okay."

Sie steigen aus dem Pick-up. Will klopft Noah auf die Schulter, sieht jedoch mich an. „Ich würde so was nicht jedem zutrauen, aber unser Shawnee hat ein Talent dafür, mit Tieren umzugehen."

Ich höre tatsächlich väterlichen Stolz aus Wills Worten und frage mich, wie gut er Noah kennt. Der geht in einem großen Bogen um den Schwarzbären herum. Wenn ich es richtig verstanden habe, geht es hauptsächlich darum, das Muttertier kurz abzulenken. Trotzdem steigt Sorge in mir auf.

Will sieht mich prüfend an. „Sag mal, kannst du schon fahren?"

„Ja.“

„Schaffst du es, das Auto rückwärts an den Container zu lenken?“

„Ich denke schon.“

„Gut, das erleichtert die Sache ungemein. Ich gehe dann auf die Ladefläche und stell das Brett in den Container.“

Die Bärin hat sich wieder auf alle Viere fallen lassen. Argwöhnisch sieht sie auf den Pick-up, gibt einen drohenden Laut von sich. Noah steht etwas entfernt und ruft ihr etwas zu. Das Tier sieht sich verwirrt um, entdeckt ihn, scheint hin- und hergerissen zu sein. In Noahs Händen sehe ich das Bärenspray, das man im Notfall bei einem Angriff verwendet. Es wehrt nur ab, ähnlich wie ein Pfefferspray.

Noah macht nun auf sich aufmerksam, indem er die Arme auf- und ab bewegt.

Will schleicht sich auf die Ladefläche, ich rutsche umständlich auf den Fahrersitz, das Fenster kurble ich runter, um zu hören, was Will oder Noah mir vielleicht sagen wollen.

Ich schaue auf den Bären, der zwar den Bereich um den Müllcontainer nicht verlässt, Noah jedoch aufmerksam beobachtet. Er läuft in Richtung Wald, wagt sogar, sich dem Bären etwas zu nähern.

Mir klopft das Herz bis zum Hals. Schwarzbären sind nicht so gefährlich wie Grizzlys, in Ausnahmefällen kann es trotzdem vorkommen, dass sie Menschen als Beute ansehen. Ich sorge mich um Noah.

Er wiederum schafft es, dass sich die Bärin umdreht, sodass sie uns den Rücken zukehrt.

„Fahr jetzt langsam zum Container", raunt Will mir zu und ich tue, was er sagt.

Langsam wende ich den Pick-Up, fahre in die Nähe des Bären. Vor Aufregung klopft mein Herz wie wild und meine Hände schwitzen. Im Augenwinkel sehe ich, dass sich Noah noch näher an das große Raubtier herantraut.

„Geh nicht so nah ran", höre ich Will murmeln.

Erst fühle ich mich angesprochen, aber durch das Rückfenster sehe ich, dass er seine Augen auf Noah gerichtet hat. Wir sind nun am Container und ich stoppe das Fahrzeug. Will hat das speziell präparierte Brett schon in der Hand und hievt es nun in den großen Metallbehälter.

Mein Blick ist auf Noah gerichtet. Ich kann nicht verstehen, was er zu dem Tier sagt, doch er spricht zu ihm. Die Bärin hat die Ohren aufgestellt, bleibt ruhig, beobachtet aufmerksam. Sie kriegt gar nicht mit, dass wir uns so nah an ihr Junges gewagt haben.

Will klopft gegen die Scheibe, ich schaue zu ihm hin, und er gibt mir mit einer Geste zu verstehen, dass ich vorfahren soll. Ich zögere nicht und lenke den Pick-up auf die andere Seite des Parkplatzes, näher zu Noah hin. Der geht nun langsam rückwärts auf uns zu und fort von dem Schwarzbären. Ich atme auf, als er sich wohlbehalten auf den Beifahrersitz setzt. Spontan greife ich nach seinem Unterarm, bin einfach froh, dass nichts weiter passiert ist. Er lächelt, in seinen dunklen Augen blitzt etwas auf.

„Da! Jetzt kommt es hoch", ruft Will.

Ich nehme rasch meine Hand fort und beobachte den Müllcontainer. Das Bärenkind kommt herausgeklettert, schafft es auf die Anhöhe und läuft zu seiner Mutter. Die schnuppert an ihrem Jungen, scheint noch immer aufgeregt zu sein. Nach einer kurzen Wartezeit richtet sie sich auf, stellt die Pranken an den Rand des Containers, schaut hinein.

„Da stimmt was nicht, Will", sagt Noah mit besorgter Stimme.

„Ich hab nur schnell das Brett reingestellt, gesehen habe ich nicht viel."

Noah öffnet die Wagentür.

„Was hast du vor?!"

„Ich muss nachsehen."

Will und ich rufen beide erschrocken seinen Namen.

„Ich kenne die Bärin. Auf meinen Wanderungen bin ich ihr schon oft begegnet. Sie hat diese helle Stelle im Fell, an der Flanke."

„Und deshalb kennst du sie?", zischt Will und schaut ihn von der Ladefläche ungläubig an.

Unwillig schüttelt Noah den Kopf. „Vertrau mir."

Bevor wir protestieren können, geht Noah erneut auf die Bärin zu.

„Die Wildhüter hätten eventuell schon längst andere Maßnahmen ergreifen müssen, weil sie ständig an die Container geht", brummt Will. „Es ist gefährlich, wenn sich die Bären daran gewöhnen, dass Menschen Futter übriglassen, gewollt oder ungewollt."

Ich weiß, wie streng die Regeln diesbezüglich sind und bin froh, dass Will dies hier anscheinend eher inoffiziell handhabt. Doch das, was Noah gerade vorhat, ist gefährlich.

Wieder spricht er zu dem großen Muttertier, und sie antwortet ihm sogar, was sogar Will verwundert den Kopf schütteln lässt.

„Wären wir in einer anderen Zeit, wäre er bestimmt bald Medizinmann oder so", grummelt Will in seinen Bart.

Zu unserem Erstaunen tritt die Bärin zurück, als sich Noah dem Container weiter nähert. Mit seltsamen Lauten geht sie zu ihrem Jungen, das etwas abseits wartet. Noah nutzt die Chance und klettert auf der anderen Seite die Anhöre rauf.

„Dieser verrückte Kerl", schimpft Will leise.

Ich vergesse fast zu atmen, denn Noah schaut in den Müllcontainer und springt kurzerhand hinein. Ich schaue zu der Bärenmutter, die sich nicht von der Stelle rührt. Auf einmal kommt ungelenk ein zweites Bärenkind hervor. Noah hilft ihm über das präparierte Brett, und es stolpert den Hang hinunter. Seine Mutter beschnuppert es. Sie hebt den Kopf, sieht Noah direkt an. Der steht bewegungslos auf dem schräg gestellten Brett. Die Bärin senkt schließlich den Kopf zu ihren Jungen, stupst es an. Zusammen verschwinden sie zwischen den Bäumen.

„Fahr zu ihm hin", sagt Will leise.

Ich höre ihn vage durch das offene Seitenfenster, aber es holt mich aus der Starre, die mich irgendwie befallen hat. Noah kommt uns bereits entgegen, reicht Will das Brett und setzt sich gelassen auf den Rücksitz. Den Container hat er ordentlich verschlossen.

Will klettert von der Ladefläche. „Mach das nie wieder!", blafft er ihn an.

Ich husche vom Fahrersitz auf den Rücksitz, um mich neben Noah zu setzen.

„Das zweite Bärenjunge saß total im Müll fest. Ohne Hilfe wäre es nie da rausgekommen", verteidigt er sich.

Will brummelt etwas Unverständliches in seinen Bart, setzt sich ins Auto und wendet sich zu uns um. „Man sollte dich *Der mit dem Bär tanzt* nennen."

Noah lacht über die Aussage, lässt sich von dem älteren Mann überhaupt nicht einschüchtern. Ich kann nicht sagen, ob ich gutheiße, was er getan hat. Einerseits bewundere ich ihn. Andererseits hat er sein Leben riskiert, was mir gar nicht gefällt. Ich schaue ihn von der Seite an, erkenne, dass er für seine Tat keinen Ruhm möchte. Er wollte schlicht helfen.

Sein Blick streift mich. Ich erkenne plötzlich, dass noch viel mehr dahintersteckt. An seinem Ausdruck sehe ich, dass er dem Tier helfen *musste*. Als bliebe ihm gar keine Wahl.

Nachdenklich sehe ich aus dem Seitenfenster.

3

Will lässt uns wieder an der Hauptstraße raus. Still gehen wir die Pond Street entlang.

Noah schöpft Atem. „Ich gehe nicht gerne Risiken ein."

Ich sehe zu ihm hin, er meidet meinen Blick.

„Ich will nicht, dass du denkst ..." Er stockt, presst die Lippen aufeinander. Abrupt bleibt er stehen. „Ich meine nur, ich wollte nicht den Helden spielen, oder so."

„Ich weiß."

Überrascht sieht er mich an.

„Irgendwie musstest du es tun, nicht wahr?"

„Ja", flüstert er nur.

„Das hab ich dir angesehen, als du wieder im Pick-up gesessen hast."

Noah zögert, ihm scheinen die Worte zu fehlen. Schließlich berührt er mich am Arm. „Darf ich dir was zeigen?"

Neugierig schaue ich ihn an. „Ja, sicher."

Erneut führt er mich auf das Brachland, dieses Mal steuert er direkt den Waldrand an. Ich kenne ihn eigentlich noch nicht besonders gut, habe aber eine gute Menschenkenntnis. Bisher konnte ich mich immer auf mein Bauchgefühl verlassen, und ich vertraue ihm. Trotzdem erfasst mich ein aufgeregtes Kribbeln. Was will er mir zeigen?

Ich tauche mit ihm in die ersten Ausläufer des Nationalparks ein.

Still folge ich Noah. Er geht querfeldein, weiß genau, welche Richtung er einschlagen muss. Wir kommen auf einen schmalen Wanderweg, der mit Fichtennadeln gepolstert ist. Nach einiger Zeit höre ich das Plätschern eines Baches. Die Rufe eines Adlers wecken meine Aufmerksamkeit, und ich schaue durch die hohen Wipfel, doch der majestätische Vogel bleibt für mich verborgen. Jetzt sehe ich den Bach, wir folgen seinen Ufern bis zu einem kleinen See, in dem sich jede Wolke des Himmels spiegelt. Nadelbäume rahmen das Gewässer ein. Da wir noch immer nicht miteinander sprechen, lausche ich dem Rauschen der Fichten.

Noah winkt mich zu sich.

Wir tauchen an einer anderen Stelle in den Wald ein und ich stehe auf einmal vor einer kuppelförmigen Strohhütte.

„Die hat mein Vater mit mir gebaut, um mir zu zeigen, wie mein Volk früher gelebt hat."

Ich nähere mich, streiche mit den Händen über die Naturfassade der etwa mannshohen Hütte.

„Das ist ein Wigwam, oder?"

„Ja, das Gerüst wird mit gebogenen Holzstämmen gemacht, darüber kommen Grasmatten oder etwas Ähnliches. Wir haben Stroh genommen."

Der Eingang ist mit einem Leder verschlossen, das Noah nun einladend anhebt. Ich trete ein und finde mich in einem Zauberreich wieder.

An der niedrigen Decke hängen Federn und anderes Naturmaterial. Fasziniert berühre ich einen glänzenden Stein, der an einem Band befestigt ist. Der Boden ist mit Fell ausgelegt, das ich nicht einordnen kann. Weiter hinten befindet sich eine einfache Schlafstätte und eine große Truhe. Ich beuge mich vor, befühle das weiche Fell.

„Es ist nicht echt", erklärt Noah. „Meine Vorfahren hätten deshalb wahrscheinlich über mich gelacht."

„Das weißt du nicht", widerspreche ich und setze mich auf das Synthetikfell. „Vielleicht hätten sie dir auch einen besonderen Namen gegeben."

Er setzt sich neben mich. „Dann hätte ich schon vier. Noah, Black Fox, Der mit dem Bär tanzt und ...?" Neugierig sieht er mich an.

„Der mit den Tieren verbunden ist?"

Wieder betrachtet er mich, fast ein wenig verwundert. „Ja, das passt."

Das Licht in der Hütte hellt sich merklich auf, ich spüre, wie die Sonne die Behausung rasch aufwärmt.

„Du bist die erste Person, der ich das zeige, mal abgesehen von meinen Eltern."

„Ich bin die erste?", frage ich überrascht. „Was ... was bedeutet das?"

Er zuckt fast ein wenig verlegen mit den Schultern. „Ich vertraue dir."

Seine Worte berühren mich, und mir fehlen für den Moment die Worte. Er senkt den Blick.

„Und ... und deine Freunde?", hake ich nach.

„Ich hab keine."

„Wieso nicht?"

„Wer will sich schon mit einem Indianer zeigen. Du weißt doch, was sie über mich sagen."

Ich erschrecke über die Bitterkeit in seiner Stimme. „Nicht alle!"

„Ja, aber die, die mich ... nun ja ... mögen, wollen trotzdem nicht mit mir gesehen werden." Sein Blick geht mir geradewegs ins Herz. „Außer du, Rebecca."

Ich beginne zu verstehen, warum er so eine tiefe Verbindung zu Tieren aufgebaut hat. Ich weiß gar nicht, was ich sagen könnte.

„Manchmal kommt sie hierher, um zu trinken", erzählt er und blickt verträumt auf den See, den wir von hier aus gut sehen können, da Noah das Leder hochgeschlagen hat.

„Die Bärin?"

„Ja. Einmal saß ich am Ufer und habe nachgedacht. Sie kam direkt neben mich. Ich war total erschrocken, rührte mich nicht. Völlig ungerührt trank sie aus dem See, sah mich kurz an und verschwand wieder."

„Wow."

„Die meisten Tiere ... sie fürchten mich nicht. Das war schon immer so. Natürlich sind einige Wildtiere hier ziemlich unbekümmert, hier darf ja nicht gejagt werden. Manchmal ist es trotzdem ungewöhnlich."

„Sie spüren, dass keine Gefahr von dir ausgeht."

„Ja, vielleicht." Noah setzt sich bequemer hin. „Aber sie sind mir auch irgendwie nah."

„Sie waren also bisher ... deine Freunde?"

„Traurig, nicht wahr?"

Ich nicke nur.

Mir fällt das Buch auf, das er sich aus der Bibliothek ausgeliehen hat, es liegt neben der Truhe. Ich zeige darauf. „Hast du schon darin gelesen?"

„Ein wenig, ich hab es gestern Abend hierhergebracht."

„Und?"

Er atmet hörbar aus. „Viel Krieg und viel Leid. Es gab einen Häuptling, Tecumseh. Er hat versucht, alle Stämme zu vereinigen, um gegen die Weißen – entschuldige den Ausdruck – bestehen zu können. Sie waren einfach alle zu uneins.“

„Von ihm habe ich schon mal gehört. Kannst du eigentlich ein bisschen die alte Sprache der Shawnee?“

„Nur ein paar Wörter. Ich würde unheimlich gerne mal zu dem Reservat reisen, aus dem meine Eltern ursprünglich kamen. Allerdings ist es verdammt weit weg.“

„Vielleicht machen wir mal einen Road Trip dahin“, schlage ich vor und schenke ihm ein aufmunterndes Lächeln.

„Das wär's! Ich bezweifle nur, dass unsere Klapperkiste von Auto das aushalten würde.“

Meine Gedanken schweifen zurück zu der Bärin. „Will wird den Wildhütern doch nichts sagen, oder?“

„Nein, deshalb hat er ja *mich* angerufen. Ich denke, er wird nun vermehrt ein Auge auf die Container haben.“

„Das ist gut. Wusstest du eigentlich, dass die Schwarzbärin Junge hat?“

„Nein, ich hab sie länger nicht gesehen.“

Ich schaue durch den Eingang, der mir wie ein Panoramafenster vorkommt. Die Sonne blitzt hervor, und der See nimmt eine türkisblaue Farbe an. Wieder höre ich den Adler, und nun sehe ich ihn kurz am Himmel schweben.

„Der Fischadler ist jeden Tag hier“, bemerkt Noah und beobachtet den Greifvogel. Der umkreist eine Stelle im Gewässer, sinkt dabei immer tiefer.

„Komm!“

Er zieht mich aus dem Wigwam, und wir eilen zum Ufer. Der Fischadler bleibt nun in der Luft stehen und schlägt mit den Flügeln, ganz in unserer Nähe.

„Jetzt pass auf", raunt Noah mir zu.

Plötzlich stößt der Adler senkrecht nach unten, er landet kurz im Wasser und hebt dann mit kraftvollen Flügelschlägen wieder ab. Ein großer Fisch ist in seinen Fängen. Er fliegt direkt in unsere Richtung und schüttelt im Flug das restliche Wasser aus seinem Gefieder, direkt über uns. Tropfen regnen auf uns herab. Wir lachen gelöst auf.

„Wow, so was hab ich noch nie gesehen."

„Die Gegend hier ist ziemlich einsam, hier verirren sich keine Touristen her, darum kann man oft Tiere beobachten."

Ich betrachte die bewaldeten Berghänge hinter dem See, die steinernen Gipfel, lausche den Vögeln. „Ich war mit meinen Eltern schon oft im Nationalpark, allerdings immer nur an den Sehenswürdigkeiten, die im Sommer total überlaufen sind. Das hier ist ... anders."

Noah sagt nichts dazu, deshalb schaue ich zu ihm hin. Er sieht nicht auf die Natur, sondern auf mich.

„Magst du mir nicht mehr über dich erzählen?", frage ich, weil sein intensiver Blick mich ein wenig verunsichert.

„Was möchtest du wissen?"

„Du sagtest zwar, ich soll deine Mom fragen, aber irgendwie würde ich lieber von dir hören, wie sie dich gefunden haben. Warst du hier in der Nähe in einem Waisenhaus?"

Noah zeigt auf einen flachen Felsen, auf den ich mich setzen kann. Er lässt sich im Schneidersitz einfach zu Boden gleiten.

„Nein, mein Dad war Zeuge bei dem Autounfall, er war sogar der Ersthelfer und hat versucht, meine leibliche Mutter zu retten."

Erstaunt sehe ich ihn an, er starrt auf die glitzernde Seeoberfläche. Ich wage nicht weiter nachzuhaken, warte, dass er von selbst weitererzählt.

„Meine Eltern haben versucht, sich hier in Kanada ein Leben außerhalb des Reservats aufzubauen. So viel weiß ich über sie. Ich glaube, sie wollten zum Einkaufen fahren, da kollidierten sie mit einem Kleinlaster, weil der Fahrer zu viel getrunken hatte. Dad hat damals noch für eine Firma gearbeitet, für die er oft weitere Reisen unternehmen musste. Er fuhr hinter meinen Eltern und konnte haarscharf dem Unfall ausweichen. Der Fahrer des Lasters überschlug sich, er war sofort tot, wie mein leiblicher Vater. Meine Mutter lebte noch. Dad erzählte mir, dass ihr einziger Gedanke mir galt. Er hat sie nicht retten können, aber er kriegte es nicht aus dem Kopf, dass nun ein Baby seine Eltern verloren hat. Zusammen mit Mom erkundigten sie sich und erfuhren, dass ich erst mal in ein Heim gekommen bin, weil es keine Verwandtschaft gab, die mich hätte aufnehmen können."

Noah atmet tief durch, senkt den Blick.

„Und dann haben sie dich adoptiert?"

„Ja ... und nun bin ich hier, weiß nicht, wo ich hingehöre, existiere irgendwie ... dazwischen."

„Du bist Noah, alles andere ist doch egal", sage ich leise.

Meine Worte lassen ihn lächeln.

„Erzähl mir noch ein bisschen über die Shawnee“, bitte ich.

„Aber nur, wenn du mir nächstes Mal mehr über dich erzählst.“

„Versprochen.“

Das Klingeln meines Smartphones schreckt uns auf. Alarmiert hole ich es aus meiner Jackentasche.

Wo bist du?!

„Oh, Mom redet wieder mit mir“, murmle ich sarkastisch.

Soll ich ihr wirklich schreiben, dass ich mit Noah an einem Waldsee sitze? Das würde sie wahrscheinlich richtig wütend machen, vor allem, da Dad mir gestern ins Gewissen geredet hat. Wenn ich an das Gespräch denke, keimt Wut in *mir* auf. Als ob es einen Unterschied macht, welche Hautfarbe man hat.

„Sag ihr besser nicht, dass du mit mir zusammen bist“, sagt Noah.

Ich nicke mit einem leisen Seufzen, fühle mich furchtbar. Es ärgert mich, dass ich unsere beginnende Freundschaft verheimlichen muss.

Ich komme nach Hause, dauert nur noch etwas, schreibe ich zurück und stecke das Telefon wieder zurück.

Ich verstehe, warum Mom anscheinend besorgt ist. Es ist bereits früher Nachmittag, und sonst sage ich ihr, wo ich mich aufhalte, oder schreibe eine Nachricht.

„Komm, ich bringe dich zurück.“

„Okay.“

Wir erheben uns, und ich halte Noah kurz zurück. „Nimmst du mich noch mal mit hierher?“

„Wenn es dir gefallen hat."

„Sehr!"

Er lächelt zur Antwort.

Ich folge ihm auf den Wanderweg.

Zurück im Pond-Viertel widerstrebt es mir, nach Hause zu gehen. Viel lieber würde ich bei den Mikaels bleiben. Trotzdem verabschieden wir uns, und ich laufe zur Hauptstraße, um zu unserer Siedlung zu gelangen. Fieberhaft überlege ich, was ich Mom erzählen könnte. Sie würde ausrasten, wenn sie die Wahrheit wüsste, schon allein wegen der Gefahr, der ich mich durch die Bärenrettung ausgesetzt habe. Aber ich hasse es, zu lügen. Mom durchschaut mich jedes Mal, weil meine helle Haut bei Aufregung viel zu rasch errötet.

Mit Herzklopfen gehe ich zur Veranda, schließe die Haustür auf.

Alles ist still. Ich schaue mich um, niemand ist im Haus.

Wo sind sie alle?

Verwundert gehe ich zum Kalender und mir rutscht das Herz in die Hose.

„Oh nein!"

Entsetzt sehe ich auf den rot umkringelten Eintrag. Georges Theaterauftritt!

Mein Bruder ist in der Theater-AG der Schule, und heute ist sein erster, richtiger Auftritt. Ich habe es völlig vergessen!

Fluchend wirble ich herum, renne hoch in mein Zimmer. Ein Blick auf die Uhr sagt mir, dass ich es vielleicht noch schaffe. In Windeseile ziehe ich mich um, bürste mir übers Haar. Hastig verlasse ich das Haus und schnappe mir Georges Fahrrad aus der Garage. Es ist zwar umständlich, mit einem Partykleid zu fahren, aber sonst wäre ich nie pünktlich vor Ort.

Vor dem Schulgebäude schiebe ich das Fahrrad zu den Metallständern. Ich schließe das Mountainbike ordentlich ab und hetze in die Schule. Ein paar Jugendliche drücken sich anscheinend vor der Veranstaltung und lungern in der verglasten Aula herum. Mir fällt auf, dass Dylan Franklin, der sicher wegen seiner jüngeren Schwester hier ist, mich mit seinen Blicken verfolgt. Wahrscheinlich, weil er noch nie gesehen hat, dass jemand mit so einem Kleid auf einem Fahrrad zu einer Theateraufführung kommt.

Rasch laufe ich die Treppe nach oben, weil solche Aufführungen im ersten Stock stattfinden. Leise öffne ich die Tür. Innen ist bereits alles abgedunkelt. Helles Licht scheint in den Raum und verrät mich. Fast alle drehen sich zu mir um, rasch schließe ich die Eingangstür. Leider habe ich Mom und Dad in der kurzen Zeit nicht entdecken können. Ich schleiche mich den Gang hinunter. Die Direktorin hält gerade eine Rede und lobt das Theaterstück vorab in allen Tönen. Ich sehe mich in dem Halbdunkel um. Endlich sehe ich meinen Dad, er winkt mir kurz zu. Mit gemurmelten Entschuldigungen kämpfe ich mich an den anderen Zuschauern vorbei, bis ich an dem freien Platz bin. Mom sieht mich nicht mal an, ihr Gesichtsausdruck verdeutlicht mir, dass sie vor Wut kocht. Dad straft mich mit einem vernichtenden Blick. Ich presse die Lippen aufeinander und schweige.

Nun beginnt das Stück.

Ich fühle mich verschwitzt und aufgewühlt. Mein Herz rast wie wild, und ich bin immer noch etwas außer Atem. Erst nach einiger Zeit kann ich mich überhaupt auf die Schauspieler konzentrieren. Sie führen einen Klassiker auf – Shakespeares *Sommernachtstraum.*

George habe ich bisher noch nicht zu Gesicht bekommen. Nach einer Weile wird erneut alles abgedunkelt, und man hört, dass in Windeseile neue Requisiten aufgebaut werden. Als gedämpfte Scheinwerfer die Bühne beleuchten, bin ich völlig überrascht, denn ich schaue auf einen Wald. Wer auch immer für die Gestaltung zuständig ist, derjenige hat seine Sache wirklich gut gemacht. Das Publikum applaudiert, noch bevor einer der Schüler zu sehen ist.

Auf mich wartet eine weitere Überraschung, denn nun tritt mein Bruder mit bloßem Oberkörper auf die Bühne. Er hat uns nicht verraten wollen, wen er spielt, und ich starre ihn verdutzt an, denn er spielt den Puck. Mit dem bewusst wuscheligen Haar und den kunstvoll aufgeklebten, spitzen Ohren habe ich ihn erst auf den zweiten Blick erkannt. Die schimmernde Theaterschminke verstärkt das Gefühl der Fremdartigkeit. Neugierig warte ich auf seine ersten Worte und starre ihn regelrecht an, als er mit verstellter Stimme seinen Text gekonnt aufsagt.

Von dem Moment an verfolge ich das Theaterstück wie gebannt, denn George spielt das zwielichtige Feenwesen hervorragend. Ehrlich gesagt hätte ich ihm nie zugetraut, so zu schauspielern, auch wenn diese Rolle wie für ihn geschaffen ist. Auch im realen Leben liebt er Intrigen und Streiche. Dies hier ist allerdings ein ganz anderes Niveau, und ich bin wirklich stolz auf meinen Bruder.

Am Ende klatschen wir begeistert Beifall, Dad und ich johlen sogar. Das Zuspätkommen rückt für mich in den Hintergrund, obwohl es in meiner Familie ein Sakrileg ist. Früher hätte ich für so eine Aktion Hausarrest bekommen. Seit ich volljährig bin, sehen sie von Bestrafungen dieser Art ab.

Einige ältere Schüler haben Canapés vorbereitet. Da ich wirklich hungrig bin, nehme ich die leckeren Häppchen gerne an. Wir stellen uns an einen Stehtisch im Foyer und George gesellt sich zu uns, immer noch geschminkt und mit den urigen Ohren, aber mit einem Oberteil bekleidet.

„Wow, George, das war richtig gut", lobe ich ihn.

Er strahlt mich an, ist immer noch aufgeregt, das sehe ich ihm an. Zumindest an diesem Abend verstehen wir uns. Wir beginnen zu plaudern, er erzählt mir lustige Anekdoten, die hinter den Kulissen passiert sind, und ich esse mehrere Canapés hintereinander. Ich denke mir gar nichts dabei, bis ich einen unsanften Stoß in die Seite bekomme.

„Sollen alle denken, du würdest bei mir nichts zu essen bekommen?", zischt Mom mir zu.

„Schön, dass du wieder mit mir redest", sage ich und übergehe ihre Kritik. Sie hasst es, wenn es uns woanders auch gut schmeckt. Mit ihrer Kocherei hat sie wirklich einen Spleen.

„Wir sprechen uns noch", sagt sie unheilschwanger.

Dieses Mal mache ich mir nichts aus ihrer Drohung. Der Tag mit Noah ist viel zu schön und zu aufregend gewesen.

Auf einmal wünschte ich mir, dass er hier wäre. Gleichzeitig erfüllt mich eine gewisse Traurigkeit, denn ich weiß, dass die meisten über ihn tratschen würden, er hat schon in der Schulzeit keinen leichten Stand gehabt. Schon damals bewunderte ich ihn für seinen Stolz, für seine innere Stärke, denn er hat jeden dummen Spruch, jeden Spott an sich abprallen lassen, bis auf eine Ausnahme. Ich erinnere mich, dass er sich mal mit Harry Patel geprügelt hat. Was mochte dieser schmierige Kerl getan haben, um Noah so aus der Fassung zu bringen?

Dad stupst mich wortlos an, und ich schrecke auf. Ich bemerke, dass sich die Gesellschaft langsam auflöst. Mom und Dad gehen zum Ausgang, George ist bereits zu seinen Schauspielkollegen gegangen. Ich folge meinen Eltern, halte sie am Parkplatz kurz zurück.

„Ich bin mit Georges Fahrrad hier."

Dad runzelt die Stirn, Mom geht einfach zum Wagen. Schulterzuckend laufe ich rüber zu den Fahrradständern und schaue mich verwirrt um. Ich weiß, dass ich es hier abgestellt habe. Eine düstere Ahnung beschleicht mich, als ich mich den Metallgestängen nähere. Georges Schloss liegt am Boden, jemand hat es aufgebrochen und das Rad anscheinend weggetragen, denn ich hatte es sogar doppelt abgesichert.

„Das ist jetzt nicht wahr, oder?!"

Unwirsch sehe ich mich um, aber niemand befindet sich an den Fahrradständern. Ich schaue in die Sträucher, gehe sogar einmal komplett um das ganze Gebäude herum, weil ich hoffe, dass mir jemand einen Streich spielt.

Georges teures Mountainbike bleibt verschwunden.

Wie soll ich ihm das bloß beibringen, wo ich nicht mal seine Erlaubnis hatte, das Rad zu benutzen?

Ich stehe am Parkplatz, der sich langsam leert. Ein schlechtes Gewissen überfällt mich, und ich weiß nicht, wie ich es Mom und Dad sagen soll. Mein Bruder hat das Fahrrad erst vor drei Monaten zu seinem Geburtstag bekommen. Grübelnd laufe ich nach Hause, beschließe, auf George zu warten.

Zu Hause erwartet mich eine eisige Stimmung. Mir schmerzen die Füße von den unbequemen Schuhen, und ich streife sie ab. Mein Vater kommt zu mir in den Flur.

„Wo warst du heute den halben Tag?"

„Dad, das muss ich dir nicht sagen, ich bin neunzehn", antworte ich trotzig.

Er schnauft ärgerlich auf. „Was ist nur los mit dir? Du weigerst dich, an die Universität zu gehen, dann treibst du dich mit dieser Rothaut herum, und jetzt verpasst du fast Georges Premiere."

„Du nennst Noah ernsthaft Rothaut?", erwidere ich mit aufkeimender Wut.

„Das ist das Einzige, was du dazu sagst? Ist es nicht völlig egal, wie ich ihn nenne? Indianer, Rothaut, Native American .... Er ist, was er ist."

„Fändest du es akzeptabel, wenn andere mit Schimpfnamen über dich sprechen würden?"

„Das ist nicht das Gleiche!"

„Warum nicht?"

„Das sind keine Schimpfnamen, das sind halt ... Bezeichnungen."

„Du weißt, dass das nicht wahr ist."

Wieder presst Dad die Lippen aufeinander, er schüttelt verständnislos mit dem Kopf. „Hör bitte jetzt auf. Wir machen uns ein bisschen Sorgen um dich."

Die Tür fliegt auf, und George kommt freudestrahlend herein. Mir sackt das Herz regelrecht in die Hose. Ich kann dies jedoch nicht aufschieben.

„George?“

Mein Bruder stellt sich vor den Spiegel, um sein Haar zu ordnen, er trägt noch halbwegs seine Puck-Frisur. „Was ist denn?“

Ich werfe Dad einen vorsichtigen Blick zu, dann fasse ich allen Mut zusammen. „George, ich habe mir, weil ich spät dran war, dein Fahrrad ausgeliehen.“

Nun habe ich seine Aufmerksamkeit. „Wehe, du hast einen Kratzer reingemacht!“

„Hab ich nicht. Ich habe es auch vor der Schule zweifach abgeschlossen, aber …“

Mein Vater und George starren mich nun alarmiert an.

„Jemand hat es gestohlen. Es war einfach fort, als ich am Fahrradständer ankam. Nur noch das durchgeschnittene Schloss lag da.“

„Du verarschst mich, oder?“ Die Stimme meines Bruders wird seltsam dunkel.

Ich schüttle den Kopf. „Es tut mir so leid. Ich habe erst gedacht, dass mir jemand einen Streich gespielt hat. Ich habe das ganze Schulgelände abgesucht.“

„Rebecca, weißt du, wie teuer dieses Fahrrad gewesen ist?“, mischt sich unser Vater ein.

„Ja …“

Dad sieht mich fassungslos an. George rennt nach draußen, ich höre, wie er die Garage öffnet, deshalb folge ich ihm mit bloßen Füßen. Wie gelähmt schaut er auf die leere Stelle, wo sich heute Nachmittag noch sein Rad befunden hat.

„Ich würde mit so was keine Scherze machen", sage ich kleinlaut.

Er wirbelt herum, sein Gesicht ist vor Wut verzerrt. „Nimm niemals wieder ungefragt meine Sachen!", grollt er.

Ich weiche zurück, denn für einen Moment überkommt mich das Gefühl, dass er mich schlagen will. George wendet sich ab und versetzt einem Karton in der Garage einen festen Tritt, sodass der Behälter durch die halbe Garage schießt. Ich weiche ihm rasch aus. Wutentbrannt geht er zurück ins Haus.

Ich räume die Utensilien zurück in den Karton, schiebe ihn wieder an Ort und Stelle. Niedergeschlagen schließe ich das Garagentor und folge meinem Bruder. An der Tür erwartet mich meine Mutter. Sie wirft mir meine Stoffturnschuhe vor die Füße und hält mir den Autoschlüssel hin.

„Fahr zur Polizei!"

Mit diesen Worten schlägt sie mir die Tür vor der Nase zu. Ich höre, wie George vor sich hin schimpft. Anscheinend glaubt er mir nicht, dass ich das Rad ordnungsgemäß abgeschlossen habe. In meiner Handtasche befindet sich noch das zerstörte Schloss. Ob ich es George zeigen soll? Würde es etwas ändern? Wahrscheinlich nicht.

Mit einem tiefen Atemzug schlüpfe ich in die Schuhe, gehe zu unserem Familienauto und fahre zum Police Department, das sich am Rande von Wolfberry befindet.

Es dämmert bereits, das niedrige Steingebäude ist hell erleuchtet. Mit Herzklopfen betrete ich das kleine Department. Der Officer an der Anmeldung schaut auf. Da niemand sonst im vorderen Wartebereich sitzt, gehe ich zu ihm und schildere kurz mein Anliegen.

„Fahrraddiebstal, hm, das kommt hier nicht so oft vor. Moment bitte. Ich hole Constable Murphy."

Der Officer erhebt sich schwerfällig, als würde er seit Stunden auf diesem Platz sitzen, und öffnet hinter sich eine Tür, ruft lautstark nach seinem Kollegen. Dieser erscheint einige Minuten später und winkt mich zu sich. Er führt mich in sein karges Büro. Ich kenne den Constable von den Schulveranstaltungen, die er wegen seiner Tochter immer besucht hat. Außerdem ist er locker mit meinem Dad befreundet. Ich setze mich vor seinen Schreibtisch.

„Na, dann erzähl mal, Rebecca."

Ich hole das kaputte Fahrradschloss hervor und schildere ihm alles so genau wie möglich.

„Gibt es eine Chance, dass der Täter gefasst wird? In so einer kleinen Stadt?"

Der Constable runzelt zweifelnd die Stirn, dann lächelt er fast ein wenig abfällig. „Das würde voraussetzen, dass das Mountainbike deines Bruders noch im Ort ist." Er seufzt leise. „Nun gut, möglich ist es ja. Mit wem warst du denn zuvor zusammen?"

In mir schrillen die Alarmglocken. Ob er durch seine Tochter erfahren hat, dass ich mich mit Noah getroffen habe? Heather liebt Klatsch, und schließlich war sie mit George in der Bibliothek. Auf einmal habe ich Angst, Noah in Schwierigkeiten zu bringen! „Was hat das damit zu tun? Ich habe Ihnen gesagt, wer alles in der Nähe gewesen ist, während ich bei dem Theaterstück gewesen bin."

Er zuckt mit den Schultern. „Ich versuche nur herauszufinden, wer das Rad deines Bruders genommen haben könnte.“

Wie mein Vater presse ich die Lippen aufeinander. „Ich war heute mit Noah Mikaels zusammen, aber er weiß weder, dass mein Bruder ein teures Rad besessen hat, noch wo ich mich am Abend aufgehalten habe.“

Constable Murphy schreibt Notizen in seinen Computer, verzieht keine Miene.

„Könnte er dir gefolgt sein?“

„Nein.“

„Okay.“ Er schaut kurz auf. „Ich weiß von Heather, dass du dich gestern schon mit ihm abgegeben hast. Sei ein bisschen vorsichtig, ja?“

„Warum? Weil er von den Native Americans abstammt?“, erwidere ich bissig.

„Nein, weil er in der Vergangenheit immer wieder Probleme gemacht hat.“

Seine Aussage lässt mich verstummen. Was meint er damit?

Während er weitere Eintragungen in seinen PC eingibt, bin ich völlig verunsichert. Ich weiß, dass der Constable mir nicht mehr darüber sagen kann. Trotzdem brennt nun die Frage in mir, was Noah getan hat, um Probleme mit der Polizei zu bekommen.

Er stellt noch weitere Fragen, die ich für die Anzeige so gut wie möglich beantworte. Wirklich Hoffnung, das Fahrrad wiederzubekommen, macht er mir nicht.

„Ich verspreche dir, dass wir dem nachgehen werden“, sagt er ernst zu mir.

Mutlos verlasse ich das Department. Am liebsten würde ich Noah anrufen, mit ihm darüber sprechen, doch leider habe ich seine Nummer immer noch nicht. Kann ich ihn damit überhaupt konfrontieren?

Ich fahre wieder nach Hause, meide meine Familie und gehe auf mein Zimmer. Lustlos bastle ich ein bisschen an meinem Schmuck herum, durchforste dann erneut die Unterlagen der Uni, beschäftigte mich schließlich mit einem Studium der Tiermedizin, das für mich immer interessanter wird.

Wie es wohl dem kleinen Grauhörnchen geht?

Ich denke an das Gefühl, als es in meinen Händen gelegen und sich vertrauensvoll an mich geschmiegt hat. Wieder vermisse ich es, ein Haustier zu haben. Mom und Dad haben es mir nie erlaubt.

Ob sich vielleicht die Katze der Nachbarn wieder in unserem Garten herumtreibt?

Ich zögere nicht und stehle mich in der Dunkelheit hinaus. Die Solarlaternen leuchten mir den Weg zu Dads Teich, in dem seine Kois leben. Jasper liebt es, die Farbkarpfen zu beobachten. Ich wette, der Kater würde auch gerne einen fangen, wäre er nicht so wasserscheu. Ich setze mich auf meinen Lieblingsfelsen vor dem kleinen Gewässer und beobachte die Kois, die zurzeit noch von einer Lampe angestrahlt werden. Ich weiß, dass diese mit einer Zeitschaltuhr gesteuert ist, damit die Fische irgendwann zur Ruhe kommen.

„Hey, Jasper, bist du hier?"

Tatsächlich kommt der alte Kater aus dem Azaleenstrauch hervor. Er miaut leise.

„Du hast dich erschrocken, hm? Hast womöglich gedacht, es ist Dad."

Jasper kommt näher, schmiegt seine Flanke an mein Bein. Ich streichle sein grau getigertes Fell. Er setzt sich neben mich. Zusammen beobachten wir die großen Karpfen. Seine Gegenwart beruhigt mein aufgewühltes Gemüt.

Erst als die Teichlampe erlischt und Jasper seiner Wege geht, kehre auch ich zurück ins Haus.

In der Nacht träume ich von einem Bären, der Georges Fahrrad stiehlt. Noah wird von Constable Murphy in Handschellen abgeführt und mein Bruder steht in seinem Puck-Kostüm neben mir und lacht.

Ich erwache mit einem Kopfschütteln. Ein Blick auf meinen Wecker sagt mir, dass es noch verdammt früh ist. Aber ich kann und will nicht mehr schlafen. Ich ziehe mir Sportsachen an, flechte mein Haar zu einem festen Zopf und gehe runter in die Küche, um schon mal den Tisch zu decken. Vielleicht beschleunigt das die Versöhnung mit Mom etwas. Dann schlüpfe ich in meine Laufschuhe und verlasse das Haus.

Die Sonne lugt schon über den Bergen, Tau liegt auf den Wiesen. Ich dehne mich kurz und beginne dann zu joggen. Das Laufen lässt mich richtig wach werden, ich spüre, wie sich meine Gedanken klären. Unser Viertel liegt wie die Pond Street am Ende der Kleinstadt, und ich bin recht schnell in einem Fichtenwald. Es riecht nach dem Harz der Bäume. Vögel zwitschern, ansonsten umgibt mich Stille. Ich jogge dieses Mal nicht meinen typischen Rundweg, sondern wende mich immer weiter nach links, bis ich auf das gleiche Brachland komme, in dem Noah und ich mit Rani spazieren gegangen sind. Die Morgensonne bestrahlt die prärieähnliche Ebene. Ja, ich bin bewusst hierher gejoggt. Nun fühle ich mich wie eine Stalkerin, weil ich insgeheim hoffe, Noah zu sehen. Er muss wegen des Grauhörnchens sicher früh aufstehen, weil es so oft gefüttert werden muss. Ob er dann wieder mit Rani Gassi geht?

Ich spaziere über die Wiesenfläche, um meinen Atem etwas zu beruhigen.

Den Einzigen, den ich sehe, ist Pepples, der Waschbär, der wohl wieder auf Müllsuche geht. Ich warte noch eine geraume Weile, wende mich schließlich ab und jogge wieder nach Hause.

4

Erst am Nachmittag treffe ich in der Stadt auf Noah. Er kommt in Arbeitskleidung aus dem *Forest Creek*, als ich daran vorbeigehe. Ich habe für Mom noch einige Besorgungen gemacht, und die Straße ist recht belebt. Noah sieht mich, scheint verunsichert zu sein. Vielleicht weil so viele Leute unterwegs sind? Denkt er, ich will nicht mehr mit ihm gesehen werden? Ich gehe auf ihn zu, begrüße ihn und stelle die Einkaufstüte neben mich.

„Lass mich in Ruhe", murmelt er und geht ohne ein weiteres Wort weiter die Straße rauf.

Ich starre ihm verwirrt nach. „Noah, was …?!" Mit meiner vollen Einkaufstüte laufe ich ihm umständlich nach. „Jetzt warte doch mal! Was ist denn los?"

Abrupt bleibt er stehen. „Das sollte ich dich fragen."

Ich schaue ihn verständnislos an. „Was meinst du?"

„Warum hetzt du die Polizei auf mich? Ich wusste ja nicht mal, dass dein Bruder ein teures Fahrrad hat."

Geschockt begegne ich seinem Blick, der nun pure Enttäuschung ausdrückt.

„Was?! Aber das habe ich nicht, Noah!"

„Dann frage ich mich, warum der Constable heute Vormittag bei uns war."

„Noah, mir wurde gestern Abend vor der Schule das Fahrrad meines Bruders gestohlen. Ich bin zum Police Department, und dort hat man mich unter anderem gefragt, wo ich war und mit wem ich zusammen gewesen bin. Ich habe sogar explizit gesagt, dass du nichts damit zu tun hast."

„Nun, Murphy hat dir wohl nicht geglaubt. Erst als Mom ihm erlaubt hat, alles zu durchsuchen, was er dann auch getan hat.“

„Das tut mir furchtbar leid, ich wollte ihn allerdings auch nicht anlügen. Ich hätte es ihm ja auch gesagt, wenn ich bei einem meiner anderen Freunde gewesen wäre.“

„Da hätte der Constable wohl nicht das halbe Grundstück durchsucht.“

„Hätte ich verheimlichen sollen, dass wir uns getroffen haben?“

Noah zögert kurz. „Nein.“

Ich bemerke, dass die Passanten uns beobachten, und es ist mir so was von egal.

„Gehen wir ein Stück zusammen?“

Noah nickt und nimmt sogar meine Einkaufstasche. Wir schlendern die Hauptstraße hinunter, auf der kaum Autos fahren.

„Noah, es tut mir leid.“

Er weicht meinem Blick aus. „Ich wundere mich, dass du überhaupt noch mit mir sprichst.“

„Warum sollte ich denn nicht mehr mit dir sprechen?“

„Weil Constable Murphy dich sicher vor mir gewarnt hat.“

„Das hat er tatsächlich. Ich bespreche so was aber lieber mit dir und nicht mit Murphy. Ich vertraue doch nicht blind irgendwelchen Gerüchten!“

Noah bleibt stehen. „Du würdest mir also glauben?“

„Warum sollte ich das nicht tun?“

Er schnauft leise, steht einfach da und schaut zu Boden. „Weil damals außer meinen Eltern alle gedacht haben, dass ich jetzt kriminell werde."

„Erzähl es mir nachher in Ruhe, ja?"

Er wirft mir einen Seitenblick zu. „Okay."

Noah begleitet mich bis zur Kreuzung, wo sich unsere Wege vorerst trennen. Ich gehe nach Hause, räume die Einkäufe ein und stehle mich wieder davon, in Richtung Pond-Viertel. Vor dem Haus der Mikaels zögere ich nicht, sondern klingle.

Donna öffnet mir mit einem Lächeln. „Komm rein, Rebecca. Noah ist gleich fertig, er hat nur rasch geduscht."

Ich muss nicht lange warten. Einige Minuten später kommt Noah aus seinem Zimmer, küsst seine Mom auf die Wange und winkt mich nach draußen. Verdutzt folge ich ihm. Wahrscheinlich möchte er dieses Gespräch nicht im Beisein seiner Mutter führen.

Er trägt eine kurze, zerfranste Jeans und ein enges Shirt. Das noch feuchte Haar fällt ihm offen über die Schultern. „Komm, wir gehen rauf zum Lynx-Hill."

„Da war ich lange nicht", sage ich und denke an den Tag, als Dad mit George und mir den Hügel hochgestiegen ist. Wir waren beide noch Kinder gewesen.

Noah und ich wandern über die Ebene, tauchen weiter rechts in den Fichtenwald ein. Diesmal gehen wir den offiziellen Weg, an den ich mich noch erinnere.

„Mein Dad ist mal vor Jahren mit George und mir auf den Hügel gegangen. Mein Bruder hat so viel rumgejammert, dass keiner von uns den Ausflug genießen konnte. George hasst wandern."

„Hat dein Dad dir die Geschichte von dem Luchs erzählt?"

„Da gibt es eine Geschichte?"

„Ich erzähle sie dir, wenn wir oben sind."

Wenig später gabelt sich der Weg, wir nehmen den
linken, der nun bergauf führt. Still besteigen wir den
Hügel. Ich genieße die Natur und die Ruhe, die uns
umgibt. Die Erinnerung an Georges Trotzanfälle verblassen. Plötzlich bleibt Noah abrupt stehen. Er zeigt
nach rechts.

Ich wende mich um und sehe eine Lichtung unterhalb
des Weges. Ein Elchbulle steht an einem Weiher und
knabbert an der Rinde eines Espenbaumes. Vereinzelte
Sonnenstrahlen beleuchten das Areal, die Wiese glitzert vor Feuchtigkeit, denn der Untergrund scheint
sumpfig zu sein. Die Szene fühlt sich so friedlich an.
Wenn Noah mich nicht darauf aufmerksam gemacht
hätte, wäre es von mir überhaupt bemerkt worden? Er
hat einen besonderen Blick für die Natur.

Der Elch wittert uns, schaut direkt zu uns hoch, aber
er lässt sich nicht stören. Mir hingegen läuft ein
Schauer über die Haut, denn irgendwie spüre ich für einen Augenblick eine Verbindung zu dem Tier.

„Es gibt hier im Nationalpark auch ein weißes, weibliches Exemplar. Leider habe ich es schon lange nicht
mehr gesehen."

„Ich habe davon gehört, einer der Touristen hat es fotografieren können. Es stand damals in unserem Lokalblatt."

Wir beobachten, wie das Tier langsam in Richtung
Wald stapft und zwischen den Bäumen verschwindet.

Ich schaue zu Noah. „Ich glaube, weiße Tiere haben bei euch eine besondere Bedeutung, oder?"

„Die weiße Büffelfrau …", raunt er.

„Erzählst du es mir?"

„Ja, nur nicht alles auf einmal." Er lächelt und nimmt seinen Lauf wieder auf. Der Pfad wird nun erheblich steiler.

Wir kommen schließlich nach einiger Zeit schwer atmend oben auf der Hügelspitze an. Noah und ich setzen uns auf ein kleines Felsplateau. Die Aussicht hier oben ist wunderbar. Wolfberry liegt unter uns und schmiegt sich in die natürliche Landschaft, hinter uns beginnen die höheren Berge. Noah zupft einen Halm der hohen Gräser heraus und kaut gedankenverloren darauf herum. Ich spüre pure Neugierde, möchte ihn jedoch nicht drängen, deshalb halte ich mich zurück. Er hat mich hochgeführt, um in Ruhe über diese Sache mit der Polizei zu reden, er wird es auch tun, wenn er dazu bereit ist.

Als er regelrecht nach Luft schnappt, schrecke ich etwas auf.

„Ich schätze, du weißt, dass ich nie viele Freunde in der Schule hatte."

Ich nicke nur.

„Kurz dachte ich, Harry Patel wäre ein Freund. Das war ein fataler Irrtum."

„Du hast dich mal mit ihm geprügelt."

„Ja."

Er stockt, es scheint ihn noch immer sehr zu beschäftigen.

„Eigentlich ging er mir immer aus dem Weg. Seine Clique ignorierte mich, warf mir ab und zu blöde Sprüche zu, allerdings alles harmlos, da kannte ich Schlimmeres. Auf einmal sprach mich Harry an und war nett zu mir. Nach einigen Tagen dachte ich wirklich, er meint es ernst. Leider war es nur eine ziemlich miese Wette. Nun ja, ich erspare dir die Details. Sie luden mich zu einer Party ein. Dort brachten sie mich dazu, viel zu viel zu trinken. Ich schätze, sie mischten mir auch noch was anderes in die Drinks, denn ich stand wirklich völlig neben mir, hatte einen kompletten Filmriss. Schlussendlich erwachte ich in der Ausnüchterungszelle, weil man mich volltrunken dabei erwischt hat, wie ich angeblich die Glasscheibe von *Mary's Market* eingeschlagen habe. Zumindest soll ich noch den Stein in der Hand gehalten haben. Ich weiß davon nichts mehr, die Nacht ist wie ausgelöscht. Ich vermute, Harry oder einer seiner Freunde hat das Schaufenster eingeschlagen und mir den Stein in die Hand gedrückt. Beweisen konnte ich es nicht." Er wirft mir einen scheuen Blick zu. „Du kannst dir also vorstellen, dass ich nicht so gut auf Patel zu sprechen bin."

Ich starre ihn fassungslos an. Ich hätte Harrys Clique viel zugetraut. Das übertrifft jedoch meine Vorstellungen.

„Geprügelt habe ich mich wegen einer anderen Sache", gibt er nun zu. „Er hat meine Eltern zwei Wochen später massiv beleidigt, weil sie mich adoptiert haben. Ich gebe zu, nach der Sache mit der angeblichen Party bin ich ... nun ja ... etwas ausgerastet."

„Das wäre ich auch."

„Aber du hättest Harry nicht die Nase gebrochen."

„Unterschätz mich nicht. Ich hab eine verdammt gute Rechte."

Das bringt Noah zum Lächeln.

„Da ist noch was. Ich hab dir ja von Mr. Hatfield erzählt, erinnerst du dich?"

„Der Nachbar mit der Schrotflinte."

„Genau."

„Er war kurz davor, Pepples zu erschießen. Ich habe es mitbekommen und wollte ihm klarmachen, dass der Waschbär nur deshalb immer wieder kommt, weil er seinen Müll mit Essensresten draußen lagert. Es entfachte ein heftiger Streit, er bedrohte mich plötzlich mit seiner Flinte. Ich war so in Rage, dass ich gar keine Angst hatte. Ich griff nach dem Lauf und zerrte sie Mr. Hatfield aus den Händen. Mein Vater hat den Schreck seines Lebens bekommen, denn ich hätte ja auch erschossen werden können. Er hat den Streit gehört und wollte zwischen uns vermitteln. Ich schmiss Mr. Hatfield dann die Flinte vor die Füße und stapfte wutentbrannt nach Hause. Seitdem lässt er kein gutes Haar an mir und lästert im Pub über mich, egal, was ich tue."

„Und seinen Müll lässt er immer noch liegen", meine ich ärgerlich.

„Ich schätze, er legt es drauf an. Er will Pepples abknallen. Der ist aber ziemlich schlau."

„Zum Glück."

„Eine Sache ist da noch."

Interessiert horche ich auf.

„Vor drei Jahren war ich auf einer Tierschutz-Demo in Calgary, gegen diese langen Tiertransporte. Leider war das nicht genehmigt, und ... äh ... ich bin mit anderen verhaftet worden."

„Warum denn verhaftet?"

„Einige sind ziemlich ausgetickt. Leider steckte ich mittendrin. Die Officer haben erst mal alle einkassiert, die sie kriegen konnten. Mein Dad hat das schnell geklärt. Er hatte mich hingefahren. Constable Murphy hat es später spitzgekriegt.“

Noah senkt den Kopf, spielt gedankenverloren mit dem langen Grashalm. Der Wind lässt sein Haar aufflattern. Er wirkt abwesend. Ich bemerke, dass ich ihn beobachte und zwinge mich, den Blick abzuwenden.

„Solche Sachen sprechen sich bei uns schnell herum“, bemerke ich.

„Ja, Tratsch und Klatsch ist überall.“ Er lacht leise.

Entfernter Donner erreicht uns. Wir schauen beide zum dunkler werdenden Himmel im Südosten. Dunkelgraue Wolken türmen sich hinter Wolfberry auf.

„Es wird an uns vorbeiziehen“, sagt Noah.

Blitze zucken am Himmel hinter der Kleinstadt, ich sehe den Regen als schmale Schlieren, die von den Wolken aufs Land niedergehen. Die Luft wird feuchter, ein weiterer Donner grollt. Auch ich sehe, dass der Wind das Gewitter an uns vorbeitreiben wird. Feine Regentropfen erreichen uns, so sanft wie die Gischt eines Wasserfalls. Mit geschlossenen Augen hebe ich mein Gesicht, damit meine Haut davon benetzt wird.

„Möchtest du die Geschichte vom Lynx-Hill hören?“

Ich hebe die Lider, wende mich wieder Noah zu, der noch immer dem Gewitter zusieht.

„Ja, gerne.“

„Vor vielen Jahren gab es hier einen alten Mann, der versucht hat, diesen Hügel als seinen Besitz kenntlich zu machen. Er mochte die Aussicht, wollte sie für sich allein haben. Die meisten Menschen in der Gegend akzeptierten seinen Wunsch. Nur einer stellte immer wieder Fallen auf. Eines Tages geriet ein Luchs in eines der Fangeisen, und der Mann, der diesen Ort so liebte, fand das Tier. Zuerst ließ es ihn nicht an sich heran, doch es wurde schwächer, und der Mann blieb hartnäckig, denn er mochte die Raubkatzen, die hier oft herumstrichen. Irgendwann konnte er das Luchsweibchen befreien. Er baute sogar eine Hütte und pflegte es gesund. Später verschwand der Luchs wieder in der Wildnis. Der Mann geriet immer wieder mit dem Fallensteller in Streit. Einmal kostete ihm das fast sein Leben, denn dieses Mal war der Tierfänger bewaffnet."

Noah sah mich nun direkt an, ich schaute ihm wie gebannt in die Augen.

„Der Luchs kam aus dem Dickicht und stürzte sich auf den Fallensteller, als dieser schoss. Er starb für den Mann, was diesen in tiefes Bedauern stürzte. Er vertrieb den Fallensteller endgültig. Am Abend begrub er das mutige Tier. Plötzlich kamen zwei Jungtiere aus einem Gebüsch – die verwaisten Welpen des Luchses. Der Mann zog sie auf, und einer der Luchse begleitete ihn bis an sein Lebensende, das er hier oben verbracht hat."

Noah steht auf, zeigt mir an, ihm zu folgen, was ich ohne Zögern tue. Wir steigen ein Stück abwärts, zwängen uns durch ein Dickicht und kommen an einer alten Hausruine raus, die geschickt verborgen zwischen knorrigen Tannen steht, auf einer kleinen Ebene unterhalb der Hügelspitze.

„Es gab ihn wirklich?", frage ich erstaunt.

„Ja, die Nachfahren dieser beiden Luchse leben noch heute im Nationalpark."

„Wow, die Geschichte kannte ich gar nicht."

„Will hat sie mir erzählt, während ich ihm geholfen habe, die Parkplätze von Müll zu befreien."

Ich gehe langsam auf die Holzhütte zu. Das Dach ist eingebrochen, der Rohbau steht noch.

„Manchmal frage ich mich, ob sein Geist diesen Ort noch immer beschützt. Nur selten kommt hier jemand hoch, obwohl es so nah an Wolfberry liegt."

Ich gehe in die Ruine, schaue durch das zerstörte Dach zum Himmel. Ein Adler zieht über uns seine Kreise, seine Rufe hallen leise bis zu uns. „Das ist ein schöner Gedanke."

Noah folgt mir. „Findest du? Hast du keine Angst vor Geistern?"

„Eigentlich nicht."

Wir stehen ruhig in der Ruine, beobachten den Greifvogel hoch über uns. Auf einmal spüre ich förmlich, dass Noah mich ansieht. Ich begegne seinem Blick, der so intensiv ist, dass ich Herzpochen bekomme.

„Ich dachte heute Morgen wirklich, dass du mich bei Murphy angezeigt hast", bemerkt er heiser. „Ich bin wirklich froh, dass es nicht so ist."

„Ich habe nicht eine Sekunde lang gedacht, dass du das Rad genommen haben könntest."

Erleichterung zeigt sich auf seinen schönen Zügen, und ich sehe noch etwas, das mich in diesem Moment tief berührt. Tränen verschleiern seine Sicht, und das sagt mir, dass ich ihm so wichtig bin, dass es ihn hart getroffen hätte, wenn ich ihn verdächtigen würde.

Rasch senkt er den Kopf und blinzelt sie fort.

Er ist so anders, als meine anderen Freunde, bei denen mir oft irgendetwas fehlt, das ich nie greifen kann. Noah vermisse ich, sobald wir uns verabschieden, zu ihm fühle ich eine besondere Verbindung. Er fasziniert mich. Nicht, weil er zum Volk der Native American gehört, sondern weil ihn etwas Außergewöhnliches umgibt.

Wieder merke ich, dass ich ihn anstarre. Diesmal wende ich mich nicht ab, denn in diesem Moment begreife ich, dass ich mich viel mehr von ihm angezogen fühle, als ich mir eingestehen wollte.

Nun überrascht uns doch ein Regenguss, und wir flüchten unter das verbliebene Dach. Ich mag den leisen Donner, der immer noch bis zu uns hallt und immer leiser wird. Wir setzen uns auf eine alte Kiste und beobachten, wie die Tropfen kleine Pfützen am Boden der Ruine bilden.

„Manchmal stelle ich mir vor, dass der alte Mann mit dem Luchs hier bei mir auf dem Hügel steht und auf Wolfberry herunterschaut", erzählt er mit gedämpfter Stimme.

„Hast du hier mal einen Luchs gesehen?"

„Nur einmal, als Dad mir diesen Ort gezeigt hat. Da war ich noch ein Kind."

Eine Frage spukt mir im Kopf herum. Erst wollte ich sie ihm nicht stellen. Jetzt verspüre ich so eine Nähe zu ihm, dass ich es wage. Ich rücke etwas näher zu ihm, bis ich die Wärme seines Körpers spüre.

„Warum hast du es mir gerade hier auf dem Lynx-Hill sagen wollen?"

Noah zögert, weicht mir ein wenig aus, ich spüre es. Er vergräbt seine Turnschuhspitze in dem weichem Erdreich, das mit morschen Holzstücken vermischt ist.

„Hier fühle ich mich sicher. Außerdem hatte ich gehofft, dass du hier nicht sofort nach Hause läufst, wenn ich dir die Sachen aus meiner Vergangenheit erzähle.“

„Hast du echt gedacht, ich hau einfach ab?“

„Du wärst nicht die Erste, die wegen Constable Murphy plötzlich Abstand hält. Ich glaube, vor allem nach der Sache mit Mr. Hatfield hat er halb Wolfberry vor mir gewarnt.“

Ärgerlich schüttle ich den Kopf. „Dabei hast du es schon schwer genug.“

Noah zuckt mit den Schultern.

Der Regen verebbt, und die Luft riecht nach Erde und feuchten Gräsern. Ich atme diesen wunderbaren Duft genießerisch ein.

Wir treten aus der alten Hütte ins Sonnenlicht, das durch die grauen Wolken bricht. Vögel zwitschern in den Zweigen. Langsam beginnen wir den Abstieg, nehmen einen anderen Weg als zuvor. Auf der anderen Seite des Lynx-Hills wuchern Chinesische Wolfsbeeren. Erste violette Blüten entfalten sich bereits aus den Knospen. Dieses Gewächs, das man auch Goji-Beere nennt, hat einst unserer kleinen Stadt ihren Namen verliehen. Hier in der Umgebung wächst es sehr häufig.

Am Fuß des Hügels bleibt Noah stehen. Abwartend sehe ich ihn an.

„Danke, dass du mitgekommen bist, Rebecca.“

„Danke, dass du es mir erzählt hast“, erwidere ich. Spontan beuge ich mich vor und hauche ihm einen Kuss auf die Wange.

Noah rührt sich nicht, dann stiehlt sich ein Lächeln auf sein Gesicht.

Ohne ein weiteres Wort wandern wir weiter. Der offizielle Wanderweg bleibt noch verborgen, und wir klettern über unebenes Gelände. Einmal müssen wir einen felsigen Hang überqueren, weil hohe Brennnesseln die anderen Pfade versperren. Noah springt leichtfüßig nach oben, was mich wohl ziemlich verdutzt aussehen lässt. Ich rutsche mit meinen Sneakers ab, weil die Sohle schon so abgenutzt und glatt ist. Sofort hält er mir seine Hand hin, die ich ohne zu zögern ergreife. Er zieht mich zu sich auf das keine Steinplateau.

„Schau mal." Er zeigt auf eine Waldschneise.

Von unserem erhöhten Standpunkt aus sehe ich, dass hinter den Brennnesseln ein Meer von Wildblumen wächst. Sie reichen bis hinunter zum Zipfel eines Sees, dessen Wasser smaragdblau schimmert.

„Das sieht wunderschön aus. Ist das der See, wo dein Wigwam steht?"

„Ja. Magst du hinuntergehen, oder möchtest du nach Hause?"

„Hinuntergehen!"

„Dann komm."

Noah hilft mir auf der anderen Seite hinunter, biegt mit dem Fuß einige Brennnesseln zur Seite, sodass wir unbehelligt durch den entstandenen Gang schlüpfen können. Es geht noch ein Stück abwärts, dann erreichen wir die Wildblumenwiese. Bienen, Hummeln und Schmetterlinge tanzen über den Blüten. Zwischen den Pflanzen entdecke ich alte Baumstümpfe. Die Sonne scheint auf die Lichtung und bringt die Farben zum Strahlen.

„Ich habe sie hier vor zwei Jahren ausgesät."

„Was? Wirklich?"

„Erinnerst du dich an den Waldbrand?“

„Ja, natürlich!“

„Es war genau hier, und die Feuerwehr konnte ihn nur eindämmen, indem sie alle Bäume fällte, damit das Feuer nicht übergreift. Danach stand ich hier auf der verbrannten Erde und mir blutete das Herz, denn hier standen vorher sehr alte Pappeln.“

Ich streiche über die Blütenköpfe, die mir teils bis ans Knie reichen. „Und du hast etwas Wunderschönes geschaffen.“

Wieder schenkt er mir dieses Lächeln, das mir nun Herzklopfen beschert. Aus einem Impuls heraus nehme ich seine Hand, ich will diese Nähe jetzt unbedingt, und ziehe ihn durch die Wildblumen runter zum See. Am Ufer verschränken wir die Hände ineinander.

„Erzählst du mir nun von der Büffelfrau?“

Noah zieht die Augenbrauen zusammen und schüttelt den Kopf. „Später. Dies ist nicht der richtige Augenblick.“

„Okay. Sie ist was Besonderes, oder?“

„Sie ist meinem Volk heilig.“

Ich nicke verständnisvoll und lausche dem Geräusch der seichten Wellen, die ans sandige Ufer schwappen.

„Wie geht es denn eigentlich Hörnchen?“

„Gut. Mom versorgt sie, bis ich zurück bin. Sie ist sehr agil, versucht schon, aus ihrem Nest zu klettern, wenn ich ihr Fläschchen nicht schnell genug fertig habe.“

Die Vorstellung bringt mich zum Schmunzeln.

Noah schaut gedankenverloren auf den See hinaus. Ich frage mich, was wohl in ihm vorgeht. Was denkt er über mich? Kann ich hoffen, dass er ähnlich fühlt wie ich?

5

Noah

Ich spüre ihre Nähe so intensiv, dass ich nicht wage, sie anzusehen. Deshalb starre ich auf den See. Im Augenwinkel erkenne ich, dass sie mich beobachtet, und nun begegne ich doch dem Blick ihrer grünen Augen, in denen sich die Fichten am Ufer spiegeln. Alles in mir vibriert sachte.

Rebecca ist so anders, als die Frau, die ich mir insgeheim immer vorgestellt habe. Früher träumte ich davon, eine dunkelhaarige Schönheit meines Stammes zu finden, in der Hoffnung, sie könne mir zeigen, was es heißt, wirklich ein Native zu sein. Nun betrachte ich milchweiße Haut, von zarten Sommersprossen durchzogen, langes Haar, das in den Farben des Indian Summer changiert, und habe mich noch nie so sehr von einem Menschen angezogen gefühlt.

Sie hat meine Hand genommen, also wage ich jetzt eine Haarsträhne zu berühren.

„Wie die Blätter des Zucker-Ahorns im Herbst", sage ich leise.

Rebecca lächelt über den Vergleich. „Und ich dachte, ich bin einfach nur rothaarig", erwidert sie schelmisch.

Ich schüttle den Kopf. „Ich sehe mindestens drei Farben. Ein helles Kupfer, feine, goldene Strähnen und manchmal schimmert etwas Dunkleres hervor, wen sich das Haar teilt."

„Auf so was achtest du?"

„Nicht immer."

Sie folgt meinem Beispiel und streicht mir durchs Haar. „Deins schimmert wie Ebenholz."

Ihre zarte Berührung beschert mir Herzklopfen, und ein sanfter Schauer fließt über meine Haut. Ihre Nähe lässt etwas in mir erklingen, das ich so noch nie gefühlt habe.

Bei anderen Mädchen war nie so eine Empfindung aufgeflackert. Ich verschweige ihr, dass ich auch deshalb in Calgary bei der Demo gewesen bin, weil ich meine damalige Freundin Ariel begleitet habe. Ich hatte sie im Internet kennen gelernt, aber zwischen uns passte es einfach nicht, obwohl sie eine First Nation der *Stoney Nakoda* ist. Ariels Ansichten sind mir einfach zu radikal gewesen. Heute halten wir lockeren Kontakt, sehen uns nur noch selten.

Warum denke ich jetzt an sie? Vielleicht weil es sich mit ihr so falsch angefühlt hat und mit Rebecca so richtig, was mich irgendwie total verwirrt.

Ich muss an einen kleinen Laden in Banff denken, ein Städtchen mitten im Nationalpark auf 1400 Metern Höhe. Meine Eltern und ich besuchten dort letztes Jahr das Mountain Film Festival. Ich interessierte mich eher für die kleinen Shops auf der Banff Avenue. Ich erinnere mich an einen weißen Traumfänger aus weißem Rehleder, von den *Ojibwe* gefertigt. Ein großer, äußerer Kreis umschloss zwei kleinere, die ineinander verwoben waren und das typische, kunstvolle Geflecht besaßen. In der Mitte befand sich ein spiritueller Schmuck. Die weißen Federn waren, anders als bei den meisten Traumfängern, seitlich angebracht. Schon damals musste ich überraschend an Rebecca denken. Noch mehr verwunderte es mich, dass dieser Schmuck für eine Seelenverwandtschaft steht – ich habe die Bedeutung auf einer kleinen Beschreibung gelesen. Ich wagte nicht, den Traumfänger zu kaufen. Heute gewinnt dieses Erlebnis allerdings an Bedeutung.

„Woran denkst du?", fragt sie mich leise.

„An einen weißen Traumfänger."

„Wirklich?" Sie horcht interessiert auf, fertigt sie diesen Schmuck doch selbst.

„Ich habe ihn mal in Banff gesehen."

„Wie sah er denn aus?"

Würde ich ihn beschreiben, wüsste sie um seine Bedeutung? Ich riskiere es und beschreibe ihr den besonderen Traumfänger. Rebeccas Augen verengen sich. Ich sehe ihr förmlich an, wie sie versucht, es sich vorzustellen.

„Wieso dachtest du gerade daran?"

Ich lache unsicher auf. „Weiß nicht."

Etwas Unausgesprochenes steht zwischen uns. Es schwebt wie eine Wolke über unseren Köpfen, ich kann es nicht fassen. Wieder treffen sich unsere Blicke, und auf einmal begreife ich, dass es nicht um Worte geht. Ich kann mich nicht abwenden. Ihr scheint es ebenso zu gehen. Als ob wir unter einem Bann stehen würden.

In diesem Moment begreife ich, dass unsere Herkunft völlig egal ist, denn ich erkenne, dass sie mir das Gefühl schenkt, nach dem ich mich all die Jahre gesehnt habe.

Ich schlucke schwer, denn sie hält beharrlich den Augenkontakt.

Eigentlich möchte ich nur eines ...

Sie kommt mir zuvor.

Rebecca beugt sich vor und haucht mir einen Kuss auf die Lippen. In mir erwacht ein wahres Gefühlschaos. Also spürt auch sie diese Verbundenheit! Drei Sekunden verstreichen, indem ich meinen Mut zusammenraffen muss. Dann lege ich meine Hand an ihren Nacken und ziehe sie sachte zurück in meine unmittelbare Nähe. Sie seufzt leise, während ich sie küsse, was in mir eine Flamme entfacht, die mich etwas überrumpelt.

Ein wenig atemlos löse ich mich.

Sanft streicht Rebecca mir eine Haarsträhne zurück, in ihren Augen sehe ich Sehnsucht, was mein Herz nahezu rasen lässt. Sie rückt nah zu mir und stiehlt sich einen weiteren Kuss, in den ich mich nun völlig fallen lasse. Ich denke nicht an ihre angesehene Familie, verdränge unsere unterschiedliche Herkunft, mir ist es egal, dass mich ihre Eltern niemals akzeptieren werden. In meinen Armen liegt einfach nur Rebecca. Das Mädchen, das ich schon seit der Schule heimlich *Fire in her hair* nenne.

Draußen dämmert es langsam, und ich weiß, dass ich sie nach Hause bringen müsste. Aber ich will nicht. Jedes Mal, wenn sie fortgeht, entsteht wieder dieses kleine Loch in meinem Herzen. Jetzt gerade möchte ich so sehr, dass es noch geschlossen bleibt.

Sie schmiegt sich in meine Umarmung, und ich halte sie, in dem Wissen, dass unsere aufkeimende Beziehung vielleicht nie öffentlich werden wird. Werde ich das aushalten?

Sie vergräbt ihr Gesicht in meiner Halsbeuge, und ich frage mich, ob sie etwas Ähnliches denkt. Denn Fakt ist, sie müsste sich gegen ihre Familie stellen, und ich bin nicht sicher, ob ich das zulassen kann.

Dennoch genieße ich ihre Körperwärme, ihre Nähe, will sie nicht loslassen.

Das Licht verändert sich. Der rötliche Schein des Abendhimmels spiegelt sich auf der Oberfläche des Sees. Die Dämmerung bricht immer mehr herauf.

Unerwartet ertönt ein langgezogenes Heulen durch den Wald. Rebecca zuckt erschrocken zusammen.

„Das sind Wölfe", haucht sie erschrocken.

Ich spüre förmlich ihre Verunsicherung, als weitere Wölfe beginnen zu heulen.

„Um diese Uhrzeit war ich noch nie im Wald", flüstert Rebecca. „Manchmal höre ich sie in Wolfberry."

„Sie versammeln sich", raune ich.

„Um zu jagen?"

„Vielleicht kommen sie auch hierher, um zu trinken."

Angestrengt beobachte ich die Uferumgebung. Nach einer Weile, in der wir absolut still bleiben, sehe ich ein Funkeln von bernsteinfarbenen Augen in einem Dickicht nahe dem See. Langsam hebe ich den Arm, um Rebecca die Richtung zu zeigen. Sie setzt sich aufrechter hin, um besser sehen zu können. Dann sehen wir die Wölfe. Drei werden am Gewässer sichtbar, schauen sich misstrauisch um.

„Sie werden uns wittern", wispere ich. „Der Wind steht ziemlich ungünstig."

Zwei Tiere beginnen zu trinken, ein Wolf bleibt wachsam. Ich habe das Gefühl, dass er genau weiß, dass wir hier sind. Er gibt kein Alarmzeichen. Hier im Nationalpark sind die Wildtiere, wegen der vielen Touristen, Menschen gewohnt. Trotzdem sind die Wölfe sehr scheu. Ob sie meinen Geruch kennen? Ich bin wirklich oft hier am See.

Schlussendlich beugt er sein Haupt und stillt seinen Durst wie seine Artgenossen. Wie lautlose Geister verschwinden sie im Wald, nur ihr Heulen hören wir noch zwischendurch.

„Ich hoffe, sie verlassen die Grenzen des Parks nicht."

„Die Trapper", erkennt Rebecca.

Ich nicke nur.

Die Pelztierjäger legen an der Grenze der Parks gut verborgen ihre Fallen aus, und die Tiere sind nur innerhalb der Nationalparks geschützt. Überqueren sie die Grenzen ...

„Will und ich suchen manchmal nach den Fangeisen und deaktivieren sie", offenbare ich ihr.

„Ich glaube, wegen der Fallensteller sind die Wölfe in den letzten Jahren ganz schön dezimiert worden, oder?"

„Ja, leider."

Ich sehe den Mond aufgehen, er lugt zwischen den Fichten hindurch, ist vom Abendschein rötlich verfärbt. Das Licht verlöscht immer mehr. Trotzdem sehe ich, dass eine dunkle Wolkenfront aufkommt und die warme Farbe am Himmel verschluckt. Tief atme ich die Luft ein und nehme wahr, dass sich etwas verändert. Über uns flattert plötzlich eine Schar Krähen auf. Die Feuchtigkeit scheint stärker zu werden. Wind kommt auf, in seltsamen Böen, die viel kälter sind. Die Wölfe verstummen.

„Es ist besser, wenn ich dich jetzt nach Hause bringe."

„Was ist denn?"

„Ich fürchte, nun erwischt uns doch ein Gewitter."

Rebecca schaut hoch zum Himmel. In diesem Augenblick durchbricht ein Blitz die Wolken, der Donner lässt nicht lange auf sich warten. Ich rieche Ozon und bin nun wirklich alarmiert.

„Komm!"

Ich greife nach Rebeccas Hand, lasse sie erst wieder los, als wir beginnen zu rennen. Im Laufschritt durchqueren wir den Wald. Noch sehe ich im Zwielicht genug, aber das nahende Unwetter verdunkelt die Umgebung immer weiter, und ich beschleunige meine Schritte.

„Bin ich zu schnell?"

„Nein, alles gut."

Wie eine Gazelle springt sie über Hindernisse, hält mit mir Schritt, bewegt sich sicher auf dem unebenen Boden.

Ein Geräusch lässt mich aufmerksam werden. Es rauscht wie ein starker Regen, es hat allerdings einen anderen, härteren Unterton. Noch schützen uns die Bäume. Auf einer Lichtung erkennen wir, dass es hagelt. Die Wiese wird weiß wie im Winter bei einem Schneefall. Erneut blitzt und donnert es. Wir zögern nicht und laufen weiter, bis wir völlig atemlos am Waldrand ankommen. Hier hält mich Rebecca auf. Sie zieht mich am Arm zurück unter die alten Fichten. Mittlerweile prasselt ein Schauer auf uns nieder, und wir sind völlig durchnässt.

„Wir sollten ..."

Ich kann meine Bedenken nicht zu Ende äußern, denn Rebecca zieht mich am Kragen meines T-Shirts zu sich und küsst mich. Für einen Moment ist mir das Wetter völlig egal. Ich lege meine Arme um ihre zarte

Gestalt und erwidere ihre stürmische Berührung. Donner grollt um uns, ich spüre, wie der Regen unsere Gesichter benetzt.

Sprachlos schaue ich ihr in die funkelnden Augen. Nun ergreift sie die Initiative und zieht mich über die Grasebene, bis zum Vordach unserer Terrasse, wo wir uns unterstellen. Ich schaue durch die Glasfront ins Haus hinein. Mom und Dad sind nicht zu sehen. „Was tun wir jetzt?“

Sie senkt kurz den Blick. Rasch sieht sie wieder zu mir auf. „Ich möchte dich nicht geheim halten.“

„Was bedeutet das für dich?“

„Ich weiß es nicht, Noah. Aber ich bin kein Kind mehr, ich möchte selbst über mein Leben bestimmen.“

Sie ahnt kaum, wie sehr mich ihre Aussage erleichtert. Trotzdem flammt etwas in mir auf, das mich wie ein Dorn im Herzen piekst. „Ich möchte nicht, dass du wegen mir in Schwierigkeiten gerätst.“

Sie legt ihre Hand an meine Wange. „Das lass bitte meine Sorge sein.“

Ich presse die Lippen zusammen und nicke nur. „Kommst du noch mit rein?“

Sie schaut zum Himmel, der sich auf einer Seite langsam aufklärt. „Ich sollte nach Hause gehen.“

„Auf keinen Fall lasse ich dich bei Gewitter alleine gehen. Ich frage Dad, ob wir das Auto bekommen, ja?“

„Okay.“

Ich lasse Rebecca kurz auf der Terrasse zurück und finde meine Eltern im Wohnzimmer. Sie schauen einen Film im Fernsehen, obwohl das Gewitter die Übertragung immer wieder stört.

„Dad, kann ich das Auto haben? Ich möchte Rebecca kurz nach Hause fahren."

Sie schauen auf, sehen mich verdattert an. „Wart ihr die ganze Zeit draußen?", fragt mein Dad.

„Wie man sieht." Ich zucke mit den Schultern und mache eine Geste auf meine tropfnasse Gestalt.

Draußen hallt ein Donner so laut, dass wir erschrocken zusammenzucken. Rani winselt leise. Mein Herz klopft auf einmal viel zu schnell, denn das war sehr nah. Ohne eine Antwort abzuwarten, eile ich zurück zu Rebecca, die nun ins Haus gekommen ist. Sie steht am Fenster und sieht mich ängstlich an.

„Alles in Ordnung?"

„Ja. Das war verdammt nah. Ich hab gesehen, wie der Blitz da hinten in die Wiese gefahren ist."

„Lass uns noch kurz hierbleiben, ja?"

„Ich sollte meine Eltern anrufen."

„Wegen dem Abendessen?"

Sie schaut auf die Uhr. „Das wäre in zehn Minuten."

Ich höre Schritte hinter mir. Dad kommt zu uns und reicht mir den Autoschlüssel.

„Der Wagen steht in der Einfahrt."

„Dann bringe ich dich jetzt nach Hause. Sonst spricht deine Mom nie wieder mit dir."

Rebecca seufzt leise.

Wir warten einen weiteren Blitz ab und eilen dann zu Dads altem Toyota Camry, der schon über zwanzig Jahre auf dem Buckel hat.

Ich fahre sie bis vors Haus. Ihr Bruder George steht unten am Fenster, scheint nach ihr Ausschau zu halten. Sie lächelt mich tapfer an, steigt aus und hastet zum

Haus. Noch einmal wendet sie sich zu mir um, dann verschwindet sie in dem Gebäude.

Das Gewitter ist weitergezogen, und ich wende den Wagen, bin kurze Zeit später wieder zu Hause. Nachdenklich schließe ich den Toyota ab und gehe hinein. In meinem Zimmer finde ich Mom, die gerade das kleine Grauhörnchen füttert.

„Danke", sage ich nur zu ihr.

„Ach, das mache ich doch gern", antwortet sie, ohne aufzusehen. Auf ihren Lippen liegt ein Lächeln.

Spontan greife ich nach der besonderen Flöte, die in einer Halterung an der Wand hängt.

„Ich geh bisschen rauf, ja?"

Nun schaut sie kurz zu mir hin. „Okay."

Ich nehme den Korridor und wende mich zu einer unscheinbaren Tür, die hoch in unseren Speicher führt, in dem meine Eltern allerlei Gerümpel lagern. Ich klettere durch das Fenster und steige auf das eher flache Dach. Es gibt dort eine Lieblingsstelle von mir, auf der ich gut sitzen kann. Es ist zwar nass, aber da ich noch die feuchte Kleidung trage, ist es mir egal.

Von hier oben wirkt die Welt nicht so kompliziert. Hier fühle ich mich auf seltsame Weise frei, ähnlich wie auf dem Lynx-Hügel. Ich rutsche in eine bequeme Position und drehe die Flöte in meinen Händen, betrachte sie. Die *Lakota* nennen sie *Siyotanka*, mir gefällt der Name besser als Indianerflöte. Dad hat sie mir vor vier Jahren geschenkt, und mittlerweile spiele ich ganz passabel darauf. Dabei bin ich lieber allein, denn der Klang weckt etwas in mir. Die Töne haben etwas Spirituelles.

Feiner Sprühregen, kaum zu spüren, weht noch in der Luft, entfernter Donner grollt und erinnert an das Knurren eines Wolfes. Ich lege die Flöte an die Lippen, senke die Lider und entlocke dem Instrument die ersten Töne. Die Melodie nimmt mich gefangen, meine Gedanken klären sich, ... und ich wünschte, Rebecca wäre bei mir.

6

Als ich ins Haus komme, sieht George mich seltsam an. Ich ignoriere ihn und haste nach oben, ziehe mich rasch um und schaffe es so gerade eben, pünktlich bei Tisch zu sein.

„Wo warst du?", fragt Mom. Also spricht sie wieder mit mir.

Bevor ich antworten kann, plappert George dazwischen. „Sie war schon wieder mit Noah Mikaels zusammen! Er hat sie sogar mit so einer alten Klapperkiste nach Hause gebracht."

Dad presst seine Lippen aufeinander, Mom sieht mich konsterniert an. Da dies ihre Frage beantwortet, hebe ich den Pfannenheber an und reiche ihn Dad, damit er so wie immer das Essen verteilt.

Mom hat Pâté Chinois zubereitet. Das kanadische Gericht besteht aus Rinderhackfleisch, das die untere Schicht bildet. Cremiger Mais ist in der Mitte und Kartoffelpüree bildet den Abschluss. Manchmal spielt Mom mit den Zutaten, dann nimmt sie langsam gekochtes Entenfleisch oder Süßkartoffeln, heute hat sie es traditionell gemacht.

Am Tisch ist schließlich nur das leise Klappern des Bestecks auf den Tellern zu hören. Dafür bin ich dankbar, so kann ich noch etwas nachdenken.

Ich habe Noah geküsst!

Allein der Gedanke daran lässt mein Herz wieder schneller schlagen. Da war diese Verbindung, die ich so stark gespürt habe, sein Blick, in dem ich Sehnsucht gelesen habe, seine Nähe … Ich konnte einfach nicht anders.

Mir huscht ein Lächeln übers Gesicht.

Aus einem Gefühl heraus schaue ich auf. George nimmt ungerührt einen Nachschlag, beachtet mich nicht. Mom und Dad hingegen beobachten mich. Sie sind bereits fertig mit der Mahlzeit, warten anscheinend darauf, dass alle das Essen beenden. Denn es gibt eine Regel bei uns, oder besser gesagt zwei. Bei Tisch wird nicht gesprochen, und man bleibt an seinem Platz, bis jeder fertig ist. Die restlichen zwei Bissen muss ich mühsam herunterschlucken, denn ich ahne, dass es nun eine Konfrontation geben wird.

„Ich frage mich, ob ich mich wirklich so unklar ausgedrückt habe", beginnt mein Vater.

„Inwiefern?", tue ich ahnungslos.

„Stell dich nicht dumm, Rebecca!", mischt sich nun Mom ein.

George lehnt sich mit verschränkten Armen zurück, er scheint die *Show* zu genießen.

„Dad hat gesagt, dass er es nicht gutheißt, wenn ich mich mit Noah treffe. Aber ich habe ihm auch gesagt, dass ich volljährig bin und selbst entscheide, wer zu meinen Freunden zählt." Ich fühle mich auf einmal mutig und richte mich auf.

„Du lebst hier unter unserem Dach, lässt dich verköstigen, verweigerst dich einem Studium …"

„Das stimmt doch gar nicht!"

„Lass mich ausreden!", blafft Dad mich an, und ich zucke zusammen. Er wird ausgesprochen selten laut. „Wir haben jahrelang gespart, damit wir uns dieses schöne Haus hier leisten können, und für dich und deinen Bruder haben wir immer was zur Seite gelegt, damit ihr es einfacher habt. Und du lebst so in den Tag hinein, triffst dich mit dieser ... dieser Rothaut und trittst alles mit Füßen, wofür wir stehen! So dankst du es uns?"

Ich kann kaum atmen, fühle, wie mein Gesicht errötet, kämpfe darum, ruhig zu bleiben. „Und unsere Familie steht wofür? Menschen auszugrenzen, die eine andere Hautfarbe haben? Willst du mir das ernsthaft verklickern?"

„So meine ich es nicht, Rebecca!"

„Und wie meinst du es dann? Erklär's mir!"

Meine Mom legt Dad eine Hand auf den Arm, was ihn tief durchatmen lässt. „Dein Vater und ich sind einfach der Meinung, dass jeder unter Seinesgleichen bleiben sollte, da es zwangsläufig zu Differenzen kommen wird", sagt sie mit kalter Stimme. „Die Mikaels sind ein ganz anderer Menschenschlag als wir."

„Weil sie nicht so reich sind, oder weil sie Noah adoptiert haben?"

„Du drehst uns das Wort im Mund herum."

„Tue ich das, ja? Dann sag mir, zu welchem Menschenschlag die Mikaels gehören. Sie sind ausgesprochen freundlich, Noahs Mom bewundert deine Kochkünste, ihr Haus ist sauber und hübsch eingerichtet, und sie kümmern sich um verletzte Tiere aus dem Nationalpark. Tut mir leid. Mein Eindruck ist ein völlig anderer."

„Du warst bei ihnen zu Hause? In der Pond Street?!", hakt Dad entgeistert nach.

„Ja, war ich. Ich weiß nicht, was du gegen das Viertel hast. Da leben halt einfache Menschen."

Mom ist kreidebleich geworden. „Kind, bist du in diesen Noah ... verliebt?"

Ihre Frage wirft mich etwas aus der Bahn. Bin ich verliebt?

Sie wechseln einen Blick, und Dad richtet sich im Stuhl auf. „George, räum schon mal ab."

Mein Bruder rollt mit den Augen, gehorcht aber.

„Rebecca", beginnt Dad. „Noah Mikaels ist deshalb kein Umgang für dich, weil er kriminell ist."

„Ist er nicht, Dad! Constable Murphy hat mir das auch weismachen wollen, und ich habe mit Noah darüber gesprochen. So ist es nicht gewesen. Harry Patel und seine Clique haben ..."

„Rebecca, du glaubst wirklich, ich zweifle die Worte vom Constable an und glaube einem dahergelaufenen Indianer, der sich hier in unserer Stadt durchfuttert? Ich frage mich, warum ihn nicht jemand aus dem Reservat adoptiert hat, aus dem seine Eltern gekommen sind. Dann hätten wir jetzt diese verdammten Probleme nicht."

„Dad!" Seine Worte bestürzen mich.

„Nein, ich will nichts mehr hören. So lange du hier unter unserem Dach wohnst, dulde ich nicht, dass du dich mit ihm triffst!"

„Lass mich doch erklären, was damals geschehen ist."

„Das brauchst du nicht", mischt sich Mom ein. „Wir haben mitbekommen, dass Noah volltrunken randaliert hat, dass er seinen Nachbarn mit der Schrotflinte bedroht hat und bei einer illegalen Demo verhaftet wurde. Da gibt es nichts mehr zu sagen, und wir wollen auch nichts mehr hören!"

Ich starre sie fassungslos an. „So ist es nicht gewesen!"

Mom sieht mich scharf an. Wut facht in mir auf.

„Vielleicht sollte ich dann zu Tante Clara ziehen." Abrupt schiebe ich den Stuhl nach hinten und stehe auf. „Die habt ihr genauso vertrieben."

Ich verlasse den Essbereich und stapfe die Treppe zu meinem Zimmer rauf. Meine Tür werfe ich lautstark zu. Am liebsten würde ich jetzt Georges Boxsack benutzen, um darauf einzuschlagen. Mein Handy bimmelt. Ich schaue auf eine fremde Nummer hier aus dem Ort. Trotzdem nehme ich das Gespräch an.

„Hallo Rebecca, hier ist Constable Murphy. Ich habe vielleicht eine Spur zu dem Rad deines Bruders."

„Was? Wirklich?"

„Aber es wird dir nicht gefallen."

„Ich verstehe nicht."

„Eventuell ist Noah Mikaels doch beteiligt."

Mir rutscht das Herz in die Hose. „Nein, das glaube ich nicht!"

„Kannst du vielleicht auf die Wache kommen?"

„Ja, bin sofort da."

Hätte mein eigenes Fahrrad nicht zwei platte Reifen, weil ich es nie benutze, würde ich dieses nehmen. So bleibt mir nur, auf die Wache zu joggen, denn ich werde nach diesem Disput nicht nach unserem Auto fragen. Ich eile also wieder runter und werde prompt von Dad aufgehalten.

„Wo willst du jetzt noch hin?"

„Willst du mich einsperren?"

„Wenn du so weitermachst. Noch nie habe ich dich so frech erlebt!"

„Beruhige dich, Dad. Ich muss nur zur Polizei, weil es vielleicht eine Spur zu Georges Fahrrad gibt."

„Oh, ... dann nimm den Wagen."

Also kein Lauftraining, denke ich mit einer Spur Sarkasmus und nehme das Schlüsselbund bereitwillig an.

„George?", ruft Dad.

„Ja?", kommt es von oben aus seinem Zimmer.

„Ist schon gut, Dad, ich fahr alleine", werfe ich rasch ein. „Ich habe es verbockt, ich biege es gerade."

„Was ist denn?", schreit George genervt nach unten.

„Hat sich erledigt", ruf ich zurück.

Dad schaut mich misstrauisch an.

„Wenn du mir nicht glaubst, ruf Murphy einfach an."

Er grummelt etwas, das ich nicht verstehe. Ich wende mich ab und haste zum Auto, fahre viel zu schnell zum Police Department. Bevor ich aus dem Auto steige, versuche ich mein wild klopfendes Herz zu beruhigen. Immer wieder muss ich an die Worte des Constables denken.

Eventuell ist Noah Mikaels doch beteiligt.

„Nein!", zische ich und steige aus dem Auto.

Ich werde schon erwartet, und der Constable führt mich wieder in sein Büro.

„Zum einen gibt es eine Überwachungskamera in der Nähe des Parkplatzes, zum anderen haben wir das Fahrrad vielleicht im Internet gefunden."

Er dreht seinen Bildschirm in meine Richtung. Ich schaue auf eine Seite von eBay, mehrere Mountainbikes sind dort abgebildet. Constable Murphy klickt eines der Räder an, bevor ich mir alle angesehen habe. Es dauert einen Augenblick, dann starre ich überrascht auf Georges Rad.

„Die eher ungewöhnliche Farbe gibt es nur einmal, und es wird hier im Umkreis verkauft. Ist es das Mountainbike deines Bruders?"

„Ja! Es stimmt alles. Die gelbgrüne Lackierung, dieser Sportlenker, den er extra nachgerüstet hat, und sehen Sie?" Ich zeige auf die schwarze Klingel mit dem Totenkopf. „Das hat sicher auch nicht jeder."

„Okay, dann werden wir sehen, wie wir da jetzt rankommen." Er lächelt mich schief an, was mir wohl sagen soll, dass er mir nicht sagen wird, wie sie weiter verfahren werden. Mit der Spitze des Kugelschreibers, zeigt er mir dann den Verkäufernamen. Ich werde blass. Es hat definitiv einen Native Touch. „Und jetzt die Kamera-Aufzeichnung."

Ich starre auf die halbdunkle Aufnahme, die einen Teil des Parkplatzes gefilmt hat. Eine Stelle an der Straße wird gut mit einer Laterne ausgeleuchtet. Plötzlich sehe ich, wie sich ein Mann nähert, der ein Fahrrad trägt. Für einen Moment ist er gut erkennbar. Constable Murphy hält das Bild an. „Das meine ich", sagt er nur.

Im bleichen Licht kann man sogar die Farbe des Fahrrads ein wenig erkennen. Der Mann mit dem dunklen, langen Haar trägt das Mountainbike fort. Er ist nur von hinten sichtbar. Aber, verdammt! Aus der Perspektive hat er eine verblüffende Ähnlichkeit mit Noah!

„Können Sie es näher ranzoomen?"

Er tut mir den Gefallen. Der Mann kommt mir etwas stämmiger vor. Er trägt ein Achselshirt, und ich beuge mich vor, um die Gestalt genau zu betrachten. „Da! Können Sie den Ausschnitt noch näher ranholen?"

„Dann wird es unscharf."

„Egal.“

Der Constable zoomt so nah ran wie möglich, und ich atme erleichtert aus. „Das ist nicht Noah.“

„Woran siehst du das?“ Auch er beugt sich nun über den Schreibtisch, um das Standbild genau zu betrachten.

„Der Typ hat eine Tätowierung auf dem Oberarm. Noah hat da keine.“

„Bist du sicher?“

„Ja, bin ich.“

Schließlich habe ich ihn gestern nur mit Wildlederweste gesehen.

„In Ordnung, dann ist Noah wohl erst mal raus.“

Er wirkt, als sei er darüber gar nicht glücklich, was mich innerlich ärgert.

„Wir melden uns, wenn es Neuigkeiten gibt.“

„Danke.“

Murphy wendet den PC-Bildschirm wieder zu sich und beginnt, etwas einzutippen. Er wirft mir einen prüfenden Blick zu, wahrscheinlich weil ich noch immer vor ihm sitze.

„Das wäre es erst einmal, Rebecca.“

„Okay.“

Ich erhebe mich und gehe zurück zum Auto. Auf dem Nachhauseweg muss ich immer wieder daran denken, dass ich Noah fast erneut in Schwierigkeiten gebracht hätte.

Damit sich meine Eltern ein bisschen beruhigen, sollte ich in der nächsten Zeit mal die brave Tochter mimen. Und so sehr es mir widerstrebt, ich kann Noah ein paar Tage nicht sehen. Warum habe ich eigentlich immer noch nicht nach seiner Handynummer gefragt?

Ich fluche leise, denn schon jetzt verspüre ich eine gewisse Sehnsucht nach ihm.

Zuhause jubiliert George, als ich ihm erzähle, dass der Constable sein Rad gefunden hat.

„Noch hat er es nicht", gebe ich zu bedenken.

„Hör auf rumzuunken. Die werden ja wohl wissen, wie man bei eBay an ein gestohlenes Fahrrad rankommt. Er holt sein Smartphone hervor, will wohl selbst danach suchen.

Ich lege den Autoschlüssel auf die Kommode im Korridor und verziehe mich wieder in Dads japanischen Garten.

Alles tropft noch vor Nässe und auf dem Teich schwimmen herabgefallene Blätter, die Kois scheint das nicht weiter zu stören. Ich setze mich auf meinen Felsen. Jasper lässt sich heute nicht blicken. Ich vermisse den Kater, aber vor allem sehne ich mich nach Noah. Frustriert werfe ich winzige Steinchen in den Teich. Einer der Karpfen schnappt danach, spukt die Deko zum Glück wieder aus. Ich beuge mich vor, plantsche mit den Fingern im Wasser herum, was den rotschwarz-gefleckten Koi anlockt. Er stupst gegen meine Hand, lässt sich von mir sogar kurz streicheln, was mir ein Lächeln entlockt.

Wie gerne würde ich Noah diesen Ort hier zeigen, so wie er mir die Ruine auf dem Lynx-Hügel und seinen geheimen Wigwam gezeigt hat.

Eine plötzliche Traurigkeit erfasst mich. Ich liebe meine Familie. Aber ihre Einstellung zu Noah trifft mich. Ich weiß ja, wie meine Eltern zu Menschen stehen, die anders aussehen als sie oder anders leben.

Dieser unterschwellige Hass, den ich bei ihnen spüre, tut mir weh.

Niedergeschlagen gehe ich zurück in mein Zimmer, versuche noch etwas an meinem Schmuck zu basteln, schlüpfe schließlich ins Bett, weil mir gerade jede Lust auf Hobbys vergangen ist.

Drei Tage verhalte ich mich still, helfe im Haushalt und durchforste vor den Augen meiner Eltern die Unterlagen für die Universität von Calgary. Noch verschweige ich meine Pläne, ein Veterinärstudium zu machen. Ich erwäge sogar, mir einen Job zu suchen. Der Drang, auf eigenen Füßen zu stehen, wird immer stärker. Von Georges Fahrrad hören wir vorerst nichts. Meine Eltern beobachten mich argwöhnisch, haben sich wohl wieder beruhigt.

Mir fehlen die Gespräche mit Noah. Wieder ärgere ich mich, dass wir noch keine Handynummern ausgetauscht haben. So gerne würde ich heimlich mit ihm schreiben oder telefonieren. In den sozialen Medien habe ich ihn bisher vergeblich gesucht.

Wieder muss ich an meine Tante denken, die außerhalb von Wolfberry auf einer kleinen Farm wohnt. Vor einigen Jahren hat sie sich mit meinem Vater völlig überworfen. Worum es dabei ging, weiß ich nicht. Als Kind habe ich sie unheimlich gerngehabt, weil sie so ungezwungen und geradeheraus war. Sie wusste immer eine gute Geschichte zu erzählen, und in ihrer Nähe fühlte ich mich geborgen. Leider habe ich sie bestimmt seit vier Jahren nicht mehr gesehen.

Der weitere Tag vergeht ereignislos, allerdings fühle ich eine so starke, innere Unruhe, dass ich Herzklopfen bekomme und in mir alles kribbelt.

Ich will mit Noah reden!

Am Abend überlege ich, mich davonzustehlen, verwerfe es jedoch wieder, denn auch George scheint ein Auge auf mich zu haben, was mich furchtbar nervt. Also gehe ich auf mein Zimmer, schließe ab und schmeiße mich mit einem tiefen Seufzen aufs Bett.

So kann es nicht weitergehen.

Während meine Gedanken erneut zu Noah schwenken, kommt mir der außergewöhnliche Traumfänger in den Sinn, von dem er gesprochen hat. Ich schließe die Augen, stelle ihn mir vor. Abrupt stehe ich auf und gehe zu meinem Schreibtisch, öffne die Schubladen und durchwühle das Material, das dort für meine Arbeiten lagert. Ich lege alles vor mir ab und betrachte es kurz. Ich entscheide mich für einen Ring aus Weidenholz, den ich vorsichtig mit weißen Lederbändern umwickle. Dann beginnt das Fädeln, und ich spüre, wie sich mein Gemüt beruhigt. Ich versuche, positive Gedanken heraufzubeschwören, denn die alte Legende der Ojibwa besagt, dass das Traumfängernetz nur dann dunkle Träume auffängt. Ich bin so gefangen von meiner Arbeit, dass ich das zarte Klopfen auf Glas zuerst kaum registriere. Irgendwann blinzle ich und schaue auf.

Was ist das?

Neugierig wende ich mich zum Fenster und traue meinen Augen kaum. Auf meiner Fensterbank steht ... eine Eule. Nein, es ist ein kleiner Kauz.

„Holly?"

Ich lache leise auf und eile zu ihr. Erschrocken fliegt der Vogel auf und verschwindet in der Dunkelheit. Ich öffne das Fenster.

„Rebecca!", kommt es gedämpft von unten.

Verdutzt sehe ich zu Noah, der unten in unserem Vorgarten steht, gut verborgen hinter einem Strauch.

„Ich dachte, es ist besser, nicht bei euch zu klingeln. Ist alles in Ordnung?"

Ich sehe, wie Holly etwas ungelenk auf seiner Schulter landet.

„Warte genau da! Ich schleich mich raus."

Sein Auftauchen erfüllt mich mit so einem Hochgefühl, dass ich fast hyperventiliere. In Windeseile schlüpfe ich in meine Chucks. Im Korridor lausche ich. George spielt offensichtlich eines seiner geliebten PC-Spiele. Also gehe ich leise die Treppe herunter. Vorsichtig sehe ich mich nach Mom und Dad um. Beide sitzen im Wohnzimmer vor dem Fernseher und schauen einen Film. Ich stehle mich unbemerkt nach draußen.

Noah steht noch dort und wartet auf mich. Ich zögere nicht, sondern raube ihm einen Kuss, was Holly erneut aufflattern lässt. Seine Arme legen sich um meine Taille, und er schaut mich mit einem zaghaften Lächeln an.

„Ich hab dich vermisst!", raune ich. „Es tut mir so leid, dass ich nicht kommen konnte. Meine Eltern haben ein Riesentheater gemacht."

„Das dachte ich mir."

Holly hängt am Stamm einer alten Fichte, die neben unserem Grundstück wächst, und geckert leise, als wolle sie sich beschweren. Flink klettert sie weiter hinauf, bis ich sie nicht mehr sehe.

„Wow, wie sie klettern kann!"

„Das können alle Steinkäuze verdammt gut."

„Komm!" Ich nehme Noahs Hand und öffne das kleine Gartentor, das den japanischen Garten einfasst. Ich führe ihn durch kleine, beleuchtete Wege, über die verzierte Brücke, bis zu dem Fächerahorn, der seine Zweige über dem Koi-Teich ausbreitet.

Noah sieht sich im rötlich angehauchten Zwielicht des Abends um. „Ich habe schon viel über euren Garten gehört, und er ist wirklich so wunderschön, wie man sich erzählt."

„Ja, nicht wahr?"

Ich werfe einen Blick zum Haus, sehe niemandem am Fenster, also zeige ich zu meinem Felsen am Teich, und wir setzen uns.

„Das ist *mein* Lieblingsplatz."

Erneut huscht ihm ein Lächeln über seine Lippen. Das Haar hat er heute zu einem geflochtenen Zopf gebunden, was seine schönen Züge hervorhebt.

„Ich wollte dich nicht in Schwierigkeiten bringen, Rebecca."

„Du kannst ja nichts dafür, dass meine Eltern so verbohrt sind."

„Trotzdem ... Aber ich musste einfach nach dir sehen, nachdem ... na ja ..."

„Wir uns geküsst haben?", helfe ich nach.

„Äh ... ja." Er lacht ein wenig unsicher.

Ich lehne vertraulich meinen Kopf gegen seine Schulter. „Ich wünschte wirklich, es wäre einfacher."

„Ist schon gut."

Ich richte mich wieder etwas auf. „Noah, gibst du mir deine Handynummer?"

„Ja, klar. Du hast dein Handy nicht mit, oder?“

Ich schüttle den Kopf. „Es ist oben im Zimmer.“

Er beugt sich vor, um in seinem kleinen Rucksack zu wühlen. „Ich hab nur einen Kugelschreiber, keinen Zettel.“

„Egal, schreib’s auf die Hand.“

Es kitzelt, als die Miene des Stiftes über meine Haut gleitet. Ich hauche ihm einen zarten Kuss auf die Lippen, mehr wage ich hier im Garten meiner Eltern nicht.

„Du hast dir hier wirklich einen schönen Lieblingsplatz ausgesucht.“

Ich schaue mich um, mein Blick bleibt an dem Ahorn hängen. „Die Atmosphäre ist hier so friedlich. Außer wenn Dad das Unkraut jätet.“ Ich kichere. „Dann flucht er bei jeder Pflanze, die seiner Meinung nach nicht in einen japanischen Garten passt.“

„Oh je, wenn ich da an unseren Garten denke.“

„Ich mag eure kleine Wildnis.“

Eine Weile ist es still zwischen uns. Die Grillen zirpen, und manchmal höre ich ein Plätschern von den Fischen. Wir verschränken unsere Hände.

„Was machen wir jetzt, Rebecca?“

Ich wünschte so sehr, dass ich darauf eine Antwort hätte.

Auf einmal erklingen Stimmen vom Garteneingang. Alarmiert horche ich auf.

„Ich verschwinde besser. Komme ich hinten irgendwie raus?“

Ich will ihm gerade sagen, dass das durch die hohen Sträucher und wegen dem Zaun schwierig ist, da werden wir von einem regelrechten Suchstrahler angeleuchtet. Dads Thrower-Taschenlampe!

„Shit!"

Er hat uns gesehen. Selbst wenn Noah fortrennt, es würde nichts ändern. Zu der Erkenntnis ist er wohl auch gekommen, denn er erhebt sich mit mir, sieht dem Strahl der Lampe entgegen. Dad kommt mit eiligen Schritten auf uns zu. Im Schlepptau hat er Ms Donovan, diese neugierige Tratschtante, die unser Grundstück scheinbar ständig im Blick hat.

„Verschwinde", grollt mein Vater und blendet Noah mit seiner Taschenlampe.

„Entschuldigen Sie, Mr. Maywood, ich wollte nur …"

„Hau ab! Und lass dich hier nicht mehr blicken!"

„Dad!" Sein bösartiger Tonfall erschreckt mich.

„Und du geh ins Haus!"

In mir schwelt so eine Wut auf, dass sich alles in mir sträubt. „Nein!"

„Rebecca, geh ins Haus!"

Mein Herz rast, und ich halte Noah am Ärmel fest, weil er gehorchen und sich entfernen will.

„Wenn Noah gehen muss, dann gehe ich auch. Ich bin jetzt mit ihm zusammen."

In dem Zwielicht sehe ich, wie das Gesicht meines Vaters vor Zorn rot anläuft. „Das erlaube ich nicht!"

Ich weiß, es ist nicht der richtige Weg, ihn zu provozieren, doch in diesem Augenblick bin ich so aufgewühlt, dass ich nicht ruhig reagieren kann. „Was willst du denn dagegen tun?!" Meine laute Stimme hallt über die halbe Siedlung.

Dad reagiert wohl aus einem bloßen Impuls heraus. Er packt mich am Arm, will mich mit sich schleifen, aber ich wehre mich.

„Lass mich los!"

Sein Griff ist so hart, dass es mich schmerzt, weil ich mich mit aller Kraft dagegenstemme. Im Augenwinkel sehe ich, wie Noah fassungslos dasteht und die Szene beobachtet. Ich gebe nicht auf, stolpere, als mich mein Vater ohne Rücksicht den schmalen Weg entlangzerrt.

„Du tust mir weh, Dad!"

„Dann komm mit, verflucht!"

„Nein!"

Ich habe seiner Kraft nichts entgegenzusetzen und schluchze auf. Dieser Laut weckt Noah aus seiner Starre.

„Mr. Maywood, lassen Sie sie los!"

Mein Vater ist so in Rage, er kann keinen klaren Gedanken fassen, das sehe ich ihm an. Nur selten verliert er derart die Contenance.

Als sich Noah nähert, um mir zu helfen, stößt er meinen Freund grob von uns weg. Er ist so überrumpelt, dass er sich nicht auffangen kann und mit voller Wucht gegen Dads sorgsam gezüchtete Sternmagnolie fällt. Es knackst, als der noch junge Stamm der Pflanze bricht. Mein Vater lässt mich abrupt los, und ich lande mit einem Platschen im Koi-Teich.

Für einen Moment verharren wir alle. Ich sehe in den geschockten Blick von Ms Donovan, die noch in der Nähe gewartet hat.

Noah rappelt sich auf. Dad schaut auf den gebrochenen Stamm seiner geliebten Magnolie. Auch ich kämpfe mich aus dem Fischteich, die armen Kois müssen sich furchtbar erschreckt haben. Ich werfe ihnen einen Blick zu, sie sind ans andere Ende des Teiches geflüchtet. Noah hilft mir zurück auf den Weg und schaut mich fragend an.

„Wir gehen", sage ich leise.

Dad steht stumm da und lässt uns ziehen. Wir verlassen den Garten, und Ms Donovan schaut uns mit geweiteten Augen nach. Bewusst greife ich nach Noahs Hand und ziehe ihn fort von unserem vornehmen Haus, fort von unserer Siedlung, in der nur gut betuchte Menschen leben, fort von meinen Eltern, die nicht begreifen, dass es unwichtig ist, welcher Herkunft man ist. Für mich zählt der Mensch an sich. Dieser Mensch.

Am Ende der Straße schnappe ich regelrecht nach Luft. Ich bin tropfnass und friere, kann kaum atmen. Noah schließt mich einfach in seine Arme.

7

Donna Mikaels hat mir trockne Kleidung gegeben. Nun liegen wir in Noahs schmalen Bett. Ich schmiege mich an seine Brust und kann meine stillen Tränen nicht aufhalten. Sie benetzen sein T-Shirt, während mich sein Herzschlag langsam beruhigt.

„Du kannst hierbleiben, wenn du möchtest. Mom und Dad haben bestimmt nichts dagegen", schlägt er mir leise vor.

Ich denke darüber nach. Wenn sich die Mikaels offen gegen meine Eltern stellen würden, könnten diese Noahs Familie wirklich in Schwierigkeiten bringen. Mein Vater ist durch seine Bürgermeisterkandidatur beliebt und geachtet. Die Mikaels würden in Wolfberry womöglich zu verhassten Außenseitern werden. Das kann ich nicht zulassen.

„Wenn ich hierbleibe, würde Dad es an deinen Eltern auslassen, auf die eine oder andere Weise", flüstere ich.

Meine Tante kommt mir wieder in den Sinn. Früher hat sie mir heimlich Geschichten der Natives erzählt, und durch ihren Streit mit Dad kann sie vielleicht am besten verstehen, was ich gerade durchlebe.

„Ich werde vorrübergehend zu meiner Tante Clara gehen."

„Versteht sie ... unser Problem?"

„Ja, da bin ich sicher", antworte ich ohne zu zögern.

Ich berichte Noah von der kleinen Farm, außerhalb der Stadt, direkt an der Grenze des Nationalparks. Clara betreibt einen Gnadenhof für unterschiedliche Tiere, was Noah nachdenklich innehalten lässt.

„Ich glaube, ich weiß, wo das ist."

„Wirklich? Woher denn?"

„Jemand, den ich kenne, arbeitet manchmal dort. Deine Tante heißt auch Maywood, oder?"

„Ja, Clara Maywood."

„Ich habe sie noch nie kennen gelernt, aber *er* erzählte mir von ihr."

Er löst nicht auf, wen er meint, und ich hake nicht nach. Es wird still zwischen uns. Noah streichelt mir übers Haar, ich beobachte die sich wiegenden Zweige des Baumes vor dem Haus, lausche den leisen Geräuschen, die das kleine Grauhörnchen macht. Schlafen kann ich nicht. Noah hingegen schlummert nach einer Weile ein.

Ob Clara mich vorerst aufnehmen wird?

Was mag zwischen ihr und meinem Vater damals vorgefallen sein?

Ich schließe die Lider, versuche zu schlafen. Meine Gedanken rotieren, und mein Innerstes ist einfach zu aufgewühlt. Noch nie zuvor habe ich mich derart gegen meine Eltern gestellt. Schließlich schleiche ich mich aus Noahs Armen und tapse hinaus in den verwilderten Garten. Rani hebt nur kurz den Kopf, als ich an ihr vorbeigehe. Ich setze mich auf einen alten Liegestuhl und schaue auf die dunklen Umrisse der Berge. Der Mondschein schenkt diffuses Licht. Der Ruf eines Kauzes dringt zu mir durch, und ich sehe auf einmal zwei leuchtende Augen. Zuerst erschrecke ich, dann vermute ich, dass es Holly ist und rufe sie leise. Ihr Name lässt sie aufmerksam werden, denn ich sehe, dass sie etwas tiefer flattert, ansonsten ignoriert sie mich.

Grillen zirpen, leichter Wind umweht mich, der Himmel ist wieder klar, und die Sterne blitzen am Himmel. Ich lasse den Abend Revue passieren.

Das Verhalten meines Dads hat mich erschreckt. So hat er sich noch nie benommen. Ja, manchmal gerät er in Rage oder motzt herum. Noch nie hat er mich gegen meinen Willen wegzerren wollen. Für einen Moment hatte ich Angst, dass er mich schlägt.

Der Abstand wird uns allen guttun.

Rani folgt mir durch die offene Terrassentür und legt sich mit einem Schnaufen neben mich. Ich beuge mich vor, kraule durch ihr dichtes Fell und finde ein wenig Ruhe.

Trotz des Gewitters ist die Nachtluft mild. Ich klappe meine Sitzgelegenheit in die Liegeposition und beobachte, wie immer mehr Sterne sichtbar werden, bis ich mir wie unter einem glitzernden Baldachin vorkomme.

Ich spüre, wie mir die Lider zufallen und lasse es zu. Mit einem Seufzen gleite ich in einen unruhigen Schlummer.

Ich erwache davon, dass etwas auf mir herumtapst und glaube mich noch in einem Traum. Ich höre leise Stimmen und ein unterdrücktes Kichern. Verwirrt öffne ich die Augen und schaue verdutzt auf einen kleinen Vogelpo. Holly sitzt auf meiner Brust und pickt vorsichtig an meinem T-Shirt herum.

„Guten Morgen", sagt Noah und beugt sich mit einem Lächeln über mich. „Holly scheint es bei dir sehr gemütlich zu finden."

Vorsichtig richte ich mich auf, dirigiere den Steinkauz auf meinen Schoß. Holly meckert leise und flattert schließlich auf.

„Magst du frühstücken?"

Verschlafen reibe ich mir über die Augen und klappe den Liegestuhl wieder hoch. „Mmh", antworte ich nur.

Geschirr klappert, Noah redet leise mit seiner Mom, dann hockt er sich vor mich. „Geht es dir gut?"

„Weiß ich noch nicht so recht. Ich konnte nicht schlafen, ging dann auf die Terrasse und bin wohl eingedöst … äh … anscheinend bis zum Morgen."

„Ach, es ist noch früh. Aber deine Mutter hat hier angerufen."

Ich richte mich kerzengerade auf. „Was hat sie gesagt?"

„Sie wollte wissen, ob du bei uns bist."

„Und was habt ihr gesagt?"

„Na ja, die Wahrheit."

Ich nicke nachdenklich. „Hoffentlich machen meine Eltern euch keinen Ärger. Es wäre wirklich besser, wenn ich nach dem Frühstück zu meiner Tante aufbreche."

„Du könntest auch hierbleiben."

Ich lege meine Hand an seine Wange. „Ich weiß, doch das würde euch vielleicht Ärger einbrocken, und das will ich nicht."

„Okay."

Ich sehe ihm an, dass er mich lieber bei sich haben würde.

„Kann ich dich begleiten? Ich würde dich ja auch mit dem Auto hinfahren, allerdings hat Dad den Wagen."

„Musst du denn nicht arbeiten?"

„Erst morgen wieder, und Mom kümmert sich um Hörnchen."

„Dann sehr gerne."

Nach dem Frühstück gehen wir die Pond Street entlang in Richtung Hauptstraße, wo wir den Bus nach Norden nehmen. Wir steigen ein ganzes Stück hinter Wolfberry aus, und ich führe Noah eine Landstraße entlang, die uns endlos erscheint. Nach einer Dreiviertelstunde Fußmarsch kommt eine Farm in Sicht. Ich atme erleichtert auf, denn mittlerweile brennt die Sonne auf uns nieder. Ich entdecke jemanden an den Zäunen und beschleunige meinen Lauf, Noah hält problemlos mit mir Schritt.

Tante Clara schaut verwundert auf. Sie trägt eine Blue Jeans und ein Männerhemd mit einer Wildlederweste. Ihr dunkelblondes Haar lugt unter einem beigen Cowboyhut hervor.

Die drei Pferde auf der Weide heben neugierig die Köpfe. Der große Hund an Claras Seite bellt leise. Sie legt die Utensilien zur Zaunreparatur zur Seite und kommt auf uns zu.

„Rebecca, bist du das?"

Ich lächle sie an. „Ja, ich bin es."

Auch auf ihre Lippen stiehlt sich ein Lächeln. Feine Lachfältchen erscheinen um ihre hellblauen Augen, ansonsten sieht man ihr nicht an, dass sie Anfang fünfzig ist. Erst zögert sie, scheint unsicher zu sein, dann zieht sie mich kurz in ihre Arme, was in mir pure Erleichterung auslöst. Was immer zwischen ihr und dem Rest der Familie geschehen ist, an mir lässt sie es nicht aus.

„Und wen hast du da mitgebracht?"

„Ich bin Noah Mikaels, Ms Maywood.“

„Ach, nenn mich ruhig Clara. Schön, dich kennenzulernen.“ Sie schaut mich prüfend an. „Was führt euch zu mir? Ich habe seit Ewigkeiten keinen Besuch mehr gehabt, wenn man von dem frechen Luchs absieht.“

Wir lachen leise auf. Rasch werde zumindest ich wieder ernst, denn nun muss ich ihr beichten, dass ich quasi fortgelaufen bin. „Tante Clara“, beginne ich leise. „Könnte ich für ein paar Tage hierbleiben? Wäre das irgendwie möglich?“

Clara sieht kurz zu Noah und zurück zu mir. Sie seufzt, als wisse sie genau, worum es geht. „Natürlich Rebecca. Besonders *du* darfst immer hier bei mir Zuflucht suchen.“

Unerwartete Tränen schießen mir in die Augen, Clara zieht mich erneut in ihre Arme.

„Außerdem“, sagt sie keck, „könnte ich eine helfende Hand gerade gut gebrauchen.“

Noah beobachtet derweil Claras Hund. Der hat den Schwanz eingezogen und versteckt sich hinter den Beinen meiner Tante, obwohl er fast so groß wie ein Shetlandpony ist, zumindest kommt es mir so vor.

Clara streichelt über sein wuscheliges Fell. „Er braucht ein bisschen. Hat mit anderen Menschen sehr schlechte Erfahrungen gemacht, er fürchtet sozusagen jeden Fremden.“ Sie zeigt zu dem Weidezaun. „Ich muss das eben fertig machen, sonst büxen die Pferde wieder aus. Geht ruhig schon zum Haus.“ Sie rückt ihren Hut zurecht und geht zurück zu ihrem Arbeitsplatz. Der Hund folgt ihr auf dem Fuße.

Gemeinsam gehe ich mit Noah zu dem außergewöhnlichen, achteckigen Gebäude. Es hat nicht die übliche

Form eines Farmhauses. Vorne besteht es aus einer kompletten Fensterfront, eine große, überdachte Terrasse ist daneben angelegt. Die Fassade ist komplett mit Holz verkleidet, das in der Sonne leicht glänzt.

„Wow, das hätte ich irgendwie nicht erwartet", raunt Noah.

„Sieht toll aus, hm? Tante Clara hat das Haus selbst entworfen und auch geholfen, es zu bauen. Damals hatte meine Familie noch ein besseres Verhältnis zu ihr."

„Was ist denn geschehen?"

„Wenn ich das wüsste. Tante Clara ist sozusagen ein rotes Tuch für meinen Dad. Niemand spricht mehr über sie."

„Sie wirkt so sympathisch."

„Das ist sie, Noah! Ich denke nicht, dass sie das Problem ist, sondern mein Dad."

Ich schaue zu ihr hin. Sie repariert geübt den Zaun, wirft uns von Zeit zu Zeit einen Blick zu. Wir setzen uns auf eine Bank in Hausnähe und betrachten die Umgebung.

Die Rocky Mountains ragen vor uns auf, einige Gipfel sind schneebedeckt, bei anderen schaue ich auf graues Felsgestein. Weiter unten breiten sich endlose Nadelwälder aus, die im Tal in weite Wiesen übergehen. Ob die Farm schon im Bezirk des Nationalparks liegt? Ich weiß, dass meine Tante zwischendurch auch Touristen übernachten lässt, zumindest war es früher so.

Noah stupst mich sachte an und zeigt nach rechts. Ich folge seiner Geste mit dem Blick und entdecke eine kleine Wapiti-Herde, eine Hirschart, die an der Waldgrenze grast.

„Sie sind im Sommer eigentlich lieber in den Bergen unterwegs", bemerkt Noah.

Ich beobachte die Tiere, die friedlich über die Wiese ziehen.

„Was hat sie bei der Wärme so weit heruntergeführt?"

„Die Touristen", sagt Tante Clara, die sich uns nun nähert. „Heute Morgen ist ein ganzer Pulk von ihnen auf eine geführte Wanderung aufgebrochen. Manchmal ist die Herde dann lieber hier unten bei mir. Da haben sie wenigstens ihre Ruhe."

„Das kann ich gut verstehen", bemerkt Noah, sein Blick ist immer noch auf die Wapiti-Herde gerichtet.

Clara setzt sich zu uns, schweigend beobachten wir die Tiere, die nun wieder in Richtung der Berge wandert.

„Der Name kommt von den Shawnee", murmelt Noah.

„Wapiti ist eine Bezeichnung deines Volkes?"

Er nickt, ohne mich anzusehen, und ich frage mich, was ihm wohl durch den Kopf geht.

„Du bist also keiner der First Nation?", hakt Clara nach.

Noah lächelt etwas gequält. „Kein First Nation, kein regulärer Kanadier, und auch kein richtiger Shawnee." Er senkt den Kopf. „Manchmal weiß ich überhaupt nicht, wer oder was ich eigentlich bin."

Clara und ich schweigen betreten, sie schaut mich fragend an.

„Noah ist adoptiert worden, nachdem seine leiblichen Eltern bei einem Unfall ums Leben kamen", erkläre ich leise.

„Von einer weißen Familie." Clara nickt.

„Meine Eltern sind die wundervollsten Menschen, die ich kenne“, wirft Noah ein.

„Aber du fühlst dich, als ständest du zwischen den Welten.“

Überrascht schaut er meine Tante an. „Ja …“

Clara rückt ihren Hut zurecht und vergräbt ihre Hand im Fell des Hundes, der sich an ihr Bein presst und uns argwöhnisch beäugt. „So, jetzt erzählt mir doch mal, wo euer Problem ist. Ich meine, ich ahne es, ich möchte nur gerne genau Bescheid wissen, bevor ich mich mit deinem Dad anlege.“

„Tante Clara, ich will nicht, dass Dad dir wieder Ärger macht!“

Sie winkt ab. „Das lass meine Sorge sein.“

Ich presse die Lippen aufeinander, ich spüre Noahs Blick auf mir. Spontan greife ich nach seiner Hand. „Wir sind zusammen“, platzt es aus mir heraus.

„Und?“, fragt Clara ungerührt nach.

„Dad kandidiert gerade als Bürgermeister.“

Ihr rutscht ein leiser Fluch heraus. „Wie der Vater so der Sohn.“

„Ist wohl so ‘ne Maywood-Sache.“

Clara nickt. „Und du sollst dir gefälligst einen reichen, weißen Burschen angeln.“

„Plus ein Medizinstudium, das ich überhaupt nicht machen will.“ Ich seufze. „Dad ist total ausgerastet, hat Noah in die Sträucher gestoßen und wollte mich regelrecht ins Haus schleifen, nur weil wir an seinem Fischteich gesessen und geredet haben.“

„Bist du nicht schon achtzehn?“

„Sogar neunzehn!“

Sie schnaubt ziemlich undamenhaft und erhebt sich.
„Bleib so lange du möchtest, Schätzchen, aber sag deinen Eltern, wohin du dich verkrochen hast, ja?"

Noah kramt sein Handy aus der Hosentasche, bietet es mir an. „Willst du?"

Er hat also nicht vergessen, dass mein eigenes Smartphone noch zu Hause in meinem Zimmer liegt. Mit einem leisen Dank nehme ich das Gerät und wähle Moms Handy an. Sie nimmt sofort ab.

„Hi Mom, ich bin's."

„Rebecca, wo bist du?!"

„Mom, ich bin eine Weile bei Tante Clara. Dad ist gestern total ausgerastet, ich brauche mal ein bisschen Abstand."

„Die Mikaels haben gesagt, du wärst bei ihnen."

„Nur über Nacht."

„Wessen Nummer ist das?"

„Noahs. Mein Handy liegt noch zu Hause."

„Rebecca, warum verstehst du es nicht. Noah ist …"

„Mom, nein! Ich diskutiere das jetzt nicht."

„Gib mir deine Tante."

„Lass Tante Clara aus dem Spiel. Ich wollte euch nur Bescheid geben, wo ich bin, damit ihr euch nicht sorgt."

„Wir wollen, dass du nach Hause kommst! Sofort!" Moms Stimme ist scharf wie ein Schwert.

„Ich möchte im Moment nicht bei euch sein, Mom. Ich leg jetzt auf. Ich melde mich wieder."

„Rebecca!"

Ich beende abrupt das Gespräch, mein Herz rast, und meine Hand zittert, als ich Noah sein Smartphone reiche.

„Sie werden hierherkommen“, murmelt Clara und geht kopfschüttelnd zum Haus.

Wir sitzen noch eine Weile beisammen, da klingelt Noahs Telefon. Ich schrecke richtig auf, weil ich fürchte, dass Mom zurückruft, um Noah womöglich unter Druck zu setzen. Es ist Donna.

Während des kurzen Gesprächs wird Noah kreidebleich.

„Was ist los?“

„Mr. Hatfield hat sein Ziel erreicht“, sagt er heiser. „Er hat Pepples angeschossen.“

Ich schnappe erschrocken nach Luft. „Was ist mit ihm?!“

„Er lebt noch. Mom hat es mitbekommen und das Schlimmste verhindert. Sie ist jetzt mit ihm bei unserem Tierarzt. Hatfield tobt vor Wut, weil er es nicht geschafft hat, ihn zu töten.“

„Was ist bloß mit manchen Menschen los?“, flüstere ich betroffen.

„Rebecca, mein Dad kommt und wird mich abholen. Ich kann nicht länger bleiben. Mom kann nicht alle Tiere versorgen und zusätzlich einen wilden, verletzten Waschbären pflegen.“

„Alles gut, Noah, kümmere dich um alles. Mir geht es ja gut hier.“

Clara nähert sich. „Ist alles in Ordnung?“

Rasch erzähle ich ihr, was geschehen ist. Sie schaut sich um. Ihr Blick ruht auf den Pferden, schwenkt zu ihrem Hund, gleitet ein Stück weiter zu ein paar Hühnern, die im Gras picken und im Sand kratzen.

„Ich weiß, warum ich hier abgeschieden lebe und misshandelte oder ausgesetzte Tiere aufnehme“, raunt sie mit so viel Bitterkeit, dass mir ein Schauder über die Haut läuft.

Noah steht auf, sucht ihren Blickkontakt. Er wagt, sie kurz am Arm zu berühren. „Nicht alle sind so wie mein Nachbar."

Clara schenkt ihm ein Lächeln. „Oh, ich verstehe genau, warum Rebecca dich und niemand anderen ausgewählt hat. Sie war schon immer anders als die übrigen Maywoods."

„So wie du, Tante Clara", sage ich liebevoll.

„So wie ich."

Noah wird später von seinem Dad abgeholt, und ich fühle mich etwas verloren. Clara ist noch immer mit ihrer Farmarbeit beschäftigt, und ich wage nicht, mich einfach wie zu Hause zu fühlen, und zum Beispiel ein Essen zuzubereiten. Also schlendere ich über den Hof, schaue mir die Tiere an, die meine Tante hier aufgenommen hat. Neben den Pferden, den Hühnern und dem großen Hund, dessen Name ich noch gar nicht kenne, entdecke ich noch zwei Kühe, eine scheue, rot getigerte Katze und einen Esel, der bei meinem Eintreffen panisch über die Wiese rennt. Sein Verhalten stimmt mich traurig, sagt es doch so viel aus.

Ich entdecke eine große Scheune und gehe hinein, denn die Rotgetigerte ist hier durch einen Türspalt geschlichen.

Zwei kleine Kätzchen huschen erschrocken unter einen Regalschrank, die Katze kommt sofort angelaufen, stellt sich beschützend davor und faucht mich an.

Ich sehe einen Wassernapf und drei Futternäpfe.

„Das sind deine Babys, hm? Ich muss Tante Clara mal fragen, was dich hierher verschlagen hat. Sicher hast du auch eine Geschichte."

Ich hocke mich auf den Boden und ziehe die Knie an die Brust. „Ich bin von zu Hause fortgelaufen."

Die Kleine entspannt sich sichtlich, setzt sich hin und putzt sich, ohne mich aus den Augen zu lassen. Nach und nach kommen auch ihre beiden Jungen wieder hervor. Eins hat eine ähnliche Zeichnung wie seine Mutter, das andere ist pechschwarz. Sie gurrt ihnen leise etwas zu, und beide bleiben an ihrer Seite.

Schritte ertönen und das Scheunentor öffnet sich. Dieses Mal bleibt die Mutterkatze gelassen, was mich verwundert. Clara kommt zu mir.

„Ist alles in Ordnung?"

„Ja, alles gut. Ich hab mich nur ein bisschen umgeschaut." Ich neige den Kopf zu der kleinen Familie. „Als ich hereinkam, haben sich alle drei total erschrocken."

„Sie erkennen mich genau an meiner Art zu gehen. Bei Ryan Wolfhowl haben sie sich am Anfang auch verkrochen."

„Ryan Wolfhowl?"

„Du wirst ihn morgen kennenlernen." Clara lächelt geheimnisvoll. „Sag, möchtest du mit im Haus wohnen, oder eine der Cabins haben?"

„Eine der Cabins?"

„Ach, die kennst du ja noch gar nicht." Sie schaut mich nachdenklich an. „Du warst so lange nicht hier." Sie seufzt. „Das war das, was ich am meisten bedauert habe."

„Was genau meinst du, Tante Clara?"

„Nach dem Streit habe ich gedacht, dass ich dich vielleicht nie wiedersehe." Clara streichelt mir sachte über die Wange. „Dabei hatte ich dich wirklich ins Herz geschlossen."

Ich richte mich auf und umarme sie.

„Komm, ich zeige dir die Cabins."

Wir überqueren den Hof, entfernen uns vom Haus und gehen über eine kleine Anhöhe. Da sehe ich vier kleine Blockhütten, die sogar eine kleine Terrasse haben.

„Wow, die sind ja süß!", rufe ich begeistert aus.

Die Cabin besteht aus einem größeren Raum und einem Miniaturbad. Ein Doppelbett beherrscht den hinteren Bereich. Ich lächle über das altmodische Blümchenmuster der Laken. Es gibt einen kleinen Tisch, der sich direkt vor dem einzigen, aber großen Fenster befindet, und drei Stühle. Ein Ofen ist in der einen Ecke, ein Regal mit Deko und Krimskrams in der anderen. Außerdem gibt es noch einen hellblauen Kleiderschrank im Landhausstil. In einer Nische befindet sich eine Toilette und eine winzige Dusche, in die ich wohl so gerade reinpasse.

Ich finde es wunderbar!

„Tante Clara, das ist perfekt! Würde es dir etwas ausmachen, wenn ich hier schlafen würde?"

„Nein, alles gut." Sie zeigt auf einen Minikühlschrank, der ziemlich retro aussieht und den ich übersehen habe, weil er ziemlich versteckt neben dem Schrank steht. „Hier kannst du mal ein Getränk oder andere Kleinigkeiten kühlen. Wenn du kochen möchtest, musst du ins Haus kommen." Sie zwinkert mir zu.

„Oder du grillst Marshmallows. Auf der Terrasse ist eine Feuerstelle.“

Clara beobachtet, wie ich mir alles anschaue. Ob sie mir meine Begeisterung anmerkt? Ich fühle mich auf einmal so frei!

„Sag mal, Rebecca, hast du überhaupt kein Gepäck mit?“

In dem Moment, wo sie es ausspricht, sinkt meine Laune. Ich schüttle den Kopf und fluche innerlich. Ich habe nicht mal eine Zahnbürste dabei. „Ich bin ziemlich überstürzt ... abgehauen.“

Sie überlegt kurz. „Ich kann dir aushelfen. Wenn es dir nichts ausmacht, eher burschikose Kleidung zu tragen.“

„Nein, das macht mir nichts.“

„Na, dann.“

Wir gehen erst einmal zum Haus zurück, um etwas zu essen. Tante Clara öffnet uns einfach eine Konservendose, und wir löffeln einträchtig das erwärmte Gericht. Ich erzähle ihr nun ausführlich, was alles geschehen ist.

„Ich hoffe nur, dass Pepples überlebt“, füge ich hinzu, denn mir geht der Waschbär nicht aus dem Kopf. „Und wo soll er hin, wenn er gesund wird? Mr. Hatfield wird wahrscheinlich immer wieder versuchen ihn abzuschießen.“

„Und wenn Noah ihn hierherbringt?“

„Hierher auf den Hof?“

„Ich könnte versuchen, ihn hier an die neue Umgebung zu gewöhnen. Das habe ich bei Red Cap auch geschafft.“

„Und Red Cap ist?“

Clara lacht leise. „Es ist ein Fuchs, den mir einer der Wildhüter gebracht hat. Er war das erste Wildtier, das ich aufgenommen habe, eher ungerne, wegen der Hühner, aber nun ja. Nein sagen konnte ich auch nicht."

„Dann haben Noah und du ja was gemeinsam! Noah pflegt ausschließlich Wildtiere gesund, oder zieht sie auf. Er hat sogar einen kleinen Steinkauz."

„Ah, ich verstehe immer mehr, was du an dem jungen Mann findest."

„Darf ich Noah von deinem Vorschlag schon erzählen, oder möchtest du erst drüber nachdenken?"

„Ruf ihn an, wenn du möchtest."

Wenig später leiht Clara mir ihr Telefon. Zum Glück steht Noahs Nummer immer noch auf meiner Hand. Ich übertrage sie nun auf einen Zettel und tippe sie ein. Es geht keiner dran, deshalb spreche ich ihm eine Nachricht auf.

Ich linse zu Clara, die unsere Teller in die Spülmaschine räumt. Sie ist so unkompliziert und herzlich. Ihre Gegenwart tut mir gut, das spüre ich deutlich. Allerdings weiß ich, dass sie auch knallhart sein kann. Bei dem Streit mit meinem Vater hat sie ihm ziemlich Kontra geboten, sich nichts gefallen lassen, obwohl Dad zuweilen sehr dominant ist. Viel habe ich von dem Zwist nicht mitbekommen, weil Mom George und mich schließlich hinausgescheucht hat. Damals dachte ich, sie hat uns irgendwie schützen wollen. Doch nun überlege ich, ob sie vielleicht verhindern wollte, dass wir die Wahrheit hinter dem Krach erfahren. Ich muss Clara danach fragen und hoffe sehr, dass sie Licht ins Dunkel bringt. Zu ihr hatte ich immer ein besonderes

Verhältnis, und insgeheim freue ich mich, dass sie mich anscheinend vermisst hat.

Kurze Zeit später sitzen wir an der Feuerstelle vor der großen Terrasse des Wohnhauses und grillen Marshmallows. Langsam drehen wir die Süßigkeit auf speziellen Stäben über dem Feuer. Ich schnuppere den herrlich süßen Duft und seufze leise.

„Dad hat das früher öfters mit George und mir gemacht. Jetzt ist in seinem japanischen Garten kein Platz mehr für eine Feuerstelle. Ich hab das echt vermisst."

Meine Tante schweigt betreten. Weil ich Dad erwähnt habe?

Das Feuer knistert leise, ich beobachte, wie die Außenhülle des Marshmallows langsam karamellisiert. Eigentlich würde ich sie gerne über den Streit ausfragen, möchte sie aber nicht in Verlegenheit bringen, deshalb frage ich spontan nach etwas völlig anderem.

„Tante Clara, weißt du, was es mit dieser weißen Büffelfrau auf sich hat?"

Ihr Blick huscht kurz zu mir, dann zurück zu den Flammen.

„Sie ist eine mythische Frau der Natives. Es ist schwer zu beschreiben."

„Noah wollte mir nichts darüber erzählen."

„Vielleicht stimmte Zeit und Ort nicht."

„So was sagte er auch."

„Ryan Wolfhowl könnte es dir wahrscheinlich besser erzählen. Ich versuche es trotzdem mal. – In einer Zeit, als die Weißen noch nicht so zahlreich über das Land eingefallen waren, hatten anscheinend mehrere Stämme ähnliche Visionen."

„Über die weiße Büffelfrau?“

„Ja. Sie hat ihnen viele Riten beigebracht, die für den Fortbestand des Volkes von größter Wichtigkeit sein sollten. Ein weißes Bisonkalb sollte dann später zunächst den Untergang ankündigen. Laut Legende wurde wirklich eines geboren, in dem Jahr, als den Natives ihre Freiheit genommen wurde und sie in die Reservate gezwungen wurden. Ein weiteres weißes Kalb sollte hingegen eine Besserung ankündigen. Und die Rückkehr der Büffelfrau.“

Clara lächelt geheimnisvoll.

„Tatsächlich wurden in der Neuzeit sogar mehrere weiße Bisonkälber geboren, und es waren keine Albinos. Sie kamen in einer Zeit zur Welt, in der die Stämme langsam wieder zu sich selbst fanden, sofern das möglich war. Ryan hat mir mal erzählt, dass er die weiße Büffelfrau im Nebel gesehen haben könnte.“

„Wie sah sie aus?“

„Das musst du Ryan fragen.“

„Vielleicht steht sie als Sinnbild für die alten Werte und Riten“, sinne ich nach.

„Wer weiß.“

Claras Smartphone durchbricht die Stille, sie schaut kurz aufs Handy und reicht es an mich weiter. „Das kann nur dein Noah sein, mich ruft niemand an, dessen Nummer ich nicht kenne.“

Rasch greife ich nach ihrem schon etwas in die Jahre gekommenen Smartphone und nehme das Gespräch an. Es ist tatsächlich Noah.

„Wie geht es Pepples?“, ist meine erste Frage, nachdem wir uns begrüßt haben.

„Es geht so. Viel schlimmer ist, dass wir herausgefunden haben, dass sie ein säugendes Weibchen ist, und wir die Jungen bisher noch nicht gefunden haben.“

„Oh nein! Und jetzt?“

Mein Ausruf lässt Clara aufhorchen. „Was ist denn?“

„Der verletzte Waschbär ist ein Weibchen mit Babys, und Noah findet die Welpen nicht.“

Meine Tante zögert nicht einmal zwei Sekunden. „Wir helfen! Frag Noah, wo er gerade ist.“

Verdutzt leite ich die Frage an Noah weiter.

Will, der Parkwächter und ein befreundeter Wildhüter haben mittlerweile aufgegeben, Noah und sein Vater sind noch am Rande des Nationalparks, in der Nähe des Lynx-Hügels.

Clara zeigt mir an, dass sie das Telefon braucht.

„Noah, könnt ihr am Fuß des Hügels bleiben? Clara und ich kommen und helfen euch.“

„Okay, ich bleibe hier. Dad kann sich noch weiter umsehen. Aber ich habe mittlerweile nur noch wenig Hoffnung, es wird schon dunkel.“

Wir verabschieden uns, und ich reiche Clara ihr Handy. Sie wählt eine Nummer und wartet, dass jemand das Gespräch annimmt. Ich bin völlig überrascht, als Clara etwas in der Sprache der First Nation sagt. Sie beendet den Anruf und steckt das Smartphone in die Brusttasche ihrer Weste.

„Ryan kommt, er ist gleich hier.“

„Du spricht die Sprache der Natives?“, frage ich erstaunt.

Sie winkt ab. „Nur ein bisschen.“

„Wer genau ist Ryan Wolfhowl?“

„Einer der Nakoda, du kennst sie wahrscheinlich eher als Stoney. Ryan hilft mir hier auf der Farm. Manchmal verkauft er auch oben in Banff sein Kunsthandwerk." Sie betrachtet mich kurz von Kopf bis Fuß. „Du brauchst eine Jacke. Lösch schon mal das Feuer, ja?"

Ohne eine Antwort abzuwarten, geht Clara ins Haus, um mir wohl eine von ihren zu holen. Ich schaue mich suchend um und finde eine Gießkanne, die ich an einem Außen-Wasserhahn befülle. Damit begieße ich das Feuer, ohne es zu fluten.

Ein Wimmern lässt mich zur Haustür schauen. Claras Hund kratzt an der Tür, will seinem Frauchen folgen. Ich gehe langsam auf ihn zu. Geduckt weicht er vor mir zurück. Ich schiebe ihm die Tür auf, und er stürmt ins Haus. Was mag ihm wohl zugestoßen sein?

Clara kommt mit einer Jeansjacke zurück, die mir wahrscheinlich ein wenig zu groß sein wird. Wenig später parkt ein Pick Up vor dem Haus. Ein hoch gewachsener Mann steigt aus.

Falten furchen sein sonnengebräuntes Gesicht, das schwarze Haar ist straff zu einem Zopf gebunden. Eine einzelne Adlerfeder steckt in seiner Frisur. Er trägt ein verziertes Lederhemd, eine Jeans und Mokassins. Ryan begrüßt Clara in seiner Muttersprache, mich beäugt er neugierig.

„Und wer bist du?", sagt er völlig akzentfrei.

„Ich heiße Rebecca und bin Claras Nichte."

Er verengt die Augen und wirft Clara einen verwunderten Blick zu.

„Sie ist nicht wie Roger", bemerkt sie nur und winkt uns zum Pick Up. Ich bin verwundert, dass Ryan anscheinend meinen Vater kennt.

Der Nakoda wirft meiner Tante die Autoschlüssel zu, und sie setzt sich wie selbstverständlich auf den Fahrersitz. Im Auto entfacht zwischen ihnen eine kleine Diskussion, die ich nicht verstehen kann, deshalb zögere ich einzusteigen. Als Ryan mich zu ihnen winkt, eile ich zum Wagen.

„Bly, geh nach hinten“, ruft Clara, und der Hund, dessen Namen ich nun endlich kenne, springt auf die Ladefläche.

8

Mit dem Pick Up und mehreren Abkürzungen, die teils über Schotter und Gras führen, sind wir nach kurzer Zeit bei Noah, der am Hügel auf uns wartet. Er eilt auf uns zu, stockt, als er Ryan Wolfhowl sieht. Sie begrüßen sich mit einem wortlosen Nicken, Noah wirkt dabei sehr respektvoll. Clara und Ryan beraten sich kurz.

Noah nimmt mich zur Seite. „Ihr habt Wolfhowl dabei!"

„Kennst du ihn?"

Er atmet einmal durch. „Er ist ein heiliger Mann."

Was das bedeutet, lässt Noah offen. Wir wenden uns meiner Tante und dem geheimnisvollen Nakoda zu. Ryan Wolfhowl steht nun mit geschlossenen Augen da. Ich begreife nicht recht, was er tut und sehe Noah fragend an. Der schüttelt mit dem Kopf, Sprechen scheint in diesem Augenblick nicht erwünscht zu sein. Also schweige ich.

Bly springt von der Ladefläche, geht an Clara vorbei und setzt sich neben Ryan. Vor ihm hat der Hund also keine Angst. Ryan legt seine Hand sanft auf Blys Kopf. Es ist wie ein Zeichen zum Aufbruch, denn er ruft uns etwas zu, das ich nicht verstehe, und geht in den Wald.

Noah berührt mich am Arm. „Komm ..."

„Was hat er gesagt?"

„Dass wir ihm folgen sollen."

„Du kannst Stoney verstehen?"

„Besser als die Sprache meines eigenen Stammes."

Wir laufen ins Zwielicht der Bäume. Die Dämmerung hat schon eingesetzt, und ich frage mich plötzlich, was Mom und Dad zu dieser Aktion sagen würden.

Wir stoßen auf Noahs Dad, der nun erklärt, welches Gebiet er abgesucht hat.

Ryan schüttelt den Kopf. „Der Waschbär kommt hierher, um Fressen zu suchen. Er lebt aber in der Nähe des Sees."

„Da wo dein Wigwam steht?", flüstere ich Noah zu.

„Wahrscheinlich auf der anderen Seite."

„Woher weiß er, wo Pepples seinen Bau hat?"

„Wolfhowl kann mit den Geistern des Waldes sprechen."

Ich habe viel erwartet, doch so eine Antwort überrascht mich, denn Noah sagt das völlig ernst und ohne den geringsten Zweifel. Auch sein Dad scheint Ryan zu kennen, sie reden leise miteinander, während Clara ihren Hund zu sich ruft. Bly kommt sofort an ihre Seite.

Wir kommen tatsächlich zu besagtem See, dieses Mal an einer Uferstelle, die ich noch nicht kenne.

Wir teilen uns auf und schauen vermehrt in die Bäume, wo Waschbären mit Vorliebe ihre Wurfhöhlen haben. Ryan ist sich sicher, die Jungen in einer hohen Baumhöhle zu finden.

Nach fast zwei Stunden möchte ich am liebsten aufgeben. Ich fühle mich todmüde, meine Füße tun mir mittlerweile weh, und wir irren durch die Dunkelheit. Der Nakoda durchstreift unbeirrt den Wald, an einem Ort, an dem wohl niemand gesucht hätte, weil er von der Pond-Siedlung ein ganzes Stück entfernt ist. Wie weit Pepples jedes Mal gelaufen ist, nur um an

Essensreste zu kommen – vorausgesetzt sie hat wirklich hier in der Gegend ihre Höhle.

Im düsteren Wald sieht es gespenstisch aus. Die Strahlen der Taschenlampen werfen seltsame Schatten, ich habe leider keine Leuchte. Jedes Rascheln lässt mich aufgewühlter zurück, und ich hole einmal tief Luft.

Ein leiser Ausruf lässt mich erschrocken zusammenzucken.

„Alles gut, das war Ryan", wispert Noah.

Unterschwellige Aufregung ist zu spüren. Hat Ryan etwas gefunden?

Da höre ich es. Leise quietschende Geräusche, die irgendwie etwas Verzweifeltes an sich haben. Ryans Taschenlampenstrahl wandert an einem Stamm empor, bis er an einer dunkleren Stelle verharrt. Zwei funkelnde Augenpaare schauen zu uns herunter.

Noah geht zu Ryan, und ich folge ihm rasch, weil ich nicht allein in der Dunkelheit bleiben möchte. Es entfacht eine kleine Diskussion, wer auf den Baum steigt. Noah bietet sich an, sein Dad redet flüsternd auf ihn ein. Clara gesellt sich zu mir, im Zwielicht spüre ich förmlich ihren Blick auf mir.

„Du fragst dich, warum wir hier eigentlich so einen Aufstand machen, oder?"

Ich begegne überrascht ihrem Blick. „Nein ... ich ... Es ist nur so dunkel und ..." Ich stocke. Ich fürchte, einige meiner Gedanken gingen in diese Richtung, aber ich habe sie verdrängt. „Ich glaube, ich bin von allem gerade etwas überfordert."

Ohne mich anzusehen, nickt Clara verständnisvoll. „Und ich wurde von den meisten Menschen so enttäuscht, dass ich mich auf die Tiere fokussiere", sagt sie leise.

„Das kann ich gut verstehen", murmle ich.

Noahs Dad holt zwei LED-Laternen aus seinem Rucksack. Wir stellen sie auf, und das Licht vertreibt ein wenig die Finsternis.

Ryan setzt sich durch und klettert geschickt auf den Baum, ohne jede Sicherung, was mir ein flaues Gefühl im Magen verursacht. Während Noah ihm mit einer Taschenlampe den Weg weist, klettert Ryan immer weiter hinauf. Wir alle verhalten uns still, und mein Herz klopft wie wild, sogar meine Hände schwitzen.

Plötzlich bricht ein Ast und Ryan rutscht ab. Er schlägt durch einige Zweige und verschwindet aus dem Lichtschein.

„Ryan?!", ruft Clara geschockt.

Noah sucht panisch den Stamm ab.

Dann hören wir einen Fluch und atmen erleichtert auf. Der Strahl der Taschenlampe findet den Nakoda ein Stück weiter unten, er kämpft darum, sich auf einen dickeren Ast zu hangeln.

„Dieser sture Idiot", schimpft Clara leise. „Ich habe sogar eine Kletterausrüstung im Wagen, und jedes Mal weigert er sich, sie zu benutzen. Als ob ihn die *Canotila* vor einem Absturz bewahren können", grummelt sie.

„Wer ist das denn?", frage ich verwundert nach.

„Waldgeister der Natives." Sie lächelt verschmitzt. „Auch die Indianer haben ihre Elfen."

Sie meint es nicht wirklich ernst. Vor meinem geistigen Auge entsteht trotzdem das Bild langhaariger Wesen mit grüner Haut und spitzen Ohren, und mit der typischen Lederkleidung der Natives. Der Gedanke lässt mich lächeln.

„Ich sehe schon, du siehst sie auch", scherzt Clara, wohl aufgrund meines Gesichtsausdruckes.

Dieses Mal klettert Ryan sehr viel vorsichtiger und erreicht schließlich die Wurfhöhle des Waschbären. Er greift einmal hinein und noch einmal. Erst jetzt entdecke ich den Sack an einem Seil, den er mitgeführt hat. Mit einer Hand hält er sich fest, mit der anderen seilt er den Sack mit seinem wertvollen Inhalt langsam ab. Noah nimmt die Kleinen an sich.

„Also Höhenangst hat er nicht", raune ich und beobachte erstaunt, wie selbstverständlich Ryan Wolfhowl im Baum agiert.

„Er ist der mutigste und zuweilen auch der unvernünftigste Mann, den ich kenne." Claras Stimme ist merklich weicher geworden. Ich frage mich ...

„Tante Clara?"

„Ja?"

„Ist Ryan Wolfhowl dein ... äh ... Partner?"

Sie lacht lauthals los. „Das hast du gedacht, hm? Nein, Ryan ist seit Jahrzehnten mein bester und treuester Freund. Er hat eine wunderbare Ehefrau und zwei Kinder." Sie zwinkert mir zu. „Ich muss dir wohl mal ein bisschen über mich erzählen."

Ich verstehe ihre Anspielung nicht recht, platze aber schier vor Neugierde.

Ryan kommt heil wieder am Waldboden an. Noah untersucht bereits die kleinen Waschbären.

„Sie sind dehydriert und unterkühlt. Die Nacht hätten sie nicht überlebt. Wir müssen rasch nach Hause."

Ich darf einen Blick in den Sack werfen, den Noah im Arm hält. Die Jungen schmiegen sich aneinander, sind nun ganz still.

„Nur zwei“, raunt Ryan zu Clara.

Er sagt es auf seltsame und traurige Weise.

„Waren es mehr?“, frage ich leise. Noah und sein Dad horchen auf.

Der Nakoda nickt. „Das Dritte muss früh gestorben sein, es war kleiner und schwächer als die anderen beiden.

Die Stimmung ist bedrückt. Wir eilen auf schnellstem Weg zu dem Pick Up, der uns alle zu den Mikaels bringt. Wieder so nahe bei meinen Eltern zu sein, kommt mir ein wenig seltsam vor, doch ich verdränge die Empfindung.

Drinnen macht Noah eine Notfallversorgung, ich sehe das erste Mal, dass er sogar Infusionen verabreichen kann. Ich bleibe nah bei ihm, schaue ihm fasziniert bei jedem Handgriff zu und darf später sogar einen der Kleinen unter Anleitung füttern.

Während die beiden Babys gut untergebracht schlafen, schaut Noah nach Pepples, die aufgrund der Geräusche ihrer Jungen sehr nervös ist und wieder Lebensmut zu haben scheint.

„Wie geht es ihr?“

„Besser. Ich glaube, sie ist über den Berg. Sie ist auch viel zugänglicher als ich gedacht hätte.“

„Sie erinnert sich daran, wer gut zu ihr war und sie gefüttert hat“, wirft Ryan ein, der mit den Mikaels und Clara im Wohnzimmer Tee trinkt. Bly liegt nahe bei meiner Tante, beobachtet Rani aufmerksam, die immer wieder Kontakt sucht. Zumindest scheint er keine

Angst vor Artgenossen zu haben, denn er wirkt eher interessiert.

Wir verziehen uns in Noahs Zimmer. Dort steht mittlerweile ein mittelgroßes, schön eingerichtetes Gehege, in dem Hörnchen untergebracht ist. Von ihr sehe ich allerdings nicht viel, nur ihre Schwanzspitze lugt hervor. Sie schläft in einem der Kuschelsäcke, die in den dicken Kletterästen hängen.

„Dürfen Pepples Kinder morgen zu ihr?"

„Besser wäre es. Dafür muss sie aber in ein größeres Außengehege, wo sie ihre Ruhe hat. Das muss ich mit Dad morgen aufbauen. Außerdem ist sie an der Flanke verletzt, ich muss schauen, ob sie die Kleinen trinken lässt."

„Clara hat angeboten, Pepples zu ihr auf den Hof zu bringen, wenn sie gesund ist. Bestimmt auch die Kleinen. Sie würde sie dort ansiedeln. Das hat wohl mit einem Fuchs auch schon geklappt."

Noahs Gesicht hellt sich auf. „Das wäre wirklich wunderbar. Ich glaube, Pepples ist nämlich nicht mehr die Jüngste."

Ich setze mich auf Noahs Bett.

Er betrachtet mich nachdenklich. „Danke, dass du mitgekommen bist."

„Ich hatte ganz schön Schiss, so im Stockdunkeln", gebe ich zu.

Er setzt sich zu mir. „Wovor?"

Ich lache nervös. „Weiß ich gar nicht." Wie selbstverständlich lehne ich meinen Kopf an seine Schulter. „Ich muss morgen einmal nach Hause, um ein paar Sachen zu holen."

„Rechnest du mit neuem Ärger?"

„Nein, ich gehe, wenn meine Eltern arbeiten sind und George in der Schule ist. Ich werde Mom und Dad eine Nachricht schreiben.“

Es klopft leise, und ich richte mich wieder auf.

„Ja?“, sagt Noah.

Donna öffnet die Tür und lugt zu uns herein. „Rebecca, deine Tante möchte zurück zur Farm fahren.“

„Alles klar, ich komme gleich.“

Donna nickt und schließt die Tür.

Unschlüssig sieht Noah mich an. Ich umfasse sein Gesicht mit beiden Händen und küsse ihn zum Abschied. Am liebsten möchte ich mich gar nicht mehr von ihm lösen.

„Bitte komm mich bei Clara besuchen, ja?“

„Versprochen.“

Nun zieht er mich an sich, und legt erneut seine Lippen auf meine. Mit einem Seufzen stehe ich auf, denn im Flur hören wir bereits die Stimmen von Clara und Ryan. Eines muss ich ihn dennoch fragen.

„Woher kannst du eigentlich diese ganzen Sachen aus der Tierpflege? Infusionen geben und so.“

„Wolfhowl hat es mir gezeigt.“

Überrascht sehe ich ihn an. Seltsam, wie alles miteinander verknüpft ist.

Am nächsten Vormittag bringt Clara mich nach Hause, damit ich mir ein paar Sachen holen kann. Ich gehe ins Haus und komme mir wie eine Einbrecherin vor. Drinnen ist es totenstill, alles ist penibel aufgeräumt, und es riecht nach Minze. Meine Tante wartet im Pick Up auf mich, es ist derselbe Wagen wie gestern. Anscheinend hat Ryan sich das Auto ausgeliehen.

Ich hole meinen kleinen Koffer und packe passende Kleidung, Hygieneprodukte und andere Kleinigkeiten ein. Auch das Buch über Krafttiere, das ich aus der Bücherei habe, meine Kiste mit dem gefertigten Schmuck plus das Material dafür und den angefangenen Traumfänger nehme ich mit. Zum Schluss stecke ich mein Smartphone in meine Jackentasche.

Ich fühle mich hin- und hergerissen. Einerseits spüre ich, dass ich genau richtig handle, denn ich brauche unbedingt Abstand von meinen Eltern, bevor es eskaliert und unsere Beziehung nicht zu retten ist. Andererseits fühle ich mich wie eine Verräterin.

Als ich Mom und Dad eine Nachricht schreibe, um ihnen zu erklären, warum ich eine Zeitlang zu Tante Clara gehe und ihnen mitteile, was ich empfinde, verstärkt sich das Gefühl, richtig zu handeln. Ich kann nicht das Leben führen, das meine Eltern für mich erträumt haben. Ich muss selber träumen, einen Weg finden, den nur ich gehen kann, der mich glücklich werden lässt.

Nachdenklich starre ich auf das Blatt Papier und frage mich, ob Mom und Dad meine Entscheidung irgendwie verstehen können. Ich setze noch einen liebevollen Gruß unter den Brief und hoffe einfach darauf. Denn ich will auf keinen Fall einen erneuten Familienstreit mit Clara entfachen.

Ich nehme meinen Koffer und verlasse mein Elternhaus – hoffentlich nicht für immer.

Clara wartet vor dem Auto und betrachtet Dads japanischen Garten. „Mein Bruder wollte schon immer etwas Außergewöhnliches schaffen", sagt sie leise.

„Vermisst du ihn manchmal?"

„Ihn ja. Seine Ansichten nicht."

Abrupt wendet sie sich ab und steigt auf den Fahrersitz des Pick Ups, ich folge ihrem Beispiel und setze mich ebenfalls. Die Fahrt zur Farm verläuft schweigsam, und ich denke immer wieder darüber nach, was diesen Zwist zwischen den Geschwistern ausgelöst hat.

„Tante Clara?"

„Hm?"

„Magst du mir erzählen, warum ihr euch so verkracht habt?"

Clara seufzt leise. „Ja, das werde ich. Lass uns erst zurück zur Farm fahren, ich möchte dir etwas zeigen."

Als Clara mich wenig später die Treppe zu ihrem Dachboden hochführt, klopft mein Herz vor Aufregung. Was will sie mir hier oben zeigen?

Der saubere und aufgeräumte Speicher überrascht mich, irgendwie habe ich mehr Chaos und Spinnweben erwartet. Sonnenlicht flutet durch die Dachfenster, feinste Staubpartikel tanzen in der Luft, und es riecht nach Holz. Clara führt mich zu etwas, das sie mit Laken abgehängt hat. Diese lüftet sie nun, und ich schaue auf alte Gemälde. Ich bin überrascht, einen der Natives auf den Bildern zu sehen.

„Wer ist das?"

„Die Nakoda nannten ihn Inner Soul."

Ich trete näher, schaue mir das Kunstwerk genau an. Inner Soul steht lächelnd auf einer Wiese, das lange, schwarze Haar weht im Wind, die aufwendige Lederkleidung kann ich keinem Geschlecht zuordnen. Sachte berühre ich die Farbe.

„Die sind schon sehr alt, oder?"

Meine Tante nickt. „Aus dem neunzehnten Jahrhundert."

„Wer hat es gemalt?"

„Adrian Maywood, einer unserer Vorfahren."

Ich sehe sie verdutzt an, denn diesen Namen habe ich noch nie gehört. Mein Dad ist unglaublich stolz auf unsere Ahnentafel, da meine Familie unsere Stadt Wolfberry mitgegründet hat. Früher hat er uns ständig die alten Geschichten der Maywood Familie erzählt, ließ George und mich sogar die Namen auswendig lernen, damit wir unsere Vergangenheit kennen, so sagte er damals. Einen Adrian hat er nie erwähnt, und ich erinnere mich auch nicht, ihn in einem der Ahnenbücher gesehen zu haben.

Clara deckt auch die anderen, teils sehr großen Gemälde ab. Überall ist Inner Soul zu sehen, an verschiedenen Orten, mal verträumt, mal lachend, einmal tanzend vor einem hohen Feuer. Die Bilder rühren etwas in mir an, denn sie sind unglaublich detailverliebt und wirken sehr realistisch. Fast könnte man glauben, Inner Soul würde vor einem stehen.

„Dein Vater hat dir nichts von ihm oder Adrian erzählt, das weiß ich ganz sicher."

„Und Adrian Maywood steht auch in keinem von Dads Büchern."

„Weil er aus der Familiengeschichte regelrecht gelöscht wurde."

„Wegen dieser Bilder?"

„Nicht nur deswegen."

Ich betrachte das feminine Gesicht des Natives, trotzdem wirkt er nicht vollständig weiblich. „Er war ein Mann, oder? Es ist ein bisschen schwer zu sagen."

„Inner Soul war eine *Two-Spirit*.“

Davon habe ich mal gelesen. Die meisten Natives hatten eine sehr besondere Beziehung zu jemandem, der als Mann zur Welt kam, sich aber wie eine Frau fühlte, oder andersherum. Ein Two-Spirit wurde wie ein drittes Geschlecht angesehen. Viel mehr weiß ich nicht. Allerdings unterlasse ich jedwede Fragerei, denn ich habe das Gefühl, dass Clara mir noch mehr erzählen wird. Sie braucht einen Moment, das sehe ich ihr an, deshalb schweige ich und betrachte derweil Inner Souls außergewöhnliche, grüne Augen, in denen sich auf dem einen Bild das hohe Lagerfeuer spiegelt. Adrian Maywood hatte ein außergewöhnliches Maltalent.

„Ich habe die Gemälde vor Jahren von Ryan bekommen, sein Stamm hatte sie in seiner Obhut, weil Adrian bei ihnen gelebt hat.“

Aufmerksam höre ich Clara zu.

„Vor vier Jahren wollte ich mit den Bildern eine besondere Ausstellung machen, zusammen mit dem *Bearspaw*-Stamm der Nakoda. Dein Vater bekam davon Wind und versuchte alles, um es zu verhindern. Er fand, es sei untragbar, dass die hoch geachtete Familie Maywood etwas mit den Natives zu tun haben soll. Er wollte Adrians Geschichte um jeden Preis weiter geheim halten. Ich hingegen fand, dass es an der Zeit war, sie zu erzählen.“

„Und da brach der Streit aus?“

Clara seufzt tief auf. „Die geplante Ausstellung war der Tropfen, der schließlich alles zum Überlaufen gebracht hat. Ich habe dennoch versucht, sie durchzuziehen, was für deinen Dad einem Eklat gleichkam, denn ursprünglich wollte er damals schon als Bürgermeister kandidieren, hat es dann aber erst einmal ad acta gelegt. Er fand schließlich einen kleinen bürokratischen Fehler meinerseits und mit Hilfe von Constable Murphy hat er es dann geschafft, dass ich keine Genehmigung erhalten habe."

„Und Adrian Maywood blieb ein Geheimnis."

„Ja ..."

Clara betrachtet nachdenklich das Bild, auf dem Inner Soul auf einer Wiese sitzt und verträumt lächelt. Sie berührt sachte das Gemälde. „Ich sollte es endlich aufhängen."

„Warum hast du es noch nicht getan?"

„Weil ich immer gehofft habe, dass ich Adrians Vermächtnis irgendwann der Öffentlichkeit zeigen könnte. Noch so einen Familienkampf wollte ich allerdings nicht riskieren. Sicher könnte ich in einer anderen Stadt eine Ausstellung bekommen. Aber nach der Sache mit deinem Vater musste ich alles erst mal verdauen."

„Das kann ich gut verstehen. Soll ich dir helfen, das Bild runterzubringen?"

„Ja, das wäre lieb."

Wir decken die anderen Kunstwerke wieder mit den Laken ab und tragen das große Gemälde runter in Claras Wohnzimmer, in dem sich die große Fensterfront befindet. Eine rötlichbraune Ledercouch dominiert den offenen Raum. Bly liegt auf dem etwas altmodischen Teppich davor. Er schaut mich alarmiert an, wedelt angespannt mit der Rute, bleibt aber liegen.

Wir bringen das Bild zu dem großen Kamin. Clara hängt kurzerhand ein Landschaftsgemälde ab, und wir hängen Adrians Malerei ins Zentrum des Hauses.

Meine Aufmerksamkeit gleitet zu einem Schwarz-weißbild, das auf dem Kamin steht. Eine dunkelhaarige Frau, vielleicht Ende dreißig, schaut lachend in die Kamera.

„Wer ist das?", frage ich neugierig.

Clara wendet sich mir zu, eine Weile betrachtet sie schweigend das Foto. „Das ist Lou-Anne ... meine Frau."

Ich sehe Clara überrascht an.

„Sie ist letztes Jahr gestorben." Sie lächelt traurig. „Sie musste sich einer schwierigen Herzoperation unterziehen, die sie nicht überlebt hat."

„Clara, das tut mir sehr leid! Davon wusste ich gar nichts."

„Dafür hat dein Vater gesorgt. Ich durfte Lou nicht einmal mit zu den Familienfeiern nehmen."

„Deshalb bist du hinterher bei keinem Geburtstag mehr aufgetaucht."

„Entweder mit Lou oder gar nicht, das habe ich deinem Vater gesagt."

Ich senke den Blick. „Wie kann man nur so unglaublich verbohrt sein wie mein Vater!", murmle ich.

„In der Beziehung war mein Bruder schon immer etwas schwierig. Das mag auch an unserer Erziehung liegen. Du hast nicht viel von deinen Großeltern gehabt, weil sie so früh verstorben sind, aber sie tickten ähnlich wie dein Dad."

„Da hattest du es auch nicht leicht."

Sie zuckt mit den Schultern. „Genau wie du."

Ich schaue zu Inner Soul und frage mich, was Adrian Maywood erwogen hat, ihn so oft zu malen.

„Möchtest du Adrians Geschichte hören?"

Ich begegne ihrem Blick. „Ja, unbedingt!"

„Dann lass uns etwas zum Mittag essen, danach erzähle ich es dir.“

Später setzen wir uns auf die Couch, die Fenster schenken uns einen malerischen Blick auf die Berge. Bly robbt ein Stück näher zu Clara, scheint sich langsam an meine Gegenwart zu gewöhnen. Einmal werden wir noch von einem leisen Klappern gestört. Der Hund hebt aufmerksam seinen Kopf. Die rotgetigerte Mutterkatze kommt durch eine Katzenklappe ins Haus. Sie trägt eines ihrer Babys im Maul, sieht uns zuerst argwöhnisch an, bringt es dann außer Sicht, in einen anderen Teil des Hauses.

„Endlich!“, sagt Clara leise. „Darauf warte ich schon seit Tagen. Ryans Frau hat sie und die Kätzchen vor fast einer Woche gebracht, sie hat ihre Jungen wohl in der Nähe des Reservats bekommen. Bisher hat sie sich im Haus nie sicher genug gefühlt und die Kleinen immer wieder in die Scheune gebracht.“

Sie verstummt, während die Katze wieder durch die Klappe verschwindet. Kurze Zeit später kehrt sie mit dem zweiten Katzenbaby zurück und bringt es ebenfalls in den Bereich, den sie wohl als sicher empfindet. Bly verhält sich still, beobachtet die Katze nur, genau wie wir.

„Wird Bly ihr nichts tun?“

„Nein, er mag Katzen. Elu kennt ihn schon. Sie ließ ihn sogar zu Kitchi und Lootah.“

„Sind das alles Namen der Natives?“

Meine Tante nickt, legt ihre Hand auf Blys Kopf.

„Sein Name bedeutet ‚groß‘ und ist eigentlich ein Mädchenname, aber das stört dich nicht, oder Bly?“ Der

Hund wedelt mit dem Schwanz und grummelt zufrieden, als er von Clara durchgewuschelt wird.

„Elu bedeutet ‚*die Anmutige*‘. Ich musste ihr einfach diesen Namen geben, denn sie stolzierte wie ein kleines Model durchs Haus, obwohl sie halb verhungert war, nachdem Ryans Frau Darcy sie mir gebracht hat. Die Katzenklappe habe ich extra für sie eingebaut, weil sie ständig jaulend vor der Tür saß.“

„Und die Namen der Kleinen?“

„Kitchi ist der kleine Schwarze, der wohl ganz nach seinem Vater kommt. Es bedeutet ‚mutig‘.“ Clara lacht und zeigt nach links, weil der kleine, schwarze Bursche gerade zu uns ins Zimmer tapsen will. Er kommt nicht weit, denn Elu trägt ihn wieder zurück in ihr geheimes Nest.

„Lootah heißt einfach ‚rot‘, na ja, weil der Kleine halt so rot wie seine Mom ist, fast noch ein bisschen intensiver, finde ich.“

„Es sind wirklich wunderschöne Namen.“

Da es im Raum langsam kühler wird, steht Clara auf, um den Kamin anzufachen. Sie gesellt sich zu mir und betrachtet die Rocky Mountains, die von der Sonne in ein goldenes Licht getaucht werden.

„Woher kennst du Adrians Geschichte?“

„Die Stoney Nakoda haben sie an ihren Feuern weitererzählt, Ryan erzählte sie schließlich mir.“

Gespannt warte ich darauf, dass Clara beginnt. Sie lehnt sich gemütlich in das weiche Leder.

„Adrian Maywood war ein wenig anders als seine übrige Familie. Vor allem sein Vater liebte es, auf die Jagd zu gehen. Adrian hingegen hasste es, Tiere zu

erschießen und war immer unsicher im Umgang mit
Gewehren, was Inner Soul fast zum Verhängnis
wurde ..."

2. Adrian Darkeye

9

Wolfberry, 19. Jahrhundert

Adrian Maywood klammerte sich an seine Hawken-Rifle und verfluchte innerlich seinen Vater. Das Trapper-Gewehr lag ihm gut in der Hand, trotzdem hasste er das Gefühl, das es in ihm auslöste, wenn er auf ein Tier schoss. Er strich über die Verzierungen am Hinterschaft, lauschte auf die Geräusche des Herbstwaldes.

Sein Vater und er verfolgten seit geraumer Zeit einen Wapiti. Doch der Hirsch war schlau, er schaffte es immer wieder zu entkommen. Über Adrians Lippen huschte ein Lächeln, denn er hätte das Tier einmal gut treffen können, hatte es aber laufen lassen, was er seinem Vater bestimmt nicht auf die Nase binden würde.

Da! Eine Bewegung zwischen den Bäumen. Würde sein Vater nicht neben ihm hocken, hätte er es einfach ignoriert.

„Da ist der Wapiti", raunte Henry Maywood. Er klopfte Adrian auf die Schulter. „Das ist dein Schuss!"

Widerworte würden nichts bringen, das hatte Adrian zu genüge versucht. Darum hob er gehorsam das Gewehr an und wartete, bis der Wapiti sich zeigte. Ein Schatten trat zwischen den Bäumen hervor. Adrian zielte. Er war unsicher, denn er konnte das Tier nicht richtig sehen.

„Schieß doch!", zischte sein Vater.

Adrian verlagerte das Gewicht, um einen besseren Stand in der Hocke zu haben. Schließlich setzte er ein Knie auf, weil er den Lauf nicht ruhig halten konnte. Der Schatten war plötzlich verschwunden, und Adrian hob den Blick, um die Gegend abzusuchen. Sein Vater schnaufte genervt.

„Ich hab ihn nicht richtig gesehen, nur eine dunkle Gestalt.“

„Wer sollte denn sonst hier im Wald herumlaufen?“

„Vielleicht ein Bär“, sagte Adrian nun viel zu laut, die Schießwütigkeit seines Vaters zerrte an seinen Nerven.

Henry schlug Adrian unsanft auf den Hinterkopf. „Jetzt mach schon!“

Für Adrian war der Wapiti immer noch nicht richtig erkennbar, aber nun sah er das bräunliche Fell und war es leid, von seinem Vater gegängelt zu werden. Also hob er erneut das Gewehr an, zielte ziemlich schlampig und schoss. Der Rückstoß stieß ihm den Schaft gegen die Wange, was ihm einen Schmerzlaut entlockte. Der war allerdings nicht vergleichbar mit dem überraschten Ausruf des Wapitis. Adrian starrte erschrocken zu den Bäumen. Der Ruf des vermeintlichen Hirsches hörte sich so gar nicht tierisch an.

„Hast du ihn erwischt?“

„Verdammt, Vater, ich glaube, das war nicht der Hirsch!“

„Vielleicht hast du ja eine Rothaut erwischt“, sagte er mit bösem Lachen.

Adrian sah ihn erschüttert an. Hatte sein Vater gewusst, dass dort kein Tier hinter den Bäumen stand? Er muss von seiner Position aus definitiv eine bessere Sicht gehabt haben.

Wütend schmiss er Henry das Gewehr vor die Füße und rannte zu den Bäumen. Vorsichtig näherte er sich, denn auch wenn die Mitglieder des Indianerstammes hier in der Nähe recht friedlich waren, konnte man nie wissen, ob sie nicht mit einem Messer auf einen losgingen, verletzt oder nicht.

Zuerst sah Adrian langes, schwarzes Haar, dann wirbelte der Indianer am Boden herum. Tatsächlich hielt er schützend ein Messer vor sich. Betroffen schaute Adrian auf den Verletzten. War das eine Squaw? Blut sickerte durch die Kleidung, die er schon einer Frau zuordnen würde, die Gesichtszüge vielleicht auch noch, nur die Statur passte nicht.

Sein Vater warf der Indianerin einen abfälligen Blick zu und stapfte missmutig mit beiden Gewehren davon. „Halt dich nicht zu lange auf", grollte er, bevor er den schmalen Pfad in Richtung Wolfberry nahm. Adrian sah seinem Vater bestürzt hinterher.

„Ich habe nichts getan", flüsterte die Squaw mit viel zu dunkler Stimme.

War das wirklich eine Frau?

Adrian hob beschwichtigend die Hände. „Ich wollte dich nicht treffen. Ich dachte ... du bist ... der Wapiti, den wir gejagt haben." Unsicher zeigte er auf den Schulterüberwurf, der von ähnlicher Farbe war wie das Fell des Hirsches. „Es tut mir leid."

Langsam ließ sie das Messer sinken.

„Bist du schwer verletzt?"

Sie antwortete mit einem Kopfschütteln.

Adrian hatte sie an der rechten Schulter getroffen, das Gewand dort war aufgerissen und blutbefleckt.

„Soll ich es mir ansehen, ich könnte ..."

Bevor Adrian den Satz beenden konnte, sprang sie wie ein panisches Reh auf und stürmte davon.

„Bitte warte!" Ihm entwischte ein Fluch, und er folgte ihr über Stock und Stein. Das veranlasste sie nur, schneller zu laufen. Ob sie dachte, er würde sie jagen?

„Ich will dir nichts tun! Nun warte doch!", brüllte Adrian so laut, dass es im Wald widerhallte. Er fürchtete, dass er aus Versehen einen Streit mit den Indianern anfachen würde.

Hinter ihm erklang ein Grollen, das Adrian herumwirbeln ließ. Mit geweiteten Augen sah er sich einem Grizzlybären gegenüber. Das wuchtige Tier näherte sich, richtete sich auf die Hinterbeine auf. Adrians Herz raste, und als der Bär einen lautes Schnauben ausstieß, fühlte er nur noch Fluchtinstinkt. Er machte Anstalten blindlings fortzurennen.

Die Indianerin sprang unerwartet mit einem Schrei zwischen den Bäumen hervor. Sie schlug mit einem großen Stock auf den Boden, sprach den Grizzly mit lauter Stimme an, hob sogar den unverletzten Arm und ging einen Schritt auf ihn zu. Das verunsicherte das Tier derart, dass es sich mit einem grummelnden Geräusch trollte.

„Niemals weglaufen!", sagte sie wütend zu Adrian und warf den Stock fort.

„Aber ..."

Sie stand da, mit blutender Schulter und funkelndem Blick. Hatte sie hellgrüne Augen? Ihm fehlten die Worte. Er trat einen Schritt näher, und wieder zweifelte er ein wenig daran, ob sie wirklich eine Frau war, trotz der eher weiblichen Kleidung.

Sie legte ihre linke Hand auf die blutende Schulter. „Bären sind nicht mutig. Nur wenn sie Junge haben. Sie sind trotzdem schneller als du."

„Ich wäre auf einen Baum geklettert", bemerkte Adrian verlegen.

„Die meisten Bären können auch besser klettern."

Er zeigte hinter sich zu dem kleinen Gewässer. „Dann wäre ich eben in den See gesprungen", erwiderte er trotzig.

Nun huschte tatsächlich ein Lächeln über ihre Lippen. „Der Bär fängt Lachs aus dem wildesten Flusswasser. Er schwimmt auch besser."

„Und was, verdammt noch mal, soll ich dann tun, damit der Grizzly mich nicht frisst?!"

Sie wagte, noch etwas näher zu kommen.

Sie hat wirklich grüne Augen, dachte Adrian.

„Der Bär war nicht böse, bloß neugierig. Hast du das nicht gesehen?"

„Er war groß", murmelte er.

„Ja, und du wolltest weglaufen und hast ihm gezeigt, dass du schwach bist."

„Gegenüber einem Bären bin ich das!"

„Das weiß der Grizzly nicht."

Nun dämmerte es Adrian langsam. „Man muss also Stärke zeigen, wie du?"

Sie nickte, verzog das Gesicht, ihre Hand auf der Verletzung verkrampfte sich. „Nur nicht ... bei einem richtigen Angriff."

Adrian konnte ihr ansehen, dass die Wunde ihr Schmerzen bereitete. Besorgt beobachtete er sie. „Das war kein richtiger Angriff?", hakte er trotzdem nach.

„Nein, du merkst, wenn der Bär böse ist." Sie nahm einen tiefen Atemzug. „Dann stell dich tot."

Verdutzt starrte Adrian sie an. „Totstellen?"

„Ja, aber nur beim Grizzly."

„Und was mache ich bei einem Schwarzbären?"

Sie wandte sich mit einer abwehrenden Geste ab, und er sah, dass ihr mittlerweile das Blut den Arm herunterlief. Sie stolperte schwankend zurück zum Unterholz.

„Bitte warte doch. Lass mich dir helfen."

Kopfschüttelnd verschwand sie hinter einigen Sträuchern.

Adrian gefiel es nicht, wie bleich sie auf einmal aussah. Wie schwer war sie verletzt? Er musste sie aufhalten! Ihr Dorf konnte nicht in der Nähe sein, das wäre in Wolfberry bekannt. Ohne Hilfe würde sie noch verbluten.

„Ich weiß nicht, wo ich hier bin!", rief er ihr spontan nach, und seine Aussage stimmte sogar.

Sie kam wieder hervor, schaute ihn mitleidig an.

Hilflos zuckte Adrian mit den Schultern. „Ich bin dir einfach hinterhergelaufen."

„Warum?"

„Um mich zu entschuldigen."

„Das hast du."

Adrian presste die Lippen aufeinander. „Ich möchte keinen Streit mit euch. Es war wirklich keine Absicht."

Und ich will dir helfen!

Sie winkte ab. „Kein Streit. Geh am Seeufer entlang, dann nach Süden, bis zu den Wolfsbeeren. Wende dich … dort nach rechts. Dein Zuhause … ist hinter dem Hügel."

Sie taumelte, musste sich an einem Baumstamm festhalten. Er konnte sie nicht so zurücklassen. Entschlossen ging er auf sie zu. Gerade noch rechtzeitig, denn sie sackte plötzlich zusammen. Adrian fing sie auf, bevor sie auf den steinigen Boden fiel. Sie hatte komplett das

Bewusstsein verloren, was Adrian in höchste Sorge versetzte. Starb sie, würde man es seiner Familie anlasten, und er wäre Schuld an ihrem Tod! Erzählungen von Racheattacken der Indianer drängten sich in seine Gedanken. Er musste ihr helfen, bevor es zu spät war.

Ihre ohnmächtige Gestalt war schwerer, als er gedacht hätte. Trotzdem trug er sie zu einem Platz, an dem weiches Moos wuchs. Behutsam legte er sie dort nieder. Adrian rang mit sich. Er wollte sie auf keinen Fall brüskieren, indem er einfach ihre Kleidung auszog. Aber ihre Wunde blutete stark, und er musste diese Blutung stillen. Er entschied sich dafür, den Stoff weiter aufzureißen, um an die Verletzung zu kommen. Erschrocken schaute er auf die aufgerissene Haut unterhalb des Schultergelenks. Adrian fluchte leise. Zumindest pulsierte das Blut nicht hinaus. Das hatte er bei seinem Großcousin gesehen, nachdem der einen Kojoten bei der Jagd nicht richtig getroffen und das Tier ihn in seiner Not gebissen hatte. Er war gestorben, keiner hatte es verhindern können.

Die Indianerin stöhnte leise, ihre Lider flatterten. Bevor sie noch etwas Falsches denken konnte, weil er sich an ihrem Gewand zu schaffen gemacht hatte, zupfte er sein relativ sauberes Hemd aus der Hose und schnitt mit seinem Jagdmesser einen Stoffstreifen ab. Ungelenk verband er ihr damit die Schulter. Durch den viel zu dünnen Verband sickerte rasch neues Blut durch.

Er tätschelte ihre Wange. „Wach auf. Du musst mir sagen, wo dein Stamm lebt. Ich bringe dich hin."

Sie hob blinzelnd die Lider, brauchte einen Augenblick, um zu sich zu kommen. Im ersten Moment starrte sie ihn erschrocken an.

„Ich will dich nach Hause bringen."

Entschieden schüttelte sie den Kopf.

„Du verblutest sonst."

Sie kämpfte darum sich aufzurichten und begutachtete Adrians dilettantische Bandage.

„Ich kann nicht sagen, wo wir sind."

„Warum?"

Ihre hellgrünen Augen fixierten ihn. „Sie bringen unsere Kinder in eine Schule ... und wir sehen sie nie wieder. Dort vergessen sie, wer sie waren." Sie schnappte nach Luft. „Und uns wollen sie in ein Reservat zwingen."

„Ihr versteckt euch also hier?"

Adrian begriff die Tragweite des Ganzen. Alle wussten, dass sich hier in den Wäldern ein paar *Mountain Stoney* aufhielten, aber niemand wusste genau wo. Man vermutete, dass sie nie lange an einem Ort blieben. Würde sie ihm verraten, wo sie lebten, könnte das der Untergang für sie sein. Denn Adrian wusste um die Reservate und hatte auch schon von den *Residential Schools* gehört. Die Kirche predigte, dass jeder Gläubige ein Indianerdorf melden musste, falls er es entdeckte. Damit die *armen* Kinder gerettet werden könnten. Ihm war das schon immer schleierhaft vorgekommen. Die Ureinwohner wollten nicht gerettet werden, und sie kamen ihm auch nicht so vor, als ob sie die Hilfe der Weißen bräuchten.

„Ich werde nicht verraten, wo ihr lebt. Ich gebe dir mein Wort."

„Nein!"

Sie rappelte sich mit zusammengepressten Lippen auf und stolperte vorwärts. Er wollte ihr folgen. Abwehrend streckte sie die Hand aus. „Lass mich!“

„Du kannst ja kaum noch laufen.“

„Ich schaffe es.“

Doch nach wenigen Metern stürzte sie schweratmend auf die Knie. Adrian näherte sich erneut und half ihr auf.

„Verdammt, sag mir, wo ich dich hinbringen soll. Sonst muss ich dich nach Wolfberry zum Arzt bringen. Und ob der dich behandelt, weiß ich nicht.“

„Nicht nach Wolfberry!“

Er sah, dass sie darum kämpfte, nicht bewusstlos zu werden.

„Ich lass dich nicht hier im Wald liegen.“

Tränen verschleierten ihre Sicht. „Die Wölfe können mich holen ... es ist in Ordnung. Alles ist besser, als ... diese ... Schule. Die Kinder ... dürfen ... nicht ...“

Adrian schaffte es nicht mehr, sie wachzubekommen. Er fasste einen Entschluss. Auf keinen Fall würde er sie hier zurücklassen. Ihre Angst war allerdings berechtigt. Dr. Benson würde sie höchstwahrscheinlich nicht behandeln und man würde sie zum Reservat bringen, tot oder lebendig. Mit einem Ächzen hob er sie auf die Arme und ging stur in die Richtung, in die sie hatte fliehen wollen, bis ihn seine Beine kaum noch tragen konnten.

Immer wieder rief er nach den Indianern, bis ein Krieger der Stoney aus dem Gebüsch trat. Ein Pfeil war direkt auf seinen Kopf gerichtet. Das Gesicht des jungen Mannes wirkte verzerrt. Vor Wut? Adrian konnte es nicht einschätzen.

„Sie ist verletzt!", sagte er zu dem Fremden mit der seltsamen Frisur. Sein Haar war an den Seiten kurz geschoren und oben zu einem Kamm aufgestellt, der am Ansatz rot verfärbt war.

Langsam legte Adrian sie auf den Boden, den Blick auf den Indianer gerichtet. Würden sie ihn verstehen? Der Mann ließ ihn nicht aus den Augen. Ein anderer eilte zu ihnen, griff nach der Hand der Frau und zerrte sie fort von Adrian. Sie stöhnte schmerzerfüllt auf.

„Nicht! Sie ist verletzt!", wiederholte Adrian.

Der Indianer rief etwas durch den Wald. Andere näherten sich. Eine Frau schrie erschrocken auf, als sie die Verletzte sah. Andere trugen sie nun vorsichtiger fort. Zwei Krieger umkreisten ihn.

Was sollte er tun? Kämpfen? Aufgeben?

Oh Gott, würden sie ihn skalpieren?

Ihm brach der Angstschweiß aus.

Bevor Adrian handeln konnte, hatten sie ihn gepackt, ihm das Jagdmesser aus der Halterung gezogen und schleppten ihn mit sich. Einer verband ihm die Augen. Fluchtinstinkt keimte in ihm auf, aber ihm wurden die Hände gefesselt, und er konnte nicht mehr viel ausrichten. Ein Schrei hallte neben ihm, das Geräusch ließ ihn zusammenzucken. Der andere Mann schien seinen Kumpan zu schelten, denn der verstummte abrupt.

Blind stolperte Adrian durch den Wald, immer wieder wurde er von den zwei Kriegern vorwärtsgestoßen. Es dauerte nicht lange, dann roch er den Rauch von Lagerfeuern. Essensgeruch schwebte in der Luft. Ein Hund bellte, und ein Säugling weinte. In seiner Nähe schnaubte ein Pferd. Rufe wurden laut.

„Ich wollte ihr helfen“, versuchte Adrian es noch einmal.

„Still!“, fauchte ihn einer in Englisch an.

Adrian presste die Lippen zusammen und schwieg. Er konnte nur abwarten. Irgendwann zerrten sie ihn weiter. Durch die Augenbinde konnte er erkennen, dass das Licht der Sonne verschwand, als ob man ihn in einen Raum bringen würde. Dort zwang man ihn nieder. Schritte entfernten sich.

War er nun allein?

Adrian wartete ab. Jegliches Geräusch klang gedämpft und entfernt. Da man ihm die Hände vorne und nicht am Rücken zusammengebunden hatte, zog er sich das Tuch von den Augen. Blinzelnd sah er sich um. Er saß auf kahlem Boden. Sein Gefängnis bestand aus Lederwänden, die mit langen Stöcken ein Tipi bildeten. Es gab einen Eingang, der lose im Wind flatterte. Allerdings saß direkt davor ein Indianer. Er sollte sich also besser ruhig verhalten.

Anhand des Lichtes sah er, wie die Zeit verging. Die Sonne ging unter, und er fragte sich, ob sein Vater ihn bereits suchte. Vielleicht wäre er auch froh, wenn Adrian fortbliebe.

Ihm wurde es immer ungemütlicher. Er müsste sich dringend erleichtern, und sein Magen knurrte vor Hunger. Warum sprach niemand mit ihm?

Er rutschte ein Stück zum Eingang. „Hey“, sprach er seinen Bewacher an.

Der drehte sich um und zischte ihm etwas Unverständliches zu.

„Kannst du meine Sprache?“, fragte Adrian trotzdem.

Der andere redete wütend auf ihn ein. Adrian verstand kein Wort. Seine Gestik vermittelte ihm, dass er zurück zu seinem Platz gehen sollte. Adrian gehorchte, fluchte aber leise.

„Soll ich vielleicht hier hinpinkeln?", raunte er säuerlich.

Zumindest lebte er noch. War das nun gut oder schlecht?

Es verging noch einige Zeit, in der Adrian ernsthaft überlegte, sich an Ort und Stelle zu erleichtern, so unangenehm wurde das Gefühl. Es schmerzte richtig.

Da wurde die Plane aufgeschlagen. Adrian seufzte erleichtert auf, einfach, weil er inständig hoffte, nun mit jemandem reden zu können.

Ein Respekt einflößender Mann kam herein. Langes, graues Haar lag ihm über die Schultern, eine Feder schmückte die Frisur. Das Gesicht war von Falten gegerbt, Adrian schätzte ihn wesentlich älter als seinen Vater. Ihm folgte ein Junge mit ungewöhnlich kurzem Haar, das lieblos abgeschnitten war. Er wirkte verschreckt, hielt sich nahe bei dem älteren.

„Spricht jemand meine Sprache?", fragte Adrian hoffnungsvoll.

„Ich", antwortete der Junge, der höchstens zwölf war.

„Bitte, darf ich mich erleichtern? Ich weiß, es ist … aber … bitte."

Der Junge starrte ihn verdattert an und übersetzte für den alten Indianer. Der schmunzelte und rief dem Bewacher am Eingang etwas zu. Er schaute zu ihnen herein und winkte Adrian zu ihm raus. Ungelenk krabbelte er mit den gefesselten Händen aus dem Tipi. Ohne ein weiteres Wort nahm er Adrian am Arm und zerrte ihn etwas abseits zu einem Busch. Er schnitt ihm mit einem Messer die Fesseln auf, zeigte ungeduldig auf den Strauch.

Adrian war es mittlerweile völlig egal, dass der ihm anschließend zusah. Noch nie hatte er sich derart erlöst gefühlt.

„Danke!", sagte er zu dem Indianer, der ihn wieder zu dem Tipi brachte. Auch bei dem Alten bedankte er sich, um möglichst höflich zu bleiben.

„Mein Großvater möchte wissen, was mit Inner Soul passiert ist", begann der Junge das Gespräch, er hatte einen leichten Akzent.

„Es tut mir so leid, es ist meine Schuld. Ich war mit meinem Vater auf der Jagd, ich wollte einen Wapiti erlegen, und ... und ich habe ... sie aus Versehen angeschossen. Dann habe ich versucht, ihr zu helfen."

Der Junge runzelte die Stirn und übersetzte für den alten Mann. Der nickte und sprach nun in seiner Muttersprache, die Adrian natürlich nicht verstand.

„Mein Großvater glaubt dir, weil du sie hergebracht hast. Er fragt dich, warum du weißt, wo wir leben."

„Das wusste ich nicht! Ich wollte ihr helfen, doch sie ließ mich nicht. Also rannte ich ihr nach. Dann wurde ich von einem Bären überrascht und ..." Mit einer Geste unterbrach der junge Indianer seinen Wortschwall, um zu dolmetschen, dann zeigte er an, dass Adrian weitersprechen dürfe.

„Inner Soul vertrieb den Bären, aber blutete stark. Sie wurde ohnmächtig und ..."

Wieder hielt er ihn auf. „Ohnmächtig? Was ist das?"

„Sie ist umgefallen, weil sie so viel Blut verloren hat."

Er nickte und übersetzte wieder für seinen Großvater.

„Ich trug sie dann einfach in die Richtung, in die sie ursprünglich fliehen wollte und rief nach euch."

Der Alte hörte sich an, was sein Enkel ihm sagte und stellte wieder eine Frage.

„Was für ein Bär?"

Das interessierte ihn? „Ein Grizzly."

„Hatte er einen Knick im Ohr?"

„Äh, das weiß ich nicht mehr. Warum? Ist es ein besonderer Bär?"

„Ja."

Mehr offenbarte man Adrian nicht.

„Kann ich wieder nach Hause gehen?", fragte er ein bisschen naiv. „Sie werden sonst nach mir suchen."

Die beiden diskutierten nun miteinander, dann verließ der Ältere das Tipi. Der Junge seufzte auf.

„Ob du gehen darfst, muss Inner Soul entscheiden."

„Und wenn ihr meinetwegen entdeckt werdet?"

„Wir werden woanders hinziehen."

„Weit weg?"

Er schüttelte den Kopf.

„Warum kannst du so gut Englisch?"

Nun sah er Adrian betroffen an. Ohne eine weitere Erklärung stürmte er aus dem Tipi. Er erinnerte sich an Inner Souls Worte, als sie von den Schulen gesprochen hatte. Ob der Junge in einem dieser Internate gewesen war?

Er dachte weiter darüber nach und beobachtete den Lauf der untergehenden Sonne, bis die Strahlen verblassten, und es immer dunkler wurde.

Irgendwann schob der Bewacher Adrian einen Teller mit Essen zu, ein kleines Stück Maisbrot und zwei Streifen Trockenfleisch. Hungrig aß er die Nahrung.

Sogar eine nach Pferd riechende Decke warf man ihm später ins Tipi. Sie blieben zwar distanziert, aber es überraschte ihn, dass sie freundlich zu ihm waren, obwohl er eine der Ihren verletzt hatte. Er hatte damit gerechnet, dass sie ihn bestrafen würden.

Adrian schlang die Decke um seine Schultern und legte sich auf den Boden. Vielleicht war es gut, dass er hier gelandet war. Sein Vater würde ihn für den Fehlschuss maßregeln. Hatte Henry Maywood die Indianerin wirklich gesehen und den Schuss provoziert? Er traute es ihm zu. Ihn schauderte bei dem Gedanken.

Irgendwann fiel Adrian in einen unruhigen Schlummer, in dem er immer wieder von dem Grizzly gejagt wurde.

10

Ein Geräusch ließ Adrian aus dem Schlaf schrecken. Die Morgensonne blendete ihn, als die Eingangsplane angehoben wurde. Zu seiner Überraschung sah er Inner Soul. Sie hatte ein frisches Kleid an, ihre Schulter war dick verbunden. Ohne eine Begrüßung setzte sie sich ihm gegenüber. Ihm fiel auf, dass sie noch sehr bleich aussah.

„Ich freue mich, dass es dir besser geht."

Sie antwortete nicht, sah Adrian nur forschend an.

„Ist alles in Ordnung?", hakte er nach. Warum sprach sie nicht?

„Bear's Claw sagte mir, ich müsse entscheiden, was mit dir geschehen soll."

„Ich hoffe sehr, dass du mir verzeihen kannst. Mein Vater drängte mich zu schießen, ich hatte keine gute Sicht. Ich bereue es wirklich sehr."

Nachdenklich schaute Inner Soul zu Boden. Sie schien genau abzuwägen, was zu tun sei. In diesem Moment verlor sich das Feminine in ihrem Gesicht, und Adrian beobachtete sie aufmerksam. Gerne würde er dieses Rätsel lösen.

„Warum nennt man dich Inner Soul?", fragte er geradeheraus.

Überrascht sah sie auf. So eine Frage hatte sie scheinbar nicht erwartet. „Warum willst du das wissen?"

„Es interessiert mich."

Sie runzelte argwöhnisch die Stirn. „In meiner Seele verbirgt sich eine zweite." Abrupt stand sie auf. „Du kannst gehen." Beim Hinausgehen sagte sie etwas zu dem anderen Indianer, der vor dem Tipi immer noch Wache hielt.

Adrian musste kurz über ihre Antwort nachsinnen, dann richtete er sich rasch auf und folgte ihr, die Wache war fort. „Inner Soul, warte!"

Sie blieb stehen, wandte sich aber nicht um. Er eilte an ihre Seite, was ihr wohl unangenehm war, wie er an ihrem Ausdruck sehen konnte.

„Was meinst du damit?"

„Womit?"

„Dass sich in dir eine zweite Seele verbirgt."

Ihr Gesicht verdüsterte sich. „Du bist ein Weißer, das verstehst du nicht."

„Und wenn doch?"

Adrian sah ihr förmlich an, wie sie darüber nachgrübelte. Sie schüttelte den Kopf. „Geh nach Hause."

„Hast du keine Angst, ich könnte verraten, wo ihr lebt?"

Sie lächelte fast ein wenig abfällig. „Bis du den Weg gefunden hast, sind wir längst fort."

Adrian sah sich um, sie hatte recht. Ihr Stamm packte bereits seine Habseligkeiten zusammen, die ersten bauten die Tipis ab. Es überraschte ihn, wie schnell dieses Volk reagierte und wie rasch es alles abbaute, in der kurzen Zeit, in der er den Menschen zusah.

Eine gewisse Faszination keimte in ihm auf. Er hatte sich dieses Volk ganz anders vorgestellt. Seine Leute erzählten von einer kriegslustigen Meute, die Menschen skalpierten, Weiße am Pfahl folterten und halbnackt durch die Gegend zogen, um Ärger zu stiften.

Hier sah er nur Familien, die ihn sichtlich ängstlich beäugten und fleißig ihre Arbeit verrichteten. Eine

Mutter streichelte ihrem Kind zärtlich übers Haar, ein alter Indianer bürstete sein Pferd, ein anderer lachte, weil ein Hund bellend um ihn herumlief. Trotz der etwas hektischen Atmosphäre, weil sie seinetwegen flüchten mussten, wirkte alles so harmonisch.

So etwas vermisste er zu Hause.

„Ihr müsst nicht fortgehen, ich werde nicht verraten, wo ihr lebt.“

Inner Soul schnaufte und drehte sich von ihm weg.

„Ich gebe dir mein Wort!“

Unwirsch wirbelte sie herum, die jähe Bewegung ließ Schmerz in ihrer Schulter aufflammen, er sah es ihr an. Sie brauchte einen Augenblick, um wieder sprechen zu können.

„Ihr Weißen gebt immer euer Wort, doch ihr haltet es nie. Geh!“

Sie legte schützend eine Hand auf ihren Verband und ging fort.

„Es tut mir leid“, flüsterte Adrian.

Niedergeschlagen entfernte er sich von dem Dorf, das schon halb abgebaut war. Was tat sein eigenes Volk diesen Menschen nur an?

Sie ließen ihn einfach frei, kümmerten sich gar nicht mehr um ihn. Wo würden sie wohl hinziehen?

Im Wald sah sich Adrian unsicher um. Sein Orientierungssinn war nicht gerade gut entwickelt. Schon als Kind hatte er das bemerkt. Alle anderen in seinem Alter spielten in der Umgebung von Wolfberry und fanden problemlos wieder nach Hause. Er hingegen verlief sich ständig und brauchte oft die Hilfe anderer, um zu seiner Familie zurückzufinden. Deshalb musste er schon immer Hänseleien über sich ergehen lassen.

Ihm entwischte ein leiser Fluch, denn er hatte nicht die geringste Ahnung, in welche Richtung er sich wenden sollte. Dass er einen Teil des Weges mit verbundenen Augen hatte gehen müssen, machte es nicht besser. Auch der Grizzly spukte ihm im Kopf herum. Würde er dem Bären Stärke vortäuschen können, oder bei einem Angriff so ruhig bleiben, um dem Tier seinen Tod vorzugaukeln?

Und was, wenn er mich dann trotzdem fressen will?, dachte er und ihm wurde es so eng in der Brust, als schnalle man ihm einen Ledergürtel um den Oberkörper.

Die Worte seines Vaters klangen in ihm nach. *Du bist und bleibst ein Feigling, Adrian!*

Ja, das war er wohl, ein Feigling. Adrian hasste sich selbst dafür. Eines konnte man ihm hingegen nicht vorwerfen. Sein Wort hielt er immer und ausnahmslos. Inner Soul würde ihm das aber bestimmt nicht glauben.

Er wandte sich noch einmal zu den Indianern um. Sie schienen nun sehr in Eile, als ob sein Fortgehen sie in Furcht versetzte.

„Wenn ihr wüsstet, dass ich nicht einmal weiß, wie ich nach Hause kommen soll", murmelte Adrian.

Schließlich lief er einfach los, in der Hoffnung, irgendwann einen Anhaltspunkt zu finden. Jedes Rascheln in den Sträuchern ließ ihn zusammenzucken. Jegliche Geräusche, die er nicht einordnen konnte, versetzten ihn in Angst. Und er verwünschte sich für seine Gefühle, die ihm wieder zeigten, wie schwach er eigentlich war.

Die Sonne stieg immer höher auf, und er versuchte sich daran zu erinnern, wo sie aufging, wenn er sich zu

Hause befand, er erinnerte sich nur vage. Adrian wurde nervöser, je weiter er durch das Unterholz stapfte.

Als die warmen Strahlen des Mittags durch die hohen Baumkronen schienen, blieb er stehen. Sein Magen knurrte vernehmlich, seine Füße schmerzten in den Stiefeln, die er noch nicht richtig eingelaufen hatte, und er fand keinerlei Anzeichen dafür, dass er Wolfberry näherkam.

Zu allem Übel donnerte es in der Ferne.

Er war es nicht gewohnt, stundenlang keine Mahlzeit zu sich zu nehmen, und fühlte sich leicht schwindelig. Ob er Wasser suchen sollte? Sonst gab es hier in den Wäldern mehrere Bäche, die Trockenheit der letzten Wochen hatte sie jedoch versiegen lassen. Suchend schaute er sich um, ging mal nach rechts, dann nach links. Er fand einige ungenießbare Beeren, die er nicht anrührte, denn im Buch seiner Mutter waren sie als giftig deklariert. Nach einiger Zeit gab er auf und lief in die ursprüngliche Richtung weiter. Das Gewitter kam langsam näher, er sah bereits die ersten Blitze. Er fand nirgendwo Unterschlupf, also ging er stur weiter, bis er zu einer Lichtung kam.

Regen ergoss sich nun über ihn, und er würde ihn gerne auffangen, hatte aber keinerlei Gefäß bei sich, also legte er den Kopf in den Nacken und öffnete den Mund, um so etwas Wasser aufzufangen.

Sein Bruder war ein richtiger Überlebenskünstler in der Wildnis. Ihr Vater hatte Adrian allerdings nichts dergleichen beigebracht. Er sah in seinem jüngsten Sohn nicht viel Potenzial, was er oft genug zum Ausdruck brachte.

Böen peitschten gegen die hohen Fichten, binnen Sekunden war seine Kleidung völlig durchnässt. Der ausgetrocknete Boden konnte den Starkregen kaum aufnehmen, und Adrian stand bis zu den Knöcheln im Wasser. Jeder Schritt war nun erschwert, der Boden verwandelte sich in einen Sumpf. Blitze zuckten über ihm, das Grollen des Donners folgte.

Er blieb mitten auf der Lichtung stehen und sah in den dunkelgrauen Himmel. Vielleicht wäre es am besten, wenn einer der Blitze ihn treffen würde. Für seine Familie machte es wohl keinen Unterschied, und Inner Souls Volk hätte eine Sorge weniger.

„Und der verdammte Grizzly hätte was zu fressen", flüsterte er.

Seine Gedanken und Worte erschreckten ihn. So viel Bitterkeit schwang in seiner Stimme mit. Am liebsten würde er aufgeben, hier an Ort und Stelle. Seine Mutter hätte ihn vermisst, aber sie war bereits vor neun Jahren an einer schweren Entzündung der Lunge gestorben, da war er elf gewesen. Inner Soul hatte gesagt, er solle nach Hause gehen. Doch in Wolfberry fühlte er sich wie ein Außenseiter, wie jemand Unerwünschtes. Er könnte unzählige Dinge aufzählen, die sein Vater von ihm erwartete und die er nicht vollbringen konnte, deshalb hatte Henry Maywood kaum ein gutes Wort für ihn übrig. Er schien Adrian regelrecht zu hassen.

Diese Überlegungen ließen ihn emotional in ein tiefes Loch versinken, wie so oft. Er ließ sich auf die Knie fallen und starrte auf die Nässe, die sich um ihn bildete. Die Tropfen trommelten auf seinen Körper. Vielleicht wäre es für seine Familie leichter, wenn er einfach nicht zurückkommen würde.

Adrian schloss die Augen.

Ja, er würde einfach hier sterben.

Langsam legte er sich nieder, ignorierte den Schlamm und den Regen, der ihm ins Gesicht schlug. Heimliche Tränen vermischten sich damit. Ein leises Schluchzen entrang sich ihm. Das Gewitter tobte direkt über ihm, jeder Donner brachte ihn zum Erzittern. Trotzdem rührte er sich nicht. Seine Empfindungen betäubten jedes körperliche Gefühl.

Etwas stieß ihn in die Seite. „Hey, du tot?"

Überrascht riss Adrian die Augen auf und sah sich einem Indianer gegenüber. Der hatte sich über ihn gebeugt und musterte ihn nun. War das der Mann, der ihn bewacht hatte? Was wollte er hier?

„Noch nicht ...", raunte Adrian.

„Inner Soul sagen, du Hause gehen."

Langsam richtete sich Adrian auf. „Ich finde den Weg nicht. Und dort ... Sie wollen mich dort nicht."

Er hatte erwartet, dass der Mann ihn auslachen würde. Stattdessen sah der ihn aufmerksam und ernst an.

„Warum bist du hier?"

„Inner Soul sagen, du Wort geben. Ich gucken, ob stimmt."

Adrian nickte verstehend, sie trauten ihm nicht. Wahrscheinlich konnten sie auch nicht weit wegziehen, weil sie sich hier in den Wäldern verbargen. Er schaute dem Indianer in die dunklen Augen. Auf einmal wünschte er sich, dass sie ihn nicht fortgeschickt hätten.

„Warum du liegen im Wasser bei Donner?"

Sollte er ihm wirklich die Wahrheit sagen? Ja, vielleicht sollte er das, und dieser Fremde könnte ihm einen schnellen Tod schenken.

„Ich will sterben."

Der Indianer runzelte die Stirn. „Warum?"

„Ich bin ein Versager und Feigling, mein Vater hasst mich."

Er schien die Worte nicht recht zu begreifen und zeigte das deutlich mit einer Geste.

„Ich ... ich kann nichts und habe ... oft Angst."

„Jeder kann was, jeder hat Angst", antwortete er schlicht. „Komm."

Er packte Adrian am Arm und zog ihn hoch. Ohne Rücksicht zerrte er ihn zu einer Baumgruppe, lief unbeirrt mit ihm durch dichtes Unterholz, bis sie zu einer Aushöhlung im Berg kamen. Der Indianer schubste ihn in die Dunkelheit. „Hier besser. Lichter am Himmel sind wütend."

Adrian setzte sich auf den Felsenboden. „Warum hilfst du mir?"

„Du Inner Soul geholfen."

„Ja, weil ich sie angeschossen habe! Ich bin sogar zu dumm zum Schießen."

Er wischte seine Bemerkung fort. „Du nicht wollen schießen."

„Und was machen wir jetzt?"

„Du hierbleiben."

Der Indianer holte aus einer Nische trockenes Holz hervor. Sie schienen diese Zuflucht öfters zu nutzen. Er schichtete die Hölzer mit einigen Rindenstücken geschickt am Eingang auf, und binnen kurzer Zeit entfachte er mit Feuersteinen ein kleines Lagerfeuer. Der Rauch zog problemlos nach draußen ab.

„Du warten, nicht tot gehen!"

Die Wärme der Flammen drang zu Adrian durch, weckte seine Lebensgeister. Zögerlich hielt er die Hände ans Feuer. Erst jetzt spürte er, wie sehr er eigentlich fror. Der Indianer beobachtete ihn.

„Wie nennt man dich?", fragte Adrian.

Er nickte zum Feuer und sagte einen Namen in seiner Sprache, den Adrian nicht einmal aussprechen konnte.

„Keeper of fire", übersetzte er dann, wohl aufgrund seines verwirrten Ausdruckes. Er grinste und zeigte erneut auf das Lagerfeuer. Er bewachte also die Feuer des Stammes?

„Wie dein Name?"

„Adrian."

„Was heißt?"

„Es heißt ... gar nichts."

Das hingegen schien ihn zu verwirren, aber er nickte. Er zeigte auf Adrian. „Du warten."

„In Ordnung."

Das Lagerfeuer knisterte. Als die Flammen langsam weniger wurden, griff er nach den Kiefernzweigen, entfachte die Wärmequelle wieder. So lange, bis das Material fast verbraucht war. Draußen tobte das Gewitter, ein Sturm fegte über das Land. Hier erreichte ihn jedoch das Unwetter nicht, dieser Unterschlupf bot einen guten Schutz. Adrian sorgte sich um die Stoney, die bei diesem Wetter seinetwegen ihr Zuhause hatten aufgeben müssen. Irgendwann rollte er sich auf dem harten Boden zusammen und harrte der Dinge, die auf ihn warteten.

Ein Geräusch weckte Adrian abrupt. Mit klopfendem Herzen setzte er sich auf.

Das Feuer war längst heruntergebrannt. Er fror in seiner nassen Kleidung und schlang die Arme um sich. Draußen regnete es noch immer, er hörte das vertraute Rauschen. Zu dem eher beruhigenden Geräusch mischte sich entferntes Wolfsgeheul.

Keeper of fire hatte leider seine Feuersteine mit sich genommen, und Adrian bereute, dass er nicht wach geblieben war, um die Flammen anzufachen.

Wieder wollte sich die Stimme seines Vaters in seine Gedanken drängen.

Nicht einmal das kannst du! Wie kann man nur so ein Versager sein?

Unwillig schüttelte er den Kopf.

„Ich kann zeichnen", wisperte er. „Niemand kann bessere Geschichten erzählen als ich. Ich reite gut, jedes Pferd mag mich." Adrian raufte sich das Haar, senkte den Kopf. „Fast jedes Kraut kenne ich. Ich ... ich kann lesen ... und rechnen." Er schluchzte leise, brachte kein Wort mehr hervor.

Wenn die Worte seines Vaters in seinem Innersten überhandnahmen, zählte er diese Dinge wie ein Mantra auf, sonst würde er in seinen Gefühlen versinken.

Eisiger Wind wehte in die Höhle. Er begann vor Kälte zu zittern. Die übermächtige Empfindung, sterben zu wollen, war wieder verblasst. So sehr hatte es ihn noch nie überfallen. In der Gegenwart seines Vaters und auch seines Bruders fühlte er sich wie ein räudiger Hund. Schon oft hatte er überlegt, in die Stadt zu ziehen, aber es fiel ihm schwer, die tiefen Wälder und

Berge dieses Ortes zurückzulassen. Außerdem besaß er kein Geld, er müsste sich zu Fuß durchschlagen, weil sein Vater ihm wahrscheinlich nicht einmal einen Maulesel überlassen würde.

Pferdegeräusche lenkten seine Aufmerksamkeit auf den Eingang. Er richtete sich auf, atmete tief durch. Wer auch immer zu ihm kam, Adrian würde keine Angst zeigen. Dieses Mal nicht.

Zu seiner Überraschung kam Inner Soul zu ihm in die Höhle. Keeper of fire führte zwei Pferde herein und verließ den Unterschlupf wieder. Die Tiere schüttelten sich den Regen ab, eines schnaubte leise. Ohne ein Wort der Begrüßung legte Inner Soul mit einer Hand den regennassen Umhang ab und setzte sich an das erloschene Lagerfeuer.

Jegliche Weiblichkeit von Inner Soul schien verflogen zu sein. Sie trug die Lederkleidung eines Mannes und verhielt sich auch anders, was Adrian völlig verwirrte.

Zögerlich setzte er sich zu ihr. Oder ihm?

Inner Soul reichte ihm zwei Feuersteine. Adrian nahm sie entgegen und schaffte es nach einigem hin und her, die Flammen neu zu entzünden. Sein Gegenüber starrte in die auflodernden Funken, die Wunde war frisch verbunden worden, das sah Adrian sofort. Ob die Verletzung immer noch blutete?

Unsicher schaute er auf die schattenhafte Gestalt am Eingang, Keeper of fire wartete dort. Die Pferde standen gelassen in der Höhle. In das Rauschen des Regens mischten sich einzelne Tropfen, die von der Felskante auf das Gestein fielen.

Inner Soul zog mit dem gesunden Arm einen Beutel zu sich heran und holte ein Stück Maisbrot hervor, bot es Adrian an. Der bedankte sich und aß es hungrig.

„Hast du noch Schmerzen?", fragte Adrian dann leise.

Wieder keine Antwort. Inner Soul schien sich unbehaglich zu fühlen.

„Warum bist du hier?"

Nun horchte Inner Soul auf. „Weil du sterben willst."

„Jetzt nicht mehr."

„Warum dann bei dem Gewitter?"

Adrian senkte den Kopf. „Ich weiß es selbst nicht so genau. Wegen meinem Vater. Ich fürchte, er hasst mich. Wieso interessiert dich das?"

Inner Soul begegnete seinem Blick. „Du hast mich nicht zurückgelassen."

„Nachdem ich dir einen Streifschuss verpasst habe, war das ja wohl das Mindeste."

Entschieden schüttelte Inner Soul den Kopf. „Andere hätten noch einmal geschossen, oder mich liegen gelassen."

Wie mein Vater, dachte Adrian resigniert. Er seufzte leise. „Trotzdem trage ich die Schuld an deiner Verletzung."

„Du bist nicht allein schuld."

„Ja, mein Vater hat ..."

Inner Soul brachte ihn mit einer Geste zum Schweigen, wirkte nun eher respekteinflößend und definitiv nicht mehr wie eine hilflose Squaw.

„Ich habe euch abgelenkt, damit der Hirsch fliehen konnte."

Erstaunt sah Adrian in die ungewöhnlich hellen Augen. „Wieso?"

„Weil er die Herde durch den kommenden Winter führen wird."

„Du kennst diesen Hirsch?"

Das Feuer spiegelte sich in Inner Souls grünen Augen. „Ja. Es gibt Tiere, die sollten nicht gejagt werden. In mir leben zwei Seelen, deshalb achten mich die anderen und hören auf das, was ich sage."

„Zwei Seelen ... Das hast du schon mal gesagt."

Inner Soul sah an sich herab, seine Hand fuhr über die maskuline Lederkleidung. „Ich bin keine Frau. Das willst du doch wissen, oder?"

Also war seine Skepsis nicht unbegründet gewesen.

„Ein wirklicher Mann bin ich auch nicht." Inner Soul legte seine Hand auf die Brust. „In mir sind zwei Geister. Nur ein Spirit passt zu meinem Körper, der andere nicht. Beide gehören zu mir, beide sind gut, aber einer ist stärker. Deshalb bin ich nicht wie du."

Adrian versuchte zu begreifen, was Inner Soul ihm sagen wollte. Er betrachtete den Indianer, und ob er wollte oder nicht, die Faszination für ihn stieg. „Gestern trugst du ein Frauengewand, heute die Kleidung eines Mannes. Meinetwegen?"

„Ja", antwortete er zögerlich.

„Du fühlst dich damit ... nicht richtig, oder?"

Inner Soul nickte fast unmerklich.

Adrian konnte seine Neugier nicht bändigen. „Du fühlst dich also nicht wie ein Mann?"

„Meistens nicht. Ich weiß, das ist seltsam für dich."

Er überlegte kurz. „Nur ein bisschen." Trotzdem fiel es ihm nun schwer, Inner Soul in Gedanken ein weibliches Pronomen zu geben. „Wie redet man dich an?", fragte er deshalb. „Als Mann oder als Frau?"

„Mal so, mal so, es ist mir nicht wichtig. Ich bin Inner Soul."

Also würde er es einfach nach Gefühl machen. „Und mir ist es egal, wie du dich kleidest."

Nachdenklich betrachtete der Nakoda ihn. „Du denkst nicht wie ein Weißer."

Nun huschte über Adrians Lippen ein Lächeln. „Meistens nicht."

Inner Soul zeigte auf sein kurzes, dunkelblondes Haar. „Du trägst die Haarfarbe der Weißen, deine Augen sind dagegen dunkel, wie die meines Volkes."

„Und du hast die Augenfarbe *meines* Volkes", konterte Adrian.

„Du hast recht", sagte Inner Soul leise. „Wegen des Großvaters meines Vaters."

Gespannt wartete Adrian, dass er fortfuhr. Inner Soul fachte die Glut an und schwieg.

„Was war denn mit deinem Urgroßvater?", hakte er nach.

„Du bist sehr wissbegierig."

„Ja, tut mir leid."

Über Inner Souls Lippen huschte ein Lächeln. „Er rettete eine weiße Frau namens Shae Brennan, die zuvor über das Meer hierhergekommen war. Sie besaß diese Augenfarbe. Später nannte man sie Healing Water, und sie wurde eine heilige Frau in meinem Volk." Er stockte kurz. „Aber nicht in diesem Stamm ... früher."

„Du warst vorher bei einem anderen Stamm?"

„Ja, war ich."

Adrian dachte über Inner Souls Worte nach. Nun nahm er sich einen Stock und stocherte in dem Feuer herum, weil es trotz aller Bemühungen nur noch flackerte. Er legte die letzten Späne darauf. Eines ging ihm nicht aus dem Kopf. Diese Sache mit den zwei Geistern oder Seelen. „Two-Spirit“, murmelte er gedankenverloren.

Inner Soul horchte auf. „In meiner Sprache gibt es ein ähnliches Wort. Es gefällt mir besser als das Schimpfwort, das sie mir gegeben haben.“

„Welches Schimpfwort?“

Sein Gesicht verdüsterte sich. „*Berdache*.“

Tatsächlich war Adrian dieses Wort bereits zu Ohren gekommen, er hatte es damals nicht richtig einordnen können. „Ich werde dich nicht so nennen, versprochen. Wer hat dich so genannt?“

„Weiße.“

„Haben sie dir meine Sprache beigebracht?“

Inner Soul atmete schwerer, er schluckte. „Sie rissen mich von meinem Stamm fort, schnitten mein Haar kurz ab, und ich durfte kein *Iyethkabi* mehr sein“, sagte er mit rauer Stimme. „Ich sollte für sie ein weißer Junge werden, sollte meine Familie vergessen. Also ja, sie lehrten mich deine Sprache.“

Betroffen schaute Adrian ihn an.

„Der Stamm, in dem ich jetzt lebe, ist nun eins. Früher waren sie *Mohawks*, *Crees* und *Iyethkabi*, also Nakoda, wie ich. Heute sind wir Verbündete, die sich wie das Wild im Nebel verbergen.“

Adrians Blick huschte zu Inner Soul. „Das ist verdammt traurig.“

„Ja …“

Keeper of fire lugte zu ihnen in die Höhle und sprach zu Inner Soul, Adrian verstand von der melodischen Sprache kein Wort.

„Wir müssen jetzt gehen. Da du nicht mehr sterben willst, geht es dir besser, oder?"

Adrian wollte nicht, dass er fortging! „Ja ... nein ... ich ..." Er richtete sich auf, weil Inner Soul bereits zu den Pferden gegangen war. „Ich kenne den Weg nach Wolfberry nicht."

Überrascht wandte sich Inner Soul zu ihm um. „Du wohnst am Rand der Wälder und Berge."

„Ja, aber ... der Wald ist groß." Er machte eine allumfassende Geste.

Ratlos sahen beide Indianer ihn an, als könnten sie kaum begreifen, dass er sich in seiner Heimat nicht zurechtfinden konnte. Sie flüsterten miteinander.

„Kann ich nicht mit euch gehen? Wie Healing Water?", brach es spontan und ohne zu überlegen aus ihm hervor.

„Besser nach Hause", warf Keeper of fire ein.

„Dort bin ich nicht willkommen!", erwiderte Adrian und fühlte, dass ihm die Kehle eng wurde, allein bei dem Gedanken an seine Familie.

Früher oder später würde sein Vater ihn in eine lieblose Ehe zwingen oder ihn wahlweise an die *Canadian Pacific Railway* als Gleisbauer verschachern. Angedroht hatte er es Adrian, und alles wäre besser als diese Zukunft, vor der er sich regelrecht fürchtete.

„Inner Soul, bist du hier, weil du das Gefühl hast, du wärst mir was schuldig?"

Unschlüssig sah er Keeper of fire an, der zuckte nur mit den Schultern.

„Vielleicht", antwortete Inner Soul ausweichend.

„Also ist es so", sagte Adrian mit Nachdruck und näherte sich den beiden. „Sieh es mal so. Wenn ich bei euch bin, kann ich auch niemandem verraten, dass ich euer Dorf gesehen habe."

„Ich dachte, dass du mir dein Wort gegeben hast."

„Und ich dachte, dass dir mein Wort nichts wert ist."

Inner Soul schnaufte leise auf, Keeper of fire lachte leise in sich hinein. Adrian hingegen witterte seine Chance für einen Neustart im Leben, wie Shae Brennan, die anscheinend Inner Souls Urgroßmutter gewesen war.

„Bitte nehmt mich mit."

Inner Soul nahm eines der Pferde am Zügel und ging zwei Schritte auf ihn zu, sodass er nah vor ihm stand. „Sag mir, warum du nicht zurück nach Wolfberry willst", fragte er misstrauisch.

„Denkst du, ich bin ein Ganove, der sich dem Gefängnis entziehen will?"

„Bist du es?"

„Nein! Mein Vater will mich in ein Leben zwingen, das ich verabscheuen würde."

„Warum gehst du dann nicht fort, Adrian?"

Das erste Mal sprach Inner Soul ihn mit seinem Namen an, den er wohl von Keeper of fire erfahren hatte. Irgendetwas rührte es in ihm. Seine Frage hingegen wühlte ihn auf, denn sie war berechtigt. Warum verließ er seine Familie nicht, suchte sein Glück woanders?

„Ich wage es nicht. Mittellos wie ich wäre, käme ich nicht weit."

Inner Soul schüttelte den Kopf. „So etwas darf ich nicht entscheiden. Nur Bear's Claw kann das."

„Ist das euer Häuptling?"

Ein knappes Nicken war die Antwort.

„Dann warte ich hier."

Die beiden Indianer sahen ihn ernst an.

„Wirst du Bear's Claw genau erzählen, warum du nicht zurückkehren willst? Er wird es verstehen wollen."

„Ja, ich werde versuchen, es zu erklären."

Keeper of fire holte aus einer mitgebrachten Tasche ein Bündel hervor und warf es ihm hin. Ungelenk fing er es auf. Ohne ein weiteres Wort verließen sie ihn, Inner Soul schaute sich noch einmal zu ihm um.

Wenn dieses Volk so jemanden wie Inner Soul akzeptieren konnte, ihn sogar achtete – würden sie auch Adrian verstehen können?

Mutlos sank er gegen die Felswand und sah in den Beutel. Sie hatten ihm Nahrung hiergelassen. Auch sein Jagdmesser, das sie ihm entwendet hatten, fand sich in der ausgebeulten Stofftasche. Jetzt erspähte er auch das Feuerholz, das Keeper of fire unbemerkt am Höhleneinfang aufgeschichtet hatte. Adrian rappelte sich auf und holte es schnell in die Nähe des Lagerfeuers, um dieses am Laufen zu halten. Sonst würde er in der feuchten Kleidung noch krank werden, wie seine Mutter.

Das Feuer warf flackernde Schatten an die Höhlenwände. Er schaute zum Eingang, der von Efeuranken überwuchert war. Der Regen verebbte langsam, Wasser tropfte von den Pflanzen, erste Sonnenstrahlen bahnten sich ihren Weg durch die Lücken in den Baumkronen. Aus weiter Ferne ertönte ein letzter Donner. Adrian erhob sich, ging ein Stück aus der Höhle. Vögel begannen zu zwitschern. Das Tageslicht brachte schwüle Wärme mit. Seltsamerweise fühlte er sich im tiefen Wald wohl, ohne seine Familie, in dem Wissen, dass die Indianer zurückkehren würden. Er zog sich die feuchte Jacke und auch das Oberteil aus, hängte die Kleidung an einen Ast in die Sonne. Seine Sachen starrten vor Schmutz, weil er sich in den Schlamm gelegt hatte.

Nun kam ihm diese Handlung töricht vor. Manchmal überfielen ihn diese finsteren Gedanken, forciert von seinem Vater, der nicht nur einmal gesagt hatte, dass er wünschte, er wäre nie geboren worden.

Er wischte jeden Gedanken an zu Hause fort und schaute sich weiter um. Hier wuchsen einige essbare Pilze und Kräuter. Er hörte leises Plätschern und folgte dem Geräusch. Um wieder zur Höhle zu finden, merkte er sich bestimmte Dinge aus der Umgebung. In dem vormals ausgetrockneten Flussbett strömte nach dem Regen wieder ein Bach. Adrian schöpfte mit der Hand nach dem frischen Wasser und stillte seinen Durst. Leider hatte er kein Gefäß, um etwas zu trinken mit in die Höhle zu nehmen.

Aufmerksam lief er nun zurück durch den Wald, orientierte sich an einem Strauch mit roten Beeren, einer umgeknickten Fichte, einer Bodenvertiefung voller Schlamm, einer kleinen Lichtung mit rosa blühendem Feuerkraut und einem krumm gewachsenen Zucker-Ahorn.

So fand er zurück zu der Höhle. Auf seine Art konnte er sich sehr wohl orientieren, wenn er sich die Zeit nahm, auf gewisse Dinge zu achten.

In seiner Zuflucht rutschte ihm ein leiser Fluch heraus. Die Flammen waren ausgebrannt, obwohl er nur kurz fort gewesen war. Leise Panik wollte in ihm aufsteigen, denn er wusste, dass es in Kanadas

Herbstnächten bereits bitterkalt werden konnte. Da sah er, dass Inner Soul ihm die Feuersteine überlassen hatte. Erleichterung durchströmte ihn.

Die Sonne trocknete den Wald, ließ Dunst aufsteigen, und er dachte an den Stamm, der sich wie er im Nebel verbarg. Warum zog es ihn zu diesem eigentlich fremden Volk? Wieso glaubte er, sein Leben wäre besser bei ihm? Adrian wusste die Antwort, auch wenn sein Vater es nie wirklich klar ausgesprochen hatte, und er würde es Bear's Claw sagen.

11

Fast drei Tage ließen die Indianer ihn in der Höhle warten. Das erste Mal war Adrian auf sich allein gestellt, und es überraschte ihn, wie gut er zurechtkam. Die Nahrungsmittel hatten sich innerhalb eines Tages aufgebraucht, aber er fand Pilze und Beeren, fing sogar einen kleinen Fisch in dem Bach, in dem nun wieder mehr Leben herrschte.

Er vermisste Wolfberry nicht. In ihm flammte allein die Hoffnung, dass die Indianer zurückkehren würden, um ihn zu holen. Vor allem Inner Soul kreiste stetig in seinen Gedanken.

Am Nachmittag horchte er auf, denn das Geräusch gedämpfter Pferdehufe drang zu ihm in die Höhle. Plötzlich klopfte sein Herz schneller. Er lugte hinaus. Noch fürchtete er, es könnte ein Suchtrupp seines Vaters sein. Als er zwei Krieger mit Irokesenhaarschnitt erblickte, atmete er auf. Sie flankierten ihren Häuptling, der zu Pferde saß. Keeper of fire kam wie die anderen zu Fuß zwischen den Bäumen hervor, in seiner Begleitung war der Junge, der schon zuvor übersetzt hatte. Von Inner Soul fehlte jede Spur, und Adrian fühlte leises Bedauern. Dann mischte sich Sorge in seine Empfindungen. Ob er an Wundbrand litt?

Der Häuptling stieg ab, neigte zur Begrüßung den Kopf. Ohne ein weiteres Wort ging er in die Höhle, der Junge folgte ihm, also tat Adrian es den beiden nach.

Sie setzten sich an das noch flackernde Feuer.

„Es ehrt mich, dass der Häuptling noch einmal mit mir spricht", sagte Adrian zu dem Jungen, der sofort übersetzte.

Bear's Claw nickte bedeutsam.

„Geht es Inner Soul gut? Ich mache mir immer noch Vorwürfe."

„Es wird ihm besser gehen", antwortete der Junge, ohne seinen Großvater zu fragen.

„Wie nennt man dich?"

Unsicher schaute er zu Bear's Claw, dann wieder zurück zu Adrian. „In der Schule haben sie mich Benjamin genannt. Aber ... ich heiße Little Beaver." Er fügte noch ein Wort in seiner Muttersprache hinzu, das Adrian kaum würde aussprechen können.

„Sag deinem Großvater, dass ich dankbar bin, dass er mich anhören wird."

Little Beaver dolmetschte, woraufhin der Häuptling ihn offensichtlich mit Fragen bombardierte.

„Er möchte wissen, warum du zu uns kommen möchtest, warum du nicht zurück zu deiner Familie gehen willst. Außerdem fragt er, was die Bänder an den Zweigen für dich bedeuten."

Adrian lächelte beschämt. „Ich finde mich nicht gut zurecht. Die Bänder, die ich aus dem Stoffbeutel gerissen habe, zeigen mir die Pfade zu Stellen im Wald, an denen ich Nahrung gefunden habe. Nur so habe ich zurück zu der Höhle gefunden."

Little Beaver trug die Erklärung weiter, was Bear's Claw überrascht aufsehen ließ. Er sah Adrian ernst an. „Ich glauben dir nun", sagte er in gebrochenem Englisch, versetzt mit einem starken Akzent.

„Vorher zweifelte mein Großvater daran, dass du nicht zurückfindest. Jetzt versteht er", erklärte der Junge.

Beide sahen Adrian nun abwartend an. Er zögerte. Wo sollte er beginnen?

„Mein Vater gehört zu einer wohlhabenden Familie in Wolfberry, allerdings glaube ich, dass er nicht mein leiblicher Vater ist. Es ist möglich, dass ich von einem *Métis* gezeugt wurde."

Der Junge schaute ihn verständnislos an, Bear's Claw hingegen horchte bei dem Wort auf.

„Ich kenne das Wort nicht", gab Little Beaver zu.

„Weiße Pelzhändler verlieben sich manchmal in eure Frauen. Ihre Nachkommen nennen wir Métis. Und ich glaube, dass meine Mutter so einen Mann geliebt hat."

Der junge Indianer übersetzte, und Bear's Claw gab mit einer Geste zu verstehen, dass Adrian fortfahren solle. Er schien hoch interessiert.

„Einmal habe ich sie in einer Gasse gesehen, sie küsste heimlich das Halbblut Howard Norquay. Eines Tages versank sie in Traurigkeit, und ich hörte, dass der Mann getötet worden war."

Adrian gab Little Beaver Zeit, um zu übersetzen und fuhr fort.

„Von da an behandelte mich mein Vater anders, er war plötzlich abweisend zu mir, bestrafte mich für unbedeutende Dinge. Als meine Mutter später starb, hätte er mich am liebsten weggegeben. Wahrscheinlich verwarf er diesen Gedanken deshalb, weil die Leute Fragen gestellt hätten und Gerüchte entfacht worden wären."

Für Adrian war es das erste Mal, dass er davon sprach. Mit Sicherheit wusste er es nicht, aber auch seine

Augenfarbe verriet es. Jeder in der Maywood Familie hatte blaue oder graue Augen, Adrian hingegen besaß, wie Inner Soul schon aufgefallen war, die dunkelbraune Iris der Ureinwohner.

Adrian erzählte ein wenig von seinem Leben, in dem er sich nutzlos und unglücklich fühlte. Nur bei wenigen Wörtern musste Little Beaver nachhaken, weil sie ihm nicht geläufig waren. Bear's Claw nickte bedächtig, als seine Erzählung endete. Er setzte sich in eine bequemere Position und holte eine lange Pfeife aus seiner Wildledertasche. Little Beaver fachte das Lagerfeuer an, verhielt sich ansonsten ruhig. Adrian spürte, dass eine Entscheidung näher rückte und rutschte nervös auf seinem Platz herum, was den Häuptling zum Schmunzeln brachte. Seelenruhig stopfte er die Pfeife, zündete sie an und vollführte damit ein kleines Ritual. Er nahm einen kräftigen Zug und blies den Rauch langsam aus. Ohne ein weiteres Wort reichte er sie Adrian. Unsicher nahm er die kunstvolle Tabakpfeife entgegen, sah Bear's Claw fragend an. Musste er auch diese Bewegung vollführen? Der Häuptling zeigte ihm mit einer Geste an, dass er rauchen solle. Also drehte er die Pfeife um, sodass das Mundstück zu ihm zeigte. Adlerfedern waren am schmalen Holm befestigt, das Mundstück bestand aus einem polierten, rötlichen Stein. Der Tabak roch angenehm, also nahm er einen tiefen Zug. Adrian musste ein Husten unterdrücken.

Sie rauchten die Pfeife gemeinsam. Danach säuberte der Häuptling sie und steckte sie zurück in seine Tasche. Er erhob sich mit einem leisen Ächzen und gab Little Beaver ein Zeichen, bevor er die Höhle verließ.

Der Junge trat das Lagerfeuer aus, bevor Adrian protestieren konnte.

„Was bedeutet das, Little Beaver?"

Der Junge sah zu ihm auf, seine dunklen Augen schimmerten in dem Zwielicht seiner Zuflucht. „Deine Zeit in der Höhle ist zu Ende. Mein Großvater erlaubt, dass du mitkommst. Weil in deinen Adern unser Blut fließt, und wir so wenige sind."

Adrian atmete erleichtert aus. Ein bisschen Angst kroch in ihm hoch, denn was wusste er schon von diesen Menschen? Dennoch wollte er diese besondere Chance unbedingt wahrnehmen. Er suchte seine wenigen Sachen zusammen und ging nach draußen. Sein Auftauchen schien das Startsignal zu sein, denn die beiden Krieger gingen voraus, und der Häuptling folgte ihnen zu Pferde. Little Beaver ging still neben ihm her. Keeper of fire gesellte sich zu ihm, klopfte ihm mit breitem Grinsen auf die Schulter.

Der Weg zu dem neuen Versteck kam Adrian weiter vor, sie hatten sich von der Umgebung um Wolfberry entfernt. Erst als der Abend dämmerte, vernahm er die ersten Geräusche des Lagers. Mühsam stieg Bear's Claw von seinem Pferd, das er Little Beaver übergab, nachdem er ihm sanft den Hals geklopft hatte. Sein Gang war zuerst etwas schwankend, er schien Schmerzen zu haben, musste sich erst einlaufen, ging dann hoch erhobenen Hauptes zu einem Zelt.

„Wo ist denn Inner Soul?"

„Warte hier", sagte der Junge und brachte das Pferd zu den anderen Tieren.

Er winkte Adrian mit sich und führte ihn zu einem Tipi. Wortlos ging er davon. Könnte er einfach eintreten? Er wagte es nicht.

„Inner Soul, bist du da drin?", raunte er.

Es verging ein wenig Zeit. Er vernahm Geräusche aus dem Inneren, also wartete er geduldig. Der Eingang wurde angehoben, und Inner Soul lugte zu ihm raus, zeigte an, dass er hereinkommen könnte. Adrian nahm erschrocken zur Kenntnis, dass es ihm überhaupt nicht gut ging. Sein Gesicht wirkte unnatürlich blass, Schweiß brach ihm aus, und er setzte sich vorsichtig.

„Was ist geschehen, warum geht es dir schlechter?"

Er schien nicht die Kraft zu haben, sitzen zu bleiben, denn er legte sich mit einem leisen Stöhnen auf ein einfaches Lager. „Ist schon gut. Es wird behandelt."

„Darf ich es sehen? Vielleicht hast du Wundbrand bekommen?"

„Und was willst du dagegen tun, Adrian Darkeye?"

Nannte Inner Soul ihn jetzt so, wegen seiner Augenfarbe? Der Gedanke ließ ein Lächeln über sein Gesicht huschen. „Das weiß ich auch nicht."

Inner Soul richtete mühsam seinen Oberkörper auf und schob den Verband etwas zur Seite. Auf der Verletzung war eine Art graue Paste verstrichen worden. „Siehst du? Alles gut. Mir wird es besser gehen."

„Was ist das für ein Zeug?", fragte Adrian skeptisch.

„Es ist *heilige Erde*, ein Lehm, der alles Böse in einer Wunde abtötet."

„Und das hilft wirklich?"

Adrian half ihm, den Verband wiederherzurichten, Inner Soul nickte nur und legte sich hin, schloss die Augen.

„Ich darf bleiben“, bemerkte Adrian mit gedämpfter Stimme.

„Das dachte ich mir, da du ja hier bist“, erwiderte der Nakoda.

„Ist das für dich … in Ordnung?“

„Ja.“

„Es tut mir wirklich leid, dass ich dich verletzt habe.“

„Ich weiß“, murmelte Inner Soul schläfrig.

Er schien ihm zu vertrauen, nachdem sein Häuptling ihm erlaubt hatte, hier zu bleiben. Sein Atem ging gleichmäßig und ruhig. Ob er eingeschlafen war? Adrian setzte sich in eine bequemere Position, um über Inner Soul zu wachen. Der trug wieder das Gewand einer Squaw, stellte er interessiert fest. Adrian verlor sich ein wenig in der Betrachtung seines attraktiven Gesichtes, lauschte den Geräuschen des Stammes und fühlte sich … frei.

Tief in Gedanken versunken schreckte Adrian auf, als die Eingangsplane angehoben wurde. Verdutzt sah er sich einer alten Frau gegenüber, die ihn nicht minder überrascht ansah. Sie sagte etwas zu ihm, fast ein wenig harsch, aber er verstand kein Wort. Sie trug ihr graues, langes Haar zu zwei Zöpfen geflochten, ein Tuch war wie ein breites Band um ihre Stirn gebunden.

Inner Soul erwachte und richtete sich auf. Sie sprachen miteinander, und die Alte hockte sich zu ihnen, holte verschiedene Utensilien aus einer Wildledertasche.

„Das ist Healing Owl, sie ist Heilerin“, erklärte Inner Soul.

„Soll ich rausgehen?“

Er schaute Adrian prüfend an. „Nur wenn du willst.“

Also blieb er und beobachtete, wie Healing Owl den Verband löste und den grauen Lehm abwischte. Wie eine Frau hielt Inner Soul sein Gewand an der Brust fest, damit es nicht herunterrutschte. Immer wieder beäugte er Adrian. Ob er sich beobachtet fühlte?

Healing Owl rührte erneut die graue Paste an und bestrich damit die Wunde.

Inner Soul wird lebenslang eine Narbe tragen, meinetwegen, dachte Adrian betrübt. Er presste die Lippen aufeinander und senkte den Blick.

Als Healing Owl das Tipi verließ, stupste Inner Soul ihn sachte an. „Du bist wieder traurig.“

„Weil du meinetwegen Schmerzen hast und eine Narbe behalten wirst.“

Inner Soul gab einen undefinierbaren Laut von sich, der wohl Zustimmung bedeuten sollte, ein Wort der Klage oder der Schuldzuweisung kam nicht.

„Ich habe mir Indianer ganz anders vorgestellt“, sagte Adrian, um das Thema zu wechseln.

„Wenn du hier lebst, nenn uns nicht so. Indianer ist ein Wort der Weißen.“

„Du hast recht, entschuldige, ich kenne es nur nicht anders.“

Inner Soul lehnte sich an die gespannte Lederhautwand, die ein wenig nachgab. „Entschuldige dich nicht. Lerne.“

„Das werde ich. Erzähl mir von dieser Heilpaste.“

„Healing Owl hat sehr lange mit einem Cree zusammengelebt. Sie kommt eigentlich vom Meer, das hinter den Bergen ist. Dort lebt ein Stamm, die Weißen nennen ihn *Bella Bella*. Sie wissen um eine Bucht. Dort entsteht der Lehm, der heilt. Sie hat etwas davon mitgebracht. Jahrelang wanderte sie über die Berge, um mit dem Stamm zu tauschen, um immer die heilige Erde zu haben. Healing Owl hat den Lehm zu uns mitgebracht. Ihr Mann ist tot, deshalb ist sie von uns aufgenommen worden."

„Zum Glück."

„Ja, sie ist eine große Heilerin. Ich lerne von ihr."

Adrian lehnte sich interessiert vor. „Um auch ein Heiler zu werden?"

„Es passt zu meinem Geist, und ich möchte es auch. Healing Owl ist eine gute Lehrerin. Wenn die Zeit gekommen ist, werde auch ich über die Berge wandern, um mit den Robbenjägern zu tauschen, damit die heilige Erde nicht ausgeht."

„Den Robbenjägern?"

„Der Stamm baut sehr gute Kanus, und sie fahren damit auf dem Meer, um Robben zu jagen, so wie wir früher Bisons gejagt haben."

Währenddessen legte sich die Dämmerung über das Land, Adrian konnte es an dem schwindenden Licht erkennen. Ihm fiel auf, dass Inner Soul fröstelnd nach einer Decke griff. Da sich am Boden, unter der Zeltspitze, eine Feuergrube befand, die mit Steinen eingefasst war, holte er die Feuersteine aus seiner Jackentasche. Er trug sie immer bei sich, weil er begriffen hatte, wie wichtig Wärme sein konnte, wenn man kein Dach über dem Kopf hatte.

„Muss ich etwas beachten, wenn ich es hier entzünde?"

Inner Soul zeigte nach oben. „Der Rauch zieht oben ab."

„Ja, das ist mir schon aufgefallen, bei den anderen Tipis. Was macht ihr bei Regen?"

„Die Stöcke leiten das Wasser an den Rand. Man kann es auch oben schließen, dann darf kein Feuer entzündet werden." Er wies zu einem Stapel Brennholz nahe dem Eingang. „Es muss immer trocken sein."

„Verstanden. Das kenne ich von zu Hause."

Er kämpfte eine Weile, um mit den Feuersteinen einen Funken zu entfachen. Es klappte erst beim fünften Mal, und Adrian freute sich richtig, als das trockene Gras, was neben dem Holz gelegen hatte, anfing zu züngeln. Inner Soul sah ihm schmunzelnd dabei zu.

„Ich muss das noch ein bisschen üben", bemerkte Adrian und lächelte entschuldigend.

Die nachfolgende Stille zwischen ihnen, das Knistern der Flammen und das Grillenzirpen ließen Adrian innerlich zur Ruhe kommen.

Inner Soul teilte später mit ihm sein Abendessen, und sie unterhielten sich leise. Mittlerweile war es komplett dunkel, nur noch das Feuer erhellte das Tipi. Healing Owl brachte ein Getränk, das sie Inner Soul reichte. Er verzog das Gesicht und trank es widerwillig. Die alte Heilerin nahm das leere Gefäß wieder an sich, warf Adrian einen eindringlichen Blick zu und verschwand wieder.

„Hat es so eklig geschmeckt?"

Inner Soul schüttelte sich leicht. „Ja, aber es bewirkt, dass das Fieber nicht zu hoch wird."

Fast hätte Adrian vergessen, dass es seinem neuen Freund eigentlich gar nicht gut ging. Inner Soul ertrug die Schmerzen in der Schulter ohne einen Jammerlaut, seinen kritischen Zustand merkte man ihm mittlerweile kaum noch an. Oder ging es ihm besser? Er wagte nicht, ihn danach zu fragen.

„Ich sollte dich jetzt besser schlafen lassen. Hoffentlich geht es dir morgen besser."

Da Inner Soul nur unmerklich nickte, verließ Adrian das Tipi. Er hatte keinen blassen Schimmer, wo er die Nacht verbringen sollte. Das erschien ihm gar nicht wichtig. Er erspähte Keeper of fire am großen Lagerfeuer und gesellte sich zu ihm. Sie redeten nicht, sondern saßen beisammen. Adrian beobachtete die Menschen dieser verbündeten Stämme. Er fragte sich, was seine Leute dazu bewog, sie umerziehen zu wollen. Sie würden die Indianer ... Adrian stockte, erinnerte sich an Inner Souls Worte und verbesserte sich in Gedanken. Er wollte das Wort von nun an meiden.

Niemals würden die Weißen dieses Volk als gleichwertig ansehen. Sie stahlen ihm das Land, er wusste sogar von Siedlern, die einigen Stämmen infizierte Decken gebracht hatten. Angeblich um ihnen zu helfen, in Wahrheit, um sie mit den Pocken oder Masern anzustecken. Schon oft hatte er darüber nachgegrübelt, in dem geheimen Wissen, dass sein Vater wahrscheinlich ein Halbblut gewesen war. Er bedauerte, dass seine Mutter ihm Howard Norquay nie vorgestellt hatte. Er kannte den Mann nur vom Sehen, und nun war er tot, und sein vermeintlicher Vater trug die Schuld daran.

„Du denken nach?", fragte Keeper of fire in das Knistern der Flammen.

„Ja, über meinen wahren Vater." Zumindest hoffte er mittlerweile, dass er mit Henry Maywood nicht blutsverwandt war. „Ich hätte schon längst fortgehen sollen. Bisher war ich zu feige."

„Du nicht feige, als sagen, du wollen bleiben hier. Du uns nicht kennen. Wir könnten nehmen deinen Skalp. Aber du bleiben." Keeper of fire zuckte mit den Schultern. „Nicht feige."

„Nun, ich sehe niemanden, der skalpiert wird", sagte Adrian lächelnd.

„Früher wir nahmen Skalps von Feinden."

„Ja, ich weiß. Auch Weiße machen das. Manche bezahlen sogar für Skalps."

„Ich davon hören. Kein Ruhm, nur Gier."

„Hast du schon mal getötet, Keeper of fire?"

„Ja, oft, im Kampf. Du?"

Adrian schüttelte den Kopf. „Nur Wild bei der Jagd."

„Du kein Krieger."

„Nein. Ist das ein Problem?"

„Nicht jeder Krieger, Inner Soul auch nicht."

Es erstaunte Adrian, wie gut er jedes Wort verstand, nur das Aussprechen fiel ihm noch schwer. Trotzdem war er ein angenehmer Gesprächspartner. Er blieb bei Keeper of fire am Lagerfeuer, und als er müde wurde, legte er sich einfach am Boden nieder, schloss die Augen. In der Höhle hatte er auch kein Kopfkissen besessen.

Geräusche, die Adrian an Pferdegeschirr erinnerten, weckten ihn auf. Gekicher erklang in seiner Nähe, jemand stupste ihn an. Verwirrt richtete er sich auf und sah, wie eine Horde von Kindern lachend davonstob. Wahrscheinlich war er für sie höchst interessant, er schmunzelte darüber. Mit einem Gähnen streckte er sich. Die Glut wärmte ihn noch, Keeper of fire war jedoch fort. Adrian setzte sich auf, betrachtete seine Umgebung.

Der Stamm hatte sich am Fuß eines Berges auf einer Lichtung niedergelassen. Sie war umrandet von hohen Fichten und Kiefern, die wohl einen perfekten Sichtschutz boten. Nebel wanderte über die Wiese, an einigen Stellen wucherte hoch gewachsenes Präriegras. Ein paar Pferde befanden sich nahe am Dorf. Drei große Hunde, fast wolfsähnlich, streiften zwischen den Tipis umher und bewachten das Lager.

Adrian erhob sich mit steifen Gliedern, ging umher, sah sich um. Sein neues Zuhause war viel kleiner, als er angenommen hatte. Nicht viele Familien schienen sich hierher geflüchtet zu haben, und es tat ihm in der Seele weh, wenn er daran dachte, was diese Menschen früher für ein stolzes und großes Volk gewesen waren. Ein weitläufiger See kam in Sicht. Einige Frauen füllten dort ihre Wasserkrüge. Seine Aufmerksamkeit wurde auf ein Kanu gelenkt, das von zwei Frauen gerudert wurde, sie blieben immer in der Nähe des Ufers. Ein Mann stand mit einem langen Speer in Habachtstellung. Fasziniert verfolgte Adrian, wie die Frauen das schmale Boot im Gleichgewicht hielten, während der Mann den Speer niedersausen ließ und einen zappelnden Fisch mit dem Zweizack aus dem Wasser holte.

„Es ist ein guter Ort hier, besser als der andere."

Bei Inner Souls Stimme wandte sich Adrian erfreut um. Der Nakoda wirkte noch etwas blass um die Nase, es schien ihm aber erheblich besser zu gehen.

„Ja, das finde ich auch."

„Wo hast du heute geschlafen?"

„Am großen Feuer."

Seine hellgrünen Augen blickten hoch zum Himmel. „Du brauchst ein Tipi, es wird regnen.“

Adrian hatte nicht die geringste Ahnung, wie man solch ein Zelt baute, das sagte er Inner Soul auch. Der lachte leise.

„Das dachte ich mir. Deshalb habe ich Bear's Claw gefragt, ob du das Tipi von Buffalo Hunter haben darfst.“

„Warum braucht er es nicht mehr?“, fragte Adrian, obwohl er die Antwort bereits erahnte.

„Er hat uns verlassen.“

Verdutzt begegnete Adrian seinem Blick, er hatte angenommen, dass Buffalo Hunter gestorben war. Inner Soul ging nicht weiter darauf ein, sondern winkte Adrian mit sich. Der wollte um Hilfe beim Aufbau bitten, doch Inner Soul brauchte ihn zu einem bereits fertig aufgestellten Zelt. Ihm fehlten für einen Moment die Worte.

„Ihr … ihr habt es schon für mich aufgebaut?“

Inner Soul nickte mit einem Lächeln und zeigte einladend zum Eingang.

Adrian näherte sich ihm. „Warum tut ihr das für mich? Wieso seid ihr so freundlich zu mir?“

„Du hast gesagt, dass du dir Indianer ganz anders vorgestellt hast.“

„Ja.“

„Und ich habe noch nie so einen Weißen wie dich getroffen. Du hast ein anderes Herz.“

Seine Wortwahl ließ Adrians Gesichtszüge weich werden. Ein Gedanke vereinnahmte plötzlich jede weitere Überlegung. „Vielleicht … habe ich ja auch eine zweite, verborgene Seele … die eines Nakoda.“

Inner Soul sah ihn verwundert an, dann streckte er die linke Hand aus, legte sie ihm auf seine Brust. „Vielleicht ist das so, Adrian Darkeye. Ich bin überrascht, dass du es ebenfalls siehst." Er ließ seine Hand wieder sinken. „Deshalb sind wir freundlich zu dir."

Adrian sah ihm nach, wie er mit wehendem Frauengewand davonging, die Schulter eng an den Körper gebunden. Er atmete tief durch, dann hob er neugierig die Plane an und spähte in das Tipi, das er nun bewohnen sollte. Es war ähnlich wie Inner Souls aufgebaut. Er schlüpfte hinein, fand sogar eine Schlafstätte aus Bisonfell.

Bei den Maywoods besaß er ein großes Zimmer mit kunstvollen Holzmöbeln und Himmelbett. Trotzdem hatte er sich noch nie einem Ort so verbunden gefühlt wie diesem einfachen Zelt aus Leder. Mit einem Lächeln setzte er sich an die Feuergrube und übte mit den Feuersteinen.

12

Adrian lebte nun seit fast einer Woche bei den Nakoda, so wie sie sich selbst nannten. Manche beäugten ihn immer noch skeptisch, andere begegneten ihm freundlich, wie Keeper of fire. Aber keiner von ihnen war wie Inner Soul. Ihn umgab stets das Geheimnisvolle, und Adrian wusste nie so recht, wie der junge Two-Spirit zu ihm stand. Er schien ihm die Verwundung nicht nachzutragen, trotzdem hielt er ihn oft auf Abstand. Adrian hingegen fühlte sich von dem außergewöhnlichen Mann angezogen, als sei er ein Nachtfalter und Inner Soul das Licht.

Adrian streifte durch das kleine Dorf und beobachtete die Menschen, die ihrer Arbeit nachgingen und leise miteinander redeten. Inner Soul hatte ihm erzählt, dass früher bei seinen Leuten jeder seine Aufgaben gehabt hatte. Nun vermischte sich alles, weil sie von unterschiedlichen Stämmen kamen und nur Wenige waren.

Ihm gefiel das bunte Durcheinander. Essen wurde über offenem Feuer gekocht, Waffen repariert, Kleidung geflickt und Tipis ausgebessert. Einige saßen beisammen und brüteten über einem Spiel, bei dem sie erraten mussten, in welchem der aufgereihten Mokassins eine Kugel verborgen war. Eine Reifentrommel wurde dabei geschlagen, wohl um die Spannung zu steigern. Manche sahen aus, als wären sie in Trance, andere lachten.

Adrian entdeckte Inner Soul, der am Ufer des Sees saß. Das Wasser leuchtete in der Morgensonne saphirblau, leichte Wellen schwappten auf den teils sandigen Untergrund. Ein Seeadler flog über dem Gewässer, auf dem noch letzte Nebelschlieren wanderten. Die Dämmerung wich gerade, und er erspähte einen Biber, der etwas entfernt einen großen Ast aus dem Wasser zog. Adrian wusste, dass die Tiere ihren Bau in der Nähe der Flussmündung hatten. Am Tag sah man sie nicht, in der Dämmerung zeigten sie sich manchmal, und in der Nacht hörte er ihr Nagen am Holz.

Er setzte sich zu Inner Soul, achtete auf genug Abstand, denn er wusste, manchmal mochte er zu viel Nähe nicht. Der Nakoda blickte kurz auf, ein leichtes Lächeln huschte über seine Lippen. Adrian beobachtete ihn heimlich von der Seite. Er stickte komplizierte Muster in das Leder eines neuen Oberteils. Immer wieder fügte er winzige Perlen hinzu.

„Früher haben wir oft die Stacheln vom Baumstachler genommen", bemerkte er.

„Wofür?"

„Zum Verzieren."

„Ah … und jetzt … kleine Perlen?"

Inner Soul nickte, ohne den Blick von seinem Kleidungsstück zu nehmen, das er verzierte. „Wir haben sie früher mit den Weißen getauscht."

Adrian wusste, dass sie mittlerweile jedem Fremden, der nicht ihrem Volk angehörte, aus dem Weg gingen. Er verstand, dass er eine Ausnahme bildete. Bear's Claw hatte ihm mit Hilfe von Little Beaver vor einigen Tagen offenbart, dass er in ihm jemand sehen würde, der zu ihnen gehört. Ob wegen seines wahrscheinlich gemischten Blutes oder wegen seines Wesens sagte der Häuptling nicht.

„Geht es deiner Wunde immer noch gut?"

„Ja", antwortete Inner Soul wortkarg. Er redete nicht gerne über die Verletzung.

Sie saßen still beieinander. Inner Soul begann leise zu lachen.

„Was denn?"

Der Nakoda schüttelte belustigt den Kopf. „Ich dachte an gestern." Er hob den Blick und sah ihn mit blitzenden Augen an.

Adrian schnaufte leise auf. Gestern hatte er versucht, wie die anderen Männer, Fische mit einem Speer zu fangen. Schlussendlich war er der Länge nach in den See gefallen. Sehr zur Belustigung der Mitglieder des Stammes, die seinem Fischfangversuch neugierig und amüsiert zugesehen hatten.

Inner Soul gluckste leise vor sich hin, während er seine Arbeit beendete. Er legte sein feines Werkzeug beiseite und betrachtete sein Werk.

Das Motiv in rot, gelb und blau verschönerte den Kragen und Teile der Schultern. Das Leder wirkte etwas dunkler als sein Gewand aus hellem Wildleder.

„Das sieht wirklich wunderschön aus."

„Findest du?" fragte Inner Soul und ließ das Oberteil sinken.

Adrian nickte bekräftigend.

„Gut, es ist nämlich für dich."

Er bot es Adrian an. Der schaute ihn verblüfft an.

„Für ... mich?"

Inner Soul grinste. „Du solltest nicht mehr aussehen, wie ein Sohn der Maywoods."

„Aber ... was kann ich dir dafür geben?"

Adrian wusste, dass die Nakoda fast alles miteinander tauschten. Doch Inner Soul winkte ab.

„Ich danke dir", raunte er leise.

Fast ehrfürchtig nahm Adrian das Oberteil an, ließ das weiche Leder durch seine Hände gleiten. Kurzerhand zog er sich seine mittlerweile ziemlich verdreckte Jacke und sein schmutziges Hemd aus. Er spürte Inner Souls Blick auf sich.

Als Adrian sich das Kleidungsstück überstreifte, veränderte sich etwas in ihm. Er fühlte sich ... zugehörig.

Eine passende Hose nähte er sich allerdings selbst, Adrian bestand darauf, dass Inner Soul ihm beibrachte, wie man so etwas anfertigte. Der lachte und sagte, dass sei Frauenarbeit. Adrian hingegen entgegnete, dass er schließlich auch keine Frau sei, was er wiederum konterte mit den Worten, er sei ein Two-Spirit. Bewusst benutzte er das Wort, das Adrian so passend erschien.

„Und deshalb erledigst du eher Frauenarbeit?"

„Weil ich diese Arbeiten lieber mache, bin ich der der ich bin."

Manchmal begriff er nicht recht, was Inner Soul ihm begreiflich zu machen versuchte.

Entschlossen setzte Adrian sich in sein Tipi. „Ich bin weder ein Two-Spirit noch eine Frau, trotzdem werde ich diese verflixte Hose fertigstellen."

Plötzlich fragte er sich, was die Nakoda dazu sagen würden, wenn sie erfuhren, dass er in Liebesdingen mit Frauen nicht viel anfangen konnte. Während er sich mit Nadel und Garn abmühte, dachte er darüber nach. Inner Souls Gegenwart war für Adrian stark spürbar, obwohl er ihn nicht ansah, weil er sich auf das Leder konzentrierte. Insgeheim wünschte er sich, er würde ihm nicht nur gegenüber, sondern direkt neben ihm sitzen. Adrian mochte seine unmittelbare Nähe, genoss es, wenn er seine Körperwärme vage fühlen konnte.

Was hatte eigentlich jemand wie er für einen Partner?

Am liebsten würde er Inner Soul fragen, biss sich aber förmlich auf die Zunge, um es nicht zu tun. Er wagte, ihm einen Blick zuzuwerfen. Gestern hatte er wie die Frauen sein langes Haar zu zwei Zöpfen geflochten, heute lag es ihm in einer glänzenden, schwarzen Flut über den Schultern, eine einzelne Feder war in den Strähnen befestigt.

„Ist das die Feder eines Seeadlers?“, fragte er mehr beiläufig während des mühseligen Nähens, um ein Gespräch in Gang zu bringen.

„Ja, ich trage sie mit Stolz“, antwortete Inner Soul, was Adrian verwundert aufblicken ließ.

„Sie hat eine Bedeutung?“

„Jede Feder hat eine Bedeutung.“

Adrian legte seine Näharbeit in den Schoß. „Erzählst du mir davon?“

Inner Soul starrte auf die unfertige Hose. „Nur wenn ich das fertig machen darf.“

„Was? Warum?“

Der Nakoda klaubte ihm das Leder aus der Hand und hielt es hoch, zeigte ihm die Naht, die er genäht hatte, sie war krumm und schief.

„Vielleicht sollte ich lieber etwas lernen, was … nun ja … Männer hier so machen.“

Inner Soul trennte lächelnd die Naht wieder auf. „Ja, das wäre besser.“

Mit geschickten Handgriffen fuhr er fort, die Lederhose zu bearbeiten.

„Als ich zwölf Jahre alt war, täuschte man meinen Stamm. Sie sagten, man wolle den Kindern helfen und ihnen Gutes tun. Sie sollten lesen und schreiben lernen und auch andere Sprachen. Wir Kinder sollten neue, starke Indianer werden, die in der neuen Welt der Weißen bestehen können." Inner Soul vermied es aufzusehen, seine Augen waren auf das Leder gerichtet. Nun stockte er in seiner Arbeit. „Was sie nicht gesagt haben, war, dass wir unsere Eltern nie wiedersehen sollten, und dass wir nur ... eine ... eine ..." Nun schaute er doch auf. Sein Atem ging schwerer, er blinzelte mehrmals. „Ich weiß das Wort nicht."

Adrian sah, wie es ihn aufwühlte, und es tat ihm leid, dass er mit dem Thema begonnen hatte. „Dass ihr ein Zerrbild der Weißen werden solltet?"

„Ja." Inner Soul senkte den Kopf, nahm die Näharbeit wieder auf, als ob sie ihm helfen würde, darüber zu sprechen. „Sie behandelten uns schrecklich. Man schlug uns, verbot uns in unserer Sprache zu sprechen, und sie nahmen uns das lange Haar, sogar den Mädchen. Es war ein Gefängnis, in dem niemand Freundlichkeit für uns übrig hatte. Einige wurden krank, auch meine Schwester. Es kümmerte sie nicht."

Wieder hielt er in seiner Arbeit inne. Adrian verhielt sich still, war geschockt von dem was ihm erzählt wurde.

„Sie hassten uns, und meine Schwester starb, sie war erst sieben." Er schöpfte Luft. „Ich war einer der Ältesten, wir waren zwei Jahre dort, und ich beschloss, dass es genug war."

„Du bist geflohen?"

„Ja, und ich habe die Kinder nach Hause geführt."

„Du sagtest, es war wie ein Gefängnis ..."

Inner Souls Hände begannen zu zittern, und er ließ die Näharbeit sinken. „Little Beaver ... einer der Lehrer schlug ihn fast tot. Um ihn zu retten, tötete ich Mr. Hamilton", erzählte er mit heiserer Stimme. „Little Beaver konnte nicht mehr aufstehen, also trug ich ihn in unseren Schlafsaal. Dort beschloss ich, dass wir nun fliehen würden. Mit Kerzen zündeten wir die Schule an, damit sie abgelenkt waren. Während die Weißen das Feuer löschten, entkamen elf von uns. Ich brachte sie zu unserem alten Lagerplatz, den ganzen langen Weg, aber ..." Er schluckte schwer. „Sie waren fort, die Tipis zerstört. Ein alter Trapper entdeckte uns und erzählte, dass sich der Stamm aufgelöst hat, weil fast alle tot waren."

„Sie haben ... alle getötet?"

Inner Soul zuckte in einer hilflosen Geste die Schultern. „Der Trapper sagte, Siedler hätten ihnen Decken geschenkt, in denen sich eine Krankheit verborgen hat. Die Meisten starben." Fahrig strich er sich das Haar zurück. „Ich floh mit den Kindern in die Wälder, weil ich nicht wusste, wo wir hin sollten. Dort fand uns Bear's Claw. Er nahm uns auf, wie schon andere vor uns. Seitdem verstecken wir uns." Zaghaft berührte er die Adlerfeder in seinem Haar. „Bear's Claw schenkte mir die Feder, weil ich den Mut hatte, die Kinder fortzubringen."

„Wie lange ist das her?"

„Vier Jahre."

Spontan beugte sich Adrian vor, griff nach Inner Souls Hand. „Es tut mir leid, was sie euch angetan haben, was sie euch immer noch antun", flüsterte er rau.

Fast fürchtete er, Inner Soul könnte sich ihm entrüstet entziehen, doch er erwiderte die tröstlich gemeinte Berührung. „Ich weiß", wisperte er.

„Warum hat Little Beaver sein Haar nicht wieder wachsen lassen, so wie du?"

„Er will sich immer daran erinnern, was man ihm hatte nehmen wollen."

„Das Recht, ein Nakoda zu sein?"

„Ja …"

Langsam zog sich Adrian zurück. Sie wechselten das Thema, sprachen über die Natur und über die Tiere, die hier in den Rocky Mountains lebten. Er dachte plötzlich an den Grizzly, vor dem Inner Soul ihn beschützt hatte, und erinnerte sich an Little Beavers Worte, dass der Bär etwas Besonderes wäre.

„Dieser Grizzly, dem wir begegnet sind. Hat er eigentlich was mit Bear's Claw zu tun?"

„Ja, Bear's Claw lebt schon viele Jahre hier am Fuß der Berge", erzählte Inner Soul. „Er trug damals noch einen anderen Namen und fand den Bären als junges Tier. Trapper hatten seine Mutter erschossen, und nun streunte er hilflos umher. Bear's Claw zog ihn auf und zeigte ihm, wie man überlebte und jagte."

„Wirklich? Einem Bären?"

Inner Soul lächelte. „Der Bär wurde erwachsen und wollte zuerst nicht gehen, er lief Bear's Claw hinterher wie ein treuer Hund, was alle sehr belustigte. Aber es wurde zu gefährlich. Es war schwierig, dem Grizzly zu sagen, dass er ein Bär und kein Nakoda ist. Sie haben gesagt, Bear's Claw gehört zu dem Bären, wie seine Kralle."

„So kam er zu diesem Namen?"

„Genau. Schließlich ging der Bär, weil er eine Bärin witterte."

„Eine Bärin ... aha. Es ist doch immer das Gleiche", konterte Adrian schmunzelnd.

Inner Soul lachte und reichte Adrian die fertige Hose. „Ich nicht."

„Du nicht? Was meinst du?"

„Ich suche keine Bärin", witzelte er.

„Du weißt, wie ich es meine."

„Natürlich weiß ich das."

Mit einem schelmischen Grinsen schlüpfte er aus dem Tipi, und Adrian blieb verwirrt zurück. Hatte Inner Soul gerade angedeutet, dass er ... Männer mochte?

Adrian grübelte tagelang über diese Frage nach. Er wagte nicht, Inner Soul darauf anzusprechen. Dennoch war das letzte Eis seit diesem Gespräch gebrochen, die Distanz zwischen ihnen löste sich auf. Immer mehr integrierte er sich in das Leben der Nakoda. Keeper of fire versuchte, ihm den Umgang mit Messer und Speer beizubringen. Adrian wiederum übte mit dem jungen Krieger eine bessere englische Aussprache, denn er war sehr lernwillig. Inner Soul brachte ihm schließlich bei, wie man über offenem Feuer kochte, und ihm war es egal, ob er Frauen- oder Männerarbeit verrichtete. Den Stamm schien es nicht zu stören, dass er, ähnlich wie Inner Soul, die Aufgaben mischte und sich nicht streng an gewisse Regeln hielt. Er war Adrian Darkeye, der weiße Nakoda, der noch viel lernen musste. Das sagte eines Tages Bear's Claw zu ihm und bot ihm am Lagerfeuer erneut die besondere Tabakpfeife an. Adrian ergriff sie mit einer gewissen Ehrfurcht und schenkte dem alten Mann ein Lächeln.

An diesem Vormittag stromerten Adrian und Inner Soul durch den Wald. Sie suchten Kräuter, Beeren, Pilze und Wurzeln. Viele Pflanzen kannte er schon von dem Buch seiner Mutter, der Nakoda schien jedoch ein unerschöpfliches Wissen zu haben, wenn es um die Natur ging. Während sie suchend umherliefen, versuchte sich Adrian an verschiedenen Worten in der Sprache des Stammes, sehr zur Belustigung von Inner Soul, da er Vieles falsch aussprach und den Worten so eine völlig andere Bedeutung gab. So plauderten sie, entfernten sich immer mehr vom Dorf, und zumindest Adrian achtete kaum noch auf die Umgebung. Bis Inner Soul stocksteif stehenblieb und eine Hand hob. Er verstummte sofort, denn diese Geste war unmissverständlich. Ohne eine weitere Erklärung packte Inner Soul ihn am Ärmel und zerrte ihn zurück in dichtes Unterholz. Dort legte er sich flach auf den Waldboden, Adrian zögerte nicht, tat es ihm nach.

Da hörte er es auch. Das Geräusch mehrerer Pferdehufe. Adrian sah, dass in den Augen des anderen leise Angst flackerte.

„Sie werden uns nicht entdecken", flüsterte er ihm zu.

Durch kleine Lücken im Dickicht konnte Adrian die vier Reiter erkennen, zwei davon erkannte er und duckte sich tiefer, was Inner Soul alarmierte.

Kennst du sie?, formte er mit den Lippen.

Wortlos stellte er Daumen und Zeigefinger auf, um ihm zu sagen, dass er zwei der Männer kannte. Die sprachen nicht miteinander, aber sie schienen nach etwas Ausschau zu halten. Suchten sie Adrian? Oder die Zuflucht der Nakoda? Sein Herz hämmerte in der Brust. Sie blieben noch liegen, als die Reiter längst fort waren, fühlten sich wie gelähmt.

Irgendwann drehte sich Inner Soul langsam auf den Rücken, an seiner Kleidung haftete Schlamm, doch er beachtete es nicht. Wortlos starrte er durch die Wipfel der Nadelbäume in den blauen Himmel.

„Wir laufen schon den ganzen Nachmittag und sind weit vom Dorf entfernt", versuchte Adrian ihn zu beruhigen.

Inner Soul rührte sich nicht.

Adrian beugte sich über ihn. „Ich werde nicht zulassen, dass sie euch entdecken."

Nun besaß er seine Aufmerksamkeit. „Und wie willst du verhindern, dass sie uns aufspüren?"

„Ich ... das weiß ich noch nicht", gab er leise zu. Trotzdem brannte in ihm eine Flamme, die er noch nie gespürt hatte. Er wollte diese Menschen beschützen, wollte den Ort am See für sie und sich bewahren.

Sonnenlicht sprenkelte den Waldboden, malte sich bewegende Schatten auf Inner Souls gebräuntes Gesicht, das Adrian in diesem Moment unglaublich anziehend fand. Sein schwarzes Haar lag um ihn wie ein Fächer, er konnte sich gar nicht vorstellen, wie er mit dem kurzen Haar ausgesehen hatte.

„Du fühlst es", sagte Inner Soul unerwartet.

Adrian starrte ihn verwirrt an. Und ob er etwas fühlte! Eine Vielzahl von Empfindungen, die sich schlussendlich alle auf Inner Soul fokussierten. Selbst der innere Aufruhr wegen der Weißen trat in den Hintergrund.

„Was fühle ich?", fragte er mit heiserer Stimme.

Der Nakoda sah zu ihm auf, in seinen hellgrünen Augen spiegelten sich die Kiefern unter denen sie lagen. „Das Gefühl, zu Hause zu sein."

Adrian blinzelte, diese Antwort hatte er nicht erwartet. „Ja ...", antwortete er. „Aber nicht nur das."

„Und was noch?", wisperte Inner Soul, er rührte sich nicht.

Für einen Moment meinte Adrian Sehnsucht bei ihm zu erkennen.

Seit Tagen fühlte er diese sanfte Veränderung zwischen ihnen, hier ein scheues Lächeln, dort ein Blick, der zu lange auf dem anderen ruhte. Gestern war es immer wieder zu eigentlich unbedeutenden Berührungen gekommen, die Adrian sehr bewusst wahrgenommen hatte. Er könnte jetzt feige sein und noch Tage um ihn herumscharwenzeln. Oder ...?

Der Wind rauschte über ihnen in den Bäumen, vereinzelte Vögel zwitscherten, der Seeadler stieß hoch über ihnen seinen Ruf aus.

Adrian näherte sich, sehr langsam, um Inner Soul noch die Gelegenheit zu geben zu flüchten. Der junge Nakoda hob die Hände, umfasste sein Gesicht und zog ihn auf seine Lippen.

Für Adrian blieb die Zeit stehen. Er spürte weiche Haut, leicht feucht, schmeckte den Geschmack der Brombeeren, die sie gegessen hatten. Die Geräusche um ihn verstummten, Inner Soul nahm alles für sich ein, mit dieser einen zarten Berührung.

Sie lösten sich nur kurz, schauten den anderen mit einem sehnsüchtigen Ausdruck an, und Adrian vertiefte ihren Kuss.

Inmitten von Schlamm und Gefahr fand Adrian das, wonach er sich sein halbes Leben verzehrt hatte. Diese Küsse weckten etwas in ihm.

Nie wieder würde er zurück in die Welt der Weißen gehen. Hier, in seinen Armen, war das Einzige, das er wollte.

Inner Soul streichelte über seine Wange, strich ihm das Haar hinter das Ohr. Adrian löste sich widerstrebend, weil sie erneut die Männer hörten. Wieder pressten sie sich auf den Waldboden, und Adrian konnte verstehen, worüber sie sprachen.

„Obwohl wir den alten Standort gefunden haben, gibt es keine Spur, die uns verrät, wohin diese verfluchten Indianer gegangen sind."

„Ich frage mich sowieso, warum Maywood das herausfinden will. Wegen seinem Bastard? Den würde er doch am liebsten tot sehen."

„Die Stadt zahlt gut, wenn es darum geht, die letzten Stämme zu finden. Wolfberry soll indianerfrei werden. Sie sollen endlich westlich von Calgary in das Reservat ziehen und uns nicht das letzte Wild abspenstig machen."

„Ja, aber der alte Bear's Claw ist schlau, schon seit Jahren suchen wir nach ihm."

Die restlichen Worte verschluckte der aufkommende Wind.

„Wir müssen Wachen aufstellen", sagte Inner Soul mit rauer Stimme, als sie außer Sichtweite waren.

Die Leichtigkeit, die Adrian verspürt hatte, war wie fortgewischt. Sie schlichen zurück zum Dorf, versuchten jedes Geräusch zu vermeiden. Mit Kräutern- und Beerensammeln hielten sie sich nicht mehr auf. Jetzt galt es, die anderen zu warnen. Inner Soul sprach auf dem Rückweg kein Wort.

Im Dorf verlangte Inner Soul Bear's Claw zu sehen, Adrian blieb vor dem Tipi des Häuptlings stehen und lauschte den aufgeregten Stimmen, die nun ertönten. Die Frau von Bear's Claw, die sich Gentle Woman nannte, öffnete die Eingangsplane und winkte Adrian ins Zelt. Sie wirkte etwas jünger als Bear's Claw, ihr langes, ergrautes Haar war zu einem Zopf geflochten, ihre Lederkleidung schlicht. In ihren Augen konnte Adrian nur Sanftmut entdecken. Ruhig setzte sie sich auf die linke Seite zu Inner Soul. Der winkte ab, weil sich Adrian zu ihnen setzen wollte. Er zeigte auf die andere Seite. Unsicher setzte er sich allein auf das Bisonfell und schaute Bear's Claw an, der im hinteren Teil des Tipis saß, gegenüber vom Eingang. Jeder schien hier bestimmte Sitzplätze zu haben.

„Bear's Claw möchte wissen, wie du die Gefahr einschätzt", sagte Inner Soul zu Adrian. „Du kennst zwei der Männer?"

„Ja, einer ist Lee Martin, er treibt für meinen Va... für Henry Maywood Schulden ein." Er wollte Abstand davon nehmen, ihn weiter Vater zu nennen. „Der andere heißt Clark Johnson und arbeitet eigentlich als Viehtreiber, er ist ziemlich rücksichtslos, wenn es um Geld geht. Beide sind meines Erachtens gefährliche Männer, die man nicht unterschätzen sollte, vor allem Lee Martin. Er war früher Trapper, kennt sich gut aus in der

Umgebung, verdingt sich jetzt auch als Kopfgeldjäger. Der Mann ist sehr gefährlich."

Inner Soul übersetzte dem Häuptling alles. Bear's Claw verzog sorgenvoll das Gesicht. Er starrte ins Feuer, schwieg minutenlang, und Adrian rutschte nervös auf seinem Platz hin und her. Dann hob der Häuptling den Blick und sagte etwas zu Inner Soul, der daraufhin aufsprang und das Tipi verließ. Adrian sah ihm verdutzt hinterher. Gentle Woman bedeutete ihm mit einer Geste, dass er gehen könne. Eilig erhob er sich und suchte Inner Soul. Er fand ihn bei Keeper of fire, der daraufhin einige Männer mobilisierte. Wie Geister verschwanden sie im Wald.

Adrian näherte sich Inner Soul, berührte ihn sachte am Arm. „Was geschieht jetzt?"

„Sie werden die Wälder erkunden und nach den Männern Ausschau halten."

„Werden sie die Männer töten?"

„Früher hätten sie es getan. Heute ist es besser, aus den Augen der Weißen zu verschwinden."

Adrian nickte nachdenklich, obwohl er den Tod von Lee und Clark nicht unbedingt als Verlust empfinden würde. Einmal hatte er beobachtet, wie Clark seine Frau geschlagen hatte, ein anderes Mal erschoss er gnadenlos ein Pferd, weil es bei Hagel in Panik geraten war. Außerdem trank er zu viel und pöbelte meist in der Bar herum.

Und Lee? Hinter vorgehaltener Hand nannte man ihn den Schlächter. Er schien völlig emotionslos zu sein, das war Adrian schon mehrmals aufgefallen. Bekam er die Möglichkeit, tötete er die Leute, die er aufspürte, es sei denn, sein Auftraggeber wollte denjenigen lebend.

Den meisten reichte allerdings auch der Kopf, was Lee Martin gerne in die Tat umsetzte. Er verkaufte auch Skalps, und am Feuer erzählte er stolz, wie er sie den Menschen vom Kopf geschnitten hatte. Dabei machte er keinen Unterschied, ob sein Opfer Mann, Frau oder Kind gewesen war. Es zählte nur das Geld, das er einheimsen konnte.

Sollte er Inner Soul davon erzählen? Er schaute zu dem Nakoda hin, der mit gesenktem Kopf am Seeufer stand. Ihre Blicke begegneten sich.

„Du willst mir noch etwas sagen, aber es fällt dir schwer", erkannte Inner Soul.

„Lee Martin ... Er ist wirklich ein sehr grausamer Mann."

„Fürchtest du ihn?"

„Jeder sollte ihn fürchten. Er tötet aus Freude."

Der Nakoda nickte, als wisse er um solche Menschen. „Keeper of fire wird vorsichtig sein."

13

Die Krieger kamen unverletzt zurück, waren jedoch in Sorge, denn Henry Maywood hatte nicht nur vier Reiter entsandt. Mindestens zehn gut bewaffnete Männer durchstreiften den Wald – und sie kamen näher.

Bear's Claw zögerte nicht. Wie Adrian es schon einmal erlebt hatte, packte der Stamm alles in Windeseile zusammen. Als alle anderen bereits abmarschbereit waren, kämpfte er immer noch mit den Lederplanen des Tipis. Schließlich kamen ihm mehrere Nakoda zu Hilfe.

Dann schaute sich Adrian ein letztes Mal um. Das Gebirge erhob sich über dem spiegelglatten See, für einen Moment lauschte er noch dem leisen Geräusch der Wellen, die sich zum sandigen Ufer bewegten. Es tat weh, diesen Ort zu verlassen. Er wäre ein perfektes Winterquartier gewesen. Aber ihnen blieb nur die Flucht. Er sah in den Blicken der anderen, dass sie ähnliche Gedanken hegten.

Pferde und Hunde zogen *Travois*, in denen die Habseligkeiten des Dorfes verstaut waren. Das Schleifen der langen Stangen auf dem Waldboden war neben den leisen Tritten der Menschen das einzige Geräusch, das zu hören war. Einige Nakoda verwischten am Ende des Trecks jegliche Spuren. Niemand sprach, sie flüchteten lautlos. Und Bear's Claw führte sie hoch in die Berge.

Adrian keuchte vor Anstrengung, denn es ging stetig bergauf. Auch die Temperaturen fielen. Erster Schnee fand sich in einigen Mulden, und ein bitterkalter Wind fegte über sie hinweg. Der Häuptling wählte stets den

Weg durch Wälder. Lichtungen mied er, was zur Folge hatte, dass sie teilweise kreuz und quer umherwanderten, um in Deckung zu bleiben. Adrian begrüßte dieses Vorgehen, denn er wusste, dass zumindest Lee Martin ein Fernrohr besaß und sicher die Berghänge absuchte. So blieben sie unsichtbar.

Es ging Stunden hinauf. Die Dämmerung brach herein, und das Wetter veränderte sich. Der Nieselregen verwandelte sich in feinen Schneefall. Noch fror Adrian nicht, da der Aufstieg ihm alles abverlangte, dennoch spürte er bei jeder kurzen Pause, wie die eisigen Bergböen seinen verschwitzten Körper zittern ließen. Dennoch beklagte er sich nicht, denn selbst die Kinder liefen ohne zu murren mit. Jeder spürte die Anspannung. Furcht schwebte über ihnen. Denn viele Krieger gab es nicht. Der Stamm bestand aus vielen Frauen, Kindern und alten Leuten. Sie hätten einer zehnköpfigen Mannschaft mit Gewehren nicht viel entgegenzusetzen.

Trotzdem mussten sie immer wieder kurz rasten. Ein Baby musste gestillt werden, zwei Kleinkinder konnten nicht mehr laufen und wurden Huckepack genommen, Healing Owl schien kaum noch aufrecht stehen zu können. Adrian selbst fühlte sich mittlerweile am Ende seiner Kräfte, denn er zog sein Travois selbst, da er weder Pferd noch Hund besaß.

Bear's Claw sprach nun leise zu ihnen, doch Adrian verstand kein Wort. Inner Soul kam zu ihm, fasste nach seinem Ärmel.

„Wir werden in einer Höhle rasten."

„Oh, Gott sei Dank", murmelte Adrian erleichtert.

Die Höhle sah auf den ersten Eindruck weiträumig aus. Das verlor sich, als der ganze Stamm mit seinen Tieren dort zusammenkam. Der Platz reichte gerade so aus.

Adrian hoffte insgeheim auf ein wärmendes Lagerfeuer. Darauf verzichteten sie. Der Rauch könnte draußen bemerkt werden, und in der Höhlenmitte wäre es zu gefährlich, da es keinen Abzug gab. Allerdings schützten sie den Eingang mit belaubten Zweigen, damit der eisige Wind draußen blieb.

Die Nakoda rollten Bisonfelle aus, und Adrian tat es ihnen nach. Er schaute sich zu Inner Soul um, der weiter hinten mit den Frauen sprach. Ihre Blicke begegneten sich.

Leise Gespräche entstanden. Auch wenn Adrian nicht verstand, was sie sagten, erfüllte ihn das Gemurmel mit einem Gefühl der Sicherheit.

Inner Soul kam nun zu ihm, breitete sein Fell wortlos neben ihm aus. Sie sprachen nicht, sondern legten sich nieder und deckten sich mit einem weiteren Fell zu. Adrian hätte ihn gerne gefragt, ob die Küsse auch für ihn eine Bedeutung gehabt hatten, aber er wagte es nicht. Mit einem kaum hörbaren Seufzen legte er sich in eine halbwegs bequeme Seitenposition, seine Hand lag neben seinem Gesicht, und er konnte direkt in Inner Souls schimmernde Augen sehen. Der Nakoda legte seine Hand auf Adrians und senkte die Lider. Adrians Herzschlag beschleunigte sich. Er vertiefte die Verbindung, indem er seine Finger leicht bog, um die Berührung zu erwidern.

So fielen sie in einen unruhigen Schlaf, aus dem Adrian unsanft erwachte. Verdutzt registrierte er einen

Schatten, der an seinen Sachen rumhantierte. Erstes zartes Licht der Morgendämmerung schien durch die Zweige am Eingang, und bernsteinfarbene, leuchtende Augen sahen ihn plötzlich an. Er wich mit einem erschrockenen Aufschrei zurück, was Inner Soul alarmierte. Der wiederum schien sofort zu erkennen, wer da in seinen Habseligkeiten wühlte.

„Keine Angst, verhalte dich ruhig, das ist nur ein Hund", flüsterte Inner Soul.

Das große Tier mit dem pechschwarzen Fell trat ins Morgenlicht. Er schnüffelte Adrians Sachen ab und kam dann winselnd zu ihnen.

„Das ist Chitto", raunte Inner Soul.

„Was will er?", wisperte Adrian, der mit Hunden bisher nicht viel anfangen konnte.

Inner Soul streckte seine Hand aus, und der Hund schmiegte seinen Kopf hinein.

„Es ist Buffalo Hunters Hund, und wenn er hier ist …"

„Von dem ich mein Tipi habe? Wird er es zurückfordern?"

Inner Soul schüttelte den Kopf. „Wenn Chitto hier ist, dann ist sein Herr tot."

Chitto ließ sich mit einem leisen Schnaufen zwischen sie fallen, Adrian beäugte das Tun des Hundes skeptisch.

„Was war denn mit Buffalo Hunter?"

„Er kam zu uns, suchte ein neues Zuhause, doch er verstand sich nicht mit den ehemaligen Mohawk, die mit uns lebten, also ging er in die Berge. Chitto war immer an seiner Seite."

„Und da er jetzt hier ist …"

Inner Soul befühlte den Körper des Hundes. „Sehr mager, er irrt schon lange hier in den Wäldern umher." Er kramte in seiner Tasche, was den Hund die Ohren spitzen ließ. Inner Soul gab ihm eine Portion Trockenfleisch, die Chitto gierig verspeiste.

Adrian streckte zögerlich eine Hand nach ihm aus, ließ ihn an sich schnuppern. Sachte streichelte er über das schmutzige, raue Fell. Der Hund schloss die Augen, er schien völlig erschöpft zu sein.

„Ob er deshalb zu uns gekommen ist, weil er an dem Leder des Tipis noch Buffalo Hunter riecht?"

„Möglich ist es."

„Kann er bleiben?"

Inner Soul legte seine Rechte auf Chittos Kopf. „Ja, er kann bleiben."

Sie verweilten länger in der Höhle, mehrere Tage. Adrian begrüßte das Auftauchen des Hundes, denn er könnte vielleicht das Travois ziehen. Chitto entpuppte sich als treues, sanftmütiges Tier, allerdings ließ er nicht zu, dass man ihm ein Geschirr anlegte. Nach vier Tagen brachen sie wieder in die Berge auf, und Adrian musste seine Sachen wieder selbst ziehen. Der Hund tänzelte hechelnd neben ihm her. Die Nakoda lachten hinter vorgehaltener Hand über ihn, weil er sich nicht durchsetzen konnte. Die Wahrheit würden sie womöglich nicht verstehen, denn Adrian verspürte eine Spur Angst. Der Hund hatte ihn jedes Mal angeknurrt, wenn er ihn vor das Travois spannen wollte. Da er als kleines Kind einmal übel von einem der Jagdhunde der Maywoods gebissen worden war, ließ er eine gewisse Vorsicht walten. Trotzdem genoss er die Gegenwart des Hundes, der in ihrer Gesellschaft regelrecht aufblühte.

Schnee fiel in dicken Flocken vom Himmel, und sie wanderten über vereisten Boden. Nach Stunden gab er Inner Soul das Zeichen, dass er kurz zurückbleiben würde. Adrian musste sich dringend erleichtern und konnte es nicht mehr aufschieben. Er stellte sein Travois an die Seite und verzog sich hinter ein Dickicht, Chitto blieb an seiner Seite. Die Nakoda zogen an ihm vorbei.

Ein Rascheln ertönte hinter ihm. Chitto knurrte so tief, dass Adrian ein Schauder über den Rücken lief. Rasch richtete er seine Kleidung und drehte sich um. Zwei Kojoten starrten ihn an, wahrscheinlich nur noch zurückgehalten von Chitto, der sich vor ihn gestellt hatte. Auch die Nähe der vorbeiziehenden Menschen verunsicherte sie. Chitto trat einen Schritt auf sie zu, mit gefletschten Zähnen, und die Kojoten flüchteten ins Unterholz.

Adrian sah Chitto überrascht an. „Du hast mich beschützt.“

Ein leiser Ruf ertönte, und er ging zurück auf den Bergpfad. Inner Soul wartete mit seinem Pferd, das seine Habseligkeiten zog, und sah ihn alarmiert an.

„Ich habe Chittos Knurren gehört, ist alles gut?“

„Da waren zwei Kojoten.“

Inner Soul sah Adrian für einen Augenblick nachdenklich an. Er seufzte leise und murmelte etwas in seiner Muttersprache. Adrian sah ihn fragend an.

„Dann wird nichts bleiben wie es ist, und nichts wird je wieder so sein wie zuvor“, übersetzte er.

„Ich verstehe nicht. Wegen den Kojoten?“

„Mein Vater sagte das zu mir, nachdem er einen Kojoten durch das Lager hat streifen sehen. Sie kommen sonst nicht so nah. Danach holten die weißen Männer die Kinder und mich.“

Da sich die anderen bereits ein Stück vor ihnen befanden, fasste Inner Soul nach dem Zügel des Pferdes, um es weiterzuführen. Adrian hob den Griff seines eigenen Travois an, und sie setzten ihren Weg fort.

Bear's Claw führte sie auf geheimen Wegen zu einem Pass. Hier gab es keine schützenden Tannen. In dem Schnee auf der freien Fläche könnte sich der Stamm nicht verbergen. Deshalb rasteten sie bis zur Dämmerung. Im Zwielicht des Abends, als dichter Schnee vom Himmel fiel und eisiger Wind ihnen die Sicht nahm, gab der Häuptling den Befehl zum Aufbruch.

Adrian stapfte neben Inner Soul durch den Schnee. Sein Freund kämpfte mit seinem Pferd, das sich in dem Sturm fürchtete. Schließlich legte er ihm ein Fell über den Rücken und verband ihm die Augen. Das Tier beruhigte sich.

„Ist es nicht gefährlich bei dem Wetter und dann noch bei Nacht über diesen Pass zu gehen?“

„Nicht, wenn Bear's Claw uns führt.“

Er sagte das mit einer unerschütterlicher Sicherheit, die Adrian noch nicht besaß. Er bewunderte den Häuptling, blind vertraute er ihm jedoch noch nicht. Dennoch stieg er mit den anderen den rutschigen Pfad zum Pass hinauf, trotzte Wind und Schnee, kämpfte sich vorwärts.

Zwischen dem Heulen des Sturms erklang ein Weinen. Inner Soul horchte auf, reichte Adrian spontan die Zügel seines Pferdes. Das Tier wieherte nervös, also strich Adrian ihm sanft über die Nüstern. Chitto setzte sich hechelnd neben ihn.

Wieder zogen die Nakoda an ihm vorbei, dieses Mal befand er sich jedoch nicht am Ende des Zuges, trotzdem fühlte er Nervosität in sich aufsteigen. Würde er zurückbleiben, wäre er wahrscheinlich verloren.

Alle gerieten ins Stocken, leises Raunen ging durch die Menge. Adrian versuchte zu verstehen, was geschehen war, aber er verstand kein Wort. Inner Soul kehrte zurück zu ihm, er trug ein wimmerndes Kind auf seinem Arm, es schien am Ende seiner Kräfte zu sein.

„Was ist geschehen?"

„Bitte nimm das Bisonfell von Adahys Rücken", sagte er anstelle einer Antwort.

Adrian tat, was Inner Soul erbat. Der setzte das Mädchen auf den Rücken des Pferdes und nahm das Fell von Adrian entgegen, wickelte das Kind darin ein. Eine Frau näherte sich, gab ihm zu essen, sprach ruhig zu ihm. Die Kleine hörte auf zu weinen, aß gierig die angebotene Nahrung und lehnte sich dann an Adahys Hals.

Der Tross zog weiter.

„Sie ist allein und noch schwach. Lange ist sie noch nicht bei uns, sie kam kurz vor dir", sagte Inner Soul leise.

„Was ist mit ihr geschehen?"

„Sie hat das Blut zweier Völker, so wie du. Ihre Mutter, die allein war, starb. Und die anderen weißen Siedler schickten Mary fort. Keeper of fire fand sie halb verhungert im Wald."

„Wer kümmert sich denn sonst um sie?"

„Wir kümmern uns alle um sie."

Adrian warf dem Mädchen einen langen Blick zu. Unter dem Bisonfell sah er ihr verweintes Gesicht. Sie schloss die Augen, ließ sich von dem schaukelnden Gang des Pferdes einlullen.

Auf der anderen Seite des Berges verebbte der Sturm. Nur die Kälte machte Adrian zu schaffen. Er spürte kaum noch seine Finger. Zudem hallte Wolfsgeheul über die Felshänge, ließ die Tiere nervös werden. Als sie in einen Fichtenwald kamen, der ausreichend Schutz bot, atmete Adrian erleichtert auf, denn das Zeichen für eine Rast ertönte.

Dieses Mal wagten die Nakoda, ein Feuer zu entfachen. Sie alle benötigten Wärme, und der Schneesturm auf der anderen Seite des Berges würde den Rauch verhüllen.

Nun saßen sie um ein großes Feuer, aßen Trockenfleisch und hartes Maisbrot, zu müde, um zu sprechen. Bear's Claw stellte Wachen auf, die sich um das Lager verteilten. Mary hockte neben Inner Soul, ihr Kopf lehnte an seiner Schulter.

„Geht es dir gut?", fragte Adrian sie nach einer Weile, da er hoffte, dass sie Englisch verstand. Mary nickte unmerklich.

„Schlaf", wisperte Inner Soul ihr zu, und sie rollte sich wie ein Embryo am Boden zusammen.

Das große Feuer vertrieb die eisige Kälte und die Dunkelheit. Es war an einem Platz errichtet worden, wo die Fichten zwar nicht so dicht standen, ihre Wipfel trotzdem genug Schutz vor dem Wetter boten. Auch Adrian und Inner Soul legten sich schlafen. Niemand wusste, was der nächste Tag bringen würde. Mit dem Geräusch von Wind in den hohen Bäumen, dem Knistern des Feuers und dem leisen Atmen der anderen, schlummerte Adrian schließlich ein.

Am nächsten Morgen wanderten sie weiter den Berg herunter und fanden eine große Lichtung inmitten des hohen Fichtenwaldes. Ein Bach floss am Rande der Schneise, und der Boden wirkte fruchtbar und nicht zu schlammig.

Adrian stand vor der Graslandschaft und sah sich um. Die Morgensonne stahl sich durch die Baumwipfel, beleuchtete die Wiese, die goldgrün aufleuchtete, und schmolz den restlichen Schnee, der hier noch in einigen Mulden lag. Die Fichten und vereinzelten Ahornbäume bildeten einen regelrechten Schutzwall. Die wenigen Pferde grasten zufrieden.

Inner Soul hockte am Ufer des Baches, schaute mit einem Lächeln zu ihm auf. Während er Wasser schöpfte, umwehte ihn feiner Nebel, als wäre er eine mystische Sagengestalt. Adrian beobachtete ihn, bis ihn jemand von hinten anstupste. Keeper of fire zeigte zu den anderen des Stammes, die bereits ihre Tipis aufbauten. Adrian warf Inner Soul noch einen Blick zu und half dann, das Lager aufzubauen.

Gegen Mittag standen fast alle Zelte und die Frauen begannen über den Lagerfeuern zu kochen. Rauch stieg aus den Abzügen der Tipis auf. Inner Soul stand neben ihm, sog die klare Bergluft ein.

„Vielleicht können wir im Frühjahr etwas Mais anpflanzen", sagte er.

„Der Boden wäre dafür sicher geeignet."

Sie schauten zu, wie die kleine Mary mit den anderen Kindern spielte. Für einen Augenblick schien sie ihre Trauer vergessen zu haben. Adrian wusste mittlerweile, dass ein paar Frauen und auch Inner Soul immer ein Auge auf sie hatten.

Healing Owl kam auf sie zu. Adrian krauste besorgt die Stirn, denn sie taumelte etwas. Inner Soul kam ihr entgegen, fasste nach ihrem Unterarm, um die alte Frau zu stützen. Sie redeten leise in ihrer Sprache. Dann schüttelte sie ihn ab und lief schwankend zu einem Zelt.

„Geht es ihr nicht gut?"

„Die Flucht hat ihr alles abverlangt", antwortete Inner Soul leise. „Sie ist schwach. Ich werde ihre Aufgaben übernehmen."

Er machte Anstalten zu gehen, Adrian hielt ihn kurz zurück.

„Ich muss zu einem Jungen, der sich verletzt hat", protestierte er.

„Können wir reden, wenn du Zeit hast?"

Inner Soul fixierte ihn prüfend, dann schien er zu begreifen und nickte. Adrian sah ihm nach, fühlte sich plötzlich nutzlos. Jeder hatte seine Aufgaben, selbst die Kinder. Er wiederum lebte so in den Tag hinein, es sei denn, man teilte ihn für verschiedene Arbeiten ein, was nicht oft vorkam, da die Nakoda teilweise noch etwas unsicher im Umgang mit ihm waren. Die Sprachbarriere erschwerte es zusätzlich. Also suchte er Keeper of fire, doch der junge Mann war mit anderen auf die Jagd gegangen.

Schließlich durchstreifte er den nahen Waldrand, suchte Beeren, Pilze und andere Baumfrüchte. Auch Heilkräuter, die er aus dem Buch seiner Mutter kannte, pflückte er, weil er Inner Soul in seiner Arbeit unterstützen wollte. Chitto wich ihm nicht von der Seite, schien ihn als neuen Herrn angenommen zu haben.

Er fand Spitzwegerich, Augentrost und Schafgarbe, die er zu Inner Soul bringen wollte. Der war allerdings noch fort. Also setzte sich Adrian vor das Tipi, bündelte die Kräuter mit feinen Lederbändern, die ihm Keeper of fire gegeben hatte, und brachte sie an die Stangen an, die die Lederplanen trugen.

„Was machst du denn da?", fragte Inner Soul später mit einem Schmunzeln.

„Ich habe dir Kräuter gesucht."

Der Nakoda trat näher, begutachtete die Pflanzen und nickte anerkennend. „Wir bringen sie besser rein, sonst werden sie nicht trocknen."

Als hätten Inner Souls Worte das Wetter beschworen, begann es sanft zu regnen. Mit den Kräuterbündeln flüchteten sie ins Tipi, wo Inner Soul alles sorgsam aufhängte. Wieder wies Inner Soul ihn an, dass er sich auf die rechte Seite setzen sollte, obwohl er viel lieber neben ihm gesessen hätte.

„Hat es eine Bedeutung, wer wo sitzt?"

„Du sitzt auf der Seite der Männer."

„Und du nicht?"

Er schüttelte den Kopf und entzündete das Lagerfeuer.

„Du kennst Heilpflanzen", wechselte Inner Soul das Thema.

„Ja, von meiner Mutter. Sie besaß ein Buch darüber."

„Erzähl mir, was darin steht, ja?"

Aufmerksam hörte Inner Soul zu. Sie tauschten ihre Erfahrungen und ihr Wissen aus, und Adrian fand die

Art, wie dieses Volk mit Heilkunde umging, hoch faszinierend. Es konzentrierte sich nicht nur auf den Körper, sondern schien zu versuchen, Seele, Geist und Körper in Einklang zu bringen.

Adrian fiel während des Gespräches auf, dass Inner Soul die englische Sprache immer leichter von den Lippen ging. Nachdem er sie lange nicht gebraucht hatte, nutzte er sie nun flüssig, und man konnte kaum einen Akzent heraushören. Bis in den Abend hinein redeten sie. Dann atmete Adrian tief durch und erhob sich.

„Ich möchte auf deine Seite kommen, wenn du erlaubst.“

Inner Soul schaute ihn mit geweiteten Augen an, brachte nur ein Nicken zustande. Adrian zögerte nicht und setzte sich zu ihm. Sachte strich er ihm eine zerzauste Haarsträhne zurück.

„Was ist das zwischen uns?“, fragte er flüsternd.

„Ich weiß nicht, wie ich das beantworten soll“, antwortete Inner Soul mit heiserer Stimme.

Dieses Mal wollte er abwarten, nichts überstürzen. Noch wich Inner Soul ihm aus, vermied seinen Blick. Adrian presste die Lippen aufeinander. „Es ist schwierig, weil ich auch ein Mann bin, oder?“

„Nein. Bei meinem Volk bekleide ich eher die Stellung einer Frau. Sie würden mich schief ansehen, wenn ich mir eine Ehefrau nähme.“

„Wirklich?“, hakte Adrian erstaunt nach. „Meine Familie würde es niemals tolerieren.“

Adrian betrachtete ihn. Sein dunkles Haar fiel ihm weit über die Schultern, in einige Strähnen hatte er Perlen geflochten. Er trug das Ledergewand einer Nakodafrau, und es passte zu seiner schmalen Statur.

Inner Soul lächelte verschämt. „Ich habe mir auch noch keinen anderen Mann erwählt."

„Würdest du denn in Erwägung ziehen ... mich zu wählen?", wagte Adrian zu fragen.

Inner Soul schenkte ihm ein scheues Lächeln und ein Nicken.

Hauchzart küsste Adrian Inner Soul, der ihn daraufhin voller Sehnsucht ansah. Sanft legte er Adrian eine Hand an die Wange. „Ich möchte es noch nicht sagen, weil es kompliziert ist."

„Warum?"

„Ich habe keine Eltern mehr, deshalb hat mich Healing Owl damals aufgenommen. Sie wird als meine Mutter angesehen, und sie ist ... nun ja ... streng." Er lachte leise. „Sie wird von dir Felle oder ein Pferd haben wollen, vielleicht auch andere Sachen."

„Ich muss dich ... auf eine gewisse Art ... kaufen?"

Inner Soul, der die Sitten der Weißen durch die Residential School sicher kannte, zuckte nur mit den Schultern.

„Aber ich habe nichts, außer das Tipi von Buffalo Hunter und seinen Hund." Er warf Chitto einen Blick zu, er lag draußen vor dem Tipi, der Regen schien ihm nichts auszumachen.

„Deshalb sollten wir noch nichts sagen. Erst müssen wir für dich Geschenke besorgen."

„In Ordnung."

Inner Soul drehte sich zu ihm um, sah ihn abwartend an. Adrian begegnete verwirrt seinem Blick, was den Nakoda zu einem Lachen reizte.

„Dort, wo niemand uns sieht, kannst du mich küssen", raunte er.

„Oh …“

Adrian brauchte keine weitere Aufforderung und zog Inner Soul in seine Arme. Ihr Kuss entfachte Gefühle in ihm, die er so noch nie zuvor gespürt hatte, und es fühlte sich an, als ob diese Berührung alles ins Gleichgewicht brachte.

14

Adrian stieg schnaufend hinter Inner Soul her, der wie eine Gazelle den Berghang hochlief. Als er keuchend oben ankam, stand der Nakoda schon auf dem schmalen Felsgrad und besah sich die Umgebung. Adrian beugte sich vor, stemmte die Hände auf die Knie und japste nach Atem. Er brauchte einen Moment, bis er sich wie sein Freund umschauen konnte.

Bear's Claw hatte sie zu einem Tal geführt, das anscheinend nur über den Pass erreicht werden konnte, wenn man von Wolfberry kam. Hohe Berge umringten die weitläufige Schlucht, die hohen Fichten verbargen ihr Lager. Die Böen, die hier über sie hinwegfegten, brachten Adrian zum Schwanken, und er hockte sich auf flaches Felsgestein. Inner Soul tat es ihm nach.

Der Wind spielte mit seinem Haar. Stets umgab ihn das Geheimnisvolle. Wenn Adrian in seinem nachdenklichen Ausdruck lesen wollte, konnte er nie wirklich erfassen, was in ihm vorging.

„Was denkst du?"

Inner Soul antwortete nicht sofort, sondern fuhr mit der Hand in eine Mulde, in der noch Schnee lag. Die Temperaturen kamen Adrian hier frostiger vor als im Tal.

„Ich werde fortgehen müssen", sagte er plötzlich.

Adrian sah ihn erschrocken an. „Was?! Warum?"

„Erinnerst du dich an die *Heilerde*, mit der Healing Owl mich behandelt hat?"

„Ja, diese graue Paste."

„Der restliche Vorrat ist aufgebraucht, und eigentlich
wäre Healing Owl über die Berge zu ihrem alten Volk
gereist, um zu tauschen."

„Aber ihr geht es nicht gut, nicht wahr?"

„Sie würde es niemals zugeben, doch du hast recht.
Sie ist sehr alt, und ihre Knochen werden jeden Tag ge-
brechlicher."

„Und deshalb musst *du* gehen?"

Inner Soul nickte nur. „Im letzten Jahr hat sie mich
mitgenommen, ich kenne den Weg. Er ist den Heilern
vorbehalten, da ist Healing Owl unerbittlich."

„Ich möchte dich nicht allein fortgehen lassen. Schon
gar nicht, wenn die Männer meines Vaters auf der anderen Bergseite lauern."

„Dort müsste ich nicht hin."

„Trotzdem! Nimm mich mit!"

Er schaute Adrian verblüfft an. „Du würdest solch
eine Reise auf dich nehmen, weil du mich beschützen
möchtest?"

„Ja."

„Es ist eine beschwerliche Reise, Adrian Darkeye, du
hattest schon Probleme, diese Anhöhe hochzukom-
men."

Adrian gab ein missmutiges Brummen von sich. „Ich
gewöhn mich schon an die Aufstiege."

Inner Soul seufzte tief auf. „Ich weiß nicht, ob Healing
Owl es erlauben wird, wir müssen mit Bear's Claw sprechen."

„Hilft es, dass ich mich mit Kräutern auskenne und
für einige Zeit unserem Arzt geholfen habe? Von ihm
habe ich einiges gelernt. Ich träumte eine Weile davon,
auch ein Arzt zu werden."

„Jetzt nicht mehr?“

„Meine Familie war dagegen.“

„Also bist du auch eine Art Heiler …“

„Na ja, ich habe für Dr. Benson hauptsächlich kleine Hilfsarbeiten gemacht.“

„Das müssen wir Healing Owl ja nicht sagen.“ Ein kleines Lächeln umspielte seine Lippen.

Inner Souls Ziehmutter zu überzeugen, war dennoch schwierig. Erst als der Häuptling, der die ganze Zeit still zugehört hatte, das Wort ergriff und eine Entscheidung fällte, stimmte Healing Owl widerwillig zu. Für sie war diese Reise etwas Heiliges. Inner Soul hatte Adrian alles leise übersetzt, sodass er die Diskussion verfolgen konnte.

Nun schlüpften sie aus dem Zelt der Heilerin, und Adrian atmete tief die klare Luft ein, denn in dem Tipi der alten Frau war eine furchtbar stickige Luft gewesen.

Inner Soul nahm ihn an der Hand und zog ihn mit sich. „Komm …“

Ungesehen kamen sie zum Waldrand.

„Wir müssen überlegen, wann wir aufbrechen“, sagte Inner Soul.

„Wäre es nicht sinnvoller, im Frühling dorthin zu reisen?“

Entschieden schüttelte sein Freund den Kopf. „Wir brauchen die heilige Erde. Jede Verletzung kann den Tod bedeuten, ich habe es oft erlebt. Und wir sind so Wenige.“

„In Ordnung, was schlägst du vor?“

„Wenn der Mond voll ist.“

Adrian kratzte sich nachdenklich am Kopf. „Das ist in
wie viel Tagen?"

„In acht Tagen. Das ist eine gute Zeit, und wir können
uns hier ein bisschen zu Hause fühlen, bevor wir aufbrechen."

Am Abend kehrten die Jäger zurück, und Adrian
horchte verdutzt auf. Laute Stimmen hallten durch das
Lager, die Unruhe war fast greifbar. Adrian kam aus
seinem Tipi und ging zum großen Feuer, wo sich mehrere versammelt hatten. Er verstand nicht, worüber sie
sprachen, es schien ernst zu sein. Als er Little Beaver erspähte, zupfte er ihn am Arm.

„Was ist passiert?"

„Keeper of fire ist verletzt worden."

Er starrte ihn für einen Moment bestürzt an. „Verletzt? Wie?"

„Ein Bär."

„*Der* Bär?"

Little Beaver schüttelte den Kopf. „Nicht der Grizzly,
ein Schwarzbär."

Adrian malte sich das Schlimmste aus und drängelte
sich durch die Menge. Keeper of fire war sein Freund!
Er fand den Verletzten bei Inner Soul und Healing Owl,
die ihn untersuchten. Keeper of fire saß zwar aufrecht,
verzog aber das Gesicht, als man ihm das Hemd auszog.
Über seine Brust zogen sich drei tiefe, blutende Kratzer
von einem Prankenhieb.

Die Aufregung wogte durch die Menschen, Keeper of
fire war beliebt, niemand wollte ihn verlieren. Adrian
wurde etwas zurückgedrängt. Inner Soul und Healing
Owl brachten den Verletzten fort, und er verlor die

kleine Gruppe aus den Augen. Zumindest schien Keeper of fire noch laufen zu können.

Im Lager kehrte wieder Ruhe ein. Adrian fühlte sich trotzdem nervös. Ein ungutes Gefühl quoll immer wieder hervor, wie eine dunkle Ahnung. Eine ähnliche Empfindung hatte er bei seiner Mutter gehabt, kurz bevor sie gestorben war. Diese Erkenntnis ließ ihn rastlos werden, das Herz pochte spürbar in seiner Brust, und er atmete ein paar Mal tief durch. Chitto bellte leise, in hohem Ton. Spürte das Tier seine Sorge? Adrian strich ihm über den Kopf, kraulte ihn kurz hinter den Ohren.

„Etwas wird geschehen, Chitto, und es wird nichts Gutes sein.“

Am Abend schlüpfte Inner Soul zu ihm ins Tipi. Sorge lag in seinen Gesichtszügen.

„Wie geht es Keeper of fire?“

Sein Freund setzte sich schwerfällig an das Feuer, das nur noch leicht züngelte, weil Adrian kaum noch trockenes Holz besaß.

„Wir werden morgen früh aufbrechen, um die heilige Erde zu tauschen.“

Adrian musterte ihn verwirrt.

Inner Soul seufzte. „Ihm geht es gut … noch.“ Er nahm einen langen Stock und stocherte im Feuer herum. „Fast jede Wunde, die von einem Tier kommt, endet böse. Das habe ich schon oft erlebt.“

„Und deshalb müssen wir die heilige Erde sofort holen“, verstand nun auch Adrian. Er dämpfte die Stimme, weil er es kaum laut auszusprechen wagte. „Wird die Zeit reichen?“

„Ich weiß es nicht“, flüsterte er.

In dieser Nacht blieb Inner Soul bei ihm, Schlaf fanden sie beide nicht. Zu sehr beschäftigte sie die kommende Reise über die Berge. Sie lagen nebeneinander, hatten die Hände ineinander verschlungen.

„Ich habe kein gutes Gefühl", raunte Adrian.

Inner Soul vergrub das Gesicht in dem Bisonfell, das ihnen als Bettunterlage diente. „Mir geht es ebenso, aber ich kann es nicht fassen. Healing Owl sagt, dass etwas Dunkles heraufzieht. Das hat Bear's Claw sehr in Sorge versetzt. Sie weiß oft um solche Dinge."

Dennoch würden sie in der Frühe aufbrechen, sich allem stellen, was da kommen mochte.

Tiefer Nebel lag auf den Wiesen, die Berghänge umhüllte so dichter Dunst, dass sie unsichtbar erschienen. Das Pferd nahmen sie auf dieser Reise nicht mit, viele der kommenden Pfade mussten zu Fuß bewältigt werden. Der Hund blieb an ihrer Seite.

Sie ließen das neue Dorf rasch hinter sich. Als sie sich umschauten, versank es bereits im Nebel. Sie tauchten in den Fichtenwald ein und stiegen den Pass hinauf, den schon Bear's Claw genommen hatte. Nach einiger Zeit, Adrian erkannte einen seltsam geformten Felsen, an dem sie auf dem Hinweg vorbeigekommen waren, nahm Inner Soul einen anderen Weg, der von den Wäldern um Wolfberry wegführte. Auch hier oben war der Schnee größtenteils wieder geschmolzen.

Über den Gipfeln ging die Sonne auf, die das Gebirge in goldene und orangene Farben tauchte. Windböen wehten die Dunstschleier vor sich her, die Wärme der Morgenstrahlen vertrieb den Nebel nach und nach.

Hoch über ihnen flog ein Adler, den sie beide als positives Zeichen werteten.

Vielleicht wird doch alles gut, hoffte Adrian.

Aber nach einigen Stunden kämpfte er mit seiner Kondition, schleppte sich nur noch vorwärts, während Chitto umhersprang und Inner Soul stur seinen Weg ging und keine Ermüdungszeichen zeigte.

„Inner Soul ... können wir ... eine Pause machen?“, japste er und rang nach Atem.

Sein Freund wandte sich zu ihm um, mit einem schelmischen Lächeln. „Und ich dachte, du fragst nie. Wie lange kämpfst du schon? Seit zwei Stunden?“

„So ... ungefähr.“

„Komm, weiter oben ist ein Felsüberhang, dort können wir rasten.“ Er zeigte zum Himmel, der sich mittlerweile stark bewölkt hatte. „Es könnte auch regnen.“

„Mir hat ... die Sonne heute Morgen ... besser gefallen“, murrte Adrian. Da ihm immer wieder die Luft wegblieb, sprach er stockend.

Er mobilisierte jedes Quäntchen Kraft, das er in sich finden konnte, und schleppte sich den restlichen Pfad hinauf. Der bestand mittlerweile nur noch aus Fels, und Adrian fragte sich, woran sich Inner Soul orientierte.

Beim Anblick des Felsüberhangs atmete Adrian hörbar auf. Die letzten Meter quälte er sich hoch, streifte den schweren Beutel mit ihren Habseligkeiten ab, und ließ sich einfach auf den kargen Boden fallen, um wieder zu Atem zu kommen.

„Ich halte dich auf“, sagte Adrian mutlos, als Inner Soul ein kleines Lagerfeuer anzündete.

„Nein, du trägst die schwerere Last und hast dich nicht einmal beschwert. Du hast tapfer den Berg bekämpft und hast den Rastplatz erreicht, den ich angesteuert hatte.“

„Wirklich? So schätzt du mein Keuchen und Schnaufen ein? Aber gekämpft habe ich, das stimmt.“ Adrian holte Proviant aus dem großen Beutel und reichte Inner Soul Trockenfleisch und eine Handvoll Blaubeeren, die sie unterwegs gefunden und gesammelt hatten. „Du wolltest also sowieso hierher?“

Er sah hoch zu der Felsendecke, die sich wie ein Dach über sie ausstreckte. Wie Inner Soul vermutet hatte, begann es, leicht zu regnen.

Der Nakoda nickte. „Healing Owl kennt jeden guten Platz zum Rasten, und sie hat mir jeden dieser Orte gezeigt. Dieser ist der Beste, denn er bietet Schutz vor dem Wetter. So gut werden wir es nicht immer haben.“

„Wie lange brauchen wir, bis wir auf der anderen Seite der Berge sind?“

„Wenn ich alle Wege, die mir Healing Owl gezeigt hat, sofort finde, mindestens sieben Tage.“

Adrian starrte ihn entsetzt an. „Eine Woche?“ Er hatte nicht damit gerechnet, dass diese Reise so lange dauern würde.

„So schlimm ist es nicht, Adrian Darkeye. Hier sind wir allein, die Augen meiner Ziehmutter sind weit weg, und wir können machen, was wir wollen.“ Er lächelte ein wenig beschämt.

Ohne ein weiteres Wort zu verlieren, zog Adrian Inner Soul an sich und küsste ihn ungestüm. Sie lösten sich lachend.

„Ich hatte mir schon gedacht, dass du weißt, was ich damit meine.“

Sanft streichelte Inner Soul ihm übers Haar. „Jeden Tag wird es dir leichter fallen, die Berge zu besteigen oder sie herunterzugehen.“ Er kniff ihm verspielt in die Wange. „Aber nur, wenn du nicht so stur bist, und mich den Beutel auch mal tragen lässt.“

„Du sagst, in deinem Volk wirst du eher als Frau angesehen. Und ich würde auch keine weiße Frau so ein schweres Zeug schleppen lassen.“

Inner Soul hauchte ihm einen Kuss auf die Lippen. „Ich kann stark sein, und bei uns tragen auch die Frauen schwerere Dinge. Also lass mich dir helfen.“

Adrian schnaufte leise auf. „In Ordnung.“

Chitto kam mit regennassem Fell zu ihnen und legte sich nah ans Feuer. Nun sah man auch dem Hund die Erschöpfung an, denn er hechelte mit halb geschlossenen Augen. Inner Soul kraulte ihm das Fell.

Das karge Essen hatte Adrian nicht wirklich gesättigt, dennoch mussten sie mit dem Proviant sorgsam umgehen, deshalb sagt er nichts, sondern breitete das Bisonfell aus.

„Schlaf“, raunte Inner Soul. „Ich wache über dich.“

Adrian legte sich auf die Pferdedecke und fröstelte, rückte etwas näher ans Feuer. Inner Soul reichte ihm eines der Bisonfelle, dass er sich bis zu den Schultern hochzog. Noch einmal betrachtete er Inner Soul. Die Flammen des Lagerfeuers beleuchteten sein ernstes Gesicht. Sein Blick schweifte aufmerksam umher. Adrian fielen die Augen zu, und er versank in einen unruhigen Schlummer.

Inner Soul riss ihn aus dem Schlaf, als er sachte an seiner Schulter rüttelte.

„Bin ich dran?", murmelte er verschlafen.

„Still!", wisperte Inner Soul.

Alarmiert richtete sich Adrian auf. Das Feuer war erloschen. Oder hatte Inner Soul es ausgetreten? Die Stelle strahlte noch Wärme ab. Er sah seinen Freund fragend an. Der zeigte ins Dunkel. „Horch."

Adrian rieb sich über die Augen und versuchte, angestrengt zu lauschen. Er vernahm das Rauschen des Windes, das Rascheln von einem Kleintier in der Nähe … und … gedämpfte Stimmen.

„Wir müssen fort. Jetzt!"

So leise wie möglich packten sie ihre Sachen zusammen, Inner Soul versuchte auf die Schnelle jegliche Spuren zu verwischen, dann traten sie ins Mondlicht, und der Nakoda führte Adrian ein Stück den Berg hinunter, bis sie sich wieder in einem Nadelwald befanden. Sie hielten sich nicht auf und gingen weiter durch die Finsternis. Chitto lief ohne einen Laut neben ihnen her, als spüre er genau, dass jeder Laut bedeutete, sie zu verraten.

„Wo führst du mich hin?"

„Erst mal fort. Das waren Weiße. Wir sollten still sein."

Sie wanderten schweigend bis zum Morgengrauen. Inner Soul, der mittlerweile ihre Sachen trug, legte den großen Beutel ab und bedeutete Adrian zu warten. Geschickt kletterte er auf eine Fichte, benutze ihre tiefen Äste wie eine Leiter. Adrian konnte kaum hinsehen, ihm wurde schon beim Anblick schwindelig. Inner Soul kletterte hoch hinauf.

„Kannst du was erkennen?", rief Adrian gedämpft.

„Den Rauch eines Lagerfeuers von jemandem, der keine Ahnung hat, wie man Flammen in Gang hält, ohne alles mit Qualm zu verpesten", sagte er ungerührt und kam wieder herunter. „Wir haben sie weit hinter uns gelassen."

Inner Soul holte Nahrung für sie aus dem Beutel und trieb Adrian zur Eile an.

„Was glaubst du, wer das war? Doch nicht Lee Martin und seine Leute?"

„Mindestens drei Männer. Ich habe Wortfetzen verstanden, und es ging um eine Suche. Also ist es möglich."

Adrian entfuhr ein Fluch.

Am späten Nachmittag knickten Inner Soul regelrecht die Beine weg, und Adrian musste ihn rasch auffangen. Er hatte den halben Tag darauf bestanden, ihr schweres Gepäck zu tragen, hatte kein Auge zugemacht und erklomm zudem immer wieder Anhöhen, um etwaige Verfolger zu erspähen.

„Jetzt reicht es, Inner Soul. Du bist stur wie ein Esel. Wir werden jetzt rasten, du schläfst etwas, und ich trage unsere Sachen."

Mit einem Ächzen legte Inner Soul den Beutel ab. „Aber ich habe sie am Mittag noch gesehen, sie sind immer noch da draußen."

„Dann brauchen wir ein Versteck. Ohne Schlaf und Essen werden wir nicht weit kommen."

„Ja …" Inner Soul fuhr sich mit den Händen übers Gesicht, er sah völlig übermüdet aus.

„Bist du hungrig?"

Inner Soul nickte nur, und Adrian kramte ein Maisbrot hervor, das sie ohnehin zuerst essen mussten, bevor es zu hart werden würde. Sie aßen kurz etwas im Stehen, Adrian nahm das Gepäck an sich und ging nun vor. Jetzt galt es, einen Rastplatz zu finden. Er mochte sich ja nicht gut orientieren können, dafür hatte er ein außergewöhnliches Gespür für gewisse Dinge. Er entdeckte oft das, was andere übersahen, weil er von Kind an darauf angewiesen war, seine Umgebung zu überblicken, um sich gewisse Punkte zu merken.

Sie gingen kreuz und quer, bis sie vor einem dichten Dornengestrüpp standen, das ihnen den Weg versperrte. Chitto bellte leise, schnupperte die Umgebung ab. Adrian entdeckte hingegen etwas ganz anderes als nur das Offensichtliche. Die hochgewachsenen Dornen kamen ihm zu regelmäßig vor, um natürlich gewachsen zu sein, fast wie eine Schutzmauer. Die Pflanzen waren zwar stark verwildert, ihre Ranken krochen überall hin, und sie fügten sich in den übrigen Wald ein, dennoch gab es Anzeichen, dass diese Pflanzen einst gezielt gesetzt worden waren.

„Bleib hier, dieses Mal kundschafte ich aus."

Inner Soul nickte und ließ sich erschöpft zu Boden fallen. Adrian ging ein Stück zurück, um sich zu vergewissern, dass ihnen niemand folgte. Da er außer piepsenden Vögeln nichts weiter hörte, lief er das Dornengestrüpp ab und fühlte sich immer mehr bestätigt. Diese Hecke bewahrte etwas. Aber wo befand sich der Eingang?

Chitto lief hechelnd neben ihm her, schien sich nicht dafür zu interessieren, warum sein neuer Herr immer auf und ab lief.

Über Adrian verdunkelte sich der Himmel, es roch nach kommender Kälte und Schnee. Seine Beine und Füße schmerzten ihn, er fühlte sich völlig ausgelaugt. Trotzdem ging Adrian zum dritten Mal die riesigen Sträucher ab, die anscheinend in einem großen Kreis angepflanzt worden waren. Inner Soul hatte derweil den Kopf auf den Beutel gelegt und döste.

Erneut ging er die Umgebung ab, bis er auf eine Stelle im Boden aufmerksam wurde, an der bestimmte Pilze wuchsen, die man nur an modrigem Holz fand. Er kniete sich hin, betastete den Boden … und wurde fündig. Unter einer nassen Laubschicht fand sich eine verrottete Holzplatte, die jemand als Abdeckung genutzt hatte. Adrian schob sie mühsam zur Seite und schaute in ein dunkles Loch, in das jemand eine Leiter gestellt hatte. Bevor er dort hinabstieg, musste er Inner Soul holen. Eilig lief er zurück und berührte seinen Freund sachte an der Schulter. Der schreckte regelrecht auf.

„Alles gut. Entschuldige, dass ich dich so erschreckt habe. Aber da ist etwas, das du sehen solltest."

Inner Soul antwortete mit einem Nicken, hob den Beutel auf und folgte Adrian. Zusammen sahen sie nun in das tiefe Loch.

„Ich wollte nicht da runter, ohne dir das zu zeigen. Ich glaube, da ist ein Gang, der unter die Dornen zu einem verborgenen Ort führt."

„Einem verborgenen Ort?"

„Ich bin die Sträucher abgegangen, jemand hat sie vor langer Zeit angepflanzt, so würde ein natürliches Gestrüpp nicht wachsen."

Inner Soul kniete sich vor die Grube. „Wie hast du den Eingang gefunden? Sicher lag er nicht so offen, oder?"

„Auf der Luke wuchsen Pilze, die nur an altem Holz
zu finden sind." Adrian zeigte auf die vermoderte Luke,
wo sich immer noch die Gewächse befanden.

„Du hast ein gutes Auge, Adrian Darkeye."

Bevor Adrian protestieren konnte, ließ sich Inner
Soul in das Loch fallen, er benutzte nicht einmal die Leiter.

„Ich wäre auch vorgegangen", murrte Adrian und
reichte ihm das Gepäck. „Chitto, komm!" Doch der
Hund ließ sich nicht einfangen. Adrian fluchte leise.

„Lass ihn, er findet einen anderen Weg", sagte Inner
Soul.

Also stieg Adrian vorsichtig die halb verrottete Leiter
hinunter. Chitto bellte, und er versuchte ein letztes Mal,
den Hund zu sich zu locken, aber das Tier blieb stur. Er
angelte nach der Luke und verschloss den Eingang.

Finsternis umfing sie. Für einen Moment sah Adrian
rein gar nichts. Dann gewöhnten sich seine Augen an
die fehlende Helligkeit, und er erspähte einen Licht-
spalt, unweit vor ihnen. Sie tasteten sich vorwärts, fanden eine zweite Leiter, und dieses Mal ließ Inner Soul
ihm den Vortritt. Adrian stieg hinauf und stemmte
auch hier eine Luke auf. Er schaute auf eine Lichtung,
horchte. Als er ausschließlich Waldgeräusche vernahm, hob er die Holzplatte komplett an und schob sie
zur Seite. Sie befanden sich im Innern des Dornenkrei-
ses. Eine alte Blockhütte war zwischen zwei hohe Fichten gebaut. Das Dach war an einer Stelle eingebrochen,
die Tür hing aus den Angeln. Anzeichen eines kleinen
Ackers fanden sich in der Nähe, und Adrian sah auf einer unebenen Fläche zwei einfache Holzkreuze.

Alles schien verlassen zu sein.

„Chitto!", rief er durch das Dornengestrüpp. Der Hund gab Laut, schien unruhig zu sein, dann hörte Adrian ein Scharren.

Inner Soul schob das Gepäck aus der Luke, kletterte hinaus und trat neben ihn. „Er gräbt sich durch", bemerkte er amüsiert und schaute sich nun ebenfalls um. „Freund oder Feind?", murmelte er mehr zu sich selbst.

„Egal wer, derjenige ist schon lange fort."

Sie schleppten ihre Habseligkeiten bis zur Hütte. Chitto schaffte es, sich unter die Hecke zu zwängen und sprang nun übermütig auf sie zu. Adrian streichelte ihn kurz und ging dann zu den Holzkreuzen, las die eingeritzten, verwitterten Inschriften.

Who loves the stars, ich werde dich nie vergessen, las Adrian lautlos und schaute auf das zweite Holzkreuz. Mein Kind, Little Racoon ...

Er atmete tief durch. „Inner Soul", rief er gedämpft.

Der Nakoda gesellte sich zu ihm, warf einen Blick auf die Gräber. „Also ein Freund."

„Vielleicht ein Siedler mit einer Frau aus deinem Volk?"

„Ja, es wirkt so."

„Warum hat er sich mit seiner Familie hier wohl versteckt?"

„Das werden wir nie erfahren." Er hockte sich vor die Grabstätten und legte die Hand auf die Erde. Leise sprach er Worte in seiner Sprache. Dann wandte er sich abrupt ab und sah zu der Hütte. „Du hast einen guten Platz für uns gefunden."

Sie gingen zu dem Holzgebäude und schoben die kaputte Tür weiter auf. Dort erwartete sie das Skelett des Einsiedlers, der anscheinend ohne seine Familie nicht mehr hatte leben wollen, denn am Boden fand sich eine verrostete Pistole, und in seinem Schädel prangte ein Einschussloch. Kein Fleisch fand sich mehr auf den Knochen, nur ein paar Kleidungsfetzen hatte er noch an.

„Wir sollten ihn zu seiner Familie bringen“, schlug Inner Soul vor.

Sie begruben den Fremden in einem flachen Grab, direkt neben den Menschen, die er geliebt hatte. Adrian und Inner Soul standen still vor den Ruhestätten und hingen ihren Gedanken nach.

„Ich musste auch meine Schwester so beerdigen“, sagte Inner Soul plötzlich leise. „Ich durfte sie nicht so bestatten, wie es mein Volk getan hätte.“

Der kommende Abend brachte Schnee und Kälte. Die zugige Hütte bot wenig Schutz, aber mehr Sicherheit als eine Übernachtung im Freien. Sie fachten den Kamin an, teilten ihr Essen und saßen nah beieinander. Chitto legte sich mit einem Schnaufen in ihre Nähe.

Inner Soul starrte in die Flammen. „Früher sind wir um das Feuer getanzt, haben unsere Götter geehrt. Heute wagen wir es nicht mehr.“

„Weil man euch entdecken könnte?“

Er nickte. „Wir verbergen uns wie … wie die Mäuse, die vor dem Winter fliehen.“

Adrian rückte noch ein Stück näher, zaghaft strich er ihm eine dunkle Strähne seines Haares zurück. „Ihr seid so viel mehr als das.“

„Ich vermisse das Leben, wie es früher gewesen ist.“ Inner Soul senkte den Blick. „Ich vermisse meine Familie.“

„Erzähl mir von ihr.“

„Mein Vater war ein Krieger, und ein sehr guter Jäger, und meine Mutter flocht die besten Körbe des Dorfes. Alle kamen und brachten uns verschiedene Dinge, um zu tauschen. Jeder wollte einen Korb meiner Mutter haben.“

„Was war das Besondere daran?“

„Sie verzierte sie wunderschön.“

„Und deine Schwester?“

„Sie hatte langes Haar wie ich, es lockte sich ein wenig, und sie hatte dunkle Augen, so wie du. Bevor wir zu der Schule gebracht worden sind, war sie immer fröhlich und lachte. Sie …“ Er stockte, rang um Fassung. Inner Soul nahm einen tiefen Atemzug. „Selbst in der Schule gab sie nie die Hoffnung auf, unsere Eltern wiederzusehen.“

„Sie ist jetzt bei ihnen“, raunte Adrian und legte einen Arm um ihn.

„Das hoffe ich, aber … ich bin … nicht sicher.“

„Weil du sie nicht richtig bestatten konntest?“

„Ja … Was ist, wenn sie in deinen Himmel gekommen ist, in dem sie nie sein wollte, und meine Eltern sind an unserem Geisterort?“

„Ich glaube nicht, dass die Art der Beerdigung darüber entscheidet, wo unsere Seelen hingehen.“

Inner Soul nickte, und in seinen Augen flammte etwas Hoffnung auf.

Etwas später sah Adrian, dass ihm immer wieder die Augen zufielen.

„Lass uns schlafen.“

„Gut.“ Inner Soul breitete das Fell aus. Mit einem erstickten Seufzen legte er sich auf die weiche Unterlage, Adrian deckte ihn zu, blieb am Feuer sitzen.

Inner Soul sah blinzelnd zu ihm auf. „Komm …"

„Muss niemand Wache halten?"

„Hier an diesem Ort nicht."

Adrian kroch zu ihm unter das Fell, das ihnen als Decke diente. Inner Soul kuschelte sich an ihn.

„Danke, dass du mit mir gekommen bist, Adrian Darkeye", wisperte er.

Seine Worte weckten in Adrian ein seltsames Gefühl. Er brauchte einen Moment, um die Empfindung in Worte zu fassen. „Für dich würde ich auch durch die Hölle gehen", sagte er mit heiserer Stimme.

Inner Soul richtete sich etwas auf, um ihn anzusehen. Zur Antwort küsste er ihn sachte und lehnte dann seinen Kopf auf Adrians Brust.

In der Hoffnung, dass die fremden Männer weit fort waren und der Eingang der Lichtung unbemerkt blieb, schliefen sie beide eng umschlungen ein.

15

Adrian erwachte als Erstes und schaute verdutzt auf den Schnee, der durch die eingebrochene Decke hereingeweht worden war. Mit steifen Gliedern stand er auf und deckte Inner Soul wieder richtig zu. Das Kaminfeuer war ausgebrannt, und Adrian kämpfte eine Weile, um es wieder in Gang zu bringen. Der Schnee hatte das Dach fast abgedichtet, an den restlichen Balken hatte er sich halten können und so langsam das Loch verschlossen, was ihnen zugutekam.

Adrian ging zum Eingang. Hier staute sich ebenfalls der Schnee. Mühsam schob er die halb in den Angeln hängende Tür auf und spähte hinaus. Die weiße Schicht bedeckte die gesamte Lichtung, doch es hatte aufgehört zu schneien. Adrian schaute in den nun hellblauen Himmel. Die Sonne ließ die Eiskristalle glitzern, die Berge konnte er nur schemenhaft erkennen, weil Nebel ihre Gipfel umhüllte.

Dies würde ihre Reise erschweren, erkannte Adrian besorgt.

Chitto drängelte sich an ihm vorbei und stürmte in den Schnee, was Adrian zu einem leisen Lachen reizte. Er warf einen Blick auf die Gräber, die nun wie unschuldige Hügel aussahen. Adrian ging zurück in die Hütte, Inner Soul erwachte gerade. Er blinzelte gegen das Sonnenlicht an, das wegen der noch offenen Tür in die Hütte fiel.

„Es hat geschneit", bemerkte er.

„Ja, und nicht zu knapp."

Mit einem Gähnen richtete er sich auf und ging zu Adrian. „Ich hatte gehofft, dass uns der Schnee erst auf dem Rückweg behindert." Er sah nachdenklich auf die schneebedeckte Umgebung. „Und jetzt können wir unsere Spuren nicht mehr vollständig verbergen."

Mit einem Seufzen ging er hinein, ordnete sein langes Haar und flocht es zu zwei Zöpfen. Adrian beobachtete ihn verstohlen dabei.

„Werden wir heute noch hier rasten?", fragte er hoffnungsvoll, denn mittlerweile spürte er jeden Knochen im Leib.

„Nein, wir müssen weiter."

Nach einer kargen Mahlzeit packten sie ihre Sachen zusammen und verließen über den Geheimgang die verborgene Lichtung. Chitto nahm wieder den Weg, den er selbst gegraben hatte, musste sich nur zusätzlich durch den Schnee wühlen.

Die Welt schien sich verwandelt zu haben. Die weiße, funkelnde Schneedecke wirkte wie ein Zauberland – wäre es nicht so kalt. Zum Schutz vor dem Frost legten sie sich die Bisonfelle über die Schultern, wechselten sich beim Tragen des Gepäcks ab und gingen weiter über die Berge. Chitto schien das Wetter nichts auszumachen, sein Winterfell war dick, wie das eines Bären, und er lief leichtfüßig über Eis und Schnee.

Sie wanderten über Hochebenen, durchquerten kleine Täler und stiegen Hügel und Berge hinauf und wieder hinunter. Adrian bemerkte dennoch, dass Inner Soul immer unsicherer wurde. Oft blieb er stehen, sah sich um, suchte nach Orientierung.

„Haben wir uns verirrt?"

„Nein, wir sind am richtigen Ort, aber ..."

„Ja?“

„Diese Gegend habe ich noch nie im Schnee gesehen. Sie ist tückisch, voller Spalten und wir müssen dort hinauf.“ Er zeigte zu einem Bergrücken. „Glaube ich ...“

„Du bist nicht sicher?“

„Alles sieht anders aus.“

Adrian schaute sich um. Vor ihnen lag ein weißes, unberührtes Land. „Kannst du mir sagen, wie es sonst ausgesehen hat? Ohne Schnee?“

Inner Soul sah ihn verwundert an. „Warum möchtest du das wissen?“

„Weil ich vielleicht die Punkte erkennen kann, nach denen du suchst.“

Als Inner Soul ihm beschrieb, wie die Umgebung ohne Schnee ausschaute, schloss er die Augen, versuchte, es sich vorzustellen. Sein Gefährte endete und Adrian hob die Lider, sah sich aufmerksam um.

„Da ist der Nadelfelsen, siehst du?“

Inner Soul folgte seiner Geste mit dem Blick und betrachtete ein unförmiges Gebilde, das sich kaum vom übrigen Gelände abhob.

„Und das könnte vielleicht der Ort mit den verbrannten Fichten sein. Wenn du genau hinsiehst, kann man zwischen dem Schnee krumme Gebilde sehen. Das könnten die kahlen Bäume sein.“

Überrascht sah Inner Soul ihn an. „Und du meinst, dass du dich nicht orientieren kannst?“

„Nur, wenn ich mir verschiedene Punkte genau merke. Deshalb sehe ich einige Dinge womöglich etwas anders.“

Inner Soul lächelte, sein Finger strich sanft seinen Arm herunter, was in Adrian ein prickelndes Gefühl auslöste. Er wollte sich vorbeugen, ihn küssen, doch Inner Soul entwand sich ihm mit leisem Lachen und strebte in Richtung des verschneiten Nadelfelsens. Da Adrian das Gepäck trug, bekam er ihn nicht zu fassen.

Erst auf der trostlosen Lichtung der ‚burning trees‘, wie Inner Soul den Ort nannte, hielten sie an.

„Du hast sehr gute Augen, ich habe das nicht erkennen können.“

Adrian ließ den schweren Beutel fallen und begegnete dem Blick seines Gefährten. Der packte in das Fell, das Adrian wie einen Mantel trug, und zog ihn zu sich. Seine Lippen fühlten sich kalt an, doch der Kuss ließ Adrian das Wetter und den Schnee vergessen. Er hätte ewig hier mit Inner Soul verharren können.

Nachdem sie sich gelöst hatten, streichelte Adrian sachte über seine Wange. „Ich muss Healing Owl irgendwie überzeugen, dass du zu mir gehörst. Und ich habe eine Idee.“

„Ah ja?“

„Ich werde sie mit Bildern bezahlen.“

„Mit … Bildern?“

„Ich muss nur an Farben, Pinsel und Leinwände kommen. Dann werde ich für sie die schönsten Kunstwerke zaubern.“

„Du kannst malen?“

Adrian nickte und ein bisschen Stolz regte sich in ihm, denn sein Talent schien außergewöhnlich zu sein, wenn er daran dachte, wie andere auf seine Gemälde reagierten – ausgenommen sein Vater, der in jeglicher Kunst nur Zeitverschwendung sah.

Nein, nicht Vater, dachte Adrian, das ist er nie gewesen.

Er erzählte Inner Soul von einigen Bildern, die er bereits gemalt hatte, und sie vergaßen für den Augenblick jegliche Gefahr. Bis Inner Soul Adrian am Ärmel festhielt und ihn zurückzerrte. Schnee bröckelte in die Tiefe und gab einen tiefen Schacht frei.

Adrian sah geschockt in die Finsternis des Spaltes, der zuvor völlig zugeschneit gewesen war.

„Wir sollten unseren Weg vorher prüfen", sagte Inner Soul leise.

Es bedeutete einen Umweg, diesem Graben aus eisverkrusteten Felsen auszuweichen. Der Nakoda brach schließlich von einer vertrockneten Tanne einen langen Ast ab und untersuchte ihren Pfad, der sie nun immer weiter hinaufführte. Unterhalb des Gipfels schwenkte Inner Soul nach links und führte sie in das Tal auf der anderen Seite.

So wanderten sie Tag um Tag, übernachteten in Höhlen, unter Tannen, oder draußen unter den Bisonfellen. Noch nie zuvor hatte Adrian so sehr gefroren, und ihre Vorräte gingen zu Neige. Chitto begann, selbst zu jagen, und manchmal schielte Adrian hungrig auf die Kleintiere, die der Hund fing und ungerührt bei ihnen fraß. Sie selbst mussten sich mit dem Rest Trockenfleisch begnügen.

Da sie kaum gerastet, sich immer weiter vorwärtsgeschleppt hatten, bei jedem Wetter, erreichten Adrian und Inner Soul am Ende des siebten Tages die Berge, die an den Pazifik grenzten. Vom Meer sah Adrian jedoch nichts, der Ozean lag noch viel weiter westlich.

Inner Soul nahm von Adrian das Gepäck entgegen. „Eigentlich leben sie auf einer Insel. Ein paar von ihnen trennen sich im Herbst vom Dorf und lagern in den Bergen, um zu tauschen. Nicht nur mit uns, auch mit anderen Stämmen und Trappern."

Obwohl der Abend bereits dämmerte, liefen sie unbeirrt weiter. Adrian stolperte mittlerweile immer wieder, aber Inner Soul, dem es ähnlich ging, hatte der Ehrgeiz gepackt.

„Wir sind ganz nah", sagte er wie in einem Mantra.

Dann hörte Adrian es – Trommeln, Gesang, Gelächter. Und er roch gebratenes Fleisch, was ihm das Wasser im Mund zusammenlaufen ließ.

Als sie über einen Hügel kamen, sah Adrian auf ein großes Lagerfeuer, mehrere Tipis und ein buntes Treiben. Dort unten herrschte eine festliche Atmosphäre. Sein Gefährte krallte die Hand in seinen Arm, was Adrian verwundert aufschauen ließ.

„Auch wenn ich dir diesen Namen gesagt habe. Nenne sie nicht Bella Bella. Sie mögen diese Bezeichnung nicht."

„Es ist wieder eine Bezeichnung der Weißen, oder?"

Inner Soul nickte. „Ihr Stammesname ist Heiltsuk. Lass mich sprechen, halte dich zurück."

„Ich kann ja ohnehin nicht ihre Sprache."

„Einige von ihnen verstehen aber deine, deshalb sei vorsichtig, was du sagst."

„In Ordnung."

Die Trommeln kamen Adrian viel zu laut vor. Einige Männer trugen bunte Kopfbedeckungen, andere kämpften spielerisch miteinander. Ernst wirkte es nicht, sie lachten, während sie miteinander rangen. Er erspähte auch einige Weiße unter ihnen, meistens Trapper mit Fellmütze und Gewehr, und hoffte, dass ihnen nicht womöglich Lee Martin über den Weg lief. Zu ihm würde es passen, mit diesem Volk an einem Tag zu tauschen und ihnen am anderen Tag den Skalp zu nehmen, um ein paar Dollar zu verdienen.

Am Rand des Lagers legte Inner Soul das Gepäck ab und bedeutete Adrian, sich zu setzen. „Ruh dich aus. Ich bringe etwas zu Essen mit. Morgen werden wir wieder zurück über die Berge wandern."

„Schon morgen?"

Adrian hatte auf einen Tag Rast gehofft. Sein Freund antwortete ihm nicht, sondern zog einen kleinen Beutel aus ihrem Gepäck. Dort verbarg sich für die Nakoda kostbarer Schmuck, das wusste Adrian. Inner Soul atmete tief durch, richtete sich auf und ging in Richtung des großen Feuers. Er hielt sich von den Trappern und auch von den Männern des Stammes fern, ging zielstrebig auf eine Gruppe Frauen zu, die ihn willkommen hießen. Er verschwand mit ihnen in einem Tipi.

Adrian ließ sich schwer auf den kargen Boden fallen. Er rief Chitto zu sich, der das Lager erkunden wollte. Der Hund zögerte, gehorchte schließlich und ließ sich neben Adrian nieder.

Wie lange wäre Inner Soul wohl fort? Sein Magen knurrte, und er hätte sich gern mit seinem Gefährten unter die Bisonfelle verkrochen, weil der Frost ihm regelrecht unter die Kleidung kroch. Seufzend lehnte er sich an einen Felsen und beobachtete die Menschen am Feuer.

Die Zeit verging, manchmal fühlte er sich beobachtet, schaute sich argwöhnisch um. Die Erschöpfung siegte schließlich. Die Augen fielen ihm zu und trotz der lauten Geräusche döste er ein.

Adrian schreckte auf, weil ihn jemand mit einem leichten Tritt in die Seite unsanft weckte. Er sah pikiert auf einen Trapper, der lässig sein Gewehr über die Schulter trug. In seinem zerzausten Bart klebten Essensreste, und er spukte Kautabak zu seinen Füßen aus. Chitto war verschwunden.

„Ich hab dich mit der Squaw gesehen. Leihst du sie aus? Ich zahl gut."

„Wie bitte?", fragte Adrian verdattert und richtete sich auf, um nicht zu dem Kerl aufsehen zu müssen.

„Die Frauen hier sind zickig, selbst für die besten Felle kriegste sie nicht rum. Hab's schon versucht. Aber die Kleine gehört dir, oder?"

„Wie kommst du, verdammt noch mal, darauf?", fragte Adrian fassungslos.

Der Trapper zuckte mit den Schultern. „Du lässt sie für dich die Arbeit machen. Sie trägt das Gepäck, verhandelt mit den anderen Squaws."

„Inner Soul gehört niemandem."

In dem Moment kam Inner Soul aus dem Tipi. Er trug das Gewand einer Frau, sein Haar wehte offen im Wind. Adrian verstand, dass man ihn als Frau wahrnahm, und er würde das nicht berichtigen.

„Scher dich fort!", grollte Adrian.

Inner Soul kam mit alarmiertem Ausdruck zu ihm. Der Trapper runzelte die Stirn, als er ihn von Nahem sah. Konnte er die feinen Unterschiede wahrnehmen und erkennen, dass Inner Soul keine wirkliche Frau war?

„Nur ein Berdache", sagte der Mann verächtlich und verzog das Gesicht. Er spuckte Inner Soul ohne Vorwarnung mitten ins Gesicht.

Adrian schnappte empört nach Luft. Ohne nachzudenken griff er den Mann am Kragen. Am liebsten hätte er ihm die Faust ins Gesicht geschlagen.

Inner Soul ging dazwischen. „Nicht, Adrian!"

Er presste die Lippen aufeinander und stieß den Kerl von sich. Der krallte seine Hand um das Gewehr, und für einen Moment fürchtete Adrian, er wolle sie damit bedrohen. Entschlossen stellte er sich vor Inner Soul.

Einige Umstehende wurden auf sie aufmerksam, also ließ der Trapper die Waffe sinken, beschimpfte sie mit einem derben Fluch und verschwand in der Menge.

„Ist alles in Ordnung?", fragte Adrian besorgt.

Inner Soul wischte sich mit dem Ärmel über das Gesicht. „Ja …"

In Adrian fachte Wut auf, doch er riss sich zusammen. Bereits jetzt hatten sie Aufmerksamkeit erregt. Einige Heiltsuk kamen und sprachen Inner Soul an.

„Sie wollen wissen, was geschehen ist", übersetzte er leise.

Adrian sog scharf den Atem ein. „Weil du das Gepäck getragen hast, hat er gedacht, du wärst … keine Ahnung … meine Sklavin oder so. Er wollte … er dachte, du bist eine Frau und wollte … Dieser Bastard wollte dich für eine Nacht kaufen."

Inner Soul senkte den Blick. „Und als ich näher kam, hat er erkannt … was ich bin." Er blinzelte. „Vielleicht wäre es besser gewesen, wenn ich in anderer Kleidung gekommen wäre", flüsterte er.

„Nein, du bist, wer du bist!"

„Aber ich wusste, dass hier auch Weiße sein werden, und schließlich habe ich eine lange Zeit unter ihnen gelebt. Ich hätte wissen müssen, dass …"

Adrian fasste ihn sachte an den Armen. „Nein, hör auf.“

Sanft löste sich Inner Soul aus seinem Griff und sprach mit den Menschen, die hier ihr Lager hatten. Sie sprachen miteinander, der Ärger war ihnen anzusehen. Sie entfernten sich, und Adrian sah ihnen mit Sorge nach. „Was geschieht jetzt?“, hakte er nach.

„Die Heiltsuk dulden hier keine Beleidigungen, und sie tolerieren es auch nicht, dass er ... Frauen sucht ... um mit ihnen ... also für Geld“, antwortete Inner Soul leise. „Sie werden den Mann des Lagers verweisen. Das ist nicht gut für uns.“

„Warum?“

„Weil er nun wütend auf uns ist. Ihm werden Tauschgeschäfte entgehen.“

Inner Soul nahm eines der Bisonfelle und wollte zurück zu den Tipis gehen.

„Was hast du vor?“

„Der Schmuck reicht ihnen heute nicht. Wir müssen ihnen ein Fell überlassen.“

„Aber ...“ Adrian fehlten die Worte, weil er Inner Souls Gesichtsausdruck deuten konnte. Ihnen blieb keine Wahl.

Dieses Mal ließ er seinen Gefährten nicht aus den Augen. Nach diesem Vorfall fühlte er sich hier nicht mehr sicher. Erst als Inner Soul mit einem Lederbeutel zurückkam, atmete er auf.

Es begann zu schneien, und sie verzogen sich unter einen Felsvorsprung, der ihnen etwas Schutz gab. Zusammen kauerten sie sich auf das verbliebene Fell.

„Die Frauen, mit denen ich handelte, bewundern dich.“

Adrian nahm seine Hand. „Warum denn das?"

„Weil du mein ... Empfinden verstehst und nicht wie die Weißen denkst. Weil du dich vor mich gestellt hast, als der Trapper mit dem Gewehr auf uns zielen wollte." Er setzte sich etwas seitlich, damit er Adrian ansehen konnte. „Weißt du, ich fühle mich in meinem Körper nicht unwohl. Alles ist gut, so wie es ist. Ich kann nur nicht das Leben eines Mannes leben, es widerstrebt mir zu jagen und zu kämpfen. Mir gefällt der Status als Frau. Trotzdem wäre es besser gewesen, ich hätte etwas Männliches angezogen."

„Wegen diesem Idioten?"

Inner Soul schüttelte den Kopf. „Weil wir jetzt Aufsehen erregen."

„Wie kommst du darauf?"

Ohne ein weiteres Wort neigte er den Kopf in Richtung Feuer. Adrian folgte dem Wink mit dem Blick und zog die Brauen zusammen. Beobachtete man sie beide? Adrian sah sich um. Der Trapper musste seinen Kumpanen seine Version geschildert haben, denn einige starrten unverhohlen zu ihnen rüber. Auch einige von den anderen Stämmen beäugten sie unauffällig.

„Nicht jeder von euch versteht es?", fragte Adrian im Flüsterton.

„Jeder Stamm hat seine eigenen Sitten." Er fuhr mit den Fingern gedankenverloren durch das dunkle Bisonfell. „Du hast nicht sofort gesehen, was ich bin, oder?"

„Vielleicht habe ich schon von Anfang an einfach Inner Soul gesehen, und mir war egal, ob du Mann oder Frau bist."

„Aber du hast es nicht sofort erkannt?"

„Nein ... nicht sofort. Ich war wohl unsicher ...“

„Wegen der Kleidung, ja.“ Er lachte bitter. „Vielleicht bin ich doch, was die in der Schule gesagt haben – eine Witzfigur.“

„Das bist du nicht! Hör auf, so etwas zu sagen!“

„Als sie mir dort die Haare ganz kurz schnitten und mir die Kleider eines Jungen anzogen, war nicht mehr viel übrig von meinem ... Gefühl.“

Sachte strich er Inner Souls dunkles Haar nach hinten. „Und jetzt? Ist es in diesem Moment da?“

Zögerlich begegnete er Adrians Blick. „Ja ...“

„Siehst du? Das ist alles, was zählt.“

Adrian legte sanft seine Lippen auf Inner Souls und jagte innerlich alle zum Teufel, die nicht verstanden, was sie beide verband.

Er löste sich. „Hast du die heilige Erde?“

Inner Soul nickte.

„Dann lass uns gehen, wir können auch woanders übernachten.“

„Das ist eine weise Entscheidung. Aber wo ist Chitto?“

Sie sahen sich beide um, der Hund war verschwunden. Adrian fluchte leise.

„Chitto!“, rief Inner Soul und ließ den Blick über die Menge schweifen. „Kannst du auf zwei Fingern pfeifen?“

„Ja, warum?“

„Versuch es. Buffalo Hunter hat ihn oft so gerufen.“

Adrians Pfiff hallte durch das Lager. Es dauerte zwar eine Weile, dann kam Chitto regelrecht herangestürmt. Sie atmeten beide auf.

„Was hat er da im Maul?“, fragte Inner Soul argwöhnisch.

„Sieht aus wie ein gebratener Vogel." Skeptisch betrachtete Adrian den sichtlich aufgeregten Hund. „Ich hoffe für uns, dass dir das jemand gegeben hat, und du es nicht gestohlen hast."

Die Antwort kam postwendend. Eine Frau der Heiltsuk eilte wütend auf sie zu. Sie sprach auf Inner Soul ein, der Mühe zu haben schien, ihr zu folgen. Ihre Sprache hörte sich etwas anders an, als die der Nakoda.

Chitto verspeiste derweil seine Beute.

Inner Soul redete beschwichtigend auf sie ein. Schließlich holte Inner Soul ein Stück Trockenfleisch hervor, und bot es ihr an. Neben der Heilerde hatte er auch Lebensmittel getauscht, und Adrian hätte Chitto am liebsten den Hintern versohlt, denn sie brauchten eigentlich jedes bisschen Nahrung für den Rückweg.

Die Frau lehnte ab und ging schimpfend davon.

Adrian sah nun kopfschüttelnd auf den Hund, der sich schwanzwedelnd das Maul leckte. Inner Soul wirkte auf einmal wie erstarrt. Ohne ein Wort packte er Adrian am Ärmel und zog ihn ein Stück nach hinten, um dem Licht des Lagerfeuers zu entgehen.

„Was ist denn?"

Stumm zeigte Inner Soul in eine Richtung. Adrian fluchte leise.

Dort hinten am Feuer stand Lee Martin und sprach mit dem Trapper, der ihnen Schwierigkeiten bereitet hatte. Sie schienen mit den Heiltsuk zu diskutieren.

„Was, verdammt noch mal, macht Lee Martin hier?"

Sie wichen noch ein Stück in die Dunkelheit zurück. „Vielleicht war er bei den Männern, die uns anfangs gefolgt sind", flüsterte Inner Soul. „Du sagtest, er war früher Trapper, oder?"

„Ja.“

„Dann kennt er dieses Lager. Befreundete Stämme kommen hierher und tauschen, schon seit einer langen Zeit. Die Trapper wissen das.“

Adrian beobachtete den Mann, der sein Pferd am Zügel hielt und dem bärtigen Trapper nun genau zuhörte. „Er muss auf einem anderen Weg gekommen sein. Unsere Strecke hätte ein Pferd nicht bewältigen können.“

„Er muss die offizielle Route genommen haben. Sie ist weiter, mit einem Pferd bist du trotzdem schneller“, mutmaßte Inner Soul. „Sie wäre für uns keine Option gewesen. Zu viele nutzen diese Strecke.“

Lee Martin schaute nun direkt in ihre Richtung, blickte sich suchend um. Noch erspähte er sie nicht, da sie bei den Lichtverhältnissen kaum zu sehen waren. Aber er schien sie zu suchen.

„Wir müssen fort!“, raunte Adrian.

Inner Soul nickte. „Bleib verborgen. Mich kennt er nicht.“ Er ging zu ihren Sachen, packte alles zusammen.

Adrian fühlte Übelkeit in sich aufsteigen, denn er erinnerte sich plötzlich an das Gespräch der Männer, vor denen sie sich versteckt hatten, als sie noch an dem See gelagert hatten.

Die Stadt zahlt gut, wenn es darum geht, die letzten Stämme zu finden. Wolfberry soll indianerfrei werden.

Und über Adrian würden sie an die Nakoda herankommen.

Chitto presste sich an sein Bein, winselte leise. Inner Soul gab ihm mit einem Wink zu verstehen, dass er ihm folgen sollte. Sie tauchten zwischen einigen Bäumen unter und kletterten einen steilen Pfad hinauf, um das Lager hinter sich zu lassen.

Der Schnee behinderte ihre Sicht. Trotzdem wagten sie, wieder in die Berge zu steigen. Auf einer Hochebene zerrte der aufkommende Wind so sehr an ihnen, dass sie sich teilweise an Felskanten festhalten mussten. Nach über einer Stunde blieb Inner Soul keuchend stehen. „Wir müssen Schutz suchen, sonst fegt uns der Wind irgendeinen Abgrund herunter."

„Den wir in der Nacht nicht einmal kommen sehen würden." Adrian stützte sich schwer gegen eine vereiste Wand.

Sie befanden sich an einem unwirtlichen Ort, der sie dem Wetter regelrecht auslieferte. Einige Wolken verzogen sich und gaben den fahlen Mond frei. Silbernes Licht ergoss sich über das Gebirge.

„Ist das dort unten ein Wald? Ich kann es nicht richtig erkennen." Inner Soul zeigte in ein kleines Tal, das sich nun im Schein des Mondes unter ihnen ausbreitete.

Adrian verengte die Augen und versuchte, durch den Schnee etwas zu erkennen. „Das könnten Nadelbäume sein. Ja, ich glaube, dort ist ein Wald."

Sie wandten sich in die Richtung und kamen nach einiger Zeit in einen Hain mit verschneiten Fichten. Sie suchten sich einen alten Baum mit ausladenden Zweigen und Ästen, ließen sich an dessen Stamm nieder. Dieses Mal band Adrian den Hund mit einer langen Leine fest. Inner Soul wagte, ein kleines Lagerfeuer zu entzünden, damit sie nicht erfroren.

„Schlaf du zuerst, ich halte Wache."

Inner Soul nickte und rollte sich einfach auf dem mit Tannennadeln übersäten Boden zusammen. Adrian legte ihm das Fell um die Schultern und lehnte sich seufzend an die alte Fichte. Chitto winselte und kroch in seine Nähe. Als wolle er sich für sein Verhalten entschuldigen, legte er unterwürfig seinen großen Kopf auf Adrians Bein.

„Ist schon gut. Wir haben ja alle Hunger", murmelte er nur und kraulte ihn hinter den Ohren.

Die anfängliche Angst vor dem Tier hatte sich längst verflüchtigt, und er genoss Chittos ruhige Gegenwart.

Immer wieder fachte er das Feuer an, sah sich in der Dunkelheit um, achtete auf Bewegungen. Nach einigen Stunden kämpfte er allerdings so mit seiner Müdigkeit, dass er Inner Soul sachte weckte.

„Mir fallen immer wieder die Augen zu", sagte Adrian schläfrig.

Inner Soul sah sich um. „Der Morgen graut ja schon fast. Warum hast du mich nicht eher geweckt?"

„Weil du auch mal schlafen musstest. Die letzten Nächte warst du immer länger wach."

Sein Gefährte überließ ihm das verbliebene Bisonfell, und Adrian schlummerte schnell ein.

Chittos tiefes Knurren weckte ihn abrupt. Adrian schreckte auf. Inner Soul war fort. Verwirrt sah er sich um. Er hörte aus einiger Entfernung Männerstimmen und richtete sich erschrocken auf. War man ihnen gefolgt?

„Inner Soul?", rief er gedämpft.

Da sah er ihn. Er stand halb in einem Gebüsch und schien jemanden zu beobachten. Hastig drehte er sich zu ihm um, legte den Finger an die Lippen. Inner Soul schlich zu ihm zurück.

„Sie haben uns gefunden, müssen unserer Spur gefolgt sein“, flüsterte er und packte eilig ihre Sachen zusammen.

Inner Souls Blick jagte ihm Angst ein.

Adrian hastete zu dem Gebüsch und spähte durch die Zweige. Sie waren zu dritt. Der Kopfgeldjäger Lee Martin saß auf einem Pferd und schaute sich aufmerksam um. Ein Fremder untersuchte den Boden, also schien es ein Fährtenleser zu sein. Und ... der verdammte Trapper von gestern. Was hatte der mit Lee Martin zu schaffen?

Resigniert ging er zurück zu Inner Soul, der gerade den Hund losband.

„Sie suchen wirklich nach uns, oder?“

„Ich glaube ja.“

Sein Gefährte holte ein langes Messer in einer Lederscheide hervor, er reichte es Adrian, doch der zögerte.

„Nimm es, Adrian Darkeye. Wenn das geschieht, was ich befürchte, wirst du keine Wahl haben.“

Mit zusammengepressten Lippen griff er nach der Waffe. „Was ist mit dir?“

Inner Soul griff in eine Falte seines Ledergewandes. „Ich trage meines immer bei mir.“

Adrian verstaute das mit Leder geschützte Messer auf ähnliche Weise und griff nach dem Gepäck, bevor Inner Soul es nehmen konnte.

„Nimm du den Hund, damit er uns nicht verrät.“

Sein Gefährte band dem Tier die Leine wieder um, und sie wanderten so schnell wie möglich einen steilen Felshang hinauf. Dorthin konnte ihnen Lee Martin mit dem Pferd nicht folgen.

Die Morgendämmerung brachte leichten Nebel mit sich, der Wind bewegte den Dunst hin und her, er wand sich wie Totenschleier über die Felsen. Für einen Moment hegte Adrian die Hoffnung, unentdeckt zu bleiben. Argwöhnisch sah er auf das freie Gelände, das sie nun durchqueren mussten. Dann schaute er sich um und sah, wie der Kopfgeldjäger aus dem kleinen Wald auftauchte, in dem sie übernachtet hatten. Wenn er Lee Martin sehen konnte, dann ...

Ein Schuss pfiff ihm um die Ohren, Gestein splitterte in seiner Nähe ab, Bruchstücke trafen ihn im Gesicht.

Inner Soul wandte sich erschrocken zu ihm um. „Adrian!"

„Er hat mich nicht getroffen."

„Das war ein Warnschuss, Maywood!", schrie Lee Martin. Seine tiefe Stimme hallte wie ein Echo über das Gebirge. „Komm runter und hör auf, wie ein Fuchs davonzulaufen."

„Was willst du von mir?", rief Adrian zurück.

„Das sag ich dir, wenn du mit deinem Indianerfreund runterkommst."

„Sicher nicht", murmelte Adrian. Er fasste nach Chittos Leine und zog den Hund zu sich heran, löste den Strick. Das Tier musste frei laufen können, was immer auch geschehen mochte.

„Sag, was du zu sagen hast, Lee. Ich fühle mich hier oben ziemlich wohl."

Der Kopfgeldjäger lachte rau. „Ich will dir nur ein Geschäft vorschlagen."

„Was für ein Geschäft?"

Inner Soul berührte Adrian am Ärmel. „Wenn ihr weiter so herumbrüllt, löst ihr noch eine Lawine aus", gab er zu bedenken.

Adrian sah zu den höheren Gipfeln, die bereits von einer dicken Schneeschicht bedeckt waren. Er rang mit sich. „Bleib hier, ich werde ein Stück heruntergehen, um mir anzuhören, was er zu sagen hat. Geh du mit Chitto weiter nach oben."

„Adrian, tu das nicht!"

„Inner Soul, ich scheine ihm noch nützlich zu sein. Dich würde er einfach von der Felswand schießen. Geh! Ich verschaffe dir Zeit und komme nach." Er wandte sich zu Lee Martin um. „Ich komme runter", rief er und Lee Martin ließ das Gewehr sinken.

Sein Gefährte zögerte noch immer.

„Bitte, Inner Soul …"

Schließlich gab der Nakoda dem Hund ein Zeichen, nahm das Gepäck entgegen und stieg weiter hinauf.

Vorsichtig lief Adrian den teilweise vereisten Pfad wieder hinunter. Lee Martin wartete auf seinem Reittier, das lange Gewehr quer über den Pferderücken gelehnt. Der Mann fixierte Inner Soul. Adrian warf einen Blick nach oben und schaute zu, wie Inner Soul mit Chitto hinter den Felsen verschwand. Erleichterung überspülte ihn förmlich. Selbst wenn es für ihn keine Chance gab, zu ihm zurückzukehren, so war er vorerst in Sicherheit.

Adrian kletterte nur die halbe Strecke herunter, damit er mit normaler Stimme sprechen konnte. Der Trapper und der fremde Fährtenleser gesellten sich nun zu Lee Martin. Auch sie führten Pferde am Zügel.

„Und? Ich höre."

„Du lässt unser Geschäft gerade davonrennen", murrte Lee Martin.

„Wie bitte?"

„Dieser seltsame Indianer in Frauenkleidern. Gehört
er zu dem Stamm, der in den Bergen um Wolfberry lagert?"

„Wir sind allein. Ich habe ihn bei der Jagd aus Versehen angeschossen und ihm aus Schuldgefühlen geholfen. Nun sind wir befreundet. Ich weiß von keinem
Stamm", log Adrian.

„Du kennst also nicht die Mountain Stoneys vom alten Bear's Claw?"

„Nie gehört."

Lee Martin lachte spöttisch. „Oh, Adrian, du warst immer schon ein miserabler Lügner. Mein Freund hier ..."
Er zeigte auf den Fährtenleser, den sich Adrian nun ge-
nauer ansah. „Er sagt, er hat gesehen, wie ihr mit Sack
und Pack über die Berge geflüchtet seid, weil wir euch
am See zu nah gekommen sind."

Der Fährtenleser schaute auf sein Pferd, als ginge ihn
das alles nichts an. Vom Aussehen könnte er ein Métis
sein, ein Halbblut. Was hatte ihn erwogen, Bear's Claws
Volk zu verraten?

„Und was willst du von mir?", hakte Adrian nun nach,
leugnen würde nichts nutzen.

„Dein Vater und die Stadt Wolfberry zahlen verdammt gut, wenn es darum geht, die Indianer endlich
alle in den Reservaten zu wissen. Sie haben einen Vertrag unterschrieben, schon vor zwei Jahren."

„Bear's Claw hat nichts unterschrieben."

„Er und sein Stamm gehören zu den Stoneys, und der
Vertrag gilt für alle." Lee Martin richtete sich im Sattel
auf. „Ich habe dir also ein Geschäft vorzuschlagen. Du
verrätst mir den Standort der Stoneys, im Gegenzug
kriegst du zwanzig Prozent von meinem Anteil. Das

würde genügen, um aus Wolfberry zu verschwinden und in einer Stadt ein neues Leben zu beginnen. Denn das willst du doch, oder? Weg von deinem Vater. Und in der Stadt fällt es vielleicht nicht auf, wenn du dir Männer anstatt Frauen ins Bett holst."

Adrian fühlte, wie er kreidebleich wurde. Nur sein Bruder wusste von seiner Neigung. Hatte dieser Bastard ihn verraten, obwohl das für Adrian eine Gefängnisstrafe bedeuten könnte?

„Ich habe bereits ein neues Leben. Ich lehne dankend ab."

Er musste fort!

Adrian drehte sich um und stieg wieder die Felsen rauf.

„Du weißt, dass ich dich auch einfach erschießen könnte!", rief Lee Martin.

Adrian ließ die Männer zurück, kletterte stetig weiter hinauf, immer die Angst im Nacken, von einem Gewehrschuss getroffen zu werden.

Lee Martin schoss nicht. Entweder hatte er von Henry Maywood die Order bekommen, ihn leben zu lassen, oder er erhoffte sich mehr Chancen beim Auffinden der Nakoda. Einem weißen Greenhorn zu folgen war einfacher als einen Indianer zu finden, der lebenslang gelernt hatte, sich zu verbergen.

16

Adrian kletterte die raue Bergwand hinauf, trat vorsichtig auf jeden Felsgrat, weil überall vereiste Stellen lauerten. Mehrmals rutschte er mit dem Fuß ab, fing sich aber wieder auf. Er hörte das hallende Geräusch von Pferdehufen auf Stein und schaute sich um. Lee Martin und der Fährtenleser ritten im Eiltempo davon, ließen den Trapper zurück, der sein Pferd wieder in die Richtung des Heiltsuk-Lagers führte.

Was hatte Lee Martin vor?

Inner Soul erwartete Adrian auf einem Plateau. Pure Erleichterung malte sich auf seinem Gesicht ab, und er half Adrian über eine hohe Kante.

„Was hat er zu dir gesagt?"

Adrian legte seine Hand auf Chittos Kopf, als brauche er Halt. „Sie wollen unser Lager finden. Wolfberry will euch in einem Reservat sehen, und die Stadt scheint viel Geld zu zahlen."

„Und er wollte, dass du uns verrätst."

Adrian nahm das Gepäck. „Hab ich aber nicht."

„Wo sind sie jetzt?"

„Fortgeritten."

Inner Soul fasste nach seinem Arm, hielt ihn auf. „In welche Richtung?"

„Der Trapper ist wohl zum Lager zurück. Lee Martin und der andere reiten in die entgegengesetzte Richtung."

„Dann wollen sie vor uns am Pass sein."

„Er wird diese andere Route nehmen?"

Inner Soul starrte zu den schneebedeckten Hängen. „Ich fürchte ja. Und wir haben keine Wahl, wir können nicht länger als nötig in den Bergen bleiben. Uns würde die Nahrung ausgehen. Hier oben ist nicht einmal Wild, es ist wegen des Schnees längst ins Tal gewandert."

Sie beide wussten, dass Lee Martin zu Pferde und auf der offiziellen Route sehr viel schneller sein würde. Irgendwie mussten sie den Stamm warnen.

Sein Gefährte schaute ihn mit großen Augen an, in seinem Blick lag Furcht. „Wir müssen schnell sein. Vor dem Pass gibt es vielleicht eine Möglichkeit, Bear's Claw eine Nachricht zu übermitteln."

„Wie?"

„Mit Rauch."

Adrian hatte davon gehört, dass die Stämme sehr ausgefallene Möglichkeiten hatten, über weite Strecken zu kommunizieren.

Sie zögerten nicht länger und wanderten den gleichen Weg zurück, den sie gekommen waren, in der Hoffnung, dass das kleine Tal, in dem sich die Nakoda zurückgezogen hatten, vor dem Feind verborgen blieb.

Die Rückreise wurde zur Tortur. Sie gönnten sich kaum eine Rast, liefen bis zur Erschöpfung, selbst Chitto schien an die Grenzen seiner Kraft zu kommen. Trotzdem schleppten sie sich über die Berge. Nur das Wetter meinte es gut mit ihnen. Die Temperaturen stiegen, der meiste Schnee schmolz, was sie schneller vorankommen ließ.

Am Pass, nach Tagen der Strapaze, standen sie kurz vor dem Zusammenbruch. Adrians Beine knickten immer wieder unter ihm weg, er sah ständig schwarze

Punkte vor seinen Augen und musste sich immer wieder am Felsgestein festhalten. Chitto tappte hechelnd neben ihm her. Er sah sich zu Inner Soul um, der sich mit ihrem Gepäck abmühte, nach wie vor wechselten sie sich mit dem Tragen ab. Adrian stieg wieder ein Stück abwärts, um ihm zu helfen, denn sein Gefährte brach in die Knie.

Nie zuvor hatte sich Adrian derart entkräftet gefühlt. Dennoch trieb die Angst sie an. Würde Lee Martin den Standort ihres Lagers finden, unbemerkt von den Wachen, wäre der Stamm verloren, denn der Kopfgeldjäger würde sein Wissen teuer verkaufen und man würde versuchen, die Nakoda mit Gewalt in das Reservat zu bringen.

Inner Soul schleppte das Gepäck zu einem Vorsprung und verbarg es unter losen Steinen. Adrian beobachtete ihn irritiert.

„Wir müssen dort hinauf." Inner Soul zeigte zu einer Bergkuppe in der Nähe. „Nur von dort könnte man meine Zeichen sehen."

Adrian schaute zu den glatten Felsen und wusste nicht, woher er die Kraft nehmen sollte, dort hinaufzusteigen. „In Ordnung", sagte er trotzdem heiser.

Sie aßen eine rasche Mahlzeit, teilten das letzte Wasser und gaben auch dem Hund so viel ab, dass er nicht hungern musste. Inner Soul ging nun ein Stück abwärts, um Gräser, die zwischen Spalten wuchsen, abzureißen. Zusammen mit der Pferdedecke und den Hölzern, die sie für ihr Lagerfeuer gesammelt hatten, lief er entschlossen zu dem Kamm, den sie besteigen würden.

Für Adrian fühlte sich der Aufstieg an wie ein Feind, den er bezwingen musste. Immer wieder mussten sie halten, nach Luft schnappen, kurz ausruhen. Jeder Muskel in Adrian schmerzte, und auch Inner Soul konnte sich irgendwann kaum noch den steilen Pfad hochziehen. Nur Chitto suchte sich unbeirrt seinen Weg und ging hechelnd vor. Oben brachen sie beide keuchend zusammen, Chitto bellte leise.

Kalte Böen zerrten an ihnen, graue Wolken ballten sich am Himmel zusammen. Inner Soul prüfte besorgt die Windrichtung. „Der Rauch wird zu weit nach Norden abgedrängt. Ich hoffe, sie sehen es trotzdem."

Sie ließen sich auf die Knie fallen. Selbst der Nakoda, der sonst problemlos ein Feuer entfachen konnte, hatte bei den Luftströmungen Schwierigkeiten, eine Flamme in Gang zu kriegen. Schließlich musste sie einen Schutzwall aus Steinen aufbauen, damit nicht jede Glut sofort wieder ausgeweht wurde. Fasziniert verfolgte Adrian dann, wie Inner Soul die feuchten Gräser zugab und sich eine Menge Rauch entwickelte. Immer wieder legte er die Pferdedecke kurz über das Feuer, um den Rauch darin einzufangen, um ihn dann wieder freizulassen. So ergaben sich kleine und große Wolken, die Adrian an Morsezeichen erinnerten. Am Schluss ließ Inner Soul eine Rauchsäule zum Himmel steigen.

„Was sagen diese Zeichen deinem Stamm?"

„Sie sagen ihnen, wer spricht. Und dies hier ..." Er zeigte auf den aufsteigenden Rauch. „... bedeutet Gefahr."

Sie ließen das Feuer erlöschen und kämpften sich zurück zu ihrem Gepäck. Dort erstarrte Chitto. Sein Fell sträubte sich, und ein tiefes Knurren kam aus seiner Kehle. Adrians Herz begann zu rasen. Inner Soul

wirkte eher resigniert, als hätte er genau das erwartet.
„Eine Flucht ist aussichtslos", sagte sein Gefährte leise.

Wo sollten sie auch hin?

Lee Martin und sein Begleiter standen hinter einer Biegung, der Kopfgeldjäger hatte das Gewehr locker in den Händen. Nun richtete er es langsam auf Inner Soul. Adrian wollte sich vor ihn stellen, aber der Nakoda verhinderte es.

„Komm schon Adrian, sag uns einfach, was wir wissen wollen. Sicher willst du nicht, dass ich deinen Berdache erschieße. Denn das ist er doch, oder? Dein kleiner Lustknabe." Er lachte anzüglich. „Dein Vater wird hocherfreut sein, wenn er erfährt, mit wem du dich vergnügst."

Adrian presste die Lippen zusammen, er würde dies nicht kommentieren. Wut würde hier nur noch mehr Probleme aufflammen lassen, also zügelte er seine Gefühle. Als Lee und der Fährtenleser näher kamen, griff er unauffällig in die Falte seines Lederhemdes, um die Waffe hervorzuholen.

Natürlich bemerkte Lee es trotzdem. „Was willst du tun? Mir meinen Skalp nehmen?" Seine Stimme troff vor Ironie.

Wer will schon deinen verdammten Skalp, dachte Adrian grimmig. Keeper of fire hatte ihm beigebracht, wie man ein Messer zielgerichtet warf. Noch nie zuvor hatte er einen Menschen getötet, bei Lee würde er nicht zögern, er spürte es tief in sich. Langsam zog er das Messer aus der Scheide und ließ das Leder fallen.

Lee Martin schüttelte hämisch den Kopf. „Du glaubst wirklich, dass ihr gegen uns kämpfen könnt, oder? Du kriegst ja nicht mal ein Wild geschossen, wenn es dir vor …"

Wie Keeper of fire es ihm beigebracht hatte, schleuderte er das Messer in Lees Richtung. Wie ein Pfeil sauste es durch die Luft – und traf sein Ziel. Lee Martin schaute ihn für einen Augenblick fassungslos an. Das Messer steckte tief in seiner Schulter.

Dann brach ein Tumult los. Inner Soul rannte mit einem Schrei auf den Fährtenleser zu, ein Schuss halte über die Berge, und Lee Martin war mit drei langen Schritten bei ihm. Im letzten Moment sah er, wie Lee ihn mit dem Gewehrlauf niederschlagen wollte. Er wich aus, doch das Holz traf ihn noch leicht am Kopf. Er spürte, wie er zu Boden gestoßen wurde.

Lee Martin saß blitzschnell auf ihm, schien das Messer in seinem Körper völlig zu ignorieren. Seine Hände lagen um Adrians Hals.

Er bekam keine Luft!

„Du kleine Wanze. Dachtest du wirklich, du könntest mich mit so einer Waffe tödlich treffen? Ich gebe zu, der Wurf war gut, die Rothäute haben dir zumindest das beigebracht."

Sein Griff wurde fester. Punkte tanzten vor seinen Augen. Seine Kehle schmerzte! Immer wieder versuchte er, Lee Martin von sich zu drücken. Er brauchte Luft!

„Ich habe deinem Vater gesagt, ich bringe dich lebend zu ihm. Jetzt gerade bin ich mir nicht sicher, ob …"

In seiner Not griff Adrian nach dem Messer in Lees Schulter, er zog es heraus, wollte es erneut irgendwo reinrammen. Der Kopfgeldjäger hielt seine Hand auf. Adrian schaffte einen Atemzug, er kämpfte mit aller

Kraft gegen den Mann, konnte aber nicht einmal das Messer halten, weil Lee ihm das Handgelenk abdrückte.

Plötzlich sprang etwas Schwarzes in sein Sichtfeld. Etwas trat ihm auf den Brustkorb, ein Knurren hallte zu ihm durch. Lee schrie auf.

Dann war er frei. Keuchend richtete er sich auf, rang nach Atem.

Chitto hatte Lee Martin angefallen. Der große Hund hatte seine Zähne in Lees Hals geschlagen. Der Mann versuchte, sich von dem Tier zu befreien. Chitto ließ ihn kurz los, packte noch einmal zu und biss ihm fest in den Hals. Lee schleuderte den Hund von sich. Sein Aufjaulen bohrte sich in Adrians Herz. Geschockt sah er, wie das Tier gegen einen Felsen schlug und liegenblieb.

Ein Röcheln ließ ihn zu Lee Martin sehen. Der Kopfgeldjäger starrte ihn mit großen Augen an. Blut floss in einem pulsierenden Strom aus dem Hals. Er blieb noch einige Momente sitzen, fiel dann hintenüber. Adrian lauschte seinen keuchenden Atemzügen, die kurz darauf verstummten.

Inner Soul!

Suchend schaute sich Adrian um. Ihm blieb das Herz stehen. Der Fährtenleser hatte Inner Soul auf die Knie gezwungen, Blut benetzte sein Gewand. Er zog ihn am Haar hoch und wollte das Messer an seine Kopfhaut setzen.

„Nein!!!"

Adrian hastete auf, stolperte zu ihnen hin. Da surrte ein Pfeil durch die Luft. Lees Begleiter blieb stocksteif stehen. Er ließ Inner Souls Haar los und sackte einfach zusammen. Ein Pfeil steckte in seinem Kopf.

Überstürzt eilte Adrian zu Inner Soul, der nun zusammensackte. Er fing seinen Freund auf. Mehrere Männer umringten sie. Adrian sah auf, erkannte die Nakoda. Keeper of fire drängte sich zu ihm durch. Also hatte er seine Wunden überlebt!

„Sie hätten euch verraten", sagte Adrian leise zu ihm, als sich der Krieger vor ihn hockte. Seine Hand krampfte sich in Inner Souls Gewand.

Dann wurde alles um ihn herum unwichtig, denn Inner Soul berührte Hilfe suchend seinen Arm. Adrian presste die Hand auf Inner Souls blutverschmierte Brust, konnte nicht erkennen, wo genau sich die Wunde befand. Er suchte nach einem Riss im Leder, fand ihn und versuchte, die Blutung aufzuhalten. Inner Soul legte die Hand auf seine.

„Du hast für uns gekämpft, Adrian Darkeye", flüsterte er. „Geh nicht zurück zu den Weißen, du ... gehörst zu uns."

Adrian beugte sich vor, küsste Inner Soul auf die Stirn. „Ich bin dort, wo du bist, das weißt du doch."

Inner Soul schüttelte kraftlos den Kopf. „Nein ... folge mir ... nicht."

Panik überflutete ihn.

„Sag so was nicht, halte durch. Wir bringen dich zu Healing Owl."

Inner Soul hustete gequält, Blut troff von seinen Lippen. Sachte wischte Adrian es fort. Sein Gefährte packte ihn am Kragen, zog ihn nah zu sich herunter.

„Ich danke dir ... für deine ... Liebe", wisperte er.

Er rang nach Atem. Obwohl Adrian immer noch die rechte Hand auf seine Verletzung presste, spürte er, wie das Gewand von Blut durchtränkt wurde.

Adrian legte seine andere Hand an die Wange seines Geliebten. „Inner Soul ... lass mich nicht allein."

Er schenkte ihm ein trauriges Lächeln und blinzelte, schöpfte mühsam Atem. „Es wird so kalt." Seine Stimme war kaum mehr als ein Flüstern.

Inner Soul hielt seinen Blick gefangen. Adrian spürte, wie ihn ein Zittern erfasste, die grünen Augen bewegten sich nicht mehr, sein Körper erschlaffte.

„Inner Soul!"

Er rüttelte ihn sachte, aber kein Leben regte sich mehr in seinem Gefährten.

Adrian erstarrte regelrecht. Im Augenwinkel sah er, wie sich Chitto humpelnd näherte und sich mit einem Winseln neben ihn legte. Die Wärme des großen Hundes war das Einzige, das er noch wahrnahm. Er zog Inner Soul in seine Arme und schluchzte auf.

Still setzten sich die Nakoda zu ihm.

Schnee fiel vom Himmel, sanfter Wind wirbelte die Flocken umher. Nach einiger Zeit legte ihm jemand ein Fell um. Dann spürte er eine tröstende Hand auf der Schulter.

„Bringen wir Inner Soul nach Hause", raunte Keeper of fire.

Adrian ließ nicht zu, dass jemand Inner Soul anrührte. In einem letzten Kraftakt hob er Inner Souls Körper auf und trug ihn bis zum Pass. Dort knickten ihm die Beine weg, und er brach weinend zusammen. Sofort war Keeper of fire an seiner Seite.

Adrian sah ihn hilflos an. „Ich liebe ihn“, sagte er heiser und konnte seine Tränen nicht aufhalten.

Der Nakoda sah ihn mitfühlend an, seine eigene Trauer stand ihm ins Gesicht geschrieben. „Das wissen wir, Adrian Darkeye. Und er wird auf dich warten.“

„Werde ich wirklich ... dorthin gehen können, wo ... wo er nun ist?“

Keeper of fire legte seine Hand auf das blutige Gewand von Inner Soul. Langsam strich er Adrian das Blut auf beide Wangen.

„Ja. Du gehörst zu den Nakoda.“

3. Black Fox

17

Tränen laufen an meinen Wangen hinunter, und ich schaue Tante Clara bestürzt an. Mir fehlen völlig die Worte. Ich brauche einen Moment, um wieder in die Wirklichkeit zurückzufinden, so realistisch hat Claras Erzählung auf mich gewirkt. Mein Blick gleitet zu Adrians Gemälde. Verstohlen wische ich mir über die feuchten Wangen.

„Nur einmal ist Adrian zu den Maywoods zurückgekehrt", sagte Clara leise. „In einer dunklen Nacht schlich er sich unbemerkt in das Anwesen und holte sich seine Malutensilien. Er war wild entschlossen, Healing Owl die Gaben für eine Eheverbindung zu geben. Also malte er seinen Geliebten und holte so einen Funken von ihm zurück. Die alte Heilerin nahm Adrian schließlich als Schwiegersohn an, und für die Nakoda war er nun ein trauernder Ehemann. Er führte nie wieder eine Beziehung. Aber er übernahm Inner Souls Aufgabe und wurde zu ihrem Heiler, nachdem Healing Owl gestorben war. Die Familie Maywood erklärte Adrian für tot, erfuhr erst Jahre später, dass er mit den Nakoda in das Reservat gegangen ist. Dort lebte er bis an sein Lebensende."

Betroffen senke ich den Blick, denn ich weiß, dass die Stoney Nakoda dreißig Jahre komplett aus dem Nationalpark ausgeschlossen worden waren und auch später nur geduldet wurden. Erst vor ungefähr zehn Jahren begrüßte man sie quasi offiziell zurück.

Clara schweigt, lässt mir Zeit. Ich denke über Adrian nach, und eine Frage keimt in mir auf.

„Du hast gesagt, dass Adrians wahrer Vater ein Halbblut war. Wurde er vielleicht deshalb aus unserer Ahnentafel gestrichen?"

„Du meinst, weil er dann offiziell gar kein geborener Maywood war?" Meine Tante lächelt traurig. „Wenn es so wäre, bräuchten wir uns für unsere eigene Familie nicht so zu schämen, nicht wahr? Adrian wäre nie ein richtiger Maywood gewesen, also könnte man es verstehen, warum man ihn aus der Ahnentafel gestrichen hat."

Der Gedanke löst Widerwillen in mir aus, aber genau in diese Richtung ging meine Überlegung, und meine Tante scheint das zu wissen.

Clara schüttelt entschieden den Kopf. „Doch so ist es nicht, Rebecca. Henry war angeheiratet. Adrians Mutter war die geborene Maywood, und ihre Söhne gehören beide in unser Familienregister, völlig egal, wer ihr Vater war."

Ich nicke resigniert. „Und Dad weiß das natürlich ganz genau."

„Ja. Wegen meiner Ausstellung hat er genau nachgeforscht."

Plötzlich lächelt Clara versonnen, und ich schaue sie irritiert an. Solch einen Ausdruck habe ich bisher noch nicht an ihr gesehen.

„Einige Stoney erzählen sich eine Legende, in der sich Inner Soul und Adrian Darkeye am Schluss wiedergefunden haben, in der geistigen Welt, die wir Weißen wohl als *Ewige Jagdgründe* kennen. Und manchmal, wenn eine gute Seele Hilfe benötigt, kehren sie zurück, um zu helfen.“

Nun huscht mir ein Lächeln übers Gesicht. Das ist eine wunderbare Vorstellung. „Glaubst du an so was, Tante Clara?“

„Glaubst du denn nicht an so was?“

„Das weiß ich gar nicht so genau. Bisher habe ich mir noch keine Gedanken über Geister gemacht.“

Clara streicht mir zärtlich eine Haarsträhne hinter das Ohr. „Dann halte vielleicht in der Dämmerung die Augen offen. Denn Ryans Frau Darcy hat mir vor Jahren erzählt, dass sie die beiden an dem See gesehen hat, an den der Stamm damals zuerst geflüchtet ist. Es war in der Morgendämmerung, und sie hörte auf einmal Stimmen. Sie schwor mir, dass sie die beiden für einen kurzen Moment im Nebel gesehen hat.“

Prüfend sehe ich sie an, in ihren Augen liegt kein Spott, also nicke ich. Mein Blick wandert zum Fenster. Der Abend bricht herein. Die Berge sind nur noch als Schattenumriss sichtbar, dichter Nebel kriecht über die Wiesen.

Claras Hund Bly schnauft leise, robbt ein bisschen näher und legt sich zu meinen Füßen. Ich verharre, bleibe völlig still sitzen. „Er verliert die Angst vor mir.“

Clara beugt sich vor und streichelt dem großen Hund über den Kopf. „Er kann recht schnell einschätzen, wem er vertrauen kann.“

Meine Tante holt sich etwas zu trinken, am Ende ihrer Erzählung ist ihre Stimme bereits heiser geworden. Sie bietet mir ebenfalls eine Limo an, die ich dankbar annehme.

„Ich weiß, für dich ist es noch früh, aber ich muss morgen bei der Dämmerung aufstehen und die Tiere versorgen, also sei mir nicht böse, wenn ich jetzt schon ins Bett verschwinde, ja?"

„Natürlich, kein Problem. Sag mir, wenn ich dir helfen kann, ja?"

„Ruh dich nach der ganzen Aufregung erst mal aus." Sie zwinkert mir zu. „Ich finde dann schon Arbeit für dich."

Ich schmunzle, obwohl ich den morgigen Tag fürchte. Eigentlich bin ich mir sicher, dass Mom oder Dad hier aufkreuzen werden. Entfache ich womöglich eine neue Familienfehde?

Clara wünscht mir Gute Nacht und lässt mich allein im Wohnzimmer zurück. Bly folgt meiner Tante.

Ich drehe mich auf der Couch etwas um und betrachte Inner Soul auf dem Gemälde. „Es tut mir so leid."

Bevor es völlig dunkel wird, verlasse ich das Haus, um zu meiner Blockhütte zu gehen, die ich in der letzten Nacht schon eingeweiht habe. In der Cabin fühle ich mich wohl. Es fühlt sich an wie mein eigenes, kleines Reich. Bevor ich hineingehe, zünde ich das Lagerfeuer an und setze mich vor die Wärme. Ich muss über die Geschichte von Adrian und Inner Soul noch nachdenken. Einfach abschütteln kann ich es nicht, und ich wünschte, Noah wäre hier. Mit ihm scheinen so viele Dinge einfach leichter zu sein. Ich stochere in dem Feuer herum, warte, bis es runtergebrannt ist und Dunkelheit die Ebene überzieht.

Was wird wohl der morgige Tag bringen?

In dieser Nacht schlafe ich unruhig. Jedes Geräusch schreckt mich auf. Immer noch rotieren meine Gedanken, weil ich befürchte, dass mein Dad hierherkommen wird, um ein Riesentheater zu veranstalten. Tante Claras Frieden, den sie sich hier so mühsam aufgebaut hat, wäre zerstört.

Frustriert stehe ich auf und gehe zum Fenster. Ich öffne es, um frische Luft einzulassen. Die Dunkelheit der Nacht verhindert eine weite Sicht. Aber das Zirpen der Grillen beruhigt mich. Ein kleiner Schatten huscht in Richtung Haus. Ob das der Fuchs Red Cap ist? Die Hühner befinden sich mittlerweile im Stall und sind geschützt.

Ein seltsames Geräusch lässt mich aufhorchen, ich kann es zuerst nicht einordnen, dann ertönt es erneut, und ich glaube, dass es eine der Kühe ist. Der Ruf klingt für mich, als sei das Tier in Not.

Mein Herz klopft schneller, Unruhe überfällt mich.

Ich überlege nur kurz, schlüpfe in leichte Schuhe und ziehe mir meine Jacke über den Schlafanzug an. Ohne weiter zu zögern, renne ich zu den Stallungen. Überrascht nehme ich wahr, dass dort bereits Licht brennt.

Ich luge in den Stall. „Hallo?"

„Ich bin hier", ertönt eine tiefe Stimme.

Ryan Wolfhowl ist hier? Im gleichen Moment erinnere ich mich, dass Clara gesagt hat, dass er bei ihr arbeitet.

Langsam gehe ich in den Stall, sehe mich um. Eine Kuh steht recht weit vorne im offenen Bereich. Wo ist die andere? Ich gehe zu dem einzelnen Tier, das nun wieder diesen klagenden Ton ausstößt. Kurzerhand schlüpfe ich zu ihr in den eingefassten Bereich.

„Hey, was ist denn los? Suchst du deine Freundin?"

Sie trottet zu mir, stupst mich mit ihrer feuchten Nase an, und ich streichle ihr sanft über die Stirn.

Ryan tritt in mein Blickfeld, er lächelt, als er mich sieht. „Sie ist ein bisschen ungehalten, weil Lissy gerade in einem separaten Bereich ihr Kalb bekommen hat, und sie nicht sehen kann was geschieht. Kühe wollen am liebsten Sichtkontakt haben. Hier im Stall ist das schwierig."

Ich spüre förmlich, wie meine Augen aufleuchten. Lissy hat ein Kalb bekommen?

Ryan muss es mir ansehen, denn er winkt mich zu sich. „Komm ..."

Er führt mich in den hinteren Teil des Stalls, wo ein Bereich dick mit Stroh belegt ist. Fasziniert beobachte ich die Kuh, die gerade ihr noch feuchtes Baby hingebungsvoll ableckt.

Da entdecke ich Clara, die auf der anderen Seite steht und versonnen auf Mutter und Kind schaut. Sie sieht auf und hält verwundert inne. „Du bist auch schon wach?"

„Ich war irgendwie so unruhig, dann habe ich den Ruf der anderen Kuh gehört und wollte mal nachsehen."

„Dann hast du ein gutes Gespür", sagt Ryan.

Clara gesellt sich zu mir, legt einen Arm um mich. „Eigentlich kriegen Kühe das problemlos alleine hin, aber Lissy mag unsere Gesellschaft." Sie schaut mich neugierig an. „Magst du der Kleinen einen Namen geben?"

Mein Blick gleitet zu dem Kälbchen, das nun darum kämpft aufzustehen, weil seine Mutter es immer wieder sachte anstupst. Es ist so unfassbar süß.

„Das würde ich furchtbar gerne." Leise Freude durchflutet mich. „Hat sie auch eine Geschichte?", frage ich mit Blick auf die Mutterkuh.

Clara seufzt tief auf. „Sie hat schon länger nicht mehr genug Milch gegeben, weil sie schon älter ist, deshalb wollte man sie ... loswerden. Obwohl sie schon trächtig war."

Meine Tante betont das Wort *loswerden* so seltsam, dass ich mir lebhaft vorstellen kann, was man mit ihr vorhatte. Mir graust es bei dem Gedanken.

„Wie hast du sie gefunden?"

„Mein Tierarzt rief mich an, er hatte Lissy untersucht. Und damit sie nicht alleine ist, habe ich dem Bauern ihre Schwester gleich mit abgekauft. Die beiden mögen sich sehr." Sie beugt sich vor und streichelt Lissy über den Kopf. „Und du hast jetzt bestimmt ein bisschen Milch für uns übrig, nicht wahr?"

Ich sehe, wie das Tier die Nähe zu Clara sucht, als spüre sie genau, dass diese Frau sie und ihr Kind gerettet hat. Jetzt hat sie die Hoffnung auf einen schönen Lebensabend, und eigentlich fällt mir nur ein Name ein.

„Dann nenne ich sie Hope."

Clara nickt zufrieden, und Ryan huscht ein Lächeln übers Gesicht.

Mir hingegen spukt Claras Aussage, dass der Tierarzt sie informiert hat, noch im Kopf herum. „Tante Clara, gibt es hier eigentlich viele Tierärzte?"

Sie lacht leise und schüttelt den Kopf. „Dr. Thompson muss jedes Mal aus Canmore kommen. Warum fragst du?"

Soll ich Clara erzählen, dass ich mit einem Veterinärstudium liebäugle? Bisher habe ich noch keinem davon erzählt.

Ich hocke mich hin, strecke den Arm durch die Abzäunung und berühre sachte das kleine Kalb. Ich schaue zu meiner Tante auf, die mich fragend ansieht. „Ich überlege, meinen eigenen Weg zu gehen. Und Tiermedizin interessiert mich viel mehr als Humanmedizin, auch wenn es dann wahrscheinlich erneut Krach mit meinen Eltern gibt, weil sie darauf hoffen, dass ihre Tochter eine möglichst preisgekrönte Chirurgin wird." Resigniert richte ich mich auf.

Ich spüre Claras Hand auf meinem Arm. „Mädchen, jetzt mach dich mal davon los, was deine Eltern wollen. Viel wichtiger ist doch: Was möchtest *du*?"

Überrascht begegne ich ihrem Blick. Ich lache verlegen auf. Gefühlsmäßig falle ich plötzlich in ein tiefes Loch. Denn ich erkenne, dass selbst die Tiermedizin nur ein Kompromiss ist.

Was möchte ich wirklich?

Meine Sicht verschleiert sich vor Tränen. „Ich ... ich weiß es nicht."

„Du hast nie gewagt, ernsthaft darüber nachzudenken, oder?"

Ich bringe zuerst nur ein Nicken zustande.

„Es ist so ungerecht!", bricht es dann aus mir hervor. „Ich glaube, Noah würde total gerne Tiermedizin studieren, aber seine Familie kann es sich nicht leisten. Und Dad hat mir gedroht, dass ich das gesparte Studiumgeld nie sehen werde, wenn ich nicht das studiere, was sie sich vorstellen."

Im Stall herrscht unangenehmes Schweigen. Ryan Wolfhowl vermeidet es, uns anzusehen oder sich einzumischen, und Clara scheint kurz sprachlos zu sein.

Meine Tante wirft ihrem Freund einen Blick zu. „Ist das wahr? Der Junge würde gerne Tiermedizin studieren?“

Ryan zuckt mit den Schultern. „Davon hat er schon als Kind geträumt, deshalb habe ich ihm alles beigebracht, was ich weiß.“

„Und wie bei dir zerplatzen seine Träume“, murmelt Clara bedrückt. „Das ist nicht richtig.“

Minutenlang beobachten wir nun das Kalb, das langsam auf seine Mutter zustakst und seine erste Milchmahlzeit zu sich nimmt. Es ist ein friedliches Bild, das mich mit allem anderen irgendwie versöhnt.

„Ich habe eine Idee“, sagt Clara in die Stille hinein.

Ryan und ich schauen sie abwartend an.

„Adrian Maywoods Bilder sind sehr wertvoll, das weiß ich, denn ich habe sie schätzen lassen.“ Ihre Hände umklammern das Gatter. „Ich werde diese verdammte Ausstellung machen, und ich werde die Geschichte von Adrian erzählen. Nur nicht in Wolfberry.“ Sie lächelt siegessicher. „Aber ich werde jedem Einwohner eine Einladungskarte zukommen lassen, wenn alles genehmigt ist.“ Clara atmet tief durch. „Mein Lieblingsbild werde ich behalten, die anderen biete ich nach der Ausstellung zum Verkauf an, und wir werden sehen, ob wir da nicht einen Batzen Geld zusammenbekommen. Zumindest die Gebühren für die Universität in Calgary werden wir rausholen – vielleicht sogar für euch beide.“

Ich schaue sie völlig verdattert an.

„Und du, meine Süße, überlege dir jetzt mal, was du wirklich beruflich machen möchtest, ja?"

„Okay", hauche ich.

Ryan Wolfhowl nähert sich, er wirkt skeptisch. „Bist du sicher, dass du das ganze Theater von neuem lostreten willst?"

„Lou ist tot, Ryan, und die Verbindung zu meiner Familie ist längst zerbrochen. Was habe ich zu verlieren? Ja, ich bin dazu bereit, denn ich werde nicht zulassen, dass mein Bruder Rebeccas Leben zerstört."

Mit diesen Worten wendet sie sich ab und verlässt abrupt den Stall. Ryan und ich bleiben wie vom Donner gerührt zurück.

Hilfesuchend blicke ich zu Ryan auf. „Hat Tante Clara das wirklich gut durchdacht?"

Ryan lehnt sich mit den Unterarmen auf die Umzäunung. „Du hast von diesem Familienstreit nicht viel mitbekommen, oder?"

„Nein."

„Ich kenne deine Tante schon viele Jahrzehnte, und deine Großeltern haben sie mit ihren Ansichten und Moralvorstellungen fast in den Tod getrieben. Hätte sie Lou-Anne nicht kennen gelernt ..."

Diese Offenbarung schockt mich.

„Spreche sie aber bitte nicht darauf an", bittet er mich, und ich nicke zustimmend.

Er wendet sich mir zu. Seine dunklen Augen kommen mir so weise und sanft vor, wie ich es noch bei keinem Menschen gesehen habe.

„Clara hätte damals gerne weiter für die Ausstellung gekämpft. Lou hat diese Streitereien nicht mehr ertragen. Ihr zuliebe gab Clara auf, denn sie wusste, dass

Lous Leben sowieso auf Messers Schneide stand. Sie wollte ihr nicht noch mehr Aufregung zumuten.“

„Und jetzt komme ich und rühre alles wieder auf“, wispere ich.

„Nein, Clara hat diese Angelegenheit insgeheim nie als erledigt betrachtet. Du hast nur ihren Kampfgeist wiedererweckt.“

„Aber ... ist das wirklich gut?“

„Das werden wir sehen.“

18

Drei Tage später sitze ich an Claras Küchentisch und beschäftige mich weiter mit dem weißen Traumfänger, auf den Noah mich aufmerksam gemacht hat. Ich fühle mich verloren ohne ihn. Wir telefonieren und schreiben uns Nachrichten – es reicht einfach nicht. Es kommt mir so vor, als sei er unendlich weit entfernt. Das lässt mich innerlich unruhig werden, selbst meine Bastelarbeit lenkt mich nicht wirklich davon ab. Ich vermisse ihn.

Clara steht mit Ryan Wolfhowl in der Nähe, und sie unterhalten sich leise. Der Nakoda ist völlig durchnässt, weil es seit zwei Tagen durchgehend regnet und er auf der Farm gearbeitet hat. Es scheint ihn nicht zu stören. Eine gewisse Spannung herrscht im Raum. Clara scheint wild entschlossen, die Ausstellung durchzuziehen, Ryan bleibt skeptisch.

„Calgary ist mir viel zu groß, Ryan. Ich möchte das Angebot von Banff annehmen. Sie haben wirklich Interesse, und der Inhaber respektiert dein Volk."

„Ja, ich weiß, ich kenne ihn. Aber es ist immer noch verdammt nah."

„Darum geht es doch! Wolfberry soll es mitkriegen. Vor allem *mein Bruder* soll es mitkriegen."

„Ich dachte, du willst keine Familienfehde mehr."

Clara winkt harsch ab. „Die hatte ich schon von dem Moment an, als ich ihnen Lou-Anne vorgestellt habe." Sie schöpft geräuschvoll Atem. „Ich sehe mal nach dem Kalb. Zieh du dir endlich das nasse Zeug aus."

„Yes, Mylady", murmelt Ryan, während Clara zur Tür hinausgeht.

„Glaub ja nicht, dass ich das nicht gehört hätte!", hallt es durch den Flur.

Ryan lacht amüsiert auf. Er zieht sich die Jacke aus, hängt sie auf einen Haken in der Nähe der Heizung und gesellt sich zu mir.

„Sie kann manchmal eine Furie sein", bemerkt er nicht wirklich ernst und beobachtet mein Tun.

Ich grinse in mich hinein. Mich stört es nicht, wenn jemand Temperament hat. Zudem habe ich gemerkt, dass meine Tante leidenschaftlich gerne diskutiert, und ich genieße diesen offenen Meinungsaustausch. Zuhause wurde ich oft mundtot gemacht. In der letzten Zeit habe ich versucht, das zu durchbrechen, und es hat mir eine Menge Ärger eingebrockt. Bei Clara fühle ich mich frei, brauche nicht jedes Wort auf die Goldwaage zu legen. Das fühlt sich wunderbar an.

„Wer hat dir das beigebracht, Rebecca?"

Ich schaue auf. „Niemand. Ich habe viel darüber gelesen und habe mir Videos angeschaut."

„Darf ich es mir ansehen?"

„Ja, sicher." Ich reiche ihm meinen angefangenen Traumfänger.

Ryan begutachtet jedes Detail. „Du hast dir Videos von den Ojibwa angesehen, nicht wahr?"

„Ihre Art, so etwas zu fertigen, hat mir am besten gefallen."

Ryan nickt anerkennend. „Du machst das sehr gut. Auch die Schwingung stimmt. Er ist für Noah, oder?"

„Woran hast du das denn gemerkt?"

Er lächelt verschwörerisch, beantwortet meine Frage nicht. „Hast du noch mehr davon?" Er gibt mir den Traumfänger zurück.

Ich beuge mich vor, um die Kiste hervorzuholen, in der all das Material für mein Hobby zu finden ist. „Im Moment nur Schmuck." Ich hole zwei Ketten, ein paar Ohrringe und Armbänder hervor.

„Das könntest du mit mir in Banff verkaufen, also falls du möchtest."

„Wirklich? Meinst du denn, es ist gut genug? Meist verkaufe ich das auf dem Flohmarkt der Schule oder so."

„Glaub mir, es ist viel besser als der Tand, der teilweise dort verkauft wird." Sein Augenmerk fällt auf ein geflochtenes Lederarmband, das in der Mitte mit einem silbernen Wolfskopf geschmückt ist. Sachte zieht er es zu sich heran. „Das Armband besitzt eine besondere Energie."

Ich sehe ihn verwundert an, denn ich erinnere mich gut an den Wintertag, an dem ich es gefertigt habe. An dem Tag ist die Landschaft mit Schnee bedeckt gewesen, und alles kam mir wie verwandelt vor. Mit dem fast fertigen Armband in der Hand öffnete ich das Fenster. Der Abend dämmerte, das Licht nahm eine rötliche Färbung an und tauchte die vormals weiße Ebene in ein zartes Rosa. Für einen Augenblick kam mir alles magisch vor, und obwohl ich fror, beobachtete ich, wie sich die Umgebung verdunkelte, und am Himmel der Mond aufging. Ein einzelner, entfernter Wolfsruf hallte aus den Wäldern.

Ich erzähle Ryan von diesem Abend.

„Deshalb musste ich das Armband dann unbedingt mit dem kleinen Wolfskopf verzieren.“

Plötzlich begreife ich, wie alles zusammenhängt. Ryan, der den Namen Wolfhowl trägt, sitzt hier und spürt anscheinend genau, was ich damals empfunden habe. Das Armband sollte ihm gehören!

„Ryan, darf ich es dir schenken?“

Er blickt mich berührt an und hält mir sein Handgelenk hin. Ich binde ihm das Lederarmband um, was ihn zum Lächeln bringt.

„Ich verstehe immer mehr, warum Clara dich so sehr mag.“

Er rückt den Stuhl nach hinten und richtet sich auf, sieht aus dem Fenster. Aufmerksam beobachtet er etwas, das sich wohl auf dem Hof abspielt. Alarmiert stehe ich auf, weil ich immer noch fürchte, dass mein Vater hierher kommt.

Es ist Noah!

Ich lasse meine Bastelarbeit zurück und stürme aus dem Haus. Draußen fährt Noahs Vater gerade mit dem Auto fort. Als Noah mich sieht, breitet sich ein Lächeln auf seinem Gesicht aus. Er lässt seinen Rucksack einfach fallen und fängt mich auf. Ich schließe die Augen, verliere mich für einen Moment in dem Gefühl, nah bei ihm zu sein.

„Du bist hier“, flüstere ich.

Er presst mich an sich, sagt nichts, hält mich fest.

Ich spüre förmlich Claras und Ryans Blicke, fühle mich beobachtet. Also löse ich mich, greife nach seiner Hand.

„Komm!“

Noah schafft es gerade noch, seinen Rucksack zu greifen, da ziehe ich ihn durch den Nieselregen mit mir, was ihm ein leises Lachen entlockt. Ich bringe ihn über die kleine Anhöhe zu meiner Cabin.

„Das ist mein *Wigwam*", sage ich lächelnd.

„Wesentlich luxuriöser, würde ich sagen."

Wir gehen in die Ferienhütte, die etwas größer als ein Wohnwagen ist. Noah legt seinen Rucksack ab, sieht sich um.

„Das gefällt mir."

„Ja, mir auch", hauche ich und lege meine Arme um ihn.

Sein dunkler Blick trifft auf meinen, und ich schaue ihn einfach nur an, präge mir jedes Detail seines Gesichtes ein.

„Wenn du wieder fortgehst, brauche ich ein Foto von dir", sage ich leise, „sonst vermisse ich dich so schrecklich."

Seine Hände umfassen sanft mein Gesicht. „Du bekommst, was immer du möchtest." Seine Stimme ist ein wenig rau, und mir rieselt ein Schauer über die Haut.

„Ich bin so froh, dass du hier bist."

Er beugt sich zu mir, und seine Lippen berühren die meinen. Meine Hand liegt auf seiner Brust, und ich spüre seine Körperwärme durch das dünne Hemd. Sein Herzschlag beschleunigt sich, als ich mit der anderen Hand sachte über sein geflochtenes Haar und über seinen Hals streichle.

Er löst sich von mir, und sein Atem streift meine Wange. Diese Sehnsucht zu ihm überwältigt mich ein bisschen. Ich greife hinter ihn, löse sein Zopfband und öffne sein dunkles Haar, weil ich es liebe, wenn es offen über seine Schultern fällt.

Ich werfe einen Blick durch das Fenster. Auch wenn niemand in der Nähe der Hütte ist, strecke ich den Arm zu den Vorhängen aus und ziehe sie zu. Zwielicht umfängt uns nun.

„Ich hatte so gehofft, dass du kommst.“

Er nimmt eine meiner langen Haarsträhnen und lässt sie durch die Finger gleiten. „Ich hab's ohne dich nicht mehr ausgehalten.“

Da er noch so zaghaft ist, stehle ich mir einen weiteren Kuss, was in ihm etwas zu wecken scheint, denn er zieht mich nah an sich, und die Liebkosung unserer Lippen intensiviert sich. Ich wage, ihn mit der Zungenspitze zu berühren, was ihm ein ersticktes Stöhnen entlockt. Ohne hinzusehen suche ich nach den Knöpfen seines Oberteils, öffne es und fühle endlich seine warme Haut. In mir erwachen Gefühle, die ich so noch nie empfunden habe. Ungeduldig ziehe ich ihm das Hemd über die Schultern. Noah befreit sich aus den Ärmeln, sieht mich für einen Moment unsicher an. Deshalb schlüpfe ich kurzerhand aus meinem Pullover, was ihm Antwort genug ist. Noah küsst mich schwindelig, und wir müssen beide etwas nach Luft schnappen.

Draußen wird der Regen stärker und rauscht gegen die Scheibe. Der Wind rüttelt an der Holzhütte, als verlange er Einlass.

Ich nehme Noahs Hand, führe ihn zum Bett. Er zögert, hält mich zurück, lächelt scheu.

„Ich gebe zu, mit so einer Begrüßung hatte ich nicht gerechnet. Ich hab ... nichts dabei.“

Entschlossen zeige ich auf meine Kosmetiktasche. Er zieht sie zu uns heran und reicht sie mir. Ich wühle in meinem Chaos herum und hole das einzeln verpackte Päckchen mit einem Grinsen hervor. Noah nimmt es entgegen und legt es erst einmal auf den kleinen Nachttisch.

Zärtlich streicht er mir eine zerzauste Strähne hinter das Ohr. „Bist du dir sicher?"

Ich rücke etwas näher zu ihm hin. „Ich glaube, ich war mir noch nie so sicher, Noah."

Er beugt sich vor, küsst mich sanft. Seine Hand fährt mir durch das lange Haar, und ich schmiege mich mit einem Seufzen an ihn.

„Weißt du, wie ich dich heimlich nenne?", wispert er an meinen Lippen.

Ich schüttle fast unmerklich den Kopf.

„Fire in her hair", raunt er.

„Das klingt wunderschön ... Black Fox."

Ihm huscht ein Lächeln über die Lippen. Ich umarme ihn, presse mich an ihn und hebe das Gesicht an. Sofort kommt er mir entgegen, um mich erneut zu küssen.

Meine Körpersprache lässt seine Unsicherheit verschwinden. Unsere Berührungen werden forscher, und ich fühle mich regelrecht entflammt. So hat es sich noch nie angefühlt!

Ich will mehr, möchte mit ihm eins werden. Ich glaube, das erste Mal verlangt es mich wirklich danach, und das zeige ich Noah deutlich. Bei meinen anderen Freunden fühlte ich mich oft gedrängt, und manchmal fand ich es unangenehm. Aber in diesen Augenblicken zeigt Noah mir, was es heißt, dem anderen vertrauen zu können, auf den anderen einzugehen. Ich kann mich fallen lassen. Bei ihm fühlt sich diese körperliche Verbindung wie die Erfüllung eines Traums an, wie das Stillen einer heimlichen Sehnsucht. Und ich begreife, dass meine Eltern diese tiefe Bindung, die bereits zwischen uns entstanden ist, niemals zerstören könnten.

Mein Kopf lehnt an Noahs Brust. Ich lausche seinem klopfenden Herzen, spüre seine warme Haut an meiner Handfläche. Ich möchte ewig einfach so in seinen Armen liegen. Ob er schläft? Sein Atem geht so ruhig. Ich hebe meinen Kopf etwas an, um ihn anzusehen. Unsere Blicke begegnen sich, denn er ist wach.

„Alles in Ordnung?", raunt er.

„Ja."

Mit einem leisen Seufzen lege ich mich wieder hin. Ich fühle, wie er beginnt, mir durch das Haar zu streicheln. Noch immer prasselt Regen auf das Dach der Cabin, es hört sich an, wie das Rauschen eines Wasserfalls

„Weißt du, ich habe in den letzten Jahren wirklich gelernt, mich mit der Einsamkeit zu arrangieren", sagt er mit gedämpfter Stimme. „Ich weiß nicht, ob mir so ein Leben noch etwas bedeuten kann, jetzt, wo ich dich kenne."

Erneut richte ich mich etwas auf, damit ich sein Gesicht sehe. „Das musst du auch nicht, ich verspreche es dir."

Noah zieht mich näher an seinen Körper, presst mich an sich. Ich spüre förmlich seine Angst.

„Was ist denn, Noah?"

„Solche Liebesgeschichten gehen in meinem Volk selten gut aus“, wispert er so leise, dass ich ihn kaum verstehe.

Ich muss an Adrian und Inner Soul denken, und nun keimt auch in mir Furcht auf. Ich atme einmal tief durch, setze mich auf, schaue auf ihn runter. „Dieses Mal wird es gut ausgehen, denn meine Familie hat keine Macht über mich.“

Eigentlich wollte ich Noah die Kurzfassung von Tante Claras Geschichte erzählen, jetzt presse ich die Lippen aufeinander und schweige, denn es würden nur noch mehr ungute Gefühle aufwallen, wenn er um das Ende wüsste.

Er beobachtet mich, und ich beuge mich vor, um ihn zu küssen.

„Morgen früh muss ich wieder fort. Ich muss arbeiten, im *Forest Creek.*“

„Okay.“

Auch er kommt nun in eine sitzende Position. Ich will ihm noch einen Kuss stehlen, doch er hält mich zurück. „Dein Bruder hat mir gedroht.“

„Was?! Warum?“

„Wegen dir, und wegen des Fahrrads. Die Polizei hat wohl noch nicht ermitteln können, wer dahintersteckt. Anscheinend ist der Verkäufer untergetaucht und hat das Fahrrad schnellstmöglich verkauft. Es ist nicht mehr auffindbar.“

Mir fährt ein Schreck in die Glieder. Ich spüre förmlich, wie ich erbleiche. „Und George glaubt, du hast es?“

„Er glaubt, dass ich dahinterstecke.“

„Aber warum? Was soll dir das denn bringen?“

„Geld. Anscheinend hat das Fahrrad einen Wert von fast 6000 Dollar."

„Ja, ich weiß, meine Eltern haben ein Vermögen dafür ausgegeben."

Ich greife nach meinem Smartphone, das auf dem Nachttisch liegt. „Ich rede mit ihm."

Noah legt seine Hand auf meine. „Nein, wenn du mich verteidigst, würdest du seine Wut nur schüren."

„Wie kommt er überhaupt darauf, dass du etwas damit zu tun hast?"

„Mittlerweile weiß jeder, dass Constable Murphy alles bei uns durchsucht hat."

Mir entwischt ein Fluch. In einer Kleinstadt verbreitet sich Tratsch wie der Wind. Er geht von Tür zu Tür und ob man will oder nicht, man kommt damit in Berührung.

Resigniert schmiege ich mich zurück in seine Arme. „Das wird sich klären, Noah. Sie haben doch nichts gegen dich in der Hand. Alles wird gut."

Es *muss* alles gut werden!

19

Noah

Ich halte Rebecca in meinen Armen und versuche, mir ihren Geruch, die Zartheit ihrer Haut, ihr Gesicht einzuprägen. Denn ich habe ihr nicht alles erzählt. Auch meinen Eltern habe ich es bisher verschwiegen.

Ich habe dieses verdammte Fahrrad nicht gestohlen. Aber anscheinend versucht irgendjemand alles daran zu setzen, dass es danach aussieht, als ob ich darin verwickelt bin.

Ich starre an die Holzdecke, strecke meine Beine ein wenig aus, bin vorsichtig bei jeder Bewegung, weil ich Rebecca nicht aufwecken möchte.

Constable Murphy hat mich auf dem Handy angerufen, hat mich aus dem *Forest Creek* zu sich aufs Department zitiert, um mich zu verhören. Der Dieb scheint herausgefunden zu haben, dass man ihm auf die Spur gekommen ist, denn das Rad ist nach wie vor wie vom Erdboden verschluckt, die Verkaufsanzeige wurde gelöscht. Irgendeine Verbindung führt zu mir, Murphy wollte mir allerdings nichts darüber sagen. Schon damals glaubten mir die Officer kein Wort, und ich fürchte, dass diese Sache alles zerstören wird, was ich mir aufgebaut habe.

Ich bin zu Rebecca auf die Maywood Farm geflüchtet, weil ich noch nicht ermessen kann, was mit mir geschehen wird. Murphy hat mir gesagt, ich solle in der Stadt bleiben, doch ich musste Rebecca einfach sehen.

Noch nie habe ich mich nach einem Mädchen so verzehrt. Egal, wo ich bin, egal, was ich tue, Rebecca spukt
mir im Kopf herum, und ich sehne mich nach ihr.

Ich seufze leise auf. Denn diese Nacht macht alles
noch schwerer. Nun verstehe ich, wie tief unsere Verbindung geht. Ob sie es auch spürt?

Ryan Wolfhowl hat mir mal erzählt, dass man in seinem Leben nur sehr selten auf einen Menschen trifft,
der einen wirklich erfüllt. Dass man ab einem be-
stimmten Punkt begreift, dass diese eine Person zu einem gehört, dass die Gefühle zu demjenigen besonders
und wertvoller als alles andere sind. Er hatte dieses
Glück, und ich glaube, auch Clara Maywood durfte es
erleben, bis der Tod es ihr wieder genommen hat.

Ich bin sicher, nun habe *ich* diesen Menschen gefunden.

Ich hauche Rebecca einen Kuss aufs Haar, beobachte
das sich verändernde Licht, das die Dämmerung an-
kündigt. Viel habe ich in dieser Nacht nicht geschlafen,
bin immer wieder kurz eingedöst, mehr nicht. Zu stark
beschäftigt mich dieser Diebstahl. Warum können sie
mich nicht einfach in Ruhe lassen? Was habe ich ihnen
jemals getan?

Eine Antwort finde ich nicht.

Der Morgen graut, und ich nehme mir kurz Rebeccas
Smartphone, um auf die Uhr zu schauen. Mir widerstrebt es fortzugehen, aber ich muss ins *Forest Creek*
und mich danach um die Tiere kümmern. Zum Glück
geht es Pepples schon wesentlich besser. Sie ist jetzt mit
ihren Jungen in einem Außengehege und scheint vor
allem den gut gefüllten Futternapf sehr zu schätzen.

Dad kann mich nicht abholen, er muss selbst arbeiten und braucht das Auto, ich muss also den Bus nach Wolfberry nehmen, und der fährt in dieser Gegend nicht sehr häufig.

„Rebecca", sage ich gedämpft.

Sie regt sich in meinen Armen. „Hm?"

„Ich muss zur Haltestelle, tut mir leid."

Ihre Augen öffnen sich, und sie blinzelt mich verschlafen an. „Jetzt schon?"

„Ja, leider, sonst komme ich nicht rechtzeitig zur Arbeit."

Das *Forest Creek* bietet an verschiedenen Tagen auch ein Frühstück an, und dann helfe ich oft so früh am Morgen aus. Die Extraschicht wird gut bezahlt, und ich brauche das Geld, um die Kosten zu decken, für das Tierfutter und all die anderen Sachen, die ich für die Pflege benötige.

„Wann kommst du wieder?"

Ich küsse Rebecca und lächle sie zuversichtlich an. „So schnell ich kann."

Mir fällt es schwer, mich von ihrem warmen Körper zu trennen. Noch einmal streiche ich über ihr Dekolleté, küsse sie zärtlich, dann reiße ich mich los und gehe unter die Dusche.

Als ich aus dem Bad komme, hat Rebecca sich rasch etwas übergezogen. „Ich bring dich nach Wolfberry, Tante Clara leiht mir sicher ihr Auto."

„Nein, ist schon gut, ich nehme den Bus." Ich sage das zu ihr in einem Ton, der keinen Widerspruch duldet. Irritiert schaut sie mich an, akzeptiert aber meine Entscheidung.

Beim Abschied streiche ich ihr über die Wange, und sie schenkt mir ein Lächeln, das etwas verhalten wirkt, weil sie nicht versteht, dass ich lieber den Bus nehme.

Warum fällt es mir so schwer, mich abzuwenden?

Ich muss sie einfach noch einmal küssen.

„Schreib mir nachher, ja?“

„Mache ich, versprochen.“

Mit einem tiefen Atemzug drehe ich mich um, gehe die schmale Landstraße hinauf, um zur Haltestelle zu gehen. Der Fußmarsch tut mir gut, er klärt meine Gedanken.

Wind kommt auf, und ich binde mir das Haar zurück, damit es mich nicht stört. Ich schaue zum Himmel. Noch ist es trocken, doch zurzeit ist das Wetter sehr unbeständig.

Ich frage mich plötzlich, ob außer meinen Eltern jemandem aufgefallen ist, dass ich Wolfberry kurzzeitig verlassen habe. Was würde der Constable tun, wenn er es erfahren würde?

„Nun, ich komme ja gerade wieder zurück“, murmle ich und seufze erleichtert, weil die Haltestelle endlich in Sichtweite kommt.

Der Bus lässt auf sich warten, viel zu spät kommt er bei mir an. Schließlich fahre ich nach Wolfberry. Ich schaue nervös auf meine Armbanduhr. Die Verspätung des Busses bringt meinen Plan durcheinander. Eventuell muss ich Diane schreiben und ihr sagen, dass ich etwas später ins Café kommen werde.

Der Fahrer holt die verlorene Zeit wieder auf, indem er fährt, als sei der Teufel hinter ihm her. Wir Insassen klammern uns nicht nur einmal an unsere Vordersitze.

Ein Mann schimpft lautstark, was den Busfahrer völlig kalt lässt.

Endlich erreichen wir die City, und ich steige rasch aus, bin froh, heil aus diesem Bus gekommen zu sein. Im Laufschritt eile ich zum *Forest Creek*, gehe in die Gasse, die mich zum Hintereingang bringen wird. Im Hof stutze ich, denn Rebeccas Bruder George lehnt mit Dylan Franklin an einigen Kisten. Mein Herz beginnt schneller zu pochen, am liebsten hätte ich direkt kehrt gemacht. Dylan stößt sich nun ab und schlendert zur Tür, wahrscheinlich um mir den Weg zu versperren.

„Was soll das?"

„Wir haben auf dich gewartet", sagt Dylan.

„Um neun Uhr morgens? Da müsst ihr ja regelrecht aus dem Bett gefallen sein", versuche ich zu scherzen, was eine dumme Idee gewesen ist, denn die beiden scheinen es nicht lustig zu finden. „Ich muss arbeiten", erkläre ich nun ernst und zeige zur Tür.

„Heute nicht." Dylans Stimme wirkt seltsam dunkel, was mir einen Schauder über den Rücken laufen lässt. George schweigt.

Ich will eine Konfrontation unbedingt vermeiden, deshalb will ich zurück durch die Gasse gehen, um den Vordereingang zu nehmen, auch wenn mein Chef das nicht gerne sieht. Ich werde aufgehalten, von Harry Patel und einem jungen Mann, den ich nur vom Sehen kenne. Er hat dunkles, langes Haar wie ich, ist breitschultrig und einen halben Kopf größer. An seinem Oberarm fällt mir eine Tätowierung auf.

„Nicht so schnell, Noah, geh schön wieder in den Hof", sagt Harry im Plauderton.

Ich gehe drei Schritte rückwärts. „Was wollt ihr von mir?"

„Das können dir Dylan und George sagen."

Argwöhnisch ziehe ich die Augenbrauen zusammen. Ich ahne, was jetzt kommt. So eine Szene habe ich immer gefürchtet.

Ich werde von hinten am Kragen gepackt und zurückgezerrt. Unsanft stolpere ich zu Boden. „Das ist wirklich fair, vier gegen einen, ihr seid echte Helden", entgegne ich resigniert, denn egal, was ich sage oder tun werde, die Situation wird es nicht entschärfen. Ihr Vorhaben ist längst beschlossene Sache.

„Ach Noah, Helden waren wir noch nie, das weißt du doch. – Halt ihn fest, Dwight."

Der Große mit dem langen Haar zieht mich auf und bevor ich es verhindern kann, hat er mir die Arme auf den Rücken gedreht.

Nun kriecht echte Angst in mir auf. Prügel zu kassieren ist eine Sache, völlig hilflos dabei zu sein, weil die Angreifer in der Überzahl sind ...

Ich kann den Gedanken nicht zu Ende denken, denn Dylan schlägt mir voll ins Gesicht. Schmerz explodiert in meinem Kopf.

„Erst nimmst du mir das Mädchen weg und jetzt auch noch den Job. So viel Glück hast du nicht verdient, Indianerfresse."

Ich verstehe überhaupt nichts, spüre nur, wie mir das Blut aus der Nase läuft.

„Rebecca?", frage ich verständnislos. „Einen Job? Aber ..."

„Ja, Rebecca! Und sie haben dich als Saisonarbeiter vorgezogen, weil sie wohl eine beschissene Indianerquote brauchten.“

Saisonarbeiter? Ich habe den Job bei den Wildhütern? „Davon weiß ich nichts.“

„Aber ich weiß es!“

Ich kann nur die Augen schließen, weil er erneut ausholt und zuschlägt. Seine Faust fühlt sich wie aus Eisen an. Gott, es tut weh!

„Scheiße, meine Hand“, höre ich Dylan jammern.

„George, was ist los? Wolltest du dich nicht wegen deines Fahrrads rächen?“, höre ich Harrys Stimme.

Ich zwinge die Augen auf, will aufrecht stehenbleiben. Dwight packt mich fester und verdreht mir den linken Arm, was mir ein Keuchen entlockt.

„George … ich habe … dein Fahrrad … nicht gestohlen.“ Ich suche seinen Blick, er sieht völlig verunsichert aus. „Verdammt, ich liebe … deine Schwester.“ Ich schöpfe Atem. „Warum sollte ich … so etwas tun?“

„Wegen des Geldes“, antwortet George leise.

„Nun hau ihm schon eine runter“, feuert Harry ihn an.

Rebeccas Bruder starrt mich wie gelähmt an. Er weicht zurück. „Das hier ist nicht richtig.“

Er zwängt sich an mir und Dwight vorbei, ich höre seine raschen Schritte, die schnell verklingen.

Meine linke Gesichtshälfte pocht schmerzhaft, ich versuche mich nicht mehr gegen Dwight zu wehren, in der Hoffnung, dass er seinen Griff etwas lockert. Im Augenwinkel sehe ich eine Geste von Harry. Ich bin plötzlich frei und falle auf die Knie. Die Pflastersteine am Boden verschwimmen vor meiner Sicht, Blut tropft darauf. Mein Atem kommt viel zu schnell, ich hyperventiliere und kann es einfach nicht stoppen.

Völlig unerwartet wirft mich etwas um, ich kann es überhaupt nicht einordnen. Tritte! Sie treten mich! Ich rolle mich wie ein Embryo zusammen, um mich irgendwie zu schützen, aber jemand reißt mich am Haar nach oben.

Da ist einfach nur noch Schmerz.

Ich kann nichts mehr sehen.

Ein hoher Schrei hallt mir in den Ohren. Ich werde abrupt losgelassen, pralle hart auf. Eine Frau zetert und schimpft, noch mehr Stimmen nähern sich. Schnelle Schritte entfernen sich.

Ich falle immer tiefer in die Finsternis.

„Noah? Noah, wach auf! – Ruf einen Krankenwagen!"

Ist das Diane? Ja, ich glaube, das ist Diane. Obwohl ich etwas antworten möchte, verschlingt mich diese Dunkelheit einfach.

Bilder flackern auf, immer wieder spricht mich jemand an. Ich möchte nicht reagieren, sondern will mich verkriechen, an einen Ort, an dem sie mich in Ruhe lassen. Stattdessen nehme ich den Geruch eines Krankenhauses wahr. Alles, was danach geschieht, fühlt sich für mich wie ein Zerrbild an.

Ich bin wieder wach, habe das Gefühl, ich würde neben mir stehen. In der Klinik muss ich Untersuchungen über mich ergehen lassen, und über allem steht dieser Schmerz. Nicht der körperliche, den ich irgendwie überall fühle, sondern der innere, der mich niederdrückt, mir wie ein Gewicht auf den Schultern lastet, der mich verstummen lässt und der mir sagt, ich sei nichts wert. Immer wieder sehe ich Dylans hasserfüllten Blick, höre Harrys selbstgefälliges Lächeln, spüre, wie Dwight mir ohne Gnade den Arm stärker verdreht.

Und warum?

Weil ich kein Weißer bin. Es zählt nicht, dass ich mit ihnen aufgewachsen bin, oder dass mich eine weiße Familie aufgezogen hat. Sie verabscheuen mich einfach, weil ich eine andere Abstammung habe als sie. Dieser Gedanke lässt mich nicht los, er klebt an mir, zieht mich runter.

„Noah? So heißt du, oder?"

Ich schaue in das freundliche Gesicht einer Krankenschwester. Ich nicke zur Antwort.

„Komm, ich bringe dich auf dein Zimmer."

„Auf ein Zimmer? Ich will nach Hause."

„Du musst für eine Nacht hierbleiben, zur Beobachtung. Das hast du gerade nicht mitbekommen, hm?"

„Sie haben mich doch bloß verprügelt", murmle ich. Die Worte muss ich regelrecht hervorwürgen.

„Bloß verprügelt? Du solltest dich mal im Spiegel ansehen. Jetzt komm."

Sie dirigiert mich in einen Rollstuhl, und ich komme mir lächerlich vor, aber sie beharrt darauf, aus Versicherungsgründen und weil ich ausschaue, als würde ich jeden Moment in Ohnmacht fallen, meint sie.

Die Schwester bringt mich in ein Krankenzimmer, in dem drei Betten stehen. Bisher sind alle noch leer, also bin ich vorerst allein, wofür ich dankbar bin.

„Kann ich meine Eltern anrufen?"

„Die haben wir benachrichtigt, erinnerst du dich nicht? Du hattest uns auf dem Handy den Kontakt gezeigt."

Hatte ich das?

„Ach ja", antworte ich und lege mich vorsichtig in das kalte Bett mit den gestärkten Laken, das sie mir zuweist.

„Die Polizei wird auch nachher kommen."

Abrupt richte ich mich auf, was mir einen stechenden Schmerz im Kopf beschert. „Polizei?", keuche ich.

„Natürlich, du musst das anzeigen!"

Als ob es Constable Murphy interessiert, dass ich verprügelt worden bin, denke ich resigniert und lege mich wieder hin. Sie verlässt den Raum, und ich starre aus dem Fenster, kann die Augen kaum aufhalten. Ich kämpfe darum, wach zu bleiben, schaue zu, wie sich die Zweige der Laubbäume vor der Klinik im Wind bewegen.

Sie haben mich ins Hill Memorial Hospital gebracht. Ich erkenne es an der Aussicht, denn ich schaue direkt auf die schroffen Berge. Das einstöckige Krankenhaus befindet sich an der Grenze von Wolfberry.

Ich döse kurz ein und schrecke auf, weil ich einen leisen Schrei höre.

„Oh mein Gott, Noah!", ruft Mom entsetzt.

Sie steht in der Tür, wagt sie noch nicht herein, ihr Blick verschwimmt vor Tränen.

„Alles gut, Mom."

Sie eilt an mein Bett. „Nichts ist gut. Wer war das?!"

Bisher habe ich verschwiegen, wer mich verprügelt hat, die Schwestern und den Arzt hat es nicht interessiert. Ich erinnere mich daran, dass wohl ein Officer vorbeikommen wird. Als ich in Moms Augen sehe, muss ich es sagen.

„Dylan", sage ich leise. „Harry war auch dabei, und so ein Dwight." Rebeccas Bruder erwähne ich noch nicht.

Mom sieht mich geschockt an. „Aber ... du hast als Kind mit Dylan gespielt."

Ich wende mich ab. „Das ist lange her."

„Was ist zwischen euch geschehen?"

„Gar nichts."

Sie schweigt, ihr scheinen die Worte zu fehlen.

Ich erinnere mich plötzlich wieder an Dylans harsche Worte. „Ich glaube ... er ist in Rebecca verliebt."

Sie runzelt die Stirn.

„Und anscheinend habe ich den Job im Nationalpark bekommen, auf den er ziemlich scharf war." Ich richte mich ein wenig auf. „Ist das wahr, Mom? Hab ich den Saisonjob?"

„Ja, ich konnte es dir noch nicht sagen, weil du bei Rebecca warst." Sie verzieht verständnislos das Gesicht. „Und deshalb verprügelt man seinen alten Freund?"

Ich begreife, dass sie es nicht verstehen will. „Mom, Dylan war nie mein Freund. Er hat nur mit mir gespielt, wenn kein anderer Zeit hatte, ich war sein Lückenbüßer, und als er älter war, hat er kaum noch mit mir gesprochen."

„Aber warum denn?"

Ich presse kurz die Lippen aufeinander. „Mom, ich bin ein Indianer, das reicht völlig aus."

Sie senkt den Blick, ihre Unterlippe zittert, Tränen laufen ihr über die Wangen, und sie wischt sie rasch fort. „Das ist nicht fair", flüstert sie.

Ich greife nach ihrer Hand.

Sanft streichelt sie mir übers Haar. „Es tut mir leid, Noah. Manchmal ... da möchte ich es einfach nicht sehen. Da wünschte ich mir einfach … sie würden dich sehen … wie ich.“

„Rebecca tut das.“

Sie lächelt und schluchzt gleichzeitig leise auf. „Ja, dieses liebe Mädchen.“ Sie atmet tief durch, gewinnt ihre Fassung zurück. „Dein Dad kommt etwas später, er musste heute nach Calgary, und ich erreiche ihn nicht.“

„Schon okay.“

„Ich habe Rebecca Bescheid gesagt, ich hoffe, das war in Ordnung?“

Ich will nicht, dass sich Rebecca um mich sorgt, möchte nicht, dass sie mich so sieht, aber … sie sollte nicht im Unklaren sein. „Ja, danke.“

Sie zieht eine Tasche zu sich heran, öffnet sie und wühlt darin herum. „Ich habe dir andere Kleidung mitgebracht, deine andere war ganz schmutzig, die Schwester hat sie mir gegeben.“ Sie zeigt auf eine Tüte, die in Türnähe steht. Mom holt eine Jogginghose und ein T-Shirt hervor, reicht mir die Sachen.

Es klopft, die Tür öffnet sich, und ein Officer lugt herein.

„Ich möchte mich zuerst umziehen.“

„Mach in Ruhe, ich rede kurz mit ihm.“

„Danke.“

Meine Mutter geht zu dem Officer auf den Flur, die Tür lehnt sie nur an. Ich schlüpfe aus dem Krankenhaushemd und verziehe bei der abrupten Bewegung das Gesicht. Obwohl sie mir ein Schmerzmittel gegeben haben, tut es verdammt weh. Verstohlen blicke ich an mir herunter und sehe überall Prellungen, die sich bereits blau verfärben. Ich beiße mir auf die Lippe, hole mir frische Unterwäsche aus der Tasche und ziehe mir die mitgebrachte Kleidung an. Dabei muss ich mich setzen, weil mir leicht schwindelig wird.

„… das Fahrrad immer noch nicht gefunden", höre ich den Officer sagen und horche auf. „Alles deutet quasi darauf hin, dass Ihr Sohn darin verwickelt ist, sogar Ihre Adresse ist im eBay-Account angegeben. Deshalb müssen wir jetzt prüfen, wer …"

Die anderen Worte verschwimmen für mich. Er ist gar nicht hier, weil er meine Aussage aufnehmen will! Er ist wegen des gestohlenen Fahrrads hier. Dieses verdammte Mountainbike ist 6000 Dollar wert. Würde mich das ins Gefängnis bringen?

Mir wird übel, wieder sehe ich Dylan vor mir. Wie in Zeitlupe saust immer wieder seine Faust auf mich zu. Würde das im Gefängnis zur Tagesordnung gehören? Ein Zittern durchläuft mich, als ich an all die Horrorgeschichten denke, die man so hört.

Sie werden mir nicht glauben, wie damals!

Pure Panik überflutet mich. Jeder vernünftige Gedanke wird davon weggespült.

Ich muss fort!

Hektisch sehe ich mich um. Das Fenster!

Mit zittrigen Händen hole ich meine blauen Turnschuhe aus der Tüte und ziehe sie über. Mom unterhält sich mit dem Officer, doch ihre Stimmen verwischen in meiner Angst. Ich stehe völlig neben mir, kann nur noch an Flucht denken, auch wenn ich meine Eltern damit noch mehr in Schwierigkeiten bringe.

Es tut mir so leid, Mom.

Als ich durch das Fenster im Erdgeschoss klettere und mich auf die Wiese fallen lasse, pulst Adrenalin durch meine Adern. Ich spüre förmlich, wie es mich aufputscht, mir für den Moment jegliches Schmerzgefühl nimmt. Die Gegend um das Krankenhaus ist wie ausgestorben, und ich laufe auf die Bäume zu, in Richtung Berge. Nur mühsam kann ich mich auffangen, als ich über eine Unebenheit im Gras stolpere. Ich sehe auf den Infusionszugang in meiner Armbeuge. Er zwickt mich unangenehm, und ich ziehe ihn kurzerhand raus, nehme die Blutung in Kauf. Das kleine Plastikteil gleitet mir aus der Hand, und ich finde es nicht sofort, deshalb lasse ich es liegen. Ich muss hier weg!

Wie von Sinnen renne ich immer weiter. Ich kämpfe mich eine Anhöhe hinauf, ringe nach Luft, falle auf die Knie. Mein Kopf pocht, und von meiner Schläfe pulst ein Schmerz, der immer stärker wird. Weil mir meine Beine den Dienst versagen, setze ich mich ins Laub. Ich versuche, zu Atem zu kommen. Vorsichtig betaste ich die Stelle am Kopf, die mich so peinigt, befühle meine Haut über der Augenbraue. Eine Kruste, feine Wundnahtstreifen. Da muss eine Verletzung sein.

Wind kommt auf, bringt feinen Regen mit. Frierend schlinge ich die Arme um mich, schluchze erstickt auf. Wo soll ich bloß hin?

Ich sehe mich um. Diese Gegend kenne ich kaum, und meine Sicht verschwimmt immer, als läge ein Schleier vor meinen Augen.

Leise murmle ich ein Gebet in der Sprache der Stoney Nakoda. Ryan hat es mir beigebracht. Meine Hand greift in die feuchten Blätter am Boden. Mir ist so schwindelig.

Jemand kommt den Berg zu mir hoch, und ich habe nicht die Kraft zu fliehen. Aber es ist kein Police Officer. Verwundert schaue ich der Frau entgegen, die in altertümlicher Lederkleidung zu mir heraufkommt. Ihr Gewand ist reich bestickt, und ich glaube, es sind die Symbole der Nakoda. Ich kenne diese Muster.

Sie hockt sich direkt vor mich, und ich bin verwirrt. Ist das wirklich eine Frau? Ich blinzle, denn ich kann es nicht sagen. Doch sie trägt ein feminines Gewand, da bin ich sicher.

„Du kannst nicht hierbleiben", sagt sie oder er in der Nakodasprache. „Ein Sturm zieht auf."

Ich erinnere mich, dass ich davon in den Nachrichten gehört habe, auch meine Wetter App hat eine Warnung rausgegeben.

„Wer bist du?"

„Du kannst nicht hierbleiben", wiederholt sie und richtet sich langsam auf.

Ich schließe kurz die Augen. „Wo soll ich denn hin?", raune ich. Als ich die Lider wieder hebe, ist niemand mehr da.

Verdutzt sehe ich mich um, schüttle um Klarheit bemüht den Kopf, was ich direkt bereue, denn nun brandet der Kopfschmerz wieder auf. Liegt das an den Schmerzmitteln oder an der Verletzung, dass ich auf einmal Fremde sehe, die gar nicht da sind?

Über mir beginnt es zu heulen, ich sehe auf. Die Baumwipfel biegen sich weit nach unten, der Himmel verdunkelt sich. In meiner Nähe bricht ein schwerer Ast ab. Erschrocken rapple ich mich auf, gehe weiter den Hang hinauf. Ich muss Schutz suchen! Den steilen Aufstieg am Schluss schaffe ich nur auf allen Vieren. Oben kann ich kaum aufrecht gehen. Böen zerren an mir, schubsen mich hin und her wie eine Spielzeugpuppe.

Geh zurück!, höre ich zwischen dem Rauschen des Windes. *Verlasse den Berg!*

„Das ist gerade keine Option", raune ich.

Dumpfe Geräusche kommen auf mich zu, erschrocken wende ich mich nach rechts. Der Sturm hat einige Wapitis aufgeschreckt, und ich kann ihnen gerade noch ausweichen. Sie fliehen nach Osten, und ich stolpere ihnen hinterher, weil ich hoffe, dass sie einen sicheren Ort kennen.

Ich komme auf einem kahlen Plateau heraus, die Tiere sind fort, der Wind fegt Äste und Blätter über den Felsboden. Ich klammere mich an eine junge Fichte. Ihre raue Rinde bohrt sich in meine Handfläche. Atemlos lehne ich mich mit meinem Gewicht dagegen.

Dann geht alles so furchtbar schnell.

Der dünne Stamm verliert plötzlich Bodenkontakt und neigt sich nach vorne. Ich kann mich nicht mehr halten, rutsche auf dem feuchten Waldboden aus. Ich schlittere haltlos auf einen Abhang zu, kann mich nicht aufhalten.

Halte dich am kahlen Baum fest!, ruft eine Stimme von überallher.

Entsetzt sehe ich die Felskante auf mich zurasen, ich rutsche einfach weiter und unter mir ist nur noch Leere. Da ist kein Baum!

Jetzt!, hallt es wie ein Echo.

Ich sehe nichts, spüre aber plötzlich, wie ich durch Äste und Zweige breche. Blind greife ich nach allem, was ich zu fassen bekomme. Meine Hand umklammert einen Ast. Der Ruck, der mich auffängt, zieht an meinem Arm. Es ist egal, mein Fall ist gestoppt. Mühsam ziehe ich mich in die Gabelung des abgestorbenen

Baumes, der direkt am Felshang auf einer kleinen Einmündung steht. Ich schaue wie paralysiert auf den Abgrund, der mich fast das Leben gekostet hätte. Mit zittrigen Gliedern klettere ich vom Baum. Mein Fuß tut mir weh, und ich versuche, ihn nicht so stark zu belasten.

Ich drehe mich um, sehe für einen Moment wieder diese seltsame Frau. Mit einem Schrei weiche ich erschrocken zurück. Sie zeigt in die Mulde. Da der Sturm an mir zerrt, bleibt mir nichts anderes übrig, als ihrer Aufforderung zu folgen. Wie ist sie hierhergekommen?

Ich reibe mir verstört über die Augen. Sie ist wieder fort, und ich zweifle an meinem Verstand.

Es sind die Schmerzmittel, denke ich, oder diese Kopfwunde.

Ich kann nirgendwohin. Über mir ist glatter Fels, unter mir nur Tiefe. Langsam hocke ich mich hin, presse mich in die Mulde, während der Sturm anschwillt.

Die Temperaturen fallen, mein klammes T-Shirt schützt mich nicht davor, ich beginne zu zittern. Ich schließe die Augen, stelle mir Rebeccas Gesicht vor, sie lächelt mich an.

Verdammt, ich will nicht sterben! Erneut murmle ich das leise Gebet. Es fühlt sich seltsam an, in der Nakodasprache zu sprechen, als sei es die meine, aber Shawnee spreche ich überhaupt nicht gut, es gibt nur noch wenige, die es überhaupt können. Außerdem fühle ich mich Ryans Volk tief verbunden. Immer wieder flüstere ich die Worte.

Ein Geräusch lässt mich die Lider anheben.

Sie ist wieder da!

Die Stoney-Frau sitzt vor mir und schaut mich an. Das erste Mal kann ich ihr Gesicht richtig erkennen, und ich glaube, es ist gar keine Frau.

Two-Spirit, schießt mir in die Gedanken.

„Wer bist du?", frage ich leise.

„Ich wache über dich."

„Warum?"

Sie antwortet nicht, sondern stochert auf einmal in einem kleinen Lagerfeuer, das vor mir entsteht. Leider fühle ich keine Wärme. Zaghaft halte ich die Hand in die Flammen, ich spüre nichts, es ist eine Illusion.

Der Sturm fegt über mich hinweg, reißt vereinzelte Zweige des toten Baumes ab. Mein Kopfschmerz flammt stärker auf, und ich nehme mittlerweile jede Prellung der Prügel wahr. Ob das Schmerzmittel seine Wirkung verliert? Mit einem leisen Stöhnen lehne ich meinen Kopf gegen den kühlen Felsen hinter mir. Die Gestalt der Two-Spirit, ja, so nenne ich sie jetzt, verschwimmt immer wieder. Sie soll bleiben, nicht wieder fortgehen.

„Bist du auch allein, so wie ich?"

Sie lächelt. „Nein, ich bin nicht allein."

„Wer ist noch bei dir?"

„Mein Gefährte." Sie scheint mich zu beobachten, aber es stört mich nicht.

Die Kälte lässt meinen Körper taub werden, und es erleichtert mich, denn nun spüre ich eine angenehme Schwere, in die ich mich fallen lassen möchte.

Irgendwie … bin ich … verwirrt.

Sitze ich wirklich hier oben in den Bergen? Oder träume ich das alles? Ich versuche, die Augen aufzuhalten, es geht nicht. Meine Erinnerungen verzerren sich.

„Wach auf, Noah!", höre ich die eindringliche Stimme der Two-Spirit, und sie hört sich auf einmal fast wie Rebecca an.

Ich schaffe es nicht. Meine Sicht verschwimmt. Mir ist überhaupt nicht mehr kalt.

„Bitte, wach auf!"

„Ich kann nicht", wispere ich.

Meine Lider sind so schwer, ich kann sie einfach nicht heben, wie in einem üblen Traum.

20

Noah hat sich am Morgen so seltsam benommen, dass ich mich sorge. Ich helfe Clara mit den Tieren, miste Ställe aus, verteile Futter, denke aber ständig an ihn. Irgendetwas stimmt nicht, und es macht mich nervös.

Schließlich schreibe ich ihm eine Nachricht aufs Handy. Er antwortet nicht.

Ich presse die Lippen aufeinander. Ryan sieht mich prüfend an, kommt auf mich zu.

„Was ist mit dir?", fragt er geradeheraus.

Überrascht sehe ich ihn an. Sieht man mir meine Sorge so an, oder hat Ryan auch dafür ein Gespür?

„Ich weiß nicht, ich habe ein ungutes Gefühl, wegen Noah."

Er zieht die Augenbrauen zusammen, sein Gesicht wirkt jetzt viel düsterer. „Mir geht es ähnlich."

Seine Aussage erschreckt mich. „Wie meinst du das?"

„Etwas ist geschehen. Nichts Gutes."

Als mein Smartphone klingelt, krame ich es hastig aus der Jackentasche und schaue auf das Display. „Das ist Noah!" Sofort nehme ich das Gespräch an. „Hey, ist bei dir alles in Ordnung?"

„Rebecca, bist du das?", höre ich die Stimme seiner Mutter. Mir rutscht förmlich das Herz in die Hose.

„Ich bin es. Donna, ist was mit Noah?"

Noch hoffe ich, dass er es vielleicht zu Hause liegen gelassen hat.

„Ja, er ist ... Noah wurde ... er wurde zusammengeschlagen." Sie schluchzt leise auf, und ich spüre, wie mir jegliche Gesichtsfarbe abhandenkommt. „Kannst du vielleicht zum Hill Memorial Hospital kommen? Er möchte dich bestimmt sehen."

„Wie geht es ihm?", bringe ich nur heiser hervor.

„Er hat eine Wunde am Kopf und ... und überall Prellungen. Die Ärzte werten noch einige Untersuchungen aus."

„Ich komme!"

Wir beenden das Gespräch, und mir schießen Tränen in die Augen. „Er wurde verprügelt", sage ich leise zu Ryan.

Der schnauft wütend auf und nimmt mich am Arm, zieht mich mit sich. „Wo ist er?"

„Im Hill Memorial."

„Ich fahre dich hin." Er reicht mir die Autoschlüssel. „Geh schon mal ins Auto, ich sage Clara Bescheid."

Ich nehme das Schlüsselbund und gehe zum Pick Up, setze mich auf die Beifahrerseite.

Bitte lass es nicht George gewesen sein ...

Mir ist leicht übel, meine Hände zittern, und ich knete sie unruhig. Ryan kommt im Laufschritt zum Auto und steigt ein. Rasant fährt er vom Hof und biegt in den Schotterweg ein, der uns zur Landstraße bringt.

Wenig später parkt Ryan vor dem Krankenhaus, ich warte nicht auf ihn, sondern renne in das Gebäude. Die Klinik ist nicht sehr groß, und an der Information wissen sie, wo ich hingehen muss. Außer Atem komme ich in der Station an. Donna steht mit einem Officer an der Tür. Das Gesicht von Noahs Mom hellt sich auf, als sie mich sieht. Sie nickt nur und zeigt in den Raum, vor dem sie stehen.

Ich atme tief durch, wappne mich, Noah verletzt vorzufinden, und betrete das Zimmer. Verdutzt schaue ich auf ein leeres Bett. Das Fenster steht weit offen, und ich brauche einen Moment, um zu realisieren, dass Noah nicht mehr da ist. Ich wende mich um, reiße die Tür auf.

„Er ist fort!"

Donna und der Officer schauen mich ungläubig an. Seine Mutter hastet zum Bett, sie scheint wie gelähmt. „Aber ... warum ...?"

Ich sehe auf den Police Officer, der nun aus dem Fenster schaut.

„Donna, kann es sein, dass Noah denkt, dass er", ich zeige auf den jungen Mann, „wegen des Fahrraddiebstahls hier ist? Das hat ihn gestern noch total beschäftigt."

„Die Polizei verfolgt doch jetzt eine andere Spur!"

„Weiß Noah das?"

Sie streicht sich fahrig durchs Haar. „Wir ... wir haben uns unterhalten, als er sich umgezogen hat. Officer Tanner erzählte mir, dass in dem eBay-Account sogar unsere Adresse angegeben worden ist. Das hat den Constable stutzig gemacht. Selbst Murphy hat mittlerweile begriffen, dass Noah nicht so dumm ist, nach einem Diebstahl seine Daten auf der Plattform anzugeben, auf der das gestohlene Fahrrad verkauft werden soll."

„Vielleicht hat Noah nur das mit der Adresse mitbekommen?"

Der Polizist wendet sich uns zu. „Wir haben leise gesprochen. Es wäre möglich, dass er nur die Hälfte verstanden hat." Er kommt auf uns zu. „Wohin könnte er geflohen sein?"

„Nicht nach Hause", sagt Donna leise und sichtlich mitgenommen.

Ich gehe zum Fenster, sehe mich draußen um. In dem Augenblick kommt Ryan ins Zimmer. Alle Augen sind nun auf ihn gerichtet. Hat er mitbekommen, was geschehen ist? Er kommt zu mir, lehnt sich hinaus. Sein Blick richtet sich auf die Berge. Böen wehen nun ins Zimmer, und ich betrachte die Wolken, die über den Himmel jagen.

„Sieh nach Westen." Ryans Stimme ist dunkel und rau. Eine graue Sturmfront kommt auf Wolfberry zu. „Wir müssen ihn finden."

„Er würde in dieser Situation nicht zum Lynx-Hügel und auch nicht zu seinem Wigwam flüchten. Wo würde er hingehen?" Hilfesuchend sehe ich zu Ryan auf.

„Sag du es mir, kleines Feuerhaar."

Die Bezeichnung irritiert mich kurz.

Wo bist du, Noah?!

„Er kann noch nicht weit gekommen sein. Sein Vorsprung kann höchstens zehn Minuten sein." Officer Tanner wendet sich an Ryan. „Wirst du seine Spur verfolgen können?"

Er nickt nur, und ich erlebe ihn das erste Mal als Fährtensucher.

Ryan klettert einfach durchs Fenster, während Donna, der Polizist und ich aus dem Krankenhaus laufen. Auf der Wiese hat Ryan nahe der Straße etwas gefunden. Er zeigt uns einen Venenkatheder von einem Infusionsbesteck. „Hatte er so was?"

Donna nickt nur, knabbert auf ihrer Unterlippe.

Wir rennen auf die Berge zu, denn Ryan ist sich sicher, dass Noah diesen Weg genommen hat. Ich bin überrascht, wie vertraut der Officer anscheinend mit ihm ist. Er antwortet sogar kurz in Ryans Muttersprache. Ich bin vollends verwirrt. Er scheint mir das anzusehen und lächelt.

„Mein Großvater gehört zu Wolfhowls Volk."

„Trotzdem hat Murphy Sie ... äh ...?" Ich weiß nicht, wie ich es ausdrücken soll.

„Du meinst, obwohl ich Indianerblut habe, lässt er mich ein Officer sein?" Er lacht auf. „Ich glaube, du hast ein völlig falsches Bild vom Constable. Er ist nicht wie dein Vater."

Das lässt mich verstummen. Außerdem scheint er mich zu kennen, aber das ist nicht verwunderlich, wenn man bedenkt, dass mein Dad für das Bürgermeisteramt kandidiert. Ich möchte mich entschuldigen, bringe allerdings kein Wort heraus.

Wir hetzen eine Anhöhe rauf, denn Ryan hat Fußspuren gefunden. Erst als wir oben am Hang ankommen, halte ich den Polizist kurz zurück. „Bitte entschuldigen Sie, Officer."

Er winkt ab. „Ist schon gut, und nenn mich ruhig Travis, zumindest so lange wir nicht im Department sind."

„Es ist nur, weil ich das Gefühl habe, dass er es auf Noah abgesehen hat."

„Daran ist Harry Patel schuld." Er streicht sich das hellbraune Haar zurück, das ihm in die Stirn gefallen ist und lächelt mir zuversichtlich zu. „Wir finden Noah."

Donna hält es nicht mehr aus und beginnt Noah zu rufen. Doch der Sturm wird immer stärker und heult um die Berge, verschluckt jedes Geräusch. Blätter und Zweige peitschen uns ins Gesicht, und ich halte schützend die Arme hoch.

Mir ist zum Heulen zumute, denn Noah ist nirgendwo in Sicht. Auch ich schreie gegen den Wind an, rufe seinen Namen. Damit scheuche ich plötzlich eine Wapitiherde auf, die erschrocken davonläuft. Ich blicke ihnen nach, habe auf einmal ein seltsames Gefühl, was mich nicht wegsehen lässt, obwohl die Tiere längst verschwunden sind. Etwas Helles ist dort an den Bäumen. Ich zupfe an Travis' Uniformärmel, weil er neben mir steht. „Was ist das da hinten?"

Er sieht kurz hin und zuckt mit den Schultern. Eine bloße Empfindung treibt mich zu dem Punkt, von dem die Herde geflohen ist. War es vielleicht gar nicht meine Schuld? Hat etwas anderes sie aufgescheucht? Ich klettere über einen Felsen und eile zu den Bäumen. Schritte folgen mir, ich drehe mich im Lauf kurz um, es ist Ryan. Der Wald hört abrupt auf, und ich schaue auf ein dunkelgraues Felsplateau. Was habe ich vorhin gesehen?

Ryan stupst mich an, lenkt mich in eine andere Richtung.

Eine schneeweiße Elchkuh steht bewegungslos am Abgrund! Seit zwei Jahren hat sie niemand mehr zu Gesicht bekommen. Der Wind zerrt an ihrem Fell, und sie schwankt nicht einmal. Donnas verzweifelte Rufe hallen über die Berge, das Tier spitzt die Ohren und läuft fort. Binnen einer Sekunde ist sie im Wald eingetaucht und verschwunden, als hätte es sie nie gegeben.

Ryan zieht mich nun ein Stück weiter, zu einer jungen Fichte, die der Sturm entwurzelt hat, was mich wundert, denn sie steht eigentlich recht geschützt. Der Nakoda hockt sich hin, untersucht den kleinen Baum. Seine oberflächlichen Wurzeln fanden wohl auf dem felsigen Boden nicht genug Halt.

Ryan legt seine Hand auf den feuchten Erdboden. „Es wirkt, als hätte jemand sie umgestoßen."

„Umgestoßen?"

„Aus Versehen." Er zeigt auf eine Stelle im Boden. „Hier ist jemand weggerutscht."

Wir beide sehen entsetzt auf die deutliche Spur, die direkt zum Abgrund führt, dort, wo der weiße Elch gestanden hat.

„Nein!", hauche ich angstvoll.

Er darf nicht abgestürzt sein!

„Hierher!", brüllt Ryan.

Donna und Travis eilen zu uns. Ryan zeigt ihnen die Spur, und sie begreifen sofort. Donna stolpert mit einem heiseren Schrei auf die Kante zu, Travis hält sie eisern fest, damit sie nicht abstürzt.

Ich fühle mich wie erstarrt.

Noah!

Mir sacken die Knie weg, aber ich rapple mich auf, muss dort heruntersehen.

Noahs Stimme flüstert in meinen Erinnerungen. *Solche Liebesgeschichten gehen in meinem Volk selten gut aus.*

Tränen schießen mir in die Augen.

Der Sturm erschwert es uns, nah heranzugehen. Ryan legt sich schließlich auf den Bauch und robbt zur Kante. Ich lasse mich nicht aufhalten, tue es ihm nach.

Ich starre in die Tiefe, ein Zittern durchfährt mich. Ein toter Baum erregt meine Aufmerksamkeit. Er steht auf einer Einmündung. Böen reißen wie ein Ungeheuer an seinen kahlen Ästen.

Wie von Sinnen schreie ich seinen Namen, beuge mich weit vor. Ich spüre Ryans Hände auf mir, er will mich zurückziehen. Da sehe ich etwas Blaues, das irgendwie nicht in die Natur passt.

„Warte!", fauche ich Ryan an. „Halt mich fest."

Sofort kommt er dem nach. Mein Herz rast, als ich mich mit Ryans Hilfe weiter über die Felskante beuge. Ohne Rücksicht auf mich selbst kämpfe ich mich weiter vor, versuche den tiefen Abgrund zu ignorieren.

„Rebecca!", mahnt Ryan.

Ich habe genau das gesehen, was ich wissen muss. Mit Ryans Hilfe krieche ich zurück, packe nach seinem Ärmel.

„Er ist dort unten, bei dem Baum!"

„Was sagst du da?!"

„Ich habe seinen Turnschuh gesehen."

Er fasst mich an den Oberarmen. „Nur seinen Schuh?"

„Auch einen Teil von seinem Hosenbein. Er *ist* dort unten. Aber er bewegt sich nicht."

Donna kommt mit Travis näher, sie fasst mich am Arm. „Er ist dort unten?"

„Ja, vielleicht hat der Baum ihn aufgefangen."

Travis greift nach seinem Funkgerät. „Ich werde die Bergrettung in Canmore alarmieren." Er stellt etwas an seinem Gerät um und funkt direkt zu dem Verantwortlichen in der nahegelegenen Ortschaft, gibt unsere Position durch und erklärt die Situation. „Sie versuchen mit dem Hubschrauber zu kommen. Mike sagt, bei den Windverhältnissen ist es schwer, und es wird noch etwas dauern, weil sie bei einem anderen Einsatz sind. Aber sie kommen."

„Ich werde runterklettern", beschließt Ryan plötzlich und wirkt wild entschlossen.

„Nein! Das wirst du nicht tun", fährt Travis ihn scharf an.

„Du weißt, dass ich ihn erreichen kann."

„Dann müssen Mike und seine Leute zwei Menschen bergen!"

„Ich lasse den Jungen nicht allein da unten, er ist verletzt, sonst würde er sich längst bemerkbar gemacht haben."

Donna schluchzt leise auf.

Plötzlich erinnere ich mich an den Abend, als wir Pepples' Junge gesucht haben. Clara hatte sich aufgeregt, weil Ryan ohne Sicherung in den Baum geklettert ist. „Im Pick Up liegt noch Claras Kletterausrüstung!"

Dies lässt Travis nachdenken. Er sieht Ryan fragend an. Wird er dieses Mal Einsicht zeigen und sich absichern? Ohne weiter zu zögern, wendet sich Ryan ab und eilt den Weg zurück, den wir gekommen sind.

Über uns fegt der Sturm hinweg, Travis will Donna und mich unter große Tannen ziehen. Ich wehre mich. „Halt mich fest", bitte ich ihn.

Ich lege mich erneut auf den Bauch und robbe zur Felskante, bis ich einen Teil von dem Turnschuh sehe. Ich fühle, dass Travis mich an den Beinen festhält. Noch immer bewegt sich Noah nicht.

„Wach auf, Noah! Bitte, wach auf!", rufe ich zu ihm runter. „Wir holen Hilfe."

Am liebsten würde ich genau so bleiben, auf eine Bewegung hoffen.

„Rebecca, komm zurück", bittet mich Travis.

Schweren Herzens flüchten wir unter die Bäume. Böen peitschen über das Plateau, und ich habe furchtbare Angst, dass der starke Wind Noah womöglich noch mehr in Gefahr bringt.

„Er ist in der Einmündung bestimmt sicher", murmelt Donna, der wohl ähnliche Gedanken im Kopf herumgehen. Sie flüstert es wie ein Mantra.

Die Wolkendecke jagt über uns hinweg, der Himmel ist regelrecht in Aufruhr, doch das Düstere wird auch fortgetrieben.

„Wir kriegen nur die Ausläufer mit", sagt Travis. „Mike von der Bergrettung hat gesagt, weiter nördlich ist es noch schlimmer. Sie sind dort gerade im Einsatz."

Soll mich das beruhigen? Ich schaue ihn verständnislos an, denn das bedeutet, dass nur der Wind drehen muss, und wir die volle Stärke des Orkans spüren könnten.

„Ich meine nur, wenn es nicht schlimmer wird, kann der Hubschrauber auf jeden Fall kommen. Und schau, dort wird es bereits heller."

Tatsächlich reißt der Himmel im Süden auf, sogar einige Sonnenstrahlen blitzen hervor. Trotzdem biegen sich die Baumwipfel. Zweige, Blätter und anderes Naturmaterial wird über die Ebene gewirbelt.

„Aus Noahs Position kommt der Wind seitlich, die Mulde schützt ihn."

Donna horcht auf, ihr Gesicht spiegelt kurze Erleichterung wider. Ich nicke und atme tief durch, weil mein Herz so rast und mir richtig übel ist.

Die Zeit erscheint mir endlos, weil sich jede Minute wie Kaugummi zieht. Als Ryan endlich atemlos zu uns stößt und mit Travis Hilfe rasch die Kletterausrüstung anlegt, durchfährt mich ein aufgeregtes Zittern, ich kann es nicht stoppen. Donna legt spontan einen Arm um mich.

Da es an der Kante und am Boden keinen geeigneten Haltepunkt gibt, befestigt Ryan das Kletterseil am Stamm einer dicken Fichte, die ihre weiten Zweige schützend über uns ausstreckt. Ryan seilt sich gekonnt ab. Donna und ich warten mit klopfenden Herzen.

„Er lebt!", schreit er zu uns hinauf.

Ein Teil der Anspannung fällt von mir ab. Ich weiß, Ryan wird sich um ihn kümmern. Noah ist nicht mehr allein.

Es dauert noch fast eine halbe Stunde, dann hören wir den Hubschrauber, der nun mit einem der Rettungshelfer am Seil auf die Wand zusteuert. Fasziniert verfolge ich, wie der Mann der Bergrettung durch die Luft fliegt und dann anscheinend bei Noah und Ryan abgesetzt wird. Der Helikopter bleibt in der Luft stehen. Die Felswand versperrt mir leider jede weitere Sicht.

Ich spüre, dass Donna am liebsten zur Kante geeilt wäre, und ich halte sie fest, denn auch wenn der Sturm abgeflaut ist, so wehen noch immer vereinzelte Böen, die jemanden umwerfen könnten. Auch der Pilot kämpft zuweilen gegen den Wind an, doch er ist geübt, fliegt täglich in den Rocky Mountains, er weiß genau, was er tut.

Dann schwenkt der Hubschrauber plötzlich um, nun hängen zwei Personen an der Rettungsschlinge. Die Vorstellung, dass Noah auf diese Art durch die Berge geflogen wird, verursacht in mir ein flaues Gefühl im

Magen. Sie verschwinden aus unserem Blickfeld, und ich warte ungeduldig auf Ryan, der nun, mit Travis' Hilfe, am Seil hochklettert.

„Sie bringen ihn direkt zum Hospital", berichtet Ryan ein wenig atemlos und steigt aus dem Klettergurt.

„Wie geht es ihm?!", fragen Donna und ich gleichzeitig.

„Er ist benommen, und ich glaube, er hat sich unterkühlt, mehr weiß ich nicht."

„Dann lasst uns gehen!", sage ich und lasse mich nicht mehr aufhalten.

Ich muss zu Noah!

Ich sitze an seinem Bett und warte, dass Noah wieder wach wird. Unbeirrt halte ich seine Hand, lasse mich von niemandem fortbringen.

Er sieht furchtbar zerschlagen aus, und bei seinem Anblick blutet mir das Herz. Seine linke Gesichtshälfte ist blau verfärbt, das Auge leicht zugeschwollen, und über der Braue hat er eine Platzwunde, die mit Wundnahtstreifen geklebt worden ist. Ich weiß außerdem, dass er überall schwere Prellungen hat, denn ich habe ein Gespräch zwischen Donna und dem Arzt belauscht.

Als er sich endlich rührt und mich anblinzelt, atme ich erleichtert auf. Er jedoch bekommt einen panischen Ausdruck im Gesicht, seine Hand klammert sich um meine.

„Ich will nicht ... ins Gefängnis!", sagt er mit heiserer Stimme.

„Das musst du auch nicht, Noah. Die Polizei ist jemand anderem auf der Spur."

„Aber ..."

„Ich fürchte, du hast von einem Gespräch nur die Hälfte mitbekommen. Die Polizei ist sich mittlerweile sicher, dass dir jemand was anhängen will, weil gewisse Dinge einfach zu offensichtlich sind. Officer Tanner hat gesagt, dass sie dich nicht mehr verdächtigen."

Er starrt mich an, scheint es nicht fassen zu können. „Nachdem sie mich … ich hatte Angst, dass … Georges Fahrrad ist so viel wert, und … ich dachte, sie stecken mich einfach … ins Gefängnis. Dort wäre so was vielleicht … täglich passiert."

Er stockt immer wieder, ich sehe, dass es ihm schwer fällt zu sprechen, auch weil er an der Lippe eine Wunde hat. Noah nimmt einen zittrigen Atemzug. Vorsichtig befühlt er seine Nase.

„Ist sie gebrochen?"

„Nein, zum Glück nicht. Deine Nase ist nur … sehr bunt."

Er versucht sich an einem kleinen Lachen. „War ich wirklich dort oben in den Bergen?"

„Ja."

„Und … die haben mich … rausgeflogen?"

„Du bist abgestürzt. Weißt du das nicht mehr?"

Noah streicht sich eine zerzauste Haarsträhne zurück. „Doch, aber … alles ist verschwommen und … seltsam. Ich habe immer wieder so eine Two-Spirit gesehen."

„Eine … Two-Spirit?", frage ich überrascht und muss unwillkürlich an Inner Soul denken. „Was hat sie getan?"

„Sie hat mir geholfen und ist immer wieder verschwunden. – Wow, ich glaube, ich hatte echt Halluzinationen."

„Der Arzt sagte, dass du unter Schock gestanden hast. Außerdem hatten die Schmerzmittel wohl eine ziemlich heftige Wirkung auf dich."

„Vielleicht, weil ich sonst nie welche nehme."

Ich beuge mich zu ihm, streichle ihm durchs Haar. „Noah, was ist geschehen? Ich weiß, dass Diane dich da rausgeholt hat, aber Travis, das ist der Officer, darf mir keine Einzelheiten sagen."

Noah schließt die Augen. „Ist er noch hier?"

„Er wartet mit deiner Mom in der Cafeteria."

„Könntest du ihn bitte holen? Ich ... ich möchte das nicht zweimal erzählen."

„Okay."

Wenig später kehre ich mit Travis zurück, und Noah kämpft darum, sich aufzusetzen. Er verzieht schmerzvoll das Gesicht. Weitere Medikamente hat er abgelehnt, um einen klaren Kopf zu behalten. Travis zieht sich einen Stuhl heran und zückt einen Notizblock. „Was ist geschehen, Noah?"

„Ich wollte zur Arbeit ins *Forest Creek*, und sie haben mir schon im Hinterhof aufgelauert."

„Wer?"

„Dylan Franklin, Harry Patel, so ein Dwight und ... George Maywood."

Ich schnappe erschrocken nach Luft, und Noah sieht mich entschuldigend an, als träge er die Schuld daran.

„George hat nichts gemacht, das möchte ich betonen. Harry scheint ihn aufgestachelt zu haben. Er schien eher geschockt und ist dann fortgelaufen."

„Und das sagst du nicht nur, weil es der Bruder deiner Freundin ist?"

„Nein, so ist es gewesen."

„Gut, ist notiert.“

Dann beschreibt Noah stockend, was sich zugetragen hat, und ich muss teilweise wirklich um meine Fassung ringen. Verblüfft bin ich, als Noah erzählt, dass Dylan anscheinend in mich verliebt ist. Davon habe ich nichts mitbekommen. Außer vielleicht einer Begrüßung hat er nie ein Wort mit mir gewechselt. Nun erinnere ich mich an seine Blicke, die mir oft gefolgt sind. Ich werde aufmerksam, weil Noah versucht, diesen Dwight zu beschreiben. Ich mische mich ein.

„Travis, ich glaube, dieser Dwight ist auf der Videoüberwachung zu sehen!“

Der junge Officer sieht mich kurz an, nickt und schreibt weiter in seinem Block, stellt weitere Fragen, die Noah soweit es möglich ist beantwortet.

„Gut, deine Aussage deckt sich mit der von Diane Jackson, ich werde mich bei dir melden.“

Travis erhebt sich.

„Officer!“, hält Noah ihn zurück. „Was ist mit dem Fahrraddieb? Stehe ich wirklich nicht mehr unter Verdacht?“

Er scheint zu überlegen, was er uns sagen kann, setzt sich wieder und seufzt leise. „Ich dürfte darüber eigentlich noch nicht reden, aber ich denke, nach all dem, was geschehen ist, hast du die Wahrheit verdient. Aufgrund von Dianes Aussage wurden weitere Personen verhört. Zudem wurden deren Smartphones unter die Lupe genommen. Jemand hat sich nämlich in euer Netzwerk eingeloggt. Das sollte dein Vater unbedingt besser sichern! Er hat unter deinem Namen und mit deiner Adresse einen eBay-Account errichtet.“

„Mit unserem Wifi-Zugang?“

„Ja, deine Mutter konnte allerdings beweisen, dass zu dem Zeitpunkt keiner von euch zu Hause gewesen ist. Du warst zum Beispiel im *Forest Creek* bei der Arbeit, was deine Kollegen bestätigen konnten. Mit dem Handy des Verdächtigen konnten wir rückverfolgen, welches Gerät bei euch eingeloggt worden ist. Meine Kollegen durchsuchen bereits das Grundstück der Familie, denn wir hoffen, dass das Fahrrad noch vor Ort ist. Es ging anscheinend nur darum, dich in Schwierigkeiten zu bringen.“

Noah richtet sich auf. „Wer war es?!“

Travis presst die Lippen zusammen, anscheinend darf er gewisse Informationen noch nicht preisgeben.

„Es war Dylan, oder?“, fragt er leise. „Er war so … wütend … und … hasserfüllt.“

Der Officer schaut Noah an, bestätigt es zunächst nicht. Dann nickt er unmerklich.

„Deine Mutter sagte, ihr hättet als Kinder manchmal zusammen gespielt. Ist da mehr zwischen euch geschehen?“

„Nein …“ Noah senkt den Blick. „Ich habe ihm nie was getan.“

Travis legt tröstend seine Hand auf Noahs Schulter. „Vergiss diese rassistischen Arschlöcher und konzentriere dich auf die Personen, denen was an dir liegt.“ Er lächelt mich an und wendet sich Noah noch einmal zu. Er flüstert ihm leise einige Worte in Stoney Nakoda zu, was Noah überrascht aufblicken lässt. Ein Lächeln legt sich auf seine Lippen.

Travis verabschiedet sich und verlässt das Krankenzimmer.

„Wie geht es dir?“, frage ich im Flüsterton.

„Du bist hier, das ist alles was zählt", raunt er mir zu.

Ich streife meine Schuhe ab und klettere vorsichtig zu ihm aufs Bett, nehme ihn in den Arm. „Es tut mir so leid, dass dir das passiert ist."

Er schmiegt sich an mich. „Du kannst nichts dafür."

Trotzdem fühlt es sich so an, das spreche ich jedoch nicht aus. Wir bleiben einfach so, und ich spüre, wie sich Noah entspannt.

Nach einer Weile werden draußen auf dem Flur Stimmen laut, eine Diskussion scheint entfacht zu sein, und ich horche auf. Sind das meine Eltern?

Es klopft leise, und ich ziehe Noah vorsichtig an mich, er ist eingedöst. Mein Bruder kommt zögerlich ins Zimmer.

„Was willst du hier?!", zische ich.

Er sieht zerknirscht aus, antwortet nicht. Noah schreckt aus seinem Schlummer und wendet sich George zu. Der scheint über sein zerschlagenes Aussehen ehrlich erschrocken.

„Ich bin hier, um mich zu entschuldigen."

„Haben dich Mom und Dad gezwungen?", frage ich scharf.

„Nein, im Gegenteil. Ich bin gegen Dads Willen hier. Sie sind auch hier, deinetwegen. Ich habe freiwillig eine Aussage gemacht. Das Fahrrad wurde gefunden, bei den Franklins in der alten Scheune. Dylan hat mich belogen und hat mit Harry alle aufgestachelt." Er sieht Noah direkt an, kommt näher. „Tut mir leid, Noah. Mir war nicht klar, dass sie ... Scheiße, ich hätte dir helfen sollen, aber ich war zu feige."

Noah bekommt kein Wort heraus, er bringt nur ein Nicken zustande.

„Was wollen Mom und Dad hier?", hake ich nun bei George nach.

„Du kennst Dad. Er will dich nach Hause holen und hat mit Tante Clara direkt wieder einen Streit angezettelt."

Ich küsse Noah sanft auf die Schläfe. „Bin gleich wieder da. Ich muss da etwas klären."

Rasch schlüpfe ich in meine Schuhe. George winkt Noah etwas linkisch zu und verlässt mit mir das Zimmer. Mom und Dad stehen etwas abseits mit Tante Clara und sind in eine hitzige Diskussion vertieft. Clara redet leise und beschwichtigend, Dads Stimme hingegen ist scharf wie ein Schwert. Ich gehe zu ihnen hin. Mom atmet sichtlich auf, als sie mich sieht. Hat sie sich um mich gesorgt? Dad hingegen tobt innerlich vor Wut, das sehe ich ihm an.

Ich stelle mich neben Clara. „Schluss jetzt! Das hier ist ein Krankenhaus! Mein Freund liegt nebenan und ist verletzt. Noah wäre wegen dieser Sache fast gestorben, und du hast nichts Besseres zu tun, als wieder auf Tante Clara rumzuhacken?", fauche ich ihn an.

„So redest du nicht mit mir!"

„Und ob ich so mit dir rede. Ich bin kein kleines Mädchen mehr, Dad, und dein Verhalten ist nicht zu entschuldigen."

Dad schnappt nach Luft, Mom hingegen legt ihm beschwörend eine Hand auf den Arm. „Wir sind hier, um dich zu bitten, wieder nach Hause zu kommen", mischt sie sich ein.

„Ob ich das tue, kommt auf Dad an. Ich bin mit Noah zusammen, und das wird auch so bleiben."

„Er ist wieder in kriminelle Machenschaften ver-
strickt gewesen!“

„Nein, Dad. Er wurde von Dylan Franklin und Harry
Patel bewusst in Schwierigkeiten gebracht und anschließend verprügelt. Die beiden haben sogar George
angestiftet, dabei zu sein. Gott sei Dank ist mein Bruder
anscheinend vernünftiger als du.“

„Es ist völlig belanglos, was da passiert ist. Ich dulde
es nicht, dass du mit so jemandem zusammen bist.“

„Roger!“ Selbst Mom scheint fassungslos zu sein.

Ich bleibe ruhig. „Wenn du so denkst, Dad, dann
werde ich nicht nach Hause kommen. Und ich hoffe inständig, dass die Bürger von Wolfberry keinen Bürgermeister wählen, der so rassistische Ansichten hat.“

Gemurmel wird laut. Unser Gespräch erregt Aufmerksamkeit, und ich sehe förmlich, wie sich Dad wan-
delt. Er lächelt den Leuten nun freundlich zu, in der
Hoffnung, seine falsche Freundlichkeit kann über sein
Verhalten hinwegtäuschen. „Lasst uns woanders weiterreden“, raunt er.

„Nein, Dad. Ich habe alles gesagt. Noah ist der Mann,
den ich liebe, und ich werde deine Ansichten nicht
mehr tolerieren. Ich bin volljährig, und unter den Vo-
raussetzungen werde ich ausziehen.“

„Und wohin? Zu den Mikaels?“ Er lacht abfällig auf.
„Ins Pond-Viertel?“

„Zu mir auf die Farm“, sagt Clara mit fester Stimme.

„Das war klar, dass du mir wieder dazwischenfunkst.“
Dad schüttelt den Kopf.

Eine der Krankenschwestern geht an uns vorbei und
funkelt Dad böse an. „Ich wohne übrigens auch im
Pond-Viertel“, bemerkt sie bissig.

Meine Mom krallt sich in Dads Ärmel und schüttelt den Kopf, um meinen Vater zum Schweigen zu bringen. Mit zusammengepressten Lippen reißt er sich los und stürmt aus der Klinik.

„Es tut mir leid, er ist sehr gestresst, und diese Sache ... hat ihn aufgewühlt", versucht Mom die umstehenden Leuten zu beschwichtigend, die nun ihrer Wege gehen. „Er meint es nicht so!"

Sie lässt resigniert die Schultern hängen und schaut mich an. Ihr Blick drückt eine Entschuldigung aus, sie berührt mich am Arm.

„Geht es Noah denn gut?", fragt sie schließlich.

„Er ist, so verprügelt wie er war, panisch in die Berge gerannt. Noah dachte, dass Murphy ihn ins Gefängnis steckt. Weil er völlig unter Schock stand, ist er abgestürzt und musste mit der Bergrettung ausgeflogen werden. Nein, es geht ihm nicht gut, Mom, aber er lebt."

Sie zögert, wirkt unentschlossen. Ich sehe ihr an, dass meine Worte sie getroffen haben. Hat Dad sie so sehr beeinflusst?

„Mom, möchtest du Noah nicht erst mal kennenlernen, bevor du ihn verurteilst?"

Tränen verschleiern ihre Sicht, sie versucht, sie wegzublinzeln, dann zieht sie mich in ihre Arme. Sie küsst mich auf die Wange. So gefühlsbetont kenne ich sie gar nicht, und ich schaue sie überrascht an.

„Ich habe dich vermisst, Rebecca", flüstert sie leise. „Wenn es ihm bessergeht, dann ... Vielleicht ladet ihr mich mal ein. Ich werde kommen."

„Danke, Mom."

„Du könntest zu meiner Ausstellung nach Banff kommen", schlägt Clara mutig vor.

Mom huscht ein Lächeln übers Gesicht. „Roger wird nicht begeistert sein, aber ich würde diese Gemälde tatsächlich gerne mal sehen. Wann und wo?"

Clara wühlt in ihrer Tasche und reicht ihr einen Flyer. „Versteck ihn besser vor meinem Bruder", sagt Clara scherzhaft.

Mom steckt den Zettel in ihre teure Handtasche.

Ich nähere mich ihr. „Mom, ist alles in Ordnung mit dir? Du wirkst so ...?" Mir fehlen die Worte.

Zärtlich streicht sie mir übers Haar. „Ich habe einfach nur das Gefühl, ... irgendwie aufgewacht zu sein. Deine Abwesenheit ... und als George heute Morgen so aufgelöst nach Hause kam ..." Sie atmet tief durch. „Rebecca, ich habe wirklich lange geschwiegen, habe die Ansichten deines Vaters vor anderen vertuscht und sie einfach hingenommen. Ich fühlte mich sehr unter Druck gesetzt und habe es an dir ausgelassen." Sie nimmt mein Gesicht in beide Hände. „Es tut mir leid."

Ich sehe sie verdattert an, damit habe ich überhaupt nicht gerechnet.

Sie lächelt zuversichtlich. „Deine Worte und dein Auszug haben mich nachdenken lassen. Außerdem habe ich mich mit Donna Mikaels unterhalten. Ich sehe gewisse Dinge nun anders als dein Vater, und damit wird er leben müssen."

Ich falle meiner Mom spontan in die Arme, schluchze leise auf. Wie sehr habe ich mich danach gesehnt, dass sie mich versteht.

„Schon gut, mein Mädchen", wispert sie.

„Ich möchte jetzt wieder zu Noah, aber können wir uns bitte noch mal in Ruhe darüber unterhalten?", bitte ich.

„Natürlich, das machen wir."

Wenig später kehre ich zu Noah zurück. Mir ist egal, dass seine Eltern an seinem Bett sitzen. Ich gehe zu ihm, nehme sein Gesicht in meine Hände und küsse ihn vorsichtig.

„Ich verspreche dir, Noah Mikaels, alles wird gut."

Epilog

Mein Herz vollführt einen kleinen Hüpfer, weil Noah den Raum betritt. Die Verfärbungen seiner Prellungen sind fast verblasst, und zur Feier des Tages trägt er ein Gewand der Stoney Nakoda, das er von Ryan bekommen hat. Ich erspähe die lange Feder in seinem Haar und muss lächeln. Auch auf dem besonderen Foto in seinem Zimmer ist sie in seiner Frisur befestigt. Ich muss ihn unbedingt nach der Geschichte dahinter fragen, denn ich bin mir sicher, dass ihm jemand diese Feder nicht ohne Grund geschenkt hat.

Selbstbewusst kommt er auf mich zu, küsst mich zur Begrüßung vor allen Leuten. Ich nehme seine Hand und ziehe ihn zu Mom, die sich mit Clara unterhält.

Die kleine Galerie ist viel voller, als wir gedacht hätten. Die Ausstellung wird sicher ein voller Erfolg. Meine Tante strahlt vor Glück, und sie weiß gar nicht, wen sie zuerst begrüßen soll.

Ich spüre, wie Noahs Händedruck fester wird.

„Was ist denn?", frage ich leise.

Sein Blick ist auf eines der Gemälde geheftet, das Adrian Maywood in seiner Trauer so vollendet gemalt hat. Er sieht die Bilder von Inner Soul das erste Mal.

„Sie sind wunderschön, oder? So lebensecht."

Noah reagiert zuerst nicht, dann schaut er mich verwirrt an. „Ich kenne diese Two-Spirit."

„Was?!" Ich lache unsicher auf. „Äh, Noah, Inner Soul ist im 19. Jahrhundert gestorben."

„Das weiß ich", erwidert er leise.

Er geht zu den anderen Bildern, zieht mich mit sich. Jedes der Kunstwerke betrachtet er sehr genau. Er atmet durch und sucht meinen Blick.

„Erinnerst du dich daran, dass ich dir im Krankenhaus erzählt habe, dass mir in den Bergen eine Two-Spirit geholfen hat?"

„Ja, du sagtest, du hättest Halluzinationen oder so gehabt."

„Das dachte ich auch. Ich frage mich nur gerade, wie es sein kann, dass mir *diese* Two-Spirit geholfen hat." Er zeigt auf das Portrait.

„Inner Soul?"

„Ich bin mir sicher!"

Ryan Wolfhowl gesellt sich zu uns. „Worüber bist du dir sicher?", hakt er freundlich nach.

Noah starrt immer noch auf Adrians Kunstwerk, deshalb antworte ich.

„Er hat in den Bergen Inner Soul gesehen!"

Ryan wird sehr aufmerksam. „Wann?"

„Bei dem Sturm."

Er lächelt und nickt, will fortgehen, doch Noah hält ihn zurück. Er braucht keine Worte, um seine Frage auszudrücken, Ryan versteht ihn auch so.

„Inner Soul und Adrian-Darkeye kommen oft, wenn einer der Ihren in Not ist. Du bist nicht der erste, der einen von beiden gesehen hat." Er klopft Noah auf die Schulter und gesellt sich wieder zu Clara, die sich angeregt mit seiner Frau unterhält.

„Ich habe einen Geist gesehen", haucht er.

Ich sage nichts darauf, schaue Inner Soul in die hellgrünen Augen und berühre das alte Gemälde flüchtig.

Danke, dass du Noah geholfen hast.

Mom stellt sich zu uns, sie schenkt Noah ein fast scheues Lächeln. Sie bleibt auch tapfer an meiner Seite, während ein Reporter ein Foto von uns macht. Ich bin stolz auf sie, dass sie sich in der Beziehung gegen Dad gestellt hat. Er wird vielleicht nie toleranter werden, weil er durch seine Erziehung einfach zu sehr geprägt worden ist. Dad hat allerdings verstanden, dass er mich und vielleicht auch Mom verlieren könnte, deshalb hält er sich zurück. Die Bürgermeisterwahl hat er verloren, und er ist heute nicht hier auf der Ausstellung. Eine Wandlung bemerke ich dennoch. Zumindest durfte Noah letztens mit uns zu Abend essen.

Tante Clara verhandelt nun erneut mit einem potenziellen Kunden. Die Gemälde sind heiß begehrt, viele sind bereits verkauft, und ich bin erstaunt, welchen Wert sie besitzen. Ich lächle Clara zu, denn wir haben längst beschlossen, dass Noah das Geld bekommen wird, um ein Studium der Tiermedizin zu machen. Ich blicke zu ihm hin. Er weiß es nur noch nicht. Zurzeit arbeitet er als Saisonarbeiter im Nationalpark.

„Und, hast du dich schon entschieden?", fragt Mom auf einmal, als hätte sie meine Gedanken erraten, denn ich weiß, dass es darum geht, was *ich* studieren werde. Denn ich bekomme das gesparte Geld, unabhängig davon, welche Richtung ich wählen werde. Dafür habe ich gekämpft, und meine Eltern haben schließlich nachgegeben.

Ich hole einmal tief Luft, denn ich muss es ihr endlich sagen. „Ich werde ein Kunststudium machen."

Mom blinzelt, schluckt schwer. „Kunst, aha ..." Sie schaut argwöhnisch auf die Gemälde. „Na ja ... Das darfst du deinem Dad selbst erzählen." Sie seufzt leise.

Meine Mutter lässt sich in ein Gespräch mit einem Journalisten verwickeln, und ich stehle mich mit Noah in den hinteren, ruhigeren Bereich, wo sich das unverkäufliche Bild befindet, das sonst in Claras Wohnzimmer hängt.

Ich stehle Noah einen Kuss und bringe ihn damit zum Lächeln.

„Pepples hat sich bei Clara übrigens gut eingelebt, sie kommt mit ihren Jungen jeden Abend, um sich ihr Futter abzuholen."

Er schaut sich zu den Gästen um, zieht mich in eine dunkle Ecke, küsst mich inniger. „Kann ich das heute Abend selbst überprüfen?"

„Das hoffe ich", raune ich.

Nach wie vor wohne ich in der kleinen Blockhütte bei Tante Clara, weil ich mich dort am wohlsten fühle, es ist jedoch völlig anders als bei dem Streit. Ich halte Kontakt zu meinen Eltern, die es hinnehmen, dass ich auf eigenen Füßen stehen möchte.

Im Ausstellungsraum wird es nun unruhiger, weil meine Tante alle in einen Nebenraum bittet. Dort möchte sie Adrian Maywoods Geschichte erzählen, während sie verschiedene Recherchefotos und Naturaufnahmen der Kulissen an die Wand projizieren wird. Clara kann es nicht so detailliert wie mir gegenüber ausführen, aber nach all der Zeit wird die Wahrheit endlich gelüftet. Adrian wird offiziell zu einem Maywood anerkannt werden, und seine Liebe zu Inner Soul wird nicht mehr verschwiegen werden – ob Dad das nun gutheißt oder nicht.

Ich fühle richtiges Herzklopfen, weil Clara mit ruhiger Stimme mit der ersten Begebenheit beginnt und ein

Foto der Rocky Mountains an der Wand erscheint. Die leise Musik einer Siyotanka-Flöte schwebt im Raum, versetzt uns in eine Stimmung, die mir wie verzaubert vorkommt. Ob Adrian Darkeye und Inner Soul vielleicht unsichtbar bei uns sind? Die Vorstellung fände ich wunderschön.

Ich verschränke meine Hand mit Noahs und lehne meinen Kopf an seine Schulter. Er neigt sich zu mir, haucht mir einen Kuss auf die Stirn. Mit ihm fühle ich mich vollständig und am richtigen Ort, egal, wo ich mich aufhalte. Er gibt mir das Gefühl, der Mensch zu ein, der ich insgeheim immer sein wollte. Wir finden an diesem Tag einen besonderen Frieden, den wir immer ersehnt haben, und ich kann nur lächeln, wenn ich daran denke, dass er meine Zukunft sein wird. Liebevoll streicht er mir eine kupferne Haarsträhne zurück.

„Ich liebe dich, Fire in her hair", flüstert er mir zu.